조 용 식 의   아 름 다 운   동 행

당신이 있어 다행입니다

조용식 지음

모악

세상의 모든 당신들에게

이 책을 엮으면서 그동안 제가 살아오면서 만난 소중한 인연들을 떠올렸습니다. 그리고, 그 많은 인연과 만남이 오늘의 저를 만들었다는 것을 새삼 깨달았습니다.

가깝게는 제 가족들, 34년 공직에 있으면서 만났던 선배와 동료, 후배들의 모습을 보며 저는 성장했습니다. 제 얼굴에는 제 부모님과 아내와 자녀들의 얼굴, 그리고 제 선후배의 얼굴이 모두 담겨있습니다. 이 책은 저를 드러내는 것이기도 하지만 제가 만난 그 소중한 인연의 네트워크를 드러내는 것이라고 생각합니다. 이 책에 글을 보태주신 고마운 분들과 저와의 만남을 허락해주신 모든 분들께 큰 감사의 인사를 올립니다.

이 책은 모두 다섯 파트로 구성되어 있습니다.

'조용식을 만든 스물한 개의 장면'은 제 인생의 앨범 속에서 꺼낸 사진을 보며 그 사진 속에 담긴 시간과 인연에 관한 이야기입니다. 오늘의 저를 만든 수백, 수천의 장면 중 고르고 고른 것으로, 제 삶을 압축적으로 보여드리고자 했습니다.

'조용식의 선택과 생각'은 제가 마음에 품고 있는 생각이나 제 마음이 가 닿은 인물과 책, 음악 등에 관한 글을 모아본 것입니다. 언론에 기고했던 글 중 시의성이 떨어지지 않는 글들도 함께 실었습니다.

'조용식이 만난 익산시민'은 제가 2021년 한 해 동안 페이스북에 '백인의 얼굴, 백인의 목소리'라는 이름으로 연재했던 글입니다. 익산시민들을 현장에서 만나 우리의 삶의 터전 익산의 현재와 미래에 대해 나눈 대화가 중심입니다. 사실, 이 책은 여기에 등장하는 시민들과 함께 쓴 것이라고 할 수 있습니다. 이분들의 인생 역정과 깨달음, 그리고 익산 발전에 대한 의견과 애로사항을 가감 없이 담도록 최선을 다했습니다. 한 가지 더, 이 글에 등장하는 분들의 나이와 직함은 2021년을 기준으로 했음을 밝혀둡니다.

'조용식의 꿈, 내일이 더 기대되는 익산'은 제가 우리 익산시민들과 함께 머리를 맞대고 그려본 익산 발전의 청사진들입니다. 이러한 청사진이 나오기까지 지혜와 지식을 모아준 우리 익산시민들에게 다시 한 번 깊이 감사드리고, 이 꿈을 현실화시키는 것이 가장 큰 보답임을 잘 알고 있다는 말씀을 드립니다.

'조용식, 당신이 있어 다행입니다'는 저를 알고 지내온 분들이 인간 조용식에 대해 혹은 이 책의 출간에 대해 남겨주신 말씀을 모은 것입니다. 과분할 정도로 좋은 말씀, 귀한 말씀을 해주셔서 감사하는 마음을 어떻게 표해야 할지 모르겠습니다.

세상의 모든 책은 누군가 페이지를 펼치기 전까지는 어둠과 침묵 속에 잠겨 있습니다. 독자가 책을 펼쳐 들고 밝은 빛 아래 읽어나갈 때, 마침내 그 책 안에 갇혀 있던 활자들이 독자의 눈과 마음에 하나씩 각인되고 의미를 형성합니다.

평생 시민들의 공복으로 살아왔고 이제 시민들과 함께 새로운 길에 나선 저 조용식의 삶과 생각, 그리고 구상들이 익산시민 분들의 마음에 가닿길 바라며 조심스러운 심정으로 이 책을 내놓습니다.

익산시민 여러분, 당신이 있어 고맙습니다.

2022년 2월

조 용 식

contents

PART 02 조용식의 생각과 선택

PART 03 조용식이 만난 익산시민

PART 04 조용식의 꿈, 내일이 더 기대되는 익산

PART 05 조용식, 당신이 있어 다행입니다

PART 01

조용식을 만든
스물한 개의 장면

이 한 장의 사진

이 사진을 보면 그때의 나와 지금의 내가 대화를 하는 것 같은 느낌을 받는다. 왜 쪼그리고 있었을까? 이 사진을 볼 때마다 묻는다. 여섯 살 용식이는 카메라를 보면서 무슨 생각을 했을까?

얼른 사진 찍고 어딘가 뛰어나가고 싶었던 걸까? 카메라 앞에서 포즈를 취하는 게 영 쑥스럽던 나이. 빨리 촬영을 끝내고 친구들에게 달려가고 싶었거나, 7남매의 다섯째로 내 촬영 순서를 끝마쳐야 동생 사진을 찍을 거란 생각에 마음이 급했는지도 모르겠다.

사진 속 어린 눈동자가 바라보는 맞은편에 아버지가 계셨을까 어머니가 계셨을까, 아니면 큰 형님이나 누님이 카메라 뒤에서 "용식아, 여길 봐!" 하고 사진 찍는 게 못내 어색하던 어린 동생을 달래고 있었을까?

김제 봉남에서 태어나 일찍 부친을 여의고 조부모 슬하에서 크다가 홀로 집안을 일으킨 아버지 조성근(1927~2016)과 우리 7남매를 사랑과 정성으로 키워준 어머니 백공순(1928~2015)은 이 무렵 우리 7남매의 앞날을 어떻게 상상하고 어떤 기대를 품었을까?

돌이켜보니 아버지나 어머니가 우리 남매들에게 너는 무엇이 되거라, 또는 어떤 직업을 갖는 게 좋겠다, 라는 이야기를 한 적이 한 번도 없었다. 다만, 우리가 어떤 길을 선택하면 그 길을 갈 때는 이런 마음으로 가야 한다는 말씀은 참 많이 해주셨다.

이 사진을 찍을 때도 그러셨으리라. 어떤 길을 가려는지 아직 결정을 하지 않은 아들을 참고 기다리고 계셨을 것이다.

지금은 저 먼 곳에서 우리 남매들을 굽어 살피고 계실 우리 부모님. 아버님

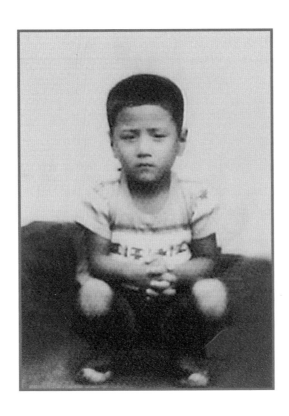

은 그곳에서도 정원사를 자처하며 전지가위를 들고 바삐 움직이고 계실까?
어머님은 그 옆에서 고구마 순을 다듬으며 큰아들부터 막내까지 하나하나 이
름을 거명하다 이제 애들은 다 컸으니 됐고, 손주 이야기와 증손주 이야기를
도란도란 나누고 계시지 않을까?

일곱 남매 중 다섯째

내가 클 적에는 집집마다 형제자매가 많았다. 우리 집은 7남매. 당시 기준으로 보면 '약간' 많다고 여겨지는 정도. 4~5남매가 보통이었고 10남매가 넘는 집도 적지 않았다. 7남매의 다섯째인 내가 1960년생이었으니 우리 남매는 '베이비붐' 세대에 해당한다. 동네에도 또래가 많았고, 학교에 가도 친구가 많았다.

그렇지만, 내게 가장 중요한 생활의 벗은 우리 남매들이었다. 친구들과 뛰어 놀다 저녁참에 집에 들어오면 이제 형제 누이들과의 시간. 밤늦도록 형 이야기에 귀를 쫑긋 세우거나 혼자 있는 누이 곁에 바짝 다가가 귀찮게 하는 재미가 쏠쏠했다. 고등학교를 다니는 누나와 중학교를 다니는 형에게 듣는 학교 이야기는 내가 다니는 초등학교와는 또 달라서 언제 들어도 흥미진진했다.

요즘 자주 듣는 '눈높이 교육'이라는 말은 어른이 아이의 눈높이에서 생각하자는 뜻으로 많이 쓰이는데, 내 나이 또래에서는 그와 반대로 초등학생이 고등학생 누나의 이야기를 들으며 고등학생 입장에서 생각해보는 식의 상향식 눈높이였다. 형 이야기를 들으며 나는 아직 도달하지 못한 그 또래의 고민이나 즐거움을 잠깐이나마 맛본 것이 나중에 내가 그 나이가 되었을 때 얼마나 귀중한 자양분이 되었던가. 어느 책 제목을 빌려 이야기하자면, 내가 인생에서 배워야 할 것들은 그 시절에 형님과 누나들을 통해 다 배운 셈이었다.

이 사진을 찍을 무렵 형과 누나들은 익산에서 학교를 다니고 있었다. 우리 부모님 세대만큼 교육에 헌신적인 세대는 없을 것이다. 우리 부모님은 큰 형부터 대처로 보내 학교를 다니게 했고, 어느 정도 나이가 들면 차례로 한 사람씩 큰 형과 큰 누나가 있는 익산으로 내보냈다. 이즈음 내게 형과 누나가 학교를 다니는 익산은 늘 그리운 땅이었고, 나도 가서 함께 공부하며 살고픈 곳이

었다. 주말에 내려오는 형과 누나를 기다리는 일, 때로는 누나를 따라 익산 자
취집에 가서 하루 자고 오는 일은 그 당시 내게 가장 중요한 이벤트였다. 그
렇게 우리 남매는 김제 봉남 송내마을에서 차례차례 익산으로 건너와 자리를
잡았다. 큰 형을 기준으로 하면 어느새 60여 년, 고등학교 진학을 하면서 마침
내 익산에 입성한 나는 45년 남짓.

큰 형 조석기는 1949년생, 큰 누나 조연임은 1952년생, 둘째 누나 조연희
는 1955년생, 둘째 형 조용순은 1958년생, 여동생 조윤순은 1963년생, 그리
고 막내 조장희가 1967년생.

이 사진을 찍은 게 어느새 반세기 전. 그 오랜 시간이 흐르는 사이, 나를 누
구보다 애틋하게 살펴줬던 둘째 누나는 이제 다른 세상의 사람이 되었다. 일찍
세상을 뜬 작은 누나만 생각하면 '제망매가'가 절로 떠오른다. 한 가지에서 났
는데 이렇게 흩어지는구나, 라는 대목에선 나도 모르게 목이 멘다.

함께 살아간다는 것, 그리고 삶과 죽음으로 갈라졌어도 서로 그리워하는
마음으로 그 이름을 부른다는 것. 이게 육친의 정 아닌가 싶다. 오늘은 큰 형
부터 막내까지 두루 전화를 넣어봐야겠다.

조용식을 만든 스물한 개의 장면   15

군산제일고 장학생이 되다

마침내 형님과 누나들이 있는 익산에 내가 들어선 건 1976년. 원광고에 입학하면서 익산 생활을 시작했다. 형 따라 자주 와보긴 했지만 그때는 손님처럼 들른 것이었고, 이제는 어엿한 익산 사람으로 산다고 생각하니 익산 곳곳이 새롭게 보였다. 익산역 앞은 늘 인파로 붐볐다. 김제에서는 볼 수 없는 다양한 상점들이 늘어선 거리를 지날 때마다 눈길을 잡아끄는 게 너무 많았다.

큰 누나가 싸준 도시락을 들고 학교를 오갈 때마다 내 눈에 들어오는 모든 게 활력으로 가득한 도시였다. '이리 수출자유지역'으로 지정되어 귀금속 장인들이 익산역 주변에 크고 작은 점포를 열고 있었고, 그때는 귀한 물건이었던 전자시계판매점이 역 주변에 있어서 졸업이나 취업 선물로 전자시계를 사기 위해 인근에서 익산을 찾는 사람도 꽤 많았다. 가장 볼만한 곳은 역 앞이었다. 종종걸음 치며 역내를 뛰어가는 사람과 무거운 짐을 들고 막 역사를 빠져나오는 사람들이 교차했고, 열차가 정차할 때마다 가락국수를 먹으러 내리는 승객들의 입맛 다시는 소리가 역 바깥까지 들려오는 듯 했다.

그렇게 1학년을 마쳐갈 무렵, 당시 전라북도 고교생들의 관심을 집중시킨 일이 생겼다. 군산제일고에서 전북의 고등학생들을 대상으로 장학생을 선발한다는 소식이 들려온 것이다.

7남매를 키우고 가르치시느라 새벽잠까지 줄이고 계신 김제의 부모님이 떠올랐다. 장학생에 선발되면 경제적인 부담도 좀 덜고 부모님께 보람도 안겨드릴 수 있다는 생각으로 장학생 선발 시험에 응시했다. 다행히 합격한 나는 그때부터 익산에 거주하는 학생들을 위해 학교에서 특별히 배정한 스쿨버스를 이용하거나, 열차를 타고 군산으로 통학하기 시작했다. 그렇게 군산제일고

당신이 있어 다행입니다

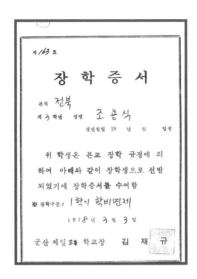

제 /63 호

장 학 증 서

본적 전북
제 3 학년 성명 조 용 식
생년월일 19 년 월 일생

위 학생은 본교 장학 규정에 의
하여 아래와 같이 장학생으로 선발
되었기에 장학증서를 수여함

※ 장학구분: 1학기 학비면제

1978년 3월 3일

군산 제일 고등 학교장 김 재 규

는 나의 모교가 되었다.

군산제일고의 전신은 1902년에 개교한 영명학교. 당시 호남에 와있던 선교사 전킨 목사가 세웠다. 전킨 목사와 그 동료들은 전주의 신흥, 기전학교와 광주의 수피아여고 등 호남 지역에 미션 스쿨을 다수 설립하여 이 땅의 청년 교육을 개척한 공로가 있는 분들로 근대 한국 교육의 앞머리에 위치하는 중요한 인물들이다.

영명학교 시절의 교사였던 문용기 열사는 익산 3.1운동을 대표하는 인물이다. 1919년 군산영명학교 한문교사 교사로 계시던 선생은 박도현·장경춘·서정만 등 기독교 계열 인사들과 함께 4월 4일 이리 장날에 만세 시위를 전개하기로 계획했다. 정오쯤 시장에 사람이 가장 많을 때 군중 사이를 오가며 선언문 복사지들을 나누어주고 힘껏 대한독립만세를 외쳤다.

당시 시위 대열의 선두에서 태극기를 흔들던 문용기 열사는 일경이 일본도로 오른팔을 베자 떨어진 태극기를 왼손으로 주어 흔들었다. 일본도에 의해 다시 왼팔마저 잘려나가자 큰 목소리로 '대한 독립 만세'를 외치다 심장을 여러 차례 찔려 절명했다고 한다. 문용기 열사의 장렬한 죽음은 지금 들어도 피가 끓어오른다.

피에 젖은 문용기 열사의 한복 두루마기는 현재 독립기념관에 전시되어 죽음마저 초극한 민족혼을 후손들에게 보여주고 있다. 우리 익산의 3.1독립운동 기념공원에는 문용기 열사의 동상이 있고, 선생의 고향인 오산면에도 충혼탑이 세워져 있다.

민족 교육의 산실로 떠오른 영명학교는 일제의 신사 참배를 거부하며 문을 닫을 수밖에 없었다. 해방 이후 다시 문을 열었지만 지속적으로 운영난에 시달리자, 당시 군산의 유력 경영인이었던 고판남 회장이 학교를 인수하여 교명을 '군산제일고'로 바꾸고 제2의 개교를 하게 된다. 그리고, 도내 우수 교사들을 초빙하고 장학생을 선발하여 전북 인재의 요람으로 우뚝 선 것이다.

이처럼 새로운 기풍과 중흥의 기운으로 가득 차 있을 때 군산제일고를 다닌 것을 나는 지금도 자랑스럽게 생각한다.

군산제일고 시절을 생각하면 많은 친구와 선후배들의 이름이 떠오르지만 내가 가장 잊지 못하는 이름이 있다.

고(故) 이광웅 선생님.

우리에게 국어를 가르쳤던 선생님은 내가 전학 오던 시기와 비슷한 때 원광여중에서 군산제일고로 스카웃되어 왔는데, 내 둘째 누님의 중학 시절 은사로 누님이 매우 존경하고 따르던 선생님이자 시인이기도 하셨다. 누님의 귀띔처럼 선생님은 정말 시인다웠고 선생님다워서 나뿐 아니라 우리 동급생들이 모두 존경하는 분이었다.

군산제일고를 졸업하고 대학생이 되었을 무렵, 선생님의 이름을 신문과 방송에서 보고 깜짝 놀랐던 기억이 아직도 생생하다.

'오송회 사건'.

총칼로 권력을 찬탈한 전두환 정권이 벌인 희대의 용공조작 사건의 주범으로 이광웅 선생님과 박정석, 전성원, 황윤태, 이옥렬 등 여러 은사들의 이름이 거명되었기 때문이다. 고교 교사들이 모여 불온서적을 탐독하고 이념 교육을

위해 학교 현장에 침투했다는 식의 자극적인 기사 제목만 보면 영락없는 용공분자들이었다. 이때 선생님들이 읽었다는 불온서적이라는 게 오장환 시인의 시집 『병든 서울』과 김지하 시인의 장시 「오적」이 게재된 일본 잡지였다.

2008년 '오송회 사건'은 대법원에 의해 대표적인 용공 조작 사건으로 인정되고 선생님들의 명예도 회복되었지만, 이광웅 선생님은 고문 후유증 등으로 인해 1992년 아까운 나이에 세상을 떠나셨다. 이광웅 선생님의 후배들이 금강하구 둑에 세운 시비는 선생님의 유언 같기도 하고 그 생애를 압축해 놓은 것 같기도 해서 읽을 때마다 마음이 저려온다.

이 사건이 군산제일고 동문들에게 준 충격은 엄청났다. 시대를 바로 보는 일, 바르게 사는 일이 얼마나 어려운 것인지를 깨닫게 했다. 아울러 권력의 필요에 의해 아무것도 아닌 일이 엄청난 사건으로 조작되기도 한다는 사실 앞에 분노가 치밀었다. 이광웅 선생님을 비롯해 은사님들의 평소 품성을 아는 우리들은 처음부터 도저히 믿을 수가 없는 사건이었다. 1980년대를 치열하게 살았던 이들이 군산제일고에서 많이 배출된 것도 이 사건의 충격과 분노 때문이 아닐까 생각한다.

웅변가의 시대와 아나운서 꿈

나는 어릴 적부터 누군가와 이야기를 하는 걸 좋아했던 것 같다. 꼬맹이 시절에는 익산에서 학교를 다니는 형과 누나가 들려주는 이야기를 마치 내가 직접 경험한 것처럼 친구들에게 떠벌이며 으쓱하기도 했고, 자라서는 책을 읽고 나서 느낀 감동을 친구들과 이야기하는 걸 즐겨했다.

누군가와 무슨 이야기를 하고 있으면 내가 좀 더 커지는 느낌이 들었고, 대화를 하기 위해 머릿속으로 생각을 정리하는 과정에서 어렴풋하던 것들이 명료해지는 게 좋았다. 동생들이 학교 숙제를 물어봐서 설명을 해주다보면 내가 오히려 그 내용을 정확하게 이해하는 순간처럼.

대학 시절 독일 철학자 하이데거의 「무엇을 위한 시인인가」라는 글에 나오는 '언어는 존재의 집'이라는 문장을 읽으며 나는 무릎을 쳤다. 생각이 말을 거쳐 나오는 순간, 그 말은 다시 내 생각을 교정하고 고정시켜준다. 그리고 내가 한 말이 곧 나란 존재의 정체성을 만든다는 것에 나는 깊이 매료됐고 감탄했다.

내가 중고등학교를 다니던 1970년대는 그야말로 웅변의 전성시대였다. 학내 웅변대회를 필두로 시·도·전국 웅변대회가 언론사나 교육청 및 전국의 유명 대학과 각급 단체 주관으로 곳곳에서 열렸다.

당시 전국적으로 인기를 끌고 있는 연사들은 하나같이 불을 품듯 사자후를 토하고, 그 말에 조리가 있어서 듣다 보면 절로 고개가 끄덕여지는 경우가 많았다. 정치인들은 모두 웅변가였고, 학생이나 시민을 대상으로 한 교양강좌에 초청된 분들도 달변가가 많았다. 말이 힘이었고, 자산이었다.

그때만 해도 TV는 고가품이어서 접하기 힘들었고, 라디오는 거의 집집마

다 있었는데 그 라디오에 나와 이야기하는 분들은 어찌 그리 말씀들을 잘 하는지. 그 무렵 나는 말하기, 웅변에 매료되었다. 막연하긴 했지만 나도 방송에 나가 저렇게 말을 잘 하는 아나운서가 되는 걸 꿈꾸었던 것 같다.

군산제일고로 전학 간 지 얼마 되지 않아 출전한 전국 웅변대회에서 나는 최우수상을 수상했다. 이듬해에는 대법원장기 쟁탈 웅변대회 단체전에 후배 둘과 함께 출전해서 단체상을 수상했다. 지금도 그걸 기억하는 친지나 친구들을 만나면 "용식이는 나중에 아나운서 될 줄 알았는데?"라고 말하기도 한다. 그 이야기를 들을 때마다 세상을 향해 열띤 몸짓과 뜨거운 목소리로 호소하고, 설득하고, 주장하던 풋풋한 시절의 나를 떠올리곤 한다. 실제로 나는 KBS 아나운서 공채에도 응시했었다. 그때 만약 합격했다면 내 삶의 행로는 상당히 달라졌을 것이다.

사회생활을 하면서 말을 하고 싶어도 입을 다물어야 할 때가 있다는 걸 배웠다. 말하는 것보다 말을 듣는 게 더 중요하다는 것도 배웠다. 이 또한 중요한 사회적 덕목임에 분명하지만, 가끔은 내가 하고 싶었던 이야기를 나름대로의 논리로 많은 청중들에게 이야기하던 그 시절이 그립기도 하다.

경찰을 꿈꾸며 동국대학교 입학

고등학교 시절을 마치고 나는 꽤 긴 방황의 터널에서 헤어나지 못했다. 원하던 대학 진학에 실패한 뒤 재수의 길에 들어서 각고의 노력을 기울였지만 다시 한 번 실패, 삼수를 하게 된 것이다. 자존감도 많이 떨어졌고 내가 너무 과한 욕심을 품고 있는 건 아닌지 돌아봐야 했다. 무엇보다 서울에서 재수, 삼수를 하면서 큰형이 어렵게 마련한 학원비와 하숙비 송금을 기다리고 있는 게 민망했다.

그즈음 이런 생각을 많이 했다. 내가 꾸는 꿈과 내가 잘 하는 것 사이에서 무엇을 선택해야 하나? 내 꿈은 아나운서가 되어 마이크 앞에서 전 국민을 향해 뉴스를 전달하고, 축구 경기를 중계하고, 때로는 저명인사와 인터뷰를 하는 것이었다. 하지만 과연 그런 꿈에 어울리는 자질이 내게 있는가…….

자기에 몰두하다 보면 내면으로 자꾸 침잠하게 되고, 그렇게 웅크리고 있다 보면 친지나 친구를 만나는 게 꺼려지는 상황이 반복되던 시절. 꿈을 이루기 위해 공부를 한다고 하는데, 애쓰는 것에 비해 성적은 왜 그렇게 오르지 않는지……. 속상한 마음이 컸던 시절이었다. 큰형이 밥 사주러 온다는 것도 피하고 싶었고 어머니의 따뜻한 목소리가 그리웠지만 공중전화 부스에서 수화기만 들고 번호는 누르지 못하던 때.

내가 그렇게 방황하던 1970년대 말부터 1980년대 초는 박정희 대통령의 죽음, 신군부의 등장, 광주항쟁과 유혈 진압 등이 이어지면서 사회 전체가 꽁꽁 얼어붙던 시기였다. 그렇잖아도 위축되어 있던 나는 날마다 겨울을 통과하는 심정으로 그 시절을 견뎌내고 있었다.

의기소침한 나날을 보내고 있던 나를 일으켜 세운 건 바로 위의 용순 형이었다. 당시 한국 최강의 특수부대인 해병대 특수수색대 장교로 복무 중이던 용순 형이 어느 날 재수학원 앞에서 나를 기다리고 있었다.

불고기 집이었던가. 형은 얼굴이 많이 상했다며 어서 밥부터 먹으라고 했다. 구리빛으로 그을린 형의 얼굴을 보고 있자니, 새벽별을 보며 학원으로 가고 저녁별을 보며 하숙집으로 돌아오느라 햇빛을 거의 보지 못해서 희뜩해진 내 얼굴은 환자 같았다.

지금도 그렇지만 둘째 형은 말수가 적었다. 어쩌다 입을 열어도 자신이 하고자 하는 이야기만 하곤 다시 입을 닫았다. 내가 군대 생활은 어떠냐고 묻자, 용순 형은 그에 대한 대답은 하지 않고 바로 이런 이야기를 꺼냈다.

"용식아! 네가 아나운서가 되고 싶어 하는 건 잘 안다. 하지만, 내가 보기에 너는 공무원을 해도 잘 할 것 같다. 경찰 공무원은 어떠냐? 너는 어릴 때부터 정의감도 남다르고, 어려운 사람들 보면 어떻게든 도우려고 했잖아. 너 같은 성품을 가진 사람이 경찰이 되어야 좋은 일도 많이 하고, 우리 사회에 나쁜 일도 줄어들 거 아니냐?"

용순 형의 말씀은 진지했다. 그날 밤 하숙방으로 돌아온 나는 밤늦도록 진로에 대해 다시 생각해봤다. 자전거를 타고 돌아다니며 마을 순찰을 하는 파출소장, 중학생의 자전거 도둑을 잡아주는 형사, 끈질기게 잠복 수사를 하며 거대 범죄 조직을 일망타진하는 수사관의 모습에 내 얼굴을 대입해보기도 했다. 당시 엄청난 인기를 끌고 있던 TV드라마 「수사반장」의 최불암을 떠올려보기도 했다. 법을 수호하고 사회 질서를 바로잡기 위해 악인을 단죄하고 약자들의 눈물을 닦아주는 존재. 나에게 그만한 정의감과 열정, 그리고 냉정한 판단력과 따뜻한 공감의 능력이 있는지, 스스로를 향해 묻고 또 물었다.

어느 부분은 자신이 있기도 했고 어느 부분은 자신이 없기도 했다. 하지만, 나를 누구보다 잘 아는, 내가 누구보다 존경하는 용순 형의 조언에 따르기로 했다. 그 무렵의 나는 오롯이 입시 참고서에만 몰두해 있어서 멀리 보고 넓게 보지 못하고 있다는 걸 형과의 대화를 통해 깨달은 것도 크게 작용했다.

그렇게 해서 나는 경찰이 되기로 결심하고 동국대학교 경찰행정학과에 입학했다. 당시 경찰에 입문하는 방식은 다양했다. 가장 널리 알려진 건 순경 공채와 간부후보생 선발이었지만, 그 무렵 막 개교를 한 경찰대학을 거치거나 나처럼 경찰행정학과를 거치는 방법이 있었고 군 출신이나 운동선수 또는 변호사 등 전문직을 특채하는 경우도 있었다.

나의 대학 시절은 재수, 삼수를 거치는 동안 저하되었던 자신감을 회복하는 시기였다. 나는 대학생이 되면 친구도 많이 사귀고 싶었고, 여행도 많이 다니고 싶었고, 문을 닫을 때까지 도서관에 처박혀서 책도 읽어보고 싶었다.

대학 생활을 하면서 나는 이때가 내게 주어진 마지막 황금의 시간이라는 것을 어렴풋이 느끼고 있었다. 그만큼 간절하게 그 시간들을 온전히 나의 시간으로 만들고 싶었다. 오늘에 와서 돌이켜 보면 그 시절에 쌓은 다양한 독서 경험과 세상 체험이 큰 자산이 되었다.

경찰이 되고 나서 사회를 보는 눈이 넓고 깊어야 한다는 걸 절감할 때가 많았다. 세상에는 참 많은 사람과 많은 일이 있다. 그야말로 각양각색의 사람들이 모여 크고 작은 관계를 맺는다. 그 와중에 여러 갈등이 발생하기도 하고 사고가 벌어지기도 한다. 세상사의 변화를 이해 못하면 우리 앞에 닥치는 일, 벌어지는 사건의 핵심을 이해하지 못하게 된다. 나로서는 스스로에게 충실한 시간을 보내자고 생각했던 대학 시절이, 지나고 보니 경찰관이 되기 위한 준비 과정이었던 셈이다.

'대학'의 한자어는 '크게 배우는 곳'인데, 너무나 적절한 뜻이라고 생각한다. 혼란스러울 정도로 많은 생각과 많은 경험 속에서 스스로를 단련하는 시간, 그것이 나의 대학 시절이었다.

첫 부임지 용인경찰서

1987년, 나는 경기도 용인경찰서에서 경사 계급장을 달고 첫 근무를 시작했다. 그해에 우리나라에는 큰 일이 있었다. 전두환 신군부의 강압 통치에 숨죽이고 있던 국민의 저항이 본격화되면서 '6월 항쟁'이 일어났다. 박종철부터 이한열에 이르기까지, 젊은 생명들의 안타까운 죽음에 온 국민이 분노하여 전국적으로 민주화 바람이 거세게 몰아친 것이다.

경찰을 바라보는 국민들의 시선은 싸늘했다. 박종철과 이한열의 죽음에 경찰의 직접적인 책임이 있었기 때문이다. 경찰 생활을 막 시작한 나는 어쩌다 우리 경찰이 이렇게 되었는지, 앞으로 어떻게 국민의 신뢰를 회복해야 하는지 고민을 많이 했다.

대부분의 경찰은 민생 치안 안정을 위해 불철주야 애를 쓰고 있었다. 그런데 정권의 보위에 차출된 대공, 학원 분야 경찰의 폭주로 전체 경찰이 욕을 먹는 상황이 되었으니 억울한 측면도 있었다. 결과적으로 당시 거리로 쏟아져 나온 수많은 국민들은 한마음으로 일관된 목소리를 외침으로써 폭압적인 정권을 물리치고 민주화의 소중한 기틀을 마련했다.

그때 나는 우리 국민들의 위대함을 온몸으로 느꼈다.

내가 태어나고 자란 김제 봉남 지역은 옛 동학군의 항전지로 수많은 주검이 쌓였던 곳이지만 어떤 역사적 비감을 느끼기는 쉽지 않았다, 내가 태어난 해에는 4.19 혁명이 있었지만 직접 경험한 게 아니어서 실감이 나지 않았다.

그러나 1987년의 나는 우리 국민들의 위대한 저력을 두 눈으로 생생하게 목격했다. 박종철 열사의 죽음에 대한 진실이 밝혀지면서 1987년 벽두부터 온 국민이 저항에 나서자, 당시 경찰은 가용 인력을 모두 끌어 모아 데모 진압에 동원했다. 나는 임용 전 교육생이었을 때부터 각종 경비 업무에 동원되었고, 용인경찰서 배치 후에도 서울과 부산 등 여러 지역에 파견되어 지원 업무를 했다. 현지 사정을 모르니 지원 보급 부서에서 일했지만, 시민들의 함성이 왜 들려오지 않았겠는가. 정당성이 결여된 정권의 초조함은 더욱 폭력적인 진압을 자행했다. 하지만 시민들은 그에 전혀 굴하지 않고 맞섰다. 그 모습을 현장에서 지켜보면서 나는 지금 이 순간 우리의 새로운 역사가 만들어지고 있다는 걸 깨달았다. 그리고, 경찰의 바른 역할은 정권 수호의 앞잡이가 되는 게 아니라 진정한 시민의 벗이 되어야 한다는 걸 절감했다.

1987년 용인에서의 첫 경찰 생활에서 기억에 남는 사건을 꼽는다면 '에이즈 괴담'과 '오대양 사건'이었다.

내가 근무를 시작한 지 얼마 되지 않았을 때, 그 무렵에는 수원시의 배후 농

촌 지역에 가까웠던 용인 전체를 충격에 빠트린 괴담이 돌았다. 다방에서 일하던 여성이 당시로는 죽음에 이르는 불치병으로 여겨졌던 에이즈에 걸렸는데, 이를 복수하기 위해 에이즈 감염을 숨긴 채 많은 고객을 상대하며 에이즈를 전파했다는 것.

용인에는 군부대가 많았다. 3군사령부와 55사단이 있었고, 그때는 용인자연농원이라고 했던 지금의 에버랜드 앞에도 항공부대가 있었다. 많은 가족들이 면회를 오고 현역 군인들은 전국으로 휴가를 나가는 곳이었는데, 이런 흉흉한 소문이 돌자 사람 얼굴 보기 힘든 동네가 되고 말았다.

당시만 해도 에이즈에 대한 지식이나 정보가 턱없이 부족했다. 보균자와 같은 공간에 있으면 공기로 전염된다는 비과학적이고 비상식적인 이야기가 떠돌 정도였다. 정보가 부족할수록 공포는 걷잡을 수 없이 확산된다는 걸 그때 목격했다. 결국 근거 없는 낭설임이 밝혀졌고 에이즈 감염자도 나오지 않았지만, 한동안 용인은 에이즈 감염의 본거지인 것처럼 소문이 나서 주민 전체가 우울과 불안에 시달려야 했다.

이런 일이 발생하면 경찰서 전화통은 불이 난다. 어떻게 해서 이런 일이 벌어졌냐, 왜 이런 일이 생기도록 방치했냐는 질책성 전화가 대부분이다. 그럴수록 올바른 정보를 바탕으로 주민들이 이해하기 쉬운 언어로 설명하는 게 중요하다. 경찰은 정확한 지식과 함께 합리적이고 친근한 설득력도 갖추고 있어야 한다.

'에이즈 괴담'보다 더 충격적이었던 것이 그해 여름에 일어난 '오대양 사건'이다. 에이즈 괴담이 일종의 해프닝이었다면, 오대양 사건은 상식적으로 납득하기 힘든 기괴한 사건이었다.

용인 읍내에서 전대리로 나가는 방향 가장자리에 가동되지 않던 공장이 하나 있었다. 그 공장의 천장 속에서 무려 32명의 집단자살자가 발견된 것이었다. 집단 사망한 32명은 '구원파'라는 이단 종교의 한 분파 그룹을 이끌던 박순자와 그녀의 추종자들이었다. 먼저 여성과 노약자들을 차례차례 목 졸라 죽이고 마지막 사람은 목을 매 자살한 것으로 밝혀졌다.

이 사건은 유사종교의 공동체 생활이 가져올 수 있는 최악의 결말을 보여 주었다. 이때도 사망자의 신원과 죽음의 원인 등에 관해 각종 음모론이 난무했다. 이때 나온 각종 음모론은 이후에도 방송과 출판의 소재로 여러 번 다시 호출되었다. 가장 최근에는 세월호 사건 때 실종되었다가 변사체로 발견된 유병언이 구원파 출신이라면서 이 사건이 다시 조명되기도 했다.

오대양 사건의 현장 모습은 너무나 끔찍하고 기괴해서 차마 글로 옮길 수가 없다. 그야말로 공포 영화의 한 장면과도 같은 모습을 마주해야 했다.

종교 활동에 대해 왈가왈부하고 싶지는 않다. 다만, 맹신이 가져온 처참한 사건을 보면서 경찰이 해야 할 일이 얼마나 광범위하고 다양한 것인지를 다시 한 번 깨달았다.

어떤 사람이 비정상적인 종교 공동체 활동에 빠져든다는 건 현실에 대한 불만과 불안이 많았던 탓이라고 볼 수도 있다. 그렇게 무지몽매한 맹신의 길에 들어서지 않도록 밝고 건강한 사회를 만드는 것이 경찰의 중요한 임무라는 걸 이 사건을 통해 절감했다.

가정을 이루고 가장이 되다

1987년 11월 1일 11시.

내 평생의 반려 이덕혜와 혼례를 치르고 초임지 용인에서 신혼 생활을 시작했다. 전주의 명문여고를 졸업하고 대학에서 국어교육을 전공한 뒤 한국은행에 재직 중이었던 지금의 아내는 맞선을 통해 처음 만났다. 이후 여러 번 만나면서 끈질기게 구애를 한 끝에 결혼에 이른 것이었다.

우리의 첫 신혼집은 연탄보일러가 설치된 5층 아파트였는데, 새벽에 연탄불을 갈 때 맡아야 되는 연탄 가스 냄새가 싫어, 서로 당신이 갈라고 미루며 티격태격한 것 외에는 지금까지 큰 싸움 한 번 없이 잘 살아왔다.

그럴 수 있었던 건 순전히 품이 너른 아내 덕이라고 생각한다. 비교적 성질이 급한 편인 내가 흥분을 하면 아내는 차분하게 나를 달래서 마음을 가라앉게 해줬다. 결혼 초기에는 거의 해마다 이사를 해서 매번 이웃들과 이별하느라 아내는 눈물바람이었다.

가장이 되자, 또 하나의 인격이 생기는 것 같았다. 총각 때는 개인 조용식이나 경찰 조용식으로만 살면 되었지만, 가장 조용식이 되자 그만치 내가 하는 말이나 행동거지에 대해 더 신경 쓰게 되었다. 나의 모습이 내 가족에게 부끄럽지 않아야겠다는 생각을 많이 하게 된 것이다.

내가 첫 근무를 시작할 무렵만 해도 경찰은 다른 공무원에 비해 부정적인 뒷거래에 많이 노출되어 있었다. 당시 용인 이곳저곳에 골프장이 건설되고 있었는데, 그로 인해 민원이 발생하거나 화약 발파 작업 등에 관한 경찰 허가가 필요할 때마다 업자들은 봉투를 내밀었다.

그때마다 정말 당혹스러웠다. 더 큰 문제는 이런 봉투 받는 걸 당연시 여기는 이들이 경찰 내에 꽤 있었다는 것. 그 봉투를 받는 순간, 경찰로서의 나는 죽음이다, 라는 생각으로 봉투를 거절했지만 일부 선배들은 그런 나를 별종 취급하며 따돌리기 일쑤였다.

부끄러운 일부 경찰의 모습에 나는 심한 심적 갈등을 겪었다. 결혼하고 나니 더 그랬다. 나 하나만 믿고 용인까지 와서 신혼살림을 하는 아내에게 밖에서 이런 일이 있었다고 털어놓기 힘든 일부 경찰의 치부 때문에 나는 한동안 이직을 결심할 만큼 마음고생을 심하게 했다.

돌이켜보면 이런 과정을 거치며 나는 꽤 단단한 사람으로 성장하고 있었던 것 같다.

한 해 뒤에는 막 신도시로 개발되던 반월(지금의 안산시)의 신설 경찰서에서 근무하게 되었다. 한창 개발이 진행되던 지역이라 도시 전체가 무질서하기 짝이 없었다. 이곳저곳에서 분쟁이 많아 그만큼 경찰이 해야 할 일도 많았다.

그 무렵 수도권 신도시의 초기 모습이 대개 그랬듯이 서울의 재개발 과정에서 밀려난 이들과 원주민, 시골에서 일거리를 찾아 상경한 이들로 안산은 늘 와자지껄했다. 이런 소란 속에서 도시의 음지가 형성되었고, 그곳에서 이런저런 사건들이 발생하면서 많은 사람들이 경찰서 조사실을 들락거렸다. 그들을 볼 때마다 나는 가슴이 아팠다.

나는 '성선설'을 믿는 편이다. 처음부터 악한 사람, 범죄자가 어디 있겠는가. 형편이 좋지 못하고 선택지가 많지 않아 이렇게 되었다는 푸념을 나는 책임 회피성 변명이라고만 생각하지 않는다. 더 많은 기회, 더 좋은 선택지가 주어졌다면 양지에서 활동할 수 있었던 이들이 음지로 빠져든 것일 수도 있다. 나는 그들을 험한 생활로 내몬 어려운 환경에 대해서 많은 생각을 했다.

그런 측면에서 나는 범죄 예방을 위한 능동적 활동이야말로 경찰이 해야 할 중요한 일 중의 하나라고 생각한다. 한참 뒤, 총경으로 승진해서 일선 경찰서 서장으로 근무하는 동안 내가 가장 역점을 두고 했던 일은 각급 학교의 폭력 예방 교육이었다. 우범지대가 될 만한 위험 지역을 쾌적하고 밝은 곳으로 바꾸는 일에도 앞장섰다.

첫딸 경아 태어나다

1988년 우리 부부에게 축복처럼 첫 아이가 찾아왔다. 온 나라가 88서울올림픽 준비로 분주하던 때였다.

한 남자와 한 여자가 만나 가정을 이루고 남편과 아내가 된다는 것과, 아이가 생겨 아빠와 엄마가 된다는 건 엄연히 다른 일이었다. 남남으로 30년 가까이 살아오다 부부가 되어 한 집에서 살게 되었으니 서로에 대해 모르는 것도 많고 오해나 실수도 잦고 티격태격할 일도 잦았다. 그런 게 어쩌면 신혼의 즐거움인지도 모른다. 아웅다웅 부대끼며 서로를 조금씩 알아가고 서로가 서로에게 스며드는 일.

육아는 그것과는 생판 다른 일이었다. 처음 아이가 생겨서 키우는 것이지만, 실수가 있어서는 안 되었다. 산부인과에서 준 육아카드를 보니 예방 접종 일정이 빼곡했다. 젖병 소독부터 기저귀 갈아주는 일까지, 뭐 하나 만만한 게 없었다. 특히 갓난애를 목욕시키는 일이 그렇게 힘들었다. 아직 몸을 제대로 가누지 못하는 아기를 이렇게 안아보고 저렇게 받쳐보고, 애 목욕 한 번 시킬 때마다 아내와 나는 땀으로 목욕을 해야 했다. 아기가 새벽에 울기라도 하면, 우리는 졸린 눈을 비비고 일어나 애가 배가 고파 우는 건지 기저귀를 갈아달라는 것인지 알 수가 없어서 안고 어르느라 밤을 꼴딱 새워야 했다.

우리가 자랄 때와는 달리 또래 부모들의 조기 교육열은 높았다. 우리도 뒤지지 않으려면 환경이 조금이라도 나은 어린이집이나 유치원에 대한 정보를 알아야 했다. 건강하게 키우려면 어느 소아과 의원이 잘 보는지도 귀동냥해야 했다.

그렇게 첫딸 경아는 우리 내외에게 커다란 기쁨과 당혹감과 긴장감을 동시

에 안겨주었다. 진땀을 흘리다가 웃고, 웃다가 놀라고, 그러다 다시 웃는 일이 경아를 키우는 동안 날마다 반복됐다.

제 힘으로 몸을 뒤집었을 때, 걸음마를 시작했을 때, 아빠와 엄마에게 손짓이나 눈짓을 할 때, 그리고 마침내 말문이 트였을 때! 우리 내외는 경아가 태어나서 최초로 한 말이 '엄마'인지 '맘마'인지 '아빠'인지 '빠빠'인지를 두고 옥신각신하기도 했다. 어린 딸 앞에서 그렇게 우리 내외는 철없는 아이가 되었다.

아이를 갖기 전, '세상의 모든 아빠는 딸 바보'라는 말을 들었을 때는 그런가보다 했다. 막상 딸을 얻고 보니 딸의 관심을 얻기 위해 아내와도 경쟁할 만큼 나도 딸 바보가 되어 있었다. 요즘도 나와 아내는 얼마 전 신혼살림을 시작한 딸이 누구에게 먼저 전화를 했는지를 두고 옥신각신한다.

우리의 사랑스런 첫딸 경아는 작년에 동반자를 만나 가정을 이루었다. 내가 야근을 마치고 늦게 귀가하면 후다닥 엄마 치맛자락 뒤에 숨어 눈만 빼꼼 내놓던 그 꼬마가 어느새 다 커서 내 손을 잡고 결혼식장에 들어서다니! 딸의 손을 잡고 단상을 향해 걸어가던 그 짧은 순간, 경아와 함께 했던 지난날들이

영화의 한 장면처럼 떠올랐다. 딸을 출가시키는 것만큼 애틋한 마음이 들 때도 없다는 걸 이번 혼례를 치르며 비로소 알았다.

딸은 30년이 넘는 세월 동안 나에게 기쁨을 안겨주었는데, 나는 일 하느라 바빠서 정작 아빠로는 소홀히 했다는 느낌이 마음 한 구석에 늘 자리 잡고 있었다. 그래서 아내가 한창 혼수품을 챙길 때 나는 솔직히 좀 우울했다. 딸이 자랄 때는 이곳저곳 관서를 전전하느라 함께 하는 시간이 절대적으로 부족했는데, 결혼을 할 때마저도 시장 선거 준비한다고 제대로 챙겨주지 못하는 것 같아서 딸에게 참 미안했다.

아빠는 딸 바보인 줄만 알았더니, 출가한 딸에게 잘해주지 못한 일이 자꾸 생각나서 늘 미안한 마음이 드는 존재라는 걸 요즘 절감하고 있다.

작고 사소한 것의 중요성

　1991년, 나는 경위로 승진해 세 번째 근무지인 안양경찰서에서 파출소장과 방범순찰대 소대장을 지냈다. 차츰 경력이 쌓이면서 민원인들을 응대하는 방법이나 크고 작은 사건들을 처리하는 노하우도 늘어났다.

　안양에 근무하는 동안 아들 상훈이가 태어나 우리 내외는 1남 1녀의 부모가 되었다. 가정과 직장에서 차츰 안정감과 자신감을 얻어가던 무렵, 안전사고가 발생했다.

　장마철에 안양경찰서 방범순찰대 담벼락이 갑자기 무너져서 그 옆을 지나가던 초등학생이 다친 것이었다. 당시 서장은 나에게 그 초등학생이 완치될 때까지 밀착 보호하라는 특명을 내렸다. 나는 그 학생이 완쾌될 때까지 등하교를 도왔고 통원치료에도 동행했다. 다른 곳도 아니고 경찰서 담벼락이 무너져 생긴 사고이니 그런 조치는 당연한 것이었다.

　그 일을 겪으면서 나는 우리 주변에는 늘 사고의 위험이 도사리고 있으며 언제 어디서 사고가 발생할지 아무도 예측할 수 없다는 걸 깨달았다. 이러한 안전사고를 방지하려면 평소에 '여기는 괜찮겠지' '나는 안 당하겠지'라고 방심하지 말고 미리 진단하고 예방 조치를 취해야 한다. 그런 측면에서 나는 '안전사고는 인재'라는 의견에 전적으로 동의한다. 사고를 예측하고 예방하는 것은 사람이 하는 일이기 때문이다. 공동체 사회의 안녕은, 사회적 안전망을 갖추는데 앞장서야 할 정치인과 그러한 안정망을 지켜나가는 임무를 지닌 경찰과 소방직 등이 책임을 져야 한다.

　안양경찰서 담벼락 사건을 겪은 이후 나는 부임하는 곳마다 벽에 금간 곳은 없는지 소화기의 유효기간은 충분한지 등등 아주 사소한 것이라도 미리

제005832호
안양경찰서
경위
조용식
경기지방경찰청

점검할 수 있는 것은 모두 점검하도록 점검 리스트와 점검 주기 등에 관한 매뉴얼을 만들고 그것을 시행하는 걸 중요한 업무 지침으로 삼았다.

1994년의 성수대교 붕괴와 1995년의 삼풍백화점 붕괴, 그리고 최근의 광주 신축아파트 붕괴 등은 우리 사회의 허술한 이면을 드러낸 사건들이다. 초고속 성장을 위해 빨리빨리만 외치다 보니 가장 기본적이고 사소한 것은 대충대충 얼렁뚱땅 진행해서 생긴 일인 것이다.

우리 사회의 부실한 내면은 1990년대부터 터져 나왔다. 1997년의 IMF 사태는 국가 운영 시스템의 부실을 만천하에 드러냈다. 대한민국 사회는 IMF 이전과 이후로 구분될 만큼 현격한 변화가 우리 사회에 찾아왔다. 종신 고용과 평생직장은 이제 전설 같은 이야기가 되었다. 청년 취업 문제, 비정규직 문제, 명예퇴직과 중장년층 재취업 문제는 현재 우리 사회의 가장 중요한 화두로 떠올랐다. 초심으로 돌아가라, 기본기에 충실하라, 는 말이 있다. 전쟁의 폐허 속에서 불과 몇 십 년 만에 세계가 깜짝 놀라는 경제 성장과 민주화를 이루어낸 우리는 저력을 지닌 민족이다. 지금부터라도 다시 초심으로 돌아가 기본에 충실한다면, 우리 앞의 문제들은 반드시 극복해낼 수 있으리라 믿는다.

1997, 형제는 용감했다

나는 1995년에 경기도경찰청에서 실시한 경감 승진 시험을 수석으로 통과한 뒤, 경기경찰청 기동대 중대장과 부천 중부경찰서 형사계장을 거쳐 1997년에는 고양경찰서 교통과장으로 근무하고 있었다.

1997년은 IMF 구제 금융 사태의 대혼란 속에 15대 대통령 선거가 치러진 해였다. 그해 12월 18일 새정치국민회의 김대중 후보가 집권당인 한나라당의 이회창 후보를 누르고 대통령으로 당선되었다. 장면 총리를 수반으로 한 민주당 정부가 1961년 5.16 군사 쿠데타에 의해 전복된 지 36년 만에 마침내 선거에 의해 평화적 정권 교체가 이루어진 감격적인 순간이었다.

국가적 위기가 닥치면 집권당 후보가 유리하다는 세간의 통설은 무너졌다. 대한민국의 대표적 정치인으로 갖은 탄압을 받으면서도 지속적으로 국민과 호흡했던 '인동초' 김대중 당선자의 '준비된 대통령'이란 선거 구호가 국민들의 마음에 가닿았던 결과였다. 외국에서 한국을 해방 이후 매우 짧은 시간에 산업화와 민주화를 동시에 성취한 국가라고 부르게 된 것도 이때부터다.

1960년생인 나는 사실상 처음으로 정권 교체를 목격한 것이었다. 1987년 경찰에 투신한 이후 10년 넘게 대민부서에서 근무했던 나는 출렁이는 민심의 현장을 늘 가까이에서 지켜보았다. 때문에 국민의 선택이 얼마나 엄중하고 현명한지를 절감하고 있었다. 이런 개인적인 감회와는 별개로, 내가 소속된 고양경찰서에는 초비상이 걸렸다. 대통령 당선인 신분이 된 김대중 선생이 우리 관내에 거주하고 계셨기 때문이다.

1998년 2월 25일 취임식을 갖고 청와대에 들어서기 전까지 2개월 동안 고양경찰서는 대통령 당선인 경호의 최일선 현장부서가 되었다. 그때 나는 교통과장을 맡고 있어서 당선인이 자택 문을 나서는 순간부터의 모든 경호 업무의 실무 책임자였다. 이런 경우를 대비해 미리 도상 연습 등을 하고 있었지만, 예측했던 일이 당면한 현실이 되자 긴장이 많이 되었다.

당선인이 서울로 나가기 위해선 자유로를 이용해야 했다. 자유로는 그때나 지금이나 교통 체증이 높기로 악명이 높았고, 도로와 인접한 임진강 건너가 바로 북한이어서 군 초소도 많았다. 때문에 당선인의 안전하고 원활한 동선을 확보하기 위해서는 청와대 경호실과 군경이 협력할 일이 한두 가지가 아니었다.

이때 청와대 경호실에서 근무하고 있던 둘째 형 조용순이 당선인을 밀착 경호하기 위한 현장 팀의 수행과장으로 나왔다. 당선인이 취임식을 하고 청와대에 들어가기 전까지 약 2개월 동안 형과 나는 매일 만나거나 통화를 해가며 김대중 당선인의 동선을 점검하고 위험 요소나 장애 요소 및 돌발 상황에 대비했다.

기관 간에 보이지 않는 벽이 있는 데다 청와대 경호실의 업무는 극비 보안

김대중 대통령을 경호하는 조용순 형님(맨 왼쪽)

상황이어서 평소 같으면 경찰 입장에서 문의하기 쉽지 않았을 것이다. 우연 찮게도 형과 내가 당선인을 경호하기 위한 청와대 경호실과 고양경찰서 간의 연락책임자이다 보니 마치 한 팀인 것처럼 원활하게 협조하며 당선인 경호 업무를 수행할 수 있었다.

당시 고양경찰서 서장은 나를 몇 번이나 불러서 "조 과장과 조 과장 형님 덕에 일이 차질 없이 진행되어 고맙다."는 치사를 했다. 그때마다 나는 "형 덕분에 내가 서장님 칭찬을 많이 받는다."고 형에게 고마움을 표시했다.

형과 내가 함께 일한다는 게 어떻게 알려졌는지, 당시 유력 일간지에서는 형제가 합심해 대통령 당선인 경호를 하고 있다는 내용의 기사를 '형제는 용감했다'라는 제목과 함께 대서특필하기도 했다. 이 기사 스크랩은 우리 부모님이 가까이 보관하고 있으면서 한동안 동네 사람들이 찾아오면 슬며시 내밀어 놓는 자랑거리가 되었다.

아버지의 심장 이식 수술

자녀들은 성장하면 부모의 품을 떠난다. 하지만 부모는 자식을 떠나보낸 적이 없다. 늘 염려하고 그리워한다. 그걸 알면서도 자식들은 생업에 바빠서 고향의 부모님을 까맣게 잊고 지내기도 한다. 1987년 용인경찰서 근무를 시작으로 수도권의 임지만 전전해야 했던 나는 고향에서 멀리 있는 처지에 대해 늘 안타까움을 느끼고 있었다.

그러던 2005년 여름, 아버님의 건강이 급격히 나빠졌다는 소식을 큰형으로 받았을 때 얼마나 놀라고 죄스러웠는지 모른다. 5~6년 전부터 심장 부정맥이 있다는 것은 알았는데, 그 증세가 호전되지 않고 악화되더니 초여름부터는 하루에도 7~8차례 격심한 가슴 통증에 시달리신다고 했다. 상태가 위중하니 서울의 큰 병원으로 모셔야 할 것 같아서 가족회의 끝에 삼성서울병원 심장혈관센터로 아버님을 모셨다.

마침 당시 내가 살던 집이 병원과 가까워 나는 날마다 퇴근을 하면 병원에 들렀다. 담당 주치의 이야기를 들어보니 아버님 상태는 생각했던 것보다 훨씬 심각했다. 중환자실에서 약물 치료와 호흡 보조 장치까지 사용했으나 차도가 없었다. 심장 보조 장치는 워낙 고가이기도 한데다 생체 거부 반응이 있어서 사용하기 어렵다고 했다. 그 이야기를 듣는 순간 정말 하늘이 노랗게 보였다.

주치의 박표원 교수는 그나마 희망의 씨앗이 되는 말을 했다. 아버님이 고령이긴 하시나 건강 상태가 나쁘지 않으니 심장 이식을 고려해보자는 것이었다. 우리 남매들이 뭐라 답을 해야 할지 주저하는 사이, 오히려 아버님이 수술을 받아보자고 말씀하셨다. 결국 아버님의 뜻을 따르기로 했지만, 불안감은 커졌다. 제때 장기를 구하지 못하면 어쩌나……

피 말리는 시간이 흘러가던 중 병원에서 연락이 왔다. 부산에서 장기 기증을 서약한 뇌사자가 생겨 심장 이식 수술이 가능하다는 것이었다. 우리는 병원으로 달려가 초조한 심정으로 아버님 곁을 지켰다. 부산에 급파된 의료진이 적출한 심장을 항공편으로 수송해 오자 6시간의 대수술이 이어졌다.

그리고…… 이식 수술이 성공적으로 마무리되었다는 박 교수의 통고를 받을 때까지 우리 남매들은 숨도 마음껏 쉬지 못한 채 수술실 밖에서 서로 손을 맞잡고 간절한 마음으로 기다려야 했다.

수술 후 몇 차례의 정밀 검진을 통해 거부 반응이나 감염 등의 이상이 없다는 것을 확인한 후 아버님은 본격적으로 회복에 들어갔다. 어머님과 자식들이 염려의 눈길로 바라보는 게 부담스럽다고 식사도 혼자하셨고, 병원 구내도 혼자 산보하셨다. 그렇게 의사들도 깜짝 놀랄 만큼 활기찬 병원 생활을 마치신 아버님은 익산의 큰형 집에 머물며 인근 병원으로 통원 치료를 다니다가 김제 집으로 돌아가서 일상생활에 복귀하셨다.

그때 아버님의 연세는 78세, 국내 최고령 심장 이식 수술 환자로 기록되었다. 아버님 수술 성공 소식은 당시 뉴스에 보도되어 고령의 심장질환 환자들에게 희망을 안겨주기도 했다.

나중에 들어보니 그때까지 국내 심장 이식 수술자의 평균 연령은 43세였다고 한다. 아버님 이전에 70세 이상의 환자에게 심장 이식 수술을 한번 한 적

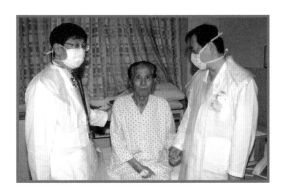

이 있으나 성공 사례는 아버님이 처음이라고 했다. 전 세계적으로도 아버님 연세에 심장 이식 수술에 성공한 경우는 극히 드물다고 했다. 하지만, 난 이 일이 천행이라고 생각하지는 않는다. 아버님은 그때까지 날마다 팔굽혀펴기를 50회 이상 하며 건강관리를 해오셨다. 평소에 운전도 혼자 하시면서 집안 문중 일과 금구 향교 일을 살피고 다니실 정도였다. 아버님은 금구 향교 전교(典校)로 수십 년 동안 봉사해 오셨다.

아버님이 병상에서 보여주신 삶의 의지는 우리에게 큰 귀감으로 남았다. 생전에는 단정한 필체처럼 자신에게 엄격했고, 돌아가신 뒤에도 우리들에게 삶의 귀감으로 남아계신 아버님. 아버님이 생전에 가장 기뻐하고 즐거워했던 시간은 손주, 외손주들과 함께 할 때였다.

어머님이 한 해 먼저 세상을 떠나신 뒤 아버님은 89세를 일기로 어머님 곁으로 가셨다. 우리 남매들은 두 분 장례 때 들어온 조의금을 김제장학재단과 익산사랑장학재단에 기부하는 것으로 아버님과 어머님을 배웅해드렸다.

손주들과 함께 즐거워하는 부모님

마늘밭에 110억 원을 묻은 사건

서울과 경기 지역에서 주로 근무하던 내가 처음으로 전라북도에 부임한 것은 2009년, 총경으로 승진하면서 전북경찰청 경무과장에 임명됐다.

1997년 이후 나는 경찰청 인사과에서 근무를 했고 경정으로 승진한 뒤 일산, 수서, 강남, 송파, 동작 경찰서 정보과장을 역임했다. 이어 서울경찰청 정보계장으로 3년여를 근무하여 총 8년간 정보과 업무를 담당했다. 나처럼 정보 분야에서만 8년 넘게 계속 근무한 경우는 극히 드물었다.

그 기간을 통해 나는 경찰 내에서 손꼽히는 정보 전문가로 인정을 받았다. 정보 업무는 민심의 동향을 가장 먼저 느낄 수 있는 곳이다. 각종 허위 정보의 유포가 얼마나 국민을 혼란스럽게 하고 폐해를 일으키는지 누구보다 먼저 알게 되는 부서이다. 1987년 용인경찰서에 있을 때 오대양 사건과 에이즈 괴담을 겪었던 나는 국민들에게 혼란을 주는 유언비어가 퍼지지 않도록 최선을 다해 일했다.

전북경찰청 경무과장으로 부임해서 찬찬히 살펴본 고향 전북의 모습은 내마음을 아프게 했다. 1970년대 이후 '이촌향도'가 본격화되면서 대표적 농도인 전북은 심각한 인구 유출을 겪고 있었다. 오랜 기간 개발에서 소외되면서 떠나는 사람들을 붙들만한 동력을 자체적으로 생산하기 힘든 상태였다.

우리 전북은 여전히 정감 넘치는 땅이고, 문화예술의 고장이며, 바르게 생각하고 바르게 살려고 노력하는 이들이 많은 곳임에는 분명했다. 개인적으로 나는 우리 전북만큼 가까이 하고 싶은 사람, 자주 만나서 듣고 배우고 싶은 사람이 많이 거주하는 곳은 없다고 생각한다. 사람이 사람답게 살기 위해 고민하고 애쓰는 고장이 우리 전북이라는 것을 자랑스럽게 여기고 있다.

2010년에는 고향 김제경찰서장으로 부임해 첫 서장 근무를 시작했다. 정말 감개무량했다. 금의환향이라고 할 정도는 아니었지만, 김제 출신이 김제 서장으로 왔다고 고향 사람들이 뜨겁게 환영해줘서 더욱 큰 보람과 사명감을 느꼈다.

김제서장으로 있으면서 했던 일 중에 아직도 기억에 남아있는 것은 노후화된 청사를 전면 리모델링한 일이다. 겨울이면 실내에서도 장갑을 끼고 근무해야 할 정도로 청사 여기저기가 흉터처럼 금이 쩍쩍 가 있는데도 보수를 하지 않고 방치한 상태였다. 도 경찰청과 서울 본청과 기획재정부까지 찾아다니며 건물 보수의 시급성을 여러 차례 강조한 끝에 드디어 예산이 배정되어 건물 전체를 리모델링할 수 있었다. 그때 교체한 창호의 수가 137개, 그 숫자를 아직 기억할 정도로 그 일에 집중했다.

경찰서 바로 뒤에 있던 금성여중 통학로가 경찰서 담벼락 때문에 비좁은 것을 보고 시청과 상의해 과감히 경찰서 쪽 공휴 부지를 통행로로 내어준 일도 기억에 남는다. 민원인의 말에 조금만 귀 기울이면 충분히 해결할 수 있는 일이었는데, 모두들 절차만 따지다 시간을 보내고 후임 서장에게 짐을 넘긴 관행을 내가 끊었다는 점에서 큰 보람을 느끼는 일이다. 내가 김제를 떠난 후 금성여중에서는 숙원을 해결해준 것을 기념하는 공덕비를 학교 입구에 세워서 민망했지만 뿌듯한 마음이 들기도 했다.

무엇보다도 가장 크게 기억에 남아있는 것은 이른바 '마늘밭 110억 원'으로 전 국민을 놀라게 한 사건을 처리한 것이다.

중국에 서버를 둔 불법 도박 사이트를 운영하던 한 남자가 부당하게 취득한 이익금을 자신의 매형에게 관리를 맡겼다. 이에 매형은 김제 금구면 선암리의 밭을 사서 고무통과 김치통에 5만원권 지폐를 가득 담아 매립한 뒤 다른 사람들에게 들키지 않으려고 밭에 마늘과 양파를 심었다가 들통 난 사건이다. 경찰서에 연행된 밭주인이 진술을 자꾸 번복하는데다 나중에는 묵비권을 행사하는 것이 수상해서 중장비를 동원하여 밭 전체를 파헤쳤더니 현금만 110

'지폐 110억'…불법 도박사이트 수익금

억 7,800만원이 나온 게 이 사건의 개요다. 이 금액은 대한민국 경찰이 생긴 이래 압수한 최대 범죄 수익금 기록을 갖고 있다.

그때 밤새 굴착 공사를 진행하면서 몰려드는 취재진을 통제하느라 김제경 찰서 전 소속원이 고생을 했던 게 눈에 선하다. 국민의 호기심을 자극하는 요 소가 많았던 사건이라 본청과 전북청에서 계속 보고를 요청해왔고, 전국에서 취재진이 몰려오는 통에 한동안 우리 김제경찰서는 전국에서 가장 주목을 받 는 경찰서가 되었다.

이 사건은 많은 국민들이 불법 도박 사이트와 불법 수익금에 대해 경각심 을 갖게 하는데 일조했다는 점에서 큰 보람을 느끼고 있다. 해외 서버와 김제 의 외진 마늘밭 사이에도 이와 같은 대형 범죄의 연결고리가 있다는 점을 상 기시킨 것도 수확이었다.

아들, 군대에 가다

우리 내외는 딸 경아를 얻고 나서 3년 뒤 아들 상훈을 얻었다. 딸이 삶의 축복이라면 아들은 삶의 보람이라고 하더니 정말 그랬다. 딸은 마음을 훈훈하게 했고 아들은 마음을 든든하게 해줬다.

거의 매년 임지를 바꿔가며 한창 바쁘게 근무하던 시절이어서 아이들 육아는 대부분 아내의 몫이었다. 지금도 그 시절을 생각하면 아내에게 한없이 미안하고 감사할 뿐이다. 다행히 차분한 딸과 활달한 아들은 아내에게 걱정을 끼치는 일 없이 순탄하게 성장해주었다. 그 또한 내게는 얼마나 고마운 일인지 모른다.

아들 상훈은 성격이 활달하고 붙임성이 좋아 할아버지와 할머니를 무척 기쁘게 했다. 아들이 성장하는 걸 지켜보면서 나도 어렸을 때 저렇게 생각하고 저렇게 행동했나? 하는 생각이 들 때가 많았다. 어릴 적의 나와 닮은 듯하면서도 또 다르게 성장하는 모습을 보며 이렇게 가족이 형성되고 핏줄이 이어지는구나 싶었다.

누군가 우리는 후진국에서 태어난 세대이고, 후배들은 중진국에서 태어난 세대이며, 자녀는 선진국에서 태어난 세대라고 하는 걸 들은 적이 있다. 이전에는 세대 차이만 존재했지만 이제는 조손과 부자지간에 세대 차이와 함께 경제·사회·문화적 차이가 복합적으로 작용한다는 뜻이리라.

딸과 아들을 키우면서 나는 우리 아이들을 부러워한 적도 많았다. 내가 어릴 때는 없었던 장난감이나 각종 문화 환경이 특히 그랬다. 아이들이 자랄 때 보던 TV 프로그램은 어찌나 잘 만들었는지 옆에서 함께 보고 있다가 아이들보다 내가 더 집중하는 경우도 많았다. 아이들 책은 또 왜 그렇게 다양하고 흥미로운지, 부럽지 않을 수가 없었다.

품안의 기쁨이자 보람이라고 여겼던 아들이 어느 날 군대에 가야 한다고 말했을 때 처음에는 믿기지가 않았다. 부모 눈에는 아직 덩치만 컸지 어린애나 다름없는데 벌써 군인이 된다니!

상훈이는 2011년 5월 현역병으로 군에 입대했다. 대한민국 남자라면 언젠가 한번은 거쳐야 하는 의무. 군 생활은 아무리 좋은 말로 치장해도 본인과 가족에게는 염려스럽고 고통스러운 시간이 아닐 수 없다. 군대에 가면 시간은 빠르지도 않고 느리지도 않게 흐르니 조바심 내지 말고 군 생활 잘하고 돌아오라는 이야기밖에 아버지로서 아들에게 더 해줄 말이 없었다.

이제는 기다리는 것. 더 이상의 염려나 충고는 아들 스스로의 성장에 별 도움이 되지 않는다는 것. 우리 아들이 군 생활의 어려움을 혼자 힘으로 이겨내고 늠름한 장정이 되어 우리 부부 앞에 다시 나타나길 바라는 것. 나의 아버님이 우리 형제에게 그랬듯이, 나 또한 최대한 담담한 얼굴로 아들이 군문에 들어서는 걸 지켜보았다.

연천 28사단에서 군 생활을 하던 아들은 중간에 팔과 다리를 다쳐서 아내를 놀라게 한 것 말고는 별 탈 없이 지내다 제대했다.

　아들이 군대 가 있는 동안 내가 얼마나 마음을 졸였는지……. 아들을 키우면서 느낀 심정을 모두 이 책에 쓰고 싶지는 않다. 나중에 아들이 결혼해 손주를 얻으면 그때 "늬 아빠가 클 때 말이야……."라며 어린 손주와 비밀리에 주고받을 이야기를 어느 정도는 남겨둬야 하지 않겠는가.

익산, 범죄로부터 안전한 도시

김제에서 첫 서장 직을 무사히 수행한 나는 2012년 익산으로 자리를 옮겼다. 익산 역시 나에게 고향이었다. 사전적 정의에 의하면, 나고 자란 곳도 고향이고 조상 대대로 터전을 잡은 곳도 고향이며 마음에 늘 그리움으로 품고 사는 곳도 고향이다.

김제가 부모님이 살고 계시는 땅이라면 익산은 우리 남매들의 땅이었다. 큰형부터 막내까지 7남매가 모두 익산에서 학교를 다녔다. 나와 둘째 형만 외지에서 직장을 다녔을 뿐, 우리 남매는 오롯이 익산 사람으로 살아왔다. 나 또한 익산에서 통학하며 고교 시절을 보냈으니, 익산서장으로의 부임은 내게 각별할 수밖에 없었다.

익산서장으로 근무하면서 나와 우리 익산서 소속 경찰공무원들이 가장 집중한 일은 범죄의 사전 예방이었다. 그 무렵 정부에서 국정 과제 차원으로 강조했던 것이 사회 4대악 척결이었다. 성 폭력, 학교 폭력, 가정 폭력, 불량 식품 근절이 그것이다. 민생 치안의 최일선 부서인 경찰과 시청과 교육청의 관련 책임자들이 힘을 합해 수행해야 하는 일이었다.

이 4가지 사회악 척결이 모두 중요했지만, 내가 조금 더 신경을 쓴 게 있다면 학교 폭력 예방이었다. 성 폭력이나 가정 폭력은 개인적인 공간과 시간 속에서 급박하게 벌어지는 것이어서 일이 터지고 난 뒤에야 인지하게 되는 경우가 많았다. 불량식품 또한 악질적인 업자가 의도적으로 몰래 벌이는 일이라 적발과 단속 위주로 대처할 수밖에 없었다.

그에 반해 학교 폭력은 처벌보다 예방에 초점을 둬야 한다는 것이 내 판단이었다. 아직 앞날이 창창한 청소년들 사이에 벌어지는 일이므로, 사전 교육

과 예방조치를 통해 청소년의 미래를 보호하는 효과를 얻을 수 있다고 생각했다.

나는 교육청과 협력하여 익산 관내 모든 학교에서 학교 폭력 예방을 위한 강연을 하겠다고 자청했다. 경찰서장 정복을 입고 학생들 앞에서 "큰 꿈을 가져라!"는 주제로 강연을 했다. '여러분의 미래를 소중히 관리해야 한다. 청소년기에 우발적으로 벌인 일이 친구에게 큰 상처가 되고 자신에게도 회복하기 힘든 낙인이 되는 경우를 볼 때마다 경찰이 아닌 부모의 입장에서 마음이 아프다.'는 내용이었다. 다행히 많은 학생들이 강연에 집중해줘서 큰 보람을 느꼈다. 학생들은 평상시 어렵게만 생각했던 경찰, 그것도 경찰서장이 강연을 하는 게 신기했고 자신들의 미래를 진심으로 걱정해준다는 느낌을 받아서 좋았다고 했다.

아울러 관내 각급 학교의 학생부장 선생님들을 개별 또는 단체로 만나서 학교 폭력 근절을 위한 방안을 찾기 위해 고민하는 시간을 자주 가졌다. 학생선도위원회 같은 기구와도 긴밀하게 소통하여 익산 청소년들의 오늘과 내일에 그늘이 드리워지는 일이 없도록 내가 할 수 있는 최선을 다했다.

경찰에 입문한 이래, 나는 범죄가 일어난 후 사고 처리를 하는 것보다 범죄가 발생하지 않도록 예방 조치를 취하는 것이 훨씬 중요한 일이라고 생각했다. 경찰에 봉직하는 시간이 길어질수록 이 생각은 신념으로 바뀌었다.

전 세계적으로도 범죄예방을 위한 도시 계획(CEPTED)을 중시하고 이를 바탕으로 한 사전 예방 활동을 중시하는 방향으로 도시 계획과 치안 계획이 바뀌고 있다. 보다 능동적이고 선제적인 활동을 통해 범죄의 수렁에 빠지는 사람이 없도록 만드는 것이 보다 건강한 공동체를 만드는 첩경이기 때문이다.

나는 우리 사회의 자정기능을 신뢰한다. 공동체의 안전망에 대한 우리의 생각이 발전하고 있고, 이런 과정에서 기존 경찰의 역할을 국가수사본부와 자치경찰제 등으로 세분하는 논의가 나오고 있다. 이러한 변화를 통해 우리 익산이, 나아가 우리 사회가 범죄로부터 안전한 도시로 발전해나갈 것이다.

나의 큰형 조석기

우리 남매의 맏이인 조석기 장형은 나보다 열한 살 위이다.

내가 초등학교 시절, 큰형은 이미 월남 파병을 자원해 맹호부대 용사로 군복무를 하고 있었다. 나는 머나먼 이국땅에서 생사의 위험을 넘나들고 계실 형님에게 긴 위문편지를 쓰곤 했다. 세계지도에서 월남이라는 나라를 찾아보며 그 나라는 지금 얼마나 덥고 습할지 상상했다. 그곳에서 무더위에 시달리며 땀을 뻘뻘 흘리고 있을 형님 생각을 하면 내 가슴속으로도 뜨거운 게 흐르는 듯 했다.

아득히 먼 곳에 계시던 형님, 그때부터 큰형은 내게 애틋한 그리움을 불러일으키는 존재가 되었다.

어릴 적 어머님에게 우리 남매가 가장 많이 들었던 말씀은 '큰아들은 부모 맞잽이니, 우리가 없으면 큰형을 아버지 모시듯 하라'는 것이었다. 급격한 사회 변화로 전통적인 대가족제가 해체되고 핵가족화 되고 있지만, 어머님의 말씀은 우리 가족 모두의 가슴에 깊이 새겨진 유훈이 되었다. 하지만, 나머지 6남매보다 어머님의 말씀을 가장 무겁게 받아들이고 생애 전체를 동생들을 보살피는 일에 바친 분은 당사자인 큰형이었다.

큰형 생각을 하면, 맞바람을 온몸으로 헤치며 벌판에서 길을 찾느라 애쓰는 사내의 듬직한 등판이 떠오른다. 그 등이 드리우는 넓은 그늘에 안긴 채 앞서 길을 내는 사내의 걸음을 따라 너르디너른 벌판을 옹기종기 건너가는 이들의 모습……. 그건 내가 어릴 적에 실제로 겪은 일의 잔상일 수도 있고, 상상으로만 떠올리는 우리 7남매의 모습일 수도 있다. 자신의 온몸을 바쳐 손아래 남매들을 보살피기 위해 없던 길을 만들어내는 보호자. 큰형은 우리 남매들에게 그런 분이었다.

큰아들에 대한 기대가 컸던 아버님은 큰형이 4학년 때, 당시 전북 최고의 초등학교로 꼽혔던 전주사범병설초등학교(현 전주교대부속초등학교)로 전학을 시켰다. 4학년에 빈자리가 없자 3학년으로 낮춰 보낼 만큼 아버님은 큰아들이 대처에 나가 큰 인물이 되길 바랐다. 전학이 성사되자 아버님은 당시 학교 선생님들에게 식사 대접을 했는데 식대가 모자라자 아끼던 손목시계까지 식당에 풀어주고 나오면서도 흐뭇하셨다고 한다.

아직 어린 나이에 낯선 도시에서 낯선 학교를 다니게 된 큰형은 적응하는데 시간이 좀 걸렸다. 학교가 파하면 숙제를 하는 대신 '아이스께끼통'을 메고 밤중까지 전주 시내를 쏘다녀 아버님을 당혹스럽게 하는 등 그 나이에 견뎌내기 힘든 일들을 겪었다.

큰형이 마침내 자신의 적성을 발견한 건 중학교 때였다. 우연히 유도를 시작했는데 남다른 재미를 느끼곤 탁월한 성취를 보인 것이다. 처음 유도를 시작한 학교에 유도장이 따로 없어 교도소 체육관에서 운동한다는 걸 알게 된 아버지가 급히 남성중학교로 전학을 시키면서 큰형의 익산 생활이 시작되었고 이후 우리 남매들이 차례차례 익산 사람이 되는 물꼬를 텄다.

남성중, 남성고를 거치며 유도부 주장을 한 큰형은 전국대회 단체전 우승, 개인전 준우승 등의 성적을 거두었다. 이후 원광대학교 체육교육과를 졸업하고 체육 교사 자격증을 취득했으며 월남에서 무사히 귀국한 뒤에는 익산에서 사업을 일구었다. 전북유도협회 부회장, 남성고 장학재단 이사, 원광대 총동문회 부회장 등을 역임한 큰형은 유도 공인 7단에 월남 참전 용사로 국가유공자이기도 하다.

사회생활을 시작한 이후 큰형은 본격적으로 여섯이나 되는 동생들을 모두 건사하기 시작했다. 내 대학 시절 학비, 하숙비, 용돈은 모두 큰형의 주머니에서 나온 것이었다. 그렇게, 품안에서 보호하고 있던 동생들을 각기 가정을 이뤄 독립시키는 일까지 모두 큰형이 책임졌다. 책임감이 강한 장남이라고만 하기에는 부족할 정도로 동생들을 헌신적으로 뒷바라지 했던 큰형을 생각하면 나머지 6남매들은 목이 메어온다.

둘째 형과 내가 공직에 나서자 큰형은 우리 둘을 따로 불러 "두 집 생활비는 내가 보태줄 테니 절대 이상한 청탁을 받거나 허튼 곳에 눈을 둬선 안 된다."고 신신당부했다. 요즘도 공직자 비리 사건이 가끔 터져 나오긴 하지만, 둘째 형이나 내가 공직 생활을 막 시작할 때는 공무원들이 부정한 유혹에 빠지는 경우가 지금보다 많았다. 둘째 형과 나는 큰형의 세심한 배려 덕분에 한눈 팔지 않고 청렴하게 공무원 생활을 할 수 있었다. 둘째 형과 나는 모범적인 공직 생활을 하는 게 큰형의 배려에 대한 보답이라는 생각으로 더욱 신중하게 처신을 했다.

행여 동생들에게 누가 될까 노심초사하며 동생들 뒷바라지하던 큰형은 내가 익산경찰서장으로 부임하자 아예 서울로 주소지를 옮겼다. 예전에는 '상피제'라 하여 관원이 자신의 고향에서는 일하지 못하게도 했는데, 지금은 그런 제도가 없으니 가족들이 먼저 이런 모습이라도 보여야겠다는 게 큰형의 뜻이었다. 내가 익산서장 임기를 마치자 큰형은 주소를 원상복귀 시켰다. 이처럼 큰형의 깊은 마음 씀씀이가 오늘의 조용식을 만든 원동력이었다는 것을 이 지면을 통해 밝힌다. 돌이켜보면 나는 큰형에게 은혜만 입으며 살아온 셈이다.

우리 남매들과 오랜 친분을 맺고 있는 안도현 시인은 큰형에 대해 '사람이 사람을 알아보고 사람이 사람을 존중하는 것에 대한 깨달음을 내게 안겨줬던 화통한 전라도 사내'라고 표현한 바 있다. 그처럼 큰형은 사람들에게 애정이 많고 자신이 태어난 땅 전라북도와 자신이 살고 있는 땅 익산에 대한 사랑도 깊다.

요즘 큰형은 시장 출마를 준비하는 나로 인해 마음 고생과 몸 고생이 심하다. 그 생각만 하면 내가 왜 출마한다고 해서 노년의 큰형을 이렇게 고생스럽게 하나, 자책감이 들 때도 있다.

나는 큰형의 희생과 배려 덕분에 국민의 공복 생활을 청렴하고 성실하게

공주사대에서 열린 전국 고교생 유도대회 단체전 우승 기념사진(맨 왼쪽이 조석기 형님)

1972년 맹호부대 월남 파병 중 위문공연을 온 당대의 톱스타 김진규 영화배우(오른쪽)와 함께 한 조석기 형님(왼쪽)

수행할 수 있었다. 내가 공직 생활을 하며 쌓은 경험을 바탕으로 큰형이 아끼고 사랑하는 익산과 익산시민을 위해 으뜸 심부름꾼 역할을 충실히 하는 것이 평생 나와 우리 남매들을 뒷바라지해준 큰형에 대한 가장 큰 보답이라고 생각한다.

조석기 형님이 나의 큰형이어서 얼마나 다행인지 모른다. 아니, 내가 그의 아우여서 얼마나 행복한지 모른다.

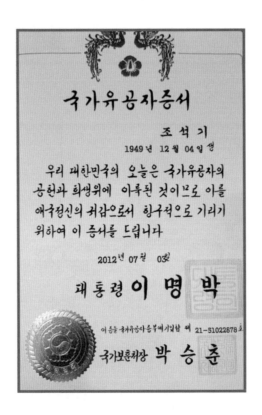

대한민국의 관문을 지키다

익산서장을 지낸 뒤 나는 정부종합청사경비대장과 수서경찰서장, 서울경찰청 인사과장을 차례로 거쳐 2017년 모든 경찰이 선망하는 경무관으로 승진했다. 경무관은 군 계급으로 따지면 장성급에 해당해서 '경찰의 별'이라 불린다. 1987년 경사로 시작해 30년 만에 그 자리에 오른 것이었다. 무엇보다 나의 성실함과 능력을 국가가 인정해준 것이어서 스스로 큰 보람을 느꼈다.

그만큼 나의 책임이 커졌다는 자각도 했다. 경무관부터는 명실상부 경찰의 최고 지휘부에 속한다. 리더십이란, 앞에서 먼저 뛰어가는 기수의 행로를 뒷사람이 따르는 것에서 기인한 말이다. 길을 잘못 들면 뒤따르는 이들도 모두 따라서 길을 잃는다. 앞장서 맞바람도 맞아야 하고, 보이지 않는 등 뒤의 움직임도 선도해야 한다. 그만큼 막중한 책임감과 냉철한 분석, 그리고 과감한 판단력이 필요한 게 리더의 자리이다.

경무관이 되고 첫 부임지는 인천국제공항경찰대였다. 그동안에는 총경급이 부임하던 자리에 경무관을 파견한 것이었다. 1년 뒤, 나는 경찰대를 경찰단으로 승격시키고, 인천공항 청사 내에 치안센터를 개소함으로써 리더로서의 역할을 제대로 수행하고 있다는 것을 경찰 내외부에 증명해보였다.

기관의 위상을 승격시키기 위해서는 그만한 역할을 하고 있다는 걸 입증하는 게 먼저였다. 나는 인천공항에 사무소를 두고 있는 여러 국가기관을 설득하고 이를 바탕으로 경찰청을 통해 기관 승격을 요청하는 수순을 밟았다.

내가 가장 역점을 두고 한 일은 인천공항 내에 치안센터를 개설하는 것이었다. 공항 안에 치안센터를 두면 공항 이용객들에게 이 공항이 안전하게 보호받고 있다는 심리적 안정감을 줄 수 있다. 아울러 공항 내에서 발생 가능한 각종 사고에 보다 빠르게 대처할 수 있다. 이런 장점을 다른 기관들은 쉽게 수긍하지 못했다. 하지만 치안센터가 인천공항 1터미널 3층에 문을 열고나자, 다들 공항의 풍경이 확 바뀌었다면서 무척 반겨주었다.

많은 내외국인들의 출입국이 교차하는 공항은 그 나라의 첫인상을 좌우하는 공간이다. 나는 치안센터는 세계를 향해 열린 창이며, 동시에 대한민국의 속내를 들여다보는 창의 역할을 해야 한다고 우리 직원들에게 수시로 강조했다. 실제로 많은 내외국인들이 깔끔한 치안센터의 외관에 감탄했으며, 급한 민원을 공항에서 간편하게 처리할 수 있다는 것에 찬사를 보내줘서 더욱 보람을 느꼈다.

내가 근무할 당시, 치안센터를 개소하고 보니 공항 내에서 하루에 발생하는 각종 민원과 안내 업무가 100건 가까이 되었다. 치안센터가 생기기 전에는 비행기 시간에 쫓기는 여행객들이 민원 처리 기관을 찾아 동분서주해야 했다. 그런 다급한 상황을 해결해주는 치안센터 개소는 정말 잘한 일이었고 꼭 필요한 일이었다. 바쁘게 3교대로 근무해야 했던 우리 요원들 역시 힘들긴 하지만 그만큼 더 보람을 느낀다고 입을 모았다. 나는 공항 경찰은 대한민국을 대표하는 제2의 외교관이란 생각으로 근무해야 한다는 점을 끊임없이 강조했다.

외형적 성장과 내적 성장은 동시에 이루어져야 한다. 공항 경찰은 공항에서만 발생하는 특별한 업무를 처리한다. 대표적인 게 마약이나 밀수품 적발 등이고 대테러업무도 해야 한다. 이런 업무를 잘 처리하려면 공항 경찰이 충분한 역량을 갖추고 있어야 한다. 이를 위해 나는 4년 주기로 되어 있던 근무 기한을 6년으로 연장해줄 것을 본청에 끈질기게 요구해서 마침내 성사시켰다. 그 정도 기간을 근무해야 전문성을 충분히 쌓고 후임들에게도 노하우를 전수할 수 있다고 판단했기 때문이다.

근무 복지 차원에서도 근무 기간 연장은 필요했다. 학령기에 속한 자녀를 둔 30~40대 경찰관들은 몇 년 근무하다 전출을 가면 자녀들도 따라서 전학을 가야 하는 문제로 속앓이를 한다는 걸 나의 경험으로 잘 알고 있었다. 6년

인천국제공항 경찰치안센터 개소식

LA경찰국을 방문해서 현지 경찰관들과 함께

은 초등학교를 모두 마치거나 중고등학교를 한곳에서 이어서 다닐 수 있는 기간이라고 생각했다. 이 조치는 예상대로 우리 직원들의 뜨거운 환영을 받았다.

또한 우리 직원들의 사기 진작을 위해 공항 경찰의 엠블럼을 도안하여 패치 형태로 부착하는 것도 시행했다. 외국 공항 경찰의 사례를 보니 그 나라 경찰의 특성과 공항 경찰이라는 점을 반영한 고유의 엠블럼이 있었다. 이 조치 또한 직원들이 대환영했음은 물론이고 공항 경찰의 세련된 이미지 구축에 큰 도움이 되었다는 찬사를 많이 들었다. 이러한 조직 혁신을 진행하기 위해 나는 미국을 방문해서 LA경찰국, 공항경찰대, FBI 등을 찾아가 선진 경찰 조직 운영 방식 등을 심도 있게 관찰하고 우리에게 적용 가능한 방식을 연구했다. 인천공항이 세계를 향해 열린 대한민국의 창이라면, 그곳에서 근무하는 경찰 또한 세계적 수준의 치안 서비스를 제공해야 하고 국제적인 네트워크를 갖춰야만 하는 것.

이런 노력들을 하며 나는 인천국제공항에 부임한 첫 번째 경무관으로, 그리고 승격된 경찰단의 첫 단장으로서의 역할을 잘 수행해냈다.

시민과 함께 공감하는 경찰

인천국제공항경찰단의 조직 혁신을 성공적으로 마무리한 나는 서울경찰청 경무부장을 거쳐 서울경찰청 차장이 되었다. 직위도 더 올라가 치안감이 되었다. 그만큼 책임도 더 커진 것이다.

서울경찰청은 의경까지 포함하면 약 4만 명의 경찰 인력이 근무하는 국내 최대 경찰 조직이다. 나는 청장을 보필하는 동시에 내부 조직 관리 책임자 역할을 맡았다. 나는 구성원들의 사기 진작을 위해서는 복지 여건 개선이 매우 중요하다는 걸 잘 알고 있었다. 세간에 경찰에 대한 부정적 이미지가 존재한다면, 그건 내부 만족도가 떨어지는데 그 원인이 있다는 게 내 생각이었다. 자긍심과 보람, 그리고 실질적인 복지 혜택으로 근무자들이 다른 것에는 신경 쓰지 않고 일할 수 있도록 각종 규정을 다시 손보고 현장의 애로사항을 청취하는데 최선을 다했다.

자매결연을 한 중국 북경 경찰(북경공안상무국)을 방문한 것도 기억에 남는다. 국제화된 범죄가 갈수록 늘어나고 있는 상황에서 각국 경찰 간 업무 협조는 선택이 아닌 필수가 되었다. 중국의 경찰은 '공안'으로 불리며 한국의 경찰과는 위상과 역할에서 조금씩 차이가 있었다. 이런 부분을 이해하는 게 국제 공조 활동에서는 매우 중요하다는 걸 확인할 수 있었다. 당시 정복을 입고 간 나를 보더니 북경 공안 2인자인 부국장이 대한민국 경찰의 계급장 디자인이 마음에 든다고 해서 내 계급장을 우정의 선물로 그의 어깨에 붙여준 일이 있는데 지금도 잘 보관·전시되고 있다고 들었다.

서울경찰청 근무 기간, 내가 주도적으로 추진할 일 중 가장 자랑하고 싶은 건 서울경찰청 1층 로비에 미술작품을 들여놓은 것이다. 대민 업무를 하는 우리 경찰이 시민들과 정서적으로 교감할 수 있도록 청장을 설득해서 추진한 사업이었다.

도미니카 출신으로 미국과 유럽에서 활약하고 있는 세계적인 그라피티 예술가 존 원을 초청해 600호 크기의 작품을 의뢰했다. 국내외 취재진이 지켜보는 가운데 작가는 현란한 붓놀림으로 빈 캔버스를 채워나갔다. 생동감 넘치는 그림은 다양한 요구사항을 지닌 우리 시민들의 모습을 상징하고 있었다.

고양이 화가로 유명한 프랑스의 토마 뷔유도 초청해 서울경찰청 로비에서 창작 퍼포먼스를 진행함으로써 미술에 관심이 많은 시민들의 이목을 집중시켰다.

지금도 서울경찰청 로비에 가면 존 원과 토마 뷔유의 작품을 볼 수 있다. 서울경찰청을 찾는 시민들이 이 작품을 보면서 관공서의 딱딱한 이미지를 조금이나마 해소할 수 있기를 바랐다. 우리 경찰도 수시로 예술 작품을 감상함으로써 시민들과 비슷한 감성을 지니길 원했다.

다행히 나의 이런 의도는 시민과 서울 경찰 모두에게 큰 호응을 얻었다. 각종 언론에서는 새롭게 변화하는 경찰상을 보여주는 상징적인 장면이라고 호평을 했다. 나는 이런 행사가 1회성에 그치지 않도록 다양한 분야의 전문가를 초청해 특강이나 간담회 형식으로 우리 경찰들의 감성 지수를 높이기 위해

존 원이 작품을 창작하는 모습

당신이 있어 다행입니다

지속적으로 노력했다. 다양한 문화예술인들을 접촉하던 중 나는 마음 깊이 새길 만한 이야기를 들었다.

"미술관 하나가 생기면 교도소 하나가 사라진다."

토마 뷔유에게 들은 말이다. 그 말을 듣는 순간, 내가 오랫동안 생각했던 예방 치안과 안전을 위한 선제적이고 능동적인 경찰 행동의 궁극적 지향점이 어디인지 깨달을 수 있었다.

마음이 선한 사람들, 아름다움을 찾는 사람들의 공동체에서는 범죄가 생길 리 없다. 우리 경찰이, 아니 우리 공동체가 지향해야 할 목표는 바로 그런 것이다. 예로부터 우리는 칼과 창을 녹여 쟁기를 만들고, 거기에 씨를 뿌려 꽃이 피기를 바라지 않았던가.

그 소망을 실현하기 위해 앞으로 나아갈 때 그 길의 끝에서 희망의 땅을 만나게 될 것이다. 도달할 수 없는 꿈이라 여기고 미리 포기하는 사회는 미래가 없는 사회이다. 비록 어렵고 힘든 길이라고 해도, 계속 바라고 그 바람을 실천하기 위해 한 발 한 발 전진해 갈 때 그 희망은 언젠가 현실이 되는 것이다.

경찰은 우리 공동체를 지키는 역할을 수행하는 존재이다. 우리 시민들이 각자의 자리에서 자신만의 꿈과 희망을 이루어 나아갈 수 있도록 든든하게 보호해주어야 하는 것이다.

토마 뷔유도 초정해서 창작 퍼포먼스를 진행했다

경찰의 가치 : 정성, 정의, 정감, 정진

2019년, 나는 다시 고향 전북으로 돌아왔다. 31대 전북경찰청장으로 취임한 것이다. 이제 이곳에서 경찰로서의 마지막 책무를 다해야 한다는 걸 나는 알고 있었다. 그곳이 내 고향 전북이라는 게 얼마나 기쁘고 벅찼는지 모른다. 오랫동안 외지에서 근무하며 고향을 그리워했던 내게 고향 전북을 위해 복무하며 경찰 인생을 마무리하게 되었다는 것은 커다란 영광이었다.

2019년 7월 5일, 전북경찰청장 취임사를 통해 전북의 5천5백여 경찰 가족에게 내가 생각하는 경찰의 가치를 네 단어로 압축해서 제시했다.

정성(精誠) · 정의(正義) · 정감(情感) · 정진(精進)

이 네 가지는 도민의 안전과 행복을 최우선 목표로 삼고 '정성'을 다하자, 인권의 의미를 항상 가슴에 새기는 '정의'로운 경찰이 되자, 격의 없이 소통하고 화합하며 '정감' 넘치는 경찰이 되자, 부단히 '정진'하는 경찰이 되자는 뜻이다. 이는 내가 30년 넘게 경찰로 봉직하면서 경험한 것을 바탕으로 정리한 경찰 정신의 정수였다. 나는 이를 '만4형통'이라고 직관적으로 도안하여 전북경찰청에 배포했다.

처음에는 약간 어리둥절 하는 이도 있었다. '정성'과 '정의'는 경찰 내에서도 자주 접하는 단어였지만, '정감'과 '정진'은 그동안 잘 접해보지 못했기 때문이었다.

'정감'은 앞 장에서 이야기한 '감성 경찰'과 같은 맥락이다. 시민들은 경찰을 대할 때 경계심부터 갖고 위축되는 일도 잦다. 경찰이 먼저 따뜻한 말, 정

감어린 태도로 시민들을 대해야 진심어린 협조와 호응을 얻어낼 수 있다. 시
민들이 친근한 이웃으로 경찰을 받아들일 때까지, 친절을 넘어선 공감과 정감
으로 시민들을 대해야 범죄가 없는 도시, 모두가 안심하고 살 수 있는 도시가
이루어진다.

'정진'은 경찰 후배들에게 특히 강조하고 싶은 말이었다. 나도 그랬지만, 경
찰에 입문할 때 모든 경찰관은 국가와 사회를 위해 헌신하겠다는 의지로 가

득 차 있다. 하지만 시간이 흐르면서 이런저런 일에 치이다 보면, 일을 쉽게 처리하는 요령에 눈을 뜨고 대충 편하게 일해도 되지 않을까 한눈을 파는 순간이 오기도 한다. 나는 마음이 흔들리거나 몸이 무너져 경찰을 그만두는 안타까운 경우를 많이 목격했다. 경찰에 처음 입문할 때의 자세를 끝까지 유지하기 위해서는 자신을 끊임없이 단련해야 한다. 업무와 관련된 지식도 꾸준히 취득하면서 몸과 마음을 늘 최선의 상태로 유지해야 한다. 그러기 위해서는 숱한 인내의 시간과 뼈를 깎는 노력이 필요하다.

정성, 정의, 정감, 정진의 자세로 우리 전북 경찰이 가야할 길에 대해 나는 두 가지를 강조했다. '공동체 치안'과 '사회적 약자 보호'가 그것이다.

공동체 치안이란, 우리 사회의 치안을 지키기 위해서는 공동체적 노력이 필요하다는 것과 경찰이 그에 앞장서야 한다는 뜻이다. 범죄가 발생하지 않도록 건전한 사회 환경을 조성하는 일에는 경찰 인력 외에도 시청 행정 역량, 교육청 역량, 시민사회 역량이 결합되어야 한다. 여기에는 2021년부터 시행되

당신이 있어 다행입니다

는 자치경찰제를 미리 준비하자는 의미가 담겨 있었다.

여성, 아동, 노약자, 장애인, 다문화 등 사회적 약자에 대한 배려 또한 민주 경찰, 민생 경찰, 인권 경찰이 가야할 길이다. 전북의 경우 도민의 67%가 사회적 약자에 해당한다는 것을 나는 우리 경찰 가족에게 주지시켰다. 도움을 필요로 하는 이들에게 따뜻한 벗이 되고 의지할 지팡이가 되어주는 게 경찰이 해야 할 일이라는 것을 틈만 나면 강조했다.

이러한 자세를 선언에만 그치거나 섣불리 직원들에게 강요하려고 해서는 안 된다. 나는 경찰 생활을 시작할 때부터 자전거를 타고 순찰을 돌곤 했다. 순찰차가 일반화되었으나 좁은 골목골목을 구석구석 살피는 데에는 여전히 자전거가 더 유용했다.

나는 직위가 오른 뒤에도 종종 자율방범대원들과 함께 자전거를 타고 야간 순찰에 나섰다. 그렇게 나부터 솔선수범하는 모습을 꾸준히 실천했다. 그것이 리더의 올바른 자세이며 그래야 직원들도 나를 믿고 따를 수 있다고 생각했기 때문이었다.

전북경찰청, 치안 만족도 전국 1위

전라북도 14개 시군에는 모두 164개의 지구대와 파출소가 있다. 이 지구대와 파출소는 도민들이 가장 먼저 찾아오는 치안 행정의 최일선이다. 분실물이 생기거나 층간 소음 및 주취자 소음에 대한 생활 불편 신고부터 강도나 절도와 같이 강력 범죄 신고가 처음 접수되는 곳이다. 때로는 치매 노인을 찾기 위해 가족과 함께 마을 곳곳을 누비거나, 길을 잃고 혼자 울고 있는 어린아이의 손을 잡고 부모를 찾아나서야 하는 경우도 많다.

이처럼 대민 업무가 집중된 곳이다 보니 경찰에 대한 좋고 나쁜 인상의 대부분은 파출소에서 결정된다고 할 수 있다. 그만큼 근무자들의 업무 강도나 정신적 압박감이 높은 곳이 파출소다.

나는 전라북도 내의 164개 지구대와 파출소를 모두 방문하기로 했다. 여름에는 수박 한 통씩 들고 찾아가 현장 근무하는 직원들을 부하가 아닌 후배로 여기며 대화를 나눴다. 대부분의 근무자들이 서장이 방문하는 경우는 많이 봤지만, 청장을 직접 만나는 것은 처음이라며 놀라워했고 그만큼 반가워했다.

나는 우리 전북도민들이 "경찰이 있어 더 안전하고 행복하다."라고 말씀해 주실 때까지 일하자. 그것이 우리 경찰의 사명이자 보람이다. 이런 이야기를 후배 경찰들에게 거듭 강조했다. 그리고 현장에서 접수된 우리 직원들의 애로사항을 해결하기 위해 즉시즉시 업무 처리를 했다.

대화란 쌍방향적이어야 한다. 일방적으로 자기의 말만 하는 게 아니라 내가 하는 말에도 귀를 기울여주는구나. 이렇게 느낄 때 진정으로 마음을 열고 참된 대화가 이루어진다. 이렇게 서로 진솔한 상태에서 주고받는 게 진정한 대화이자 소통인 것이다.

당신이 있어 다행입니다

　나는 164개 지구대와 파출소를 일일이 방문하고 후배 경찰들과 격의 없
는 대화와 소통을 하면서 우리 전북 경찰을 한마음 한 몸으로 움직이는 조직
으로 거듭나게 만들었다. 임실 신평파출소를 시작으로 김제 신풍지구대까지
164개 지구대와 파출소를 한 군데도 빼놓지 않고 모두 방문했다. 내가 다닌
지구대와 파출소들을 거리로 환산해보니 1만2천리에 달했다. 위도와 어청도
등 도서 지역도 모두 방문했다. 자율방범대 창설을 독려했던 어청도는 그 결
실을 보는 자리에 배를 타고 가서 참석했다.

　일선 지구대와 파출소를 방문하는 일과 함께 나는 도내 보육원과 요양원들
을 방문해서 필요한 치안 서비스가 무엇인지도 점검했다. 때로는 어르신들에
게 자식의 심정으로 노래를 불러드리기도 했다. 이것이 나중에는 '노래 잘하
는 경찰청장'이라고 소문이 나기도 했는데, 솔직히 말해서 내가 노래를 잘하
는 건 아니고 어르신들에게 정성을 다해 즐거움을 드리려는 마음에서 우러난

행동이었을 뿐이다.

　오롯이 도민의 곁에서 도민과 함께 하는 치안 서비스를 강조한 결과, 우리 전북경찰청은 '치안 만족도 전국 1위'라는 자랑스러운 타이틀을 차지하는 쾌거를 이루었다. 전국에는 18개의 광역 경찰청이 있다. 이 가운데 1등을 했다는 것은 정말 자랑할 만한 일이다. '치안 만족도' 뿐만 아니라 '절도범 검거'와 '청렴도 평가'에서도 우리 전북 경찰이 전국 1위를 차지했으니 3관왕의 영예를 차지한 것이었다.

　나는 이게 우리 전북 경찰 소속원 모두가 혼연일체가 되어 이룬 결과라고 생각한다. 나는 리더로서 우리가 무슨 일을 왜 해야 하는지를 강조했다. 이를 현장에서 시민들을 상대하는 치안 업무에 실천한 것은 최일선의 경찰들이었다. 우리 도민들은 공동체의 일원으로 법과 질서의 보호를 받고 있다는 걸 느껴야 우리 경찰을 믿음직한 이웃으로 받아들인다. 이 자리를 빌려 나와 함께 근무하며 우리 도민들의 민생 치안을 위해 묵묵히 자신의 업무에 집중해준 후배 경찰들에게 다시 한 번 깊은 감사의 마음을 전한다.

바위처럼 굳건하고 묵묵하게

2020년 8월 7일. 1년 1개월 동안 전북경찰청장으로 근무한 나는 34년간의 경찰 생활에 종지부를 찍는 퇴임식을 했다. 공로연수가 남아 있긴 했지만 퇴임식이 내가 경찰로 치르는 마지막 공식 행사였다. 퇴임식이 하루하루 다가오자 나는 지난 34년 동안 대한민국 경찰로서 맡은 바 임무를 다하며 충실하게 살아왔는지를 스스로에게 물어보는 시간을 가졌다.

내가 전북경찰청장으로 있으면서 강조했던 '공동체 치안', 중국과 인도네시아 경찰과의 국제교류 활동에 앞장선 점 등이 떠올랐다. 무엇보다 사회적 약자에 대한 치안 서비스를 강조한 것이 가장 큰 보람이었다. 지휘관은 해마다 바뀌지만 그 지휘관들이 남긴 흔적은 어떤 식으로든 그 조직에 영향을 끼치기 마련이다.

나는 전라북도와 자매결연을 하고 있는 중국 강소성의 경찰과 유대를 보다 두텁게 해두는 것이 앞으로 전라북도와 강소성의 우호관계에도 긍정적 영향을 미칠 거라고 생각했다. 이에 강소성 공안 본청 및 남경시를 비롯한 각 지역 공안청을 모두 방문해 우의를 쌓았다. 내 재임 기간 동안 강소성의 경찰들이 우리 경찰청에 연수를 온 것도 장기적 관점에서 추진한 일이었다.

내가 재임하는 기간에 코로나19가 유행하면서 초기에 '마스크 대란'이 있었다. 이때 전북 내 마스크 생산 시설을 점검하고 공정한 배급망이 유지되도록 힘쓴 일도 잊을 수 없다. 전 세계를 휩쓴 감염병 사태는 일개 기관의 힘으로 저지하거나 해결할 수 있는 일이 아니다. 이럴 때야말로 내가 강조해왔던 '공동체 치안'이 절실하게 필요하다는 것을 코로나19를 통해 다시금 확인했다.

나는 우리 전북 경찰이 전국 경찰 중에서 가장 믿음직한 경찰, 가장 친절한 경찰로 자리매김하기를 바라는 마음으로 경찰의 자질 함양과 대민 접촉면을 넓히는 일에도 주력했다. 그 일환으로 군산 출신 배우 김성환 씨를 전북 경찰 홍보대사로 위촉하고 왕기석 명창과 가수 진성을 명예경찰로 위촉하기도 했다.

퇴임 직전에는 사비를 들여 전북경찰청 표지석을 제작해서 기증했고 소나무도 기증했다. 바로 이 자리가 전라북도 치안 행정의 초석이라는 점을 도민들에게 알리고 싶었고, 후배 경찰들이 앞으로 푸른 소나무처럼 창창하게 성장하길 바라는 마음으로 한 일이었다. 한편으론 내가 무사히 경찰 생활을 마칠 수 있도록 곁에서 도와주고 함께해준 선배 동료 후배 경찰들에게 고맙다는 인사를 담은 작은 징표라도 남기고 싶었다. 우리는 서로 다른 지역과 서로 다른 환경에서 일해 왔지만, 법을 수호하고 사회 질서를 지켜나가며 국민의 안전을 돌보는 대한민국의 파수꾼이라는 점에서는 다 똑같다. 그러한 경찰의 본분을 바위처럼 묵묵하고 굳건하게 이어나가야 한다는 걸 표지석에 담아내고 싶었다.

현재 우리나라는 세계 각국이 부러워하는 가장 안전한 나라에 속한다. 높은 국민의식이 제일 큰 원동력이지만, 경찰의 분골쇄신하는 노력이 보태져 가

당신이 있어 다행입니다

능한 일이라고 생각한다. 우리 경찰은 이제 전 세계 여러 나라에서 찾아와 묻고 배우기를 청하는 글로벌 경찰의 롤 모델이 되었다.

내가 처음 경찰 생활을 시작하던 1987년에는 국민들이 경찰을 불신의 눈으로 바라보기도 했다. 내가 퇴임한 2020년에는 청소년이 가장 선호하는 직업의 최상층에 경찰이 포함될 만큼 경찰에 대한 인식이 놀랍도록 바뀌었다. 이러한 환골탈태의 시기는 내가 경찰에 재직한 시기와 맞물려 있다. 때문에 경찰의 획기적 이미지 개선에 내가 작은 기여를 한 것 같아 마음 한구석이 뿌듯해진다.

우리 대한민국은 매우 역동적인 나라이다. 그만큼 사회 변화가 극심했다. 급격한 사회 변동은 자칫 공동체 와해를 불러올 수도 있다. 그러나 우리 국민들은 놀라운 적응력과 장악력을 발휘하여 선진국 반열에 우리 대한민국을 올려놓았다. 대한민국 경찰도 그렇게 역동적으로 변해왔다. 새롭게 발생하는 범죄에 대응하기 위해 늘 연구하고 현장을 분석하며 최선의 대응책을 찾아내 시행해왔다.

그 결과, 오랜 숙원이었던 검경 수사권 분쟁을 마무리 지었고, 자치경찰제의 시행도 이룰 수 있었다. 나는 우리 경찰의 눈부신 성장 과정과 함께 했음을 무한한 자랑으로 여긴다. 이만 하면 경찰로서 걸어온 나의 길은 충분히 보람되지 않았을까.

이제 지나온 길은 소중하게 가슴 속에 간직하고, 내 앞에는 다시 새로운 길이 열릴 거라는 기대를 품어본다.

시민과 함께 시민 속으로

퇴임을 한 나는 익산에 터전을 마련했다. 우리 남매는 부모님이 세상을 떠나시자 먼저 세상을 떠난 둘째 누나의 위패와 함께 부모님의 위패를 숭림사에 모셨고 작은 불탑을 세워 부모님과 누나의 명복을 빌었다. 부모의 위패를 모시고 우리 남매가 모여 사는 곳, 이제 나도 익산시민으로 형제들과 함께 살게 된 것이다.

익산서장을 지냈고 전북경찰청장도 했기에 익산의 사정을 잘 안다고 생각했다. 그러나 경찰이 아니라 평범한 시민의 입장에서 살펴본 익산은 그동안 내가 지켜본 익산과 달랐다. 내가 알고 있던 것보다 내부적으로 더 곪아 있다는 걸 느꼈다. 가슴이 아팠다. 왜 익산이 이처럼 어려워졌을까.

익산은 광주와 전주에 이어 호남 3대 도시의 반열에 있었으나, 2020년 말 순천에 그 자리를 내주고 말았다. 더욱 심각한 문제는 도내에서 20~30대의 인구 유출률이 가장 높은 곳이 익산이라는 것. 미래를 책임질 청년 세대가 떠나고 있으니 익산의 앞날은 암울할 수밖에 없다.

이런 상황인데도 익산에 대한 비전이나 청사진을 제시하는 지도자가 없다. 시민들과의 소통을 통해 지혜를 모으는 리더십도 찾아볼 수가 없었다. 시민의 손에 의해 선출된 자치단체장이 이렇게 오불관언, 독불장군처럼 행세하는 것을 21세기에도 보게 되다니 참으로 충격적이었다. 중앙정부와 소통을 하지 않고 도내 정치권과도 교류하지 않는 시장! 그게 본인만 고립무원 상태로 끝나는 게 아니라, 익산시 전체를 전망이 불투명한 상태로 몰아넣고 있다는 것에 나는 충격과 의분을 동시에 느꼈다.

올해 3월 9일에 치러지는 제20대 대통령 선거는 우리 익산과 대한민국의

미래를 결정하는 매우 중대한 선거여서 당연히 익산시민들의 관심이 높다. 그런데도 우리 시민들의 역량을 결집하려는 움직임이 너무나 부족하다는 걸 알게 되자 나는 가만히 있을 수가 없었다.

나는 익산의 미래와 대한민국의 미래는 그 방향과 속도가 일치해야 한다고 생각한다. 대한민국의 장기 발전 계획 속에 익산이 소외되어 있다면, 그렇잖아도 침체의 늪에 빠져 있는 익산은 끝내 이 위기를 헤쳐 나오지 못할 것이다. 이것이 내가 더불어민주당에 입당하고, 익산의 미래를 고민하는 시민들과 함께 '익산더불어혁신포럼'을 발족시킨 까닭이다.

익산의 미래는 결국 우리 익산시민들의 힘으로 개척해야 한다. 익산 청년의 문제는 익산 청년과 함께 그 대책을 수립해야 하고, 노인 복지 문제는 어르신들의 목소리에 귀 기울이는 것에서 시작해야 한다. 그게 기본이자 상식이고 정도이다. 나는 그러한 기본과 상식과 정도를 되찾기 위해 나선 것이다. 그만큼 비상식적이고 몰가치한 일들이 많이 벌어지고 있는 곳이 지금의 익산이다.

우리 익산은 고조선의 적통 준왕이 남하하여 자리를 잡은 곳이고, 백제 무

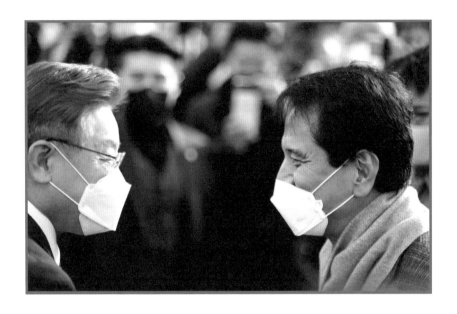

왕과 선화공주의 아름다운 설화가 탄생한 현장이며, 동양 최대의 사찰 미륵사지가 있는 곳이다. 전설적인 명장 아사달과 아비지를 배출했으며, 우리나라 4대 종교인 원불교의 총본산이 있는 익산은 대한민국의 그 어느 고장 못지않게 오랜 전통과 뛰어난 역량을 지닌 곳이다. 그러한 저력을 십분 발휘해서 우리 앞에 놓인 난제들을 해결하고 더욱 크게 웅비하기 위해서는 우리 익산시민들이 함께 손을 잡고 다 같이 노력해야 하는 엄중한 시점이다.

이제 나도 한 사람의 시민으로, 익산시민들과 함께 더 큰 문화 영토와 경제 영토를 확보하는 일에 앞장설 것이라고 다짐해본다. 그것이 내가 그동안 쌓아온 경험과 능력을 최대한 발휘하여 내 고향 익산에 기여하는 마지막 소명이라고 생각한다. 이것이 내가 정치의 새 길에 들어선 이유다.

나는 이재명 후보가 대통령에 당선되어 4기 민주정부가 들어서고, 익산 역시 주목받는 대한민국 서남부의 중핵도시로 우뚝 서게 하는 일에 최선의 노력을 다할 것이다.

다행히 이 길이 외롭지는 않다. 많은 시민들이 이 길 위에서 같이 전진하고 있다. 이렇게 모두가 함께 하는 한 걸음 한 걸음이 모여 우리 사회를, 우리 익산을 앞으로 나아가게 만드는 것이다.

다 함께, 더 크게! 익산을 바꿉니다!

조용식 출마선언문

"오늘이 행복한 시민", "내일이 더 기대되는 도시", "익산다운 익산"

저 조용식은 오는 6월1일, 제8회 전국동시지방선거 익산시장 출마를 여러분께 알리기 위해 이 자리에 섰습니다.
현재 우리 익산은 인구 감소 위기를 맞고 있습니다. 오랫동안 호남 3대 도시였던 우리 익산은 인구 감소로 인하여 그 위상이 지속적으로 추락하고 있습니다.
특히, 미래 익산의 주역이 되어야 할 20~30대의 인구 유출률이 타시군에 비해 현저히 높다는데 그 위기의 심각성이 있습니다. 일자리가 없기 때문입니다.
이런 현실에도 불구하고, 최근 익산은 고분양가 아파트 문제로 몸살을 앓고 있는 중입니다. 일자리는 줄어들고, 정주 여건은 이처럼 악화되고 어떻게, 누가 떠나는 젊은이를
붙잡을 수 있겠습니까?

사랑하는 익산시민 여러분!
현재 우리 익산에서는 책임감 있는 리더십을 찾아보기 힘듭니다. 시청 신청사 문제나 중앙시장 수해 대책에서 보여진 무능, 시민과 진솔한 소통을 하기는커녕 변명만 일삼는
불통이 최근 익산 리더십의 실체입니다. 또, 올해 우리 익산시민들은 4기 민주정부 수립을 무엇보다 강력히 원하고, 대한민국의 발전과 익산의 발전이 같은 방향에서 진행되길 바
간절히 희망하고 있지만, 이와 같은 시민의 부름에 현 시장은 여기저기 눈치만 볼 뿐 묵묵부답입니다. 이로 인해 결국 우리 익산은 대한민국, 전라북도 내에서도 외톨이가
되었습니다. 주변 도시 출마자들은 익산을 통합 흡수 대상으로 공공연히 언급하고 있지만, 이에 대해 제대로 반박조차 하지 않고 있습니다.
저 조용식은 이와 같이 잘못된 흐름을 바로잡고자 합니다. 지금 바로잡지 못하면 익산은 어디로 흘러가게 될지 예측하는 것이 두려울 정도입니다. 이게 바로 우리 시민들이 요청하는
준엄한 명령입니다!
저는 우리 익산 시민들의 절망을 희망으로 바꾸고, 체념을 기대로 바꾸기 위해 이 자리에 섰습니다.

저는 '오늘이 행복한 시민', '내일이 더 기대되는 도시' '익산다운 익산'이 우리 시민들이 원하는 익산 공동체의 모습이라고 생각합니다.
익산이 현재 처한 어려움을 극복하고, 대도약의 발판을 마련하기 위해 저는 다음과 같이 익산의 발전 전략을 구상하고 있습니다.

첫째, KTX 익산역과 국가식품 클러스터를 연계한 "더블 포스트 전략"으로 익산을 견인하겠습니다.
KTX 익산역은 연결과 재생의 창의번영권입니다. 익산역 복합환승센터 건립과 호남권 광역 환승 체계를 구축하여 사통팔달 교통 물류 허브로 만들고 공항터미널 유치와 익산역
주변의 구도심과 역세권을 연계해, 활력 넘치는 도시 재생을 추진하겠습니다.
국가식품클러스터는 신 산업 번영권입니다. 1차 국가식품클러스터가 75%이상 분양된 상황입니다. 충분히 제2차 국가식품클러스터 추진에 나설 여건이 조성되었습니다. 속도감
있게 추진하여 한국 식품산업의 새로운 메카, 익산 혁신 성장의 새로운 동력으로 삼아야 합니다.
전북 제2혁신도시 익산 유치는 우리 익산의 미래가 걸린 매우 중차대한 사업입니다. 민관의 역량을 모두 모아 일치된 힘으로, 중앙 정부에게 당당하게 요구해야 합니다.
노무현 정부 당시 전국 10개 혁신도시 배치 과정에서 도내 13개 시군은 전주에 대승적 양보를 했습니다.
이제는 전북 발전의 다양성을 중심에 두고 지역 내 균형 발전의 관점에서 익산을 거점으로 군산-새만금까지 이어지는 새로운 혁신도시 건설을 우리 전북의 새로운 과제로 삼아야
합니다.

둘째, 전국 최고 복지, 안전도시를 만들겠습니다.
청년들이 마음껏 일할 수 있도록 청년활동 플랫폼인 청년센터를 설립하여 청년창업과 취업 주거문제를 해결하고 아이를 잘 키울수 있도록 돌봄과 보육정책도 강화하겠습니다.
어르신들을 위한 국립 치매치료 재활병원을 치유의 숲과 연계하여 유치하고 원광의원과 연계한 원격의료 플랫폼을 구축하여 어디든지 원격 치료와 빈곤 시민을 위한 긴급
구조 제도 운영, 친환경 도시를 위한 미세먼지 저감, 악취문제도 100% 해결하겠습니다.
안전하고 쾌적한 도시가 시민들의 삶을 풍요롭게 합니다. 저는 범죄 예방을 위한 도시 설계의 관점에서 익산을 전국 제일의 안전도시로 만들 자신이 있습니다.
자치경찰제의 실시에 따라 익산시의 대민 행정과 치안행정의 과학적 결합이 시급한 시점입니다. 이 또한 제가 가장 잘 할 수 있는 일 중 하나입니다.
시민들과 함께 하는 익산 안전위원회의 운영을 통해 시민이 체감할 수 있는 치안 만족도 1위 도시를 만들겠습니다.

셋째, 역사, 문화, 생태가 조화로운 관광산업을 발전시키겠습니다.
미륵사 완산혁명과 미륵사지 주변 관광단지 개발을 추진하고 고조선 이래 마한, 백제, 보덕국의 수도였던 금마왕궁지구를 고대 시대 체험 파크로 조성하는 것을 적극
추진하겠습니다. 전통의 계승과 재창조가 이뤄지는 뜻 깊은 테마파크가 익산의 역사적 정체성을 확실히 규정하게 만들겠습니다. 이와 함께 석공, 목공 장인의 도시였던 익산의
정체성을 현대적으로 확장할 수 있는 방안을 찾도록 하겠습니다. 우선 익산의 전통산업인 보석, 섬유, 석재산업 발전을 위해 전통산업 육성과를 설치하고, 보석브랜드, 니트산업
지원과 원도심에 보석, 니트 특화거리를 조성하여 '익산 르네상스' 시대를 열겠습니다.
익산의 젖줄인 만경강과 주변을 정비하여 새만금 수질정화에 기여하고, 생태공간을 만들어 친환경 수변공원과 스포츠 체육시설을 확충하여 시민들의 힐링공간으로 활용하겠습니다.

넷째, 농생명 스마트 농식품산업을 육성하여 농엄민 소득을 늘리고 농촌을 꿈터로 만들겠습니다.
농업실용화재단과 연계한 농기계 특화산업단지 조성과 남부권 농기계 임대사업권 확대, 북부권 농산물 유통센터건립으로 전통적 농업기술과 현대적 농생명 스마트 농업을
융합하여 고부가가치 산업을 육성하고 바이오산업 기반의 농식품 생명산업 농촌을 만들겠습니다.

다섯째, 미래로 도약하기 위한 도시발전 계획으로 도시다움을 추진하겠습니다.
익산은 맵씨있 난개발로 도심지역은 정주여건이 열악한 도시로 전락했습니다. 미래 100년을 내다보는 도시계획 전면 재정비로 친환경 녹색 명품도시를 만들겠습니다.
시민들의 청원으로 원성을 사고 있는 아파트 고분양가는 공영개발사업인을 신설하여 택지개발과 분양가 심의위원회의 철저한 심의를 거쳐 1,000만원 미만대 분양가로 시민들의
내 집 마련 꿈의 실현을 앞당기겠습니다. 청년 일자리와 창업 지원, 소상공인 특례보증 융자와 이자 지원, 익산사랑 상품권 다이롬 혜택 제도를 확대하여 코로나19로 인한
위기에서 소상공인들의 어려움 해소에 앞장서겠습니다. 공무원은 우리 익산 발전의 중요한 핵심 동력입니다. 우리 익산 공무원들이 신명나게 일할 수 있도록 하겠습니다.
시청 공무원의 의욕을 읽고 일 할 수 있는 여건을 만들고 책임은 시장이 지도록 하겠습니다. 공무원들의 자발적인 창의력과 애향심으로 시민을 위한 업무에만 전념 할 수
있도록, 각종 포상 제도와 복지 개선을 획기적으로 끌어올리겠습니다. 마지막으로, 익산 싱크탱크 연구단(익산시정연구단)을 설립하여 미래로의 안정된 도약을 준비하고, 전통과
현대, 농촌과 도시가 어우러진 우리 익산의 정체성을 보다 공고히 하겠습니다.
시민의 문제는 시민과 상의하는 게 상식입니다. 청년의 문제는 청년과 상의하고, 어르신 복지 문제는 어르신들의 목소리를 들어가며 상의하겠습니다.
언제나 현장에서 시민들의 목소리를 경청하겠습니다. 어디든 언제든 현장으로 달려가는 시장의 모습을 보여주겠습니다.

2022년.
대한민국의 새로운 선택, 익산의 새로운 출발...
조용식이 가장 앞서 뛰겠습니다.
감사합니다!

조용식

PART 02

조용식의
생각과 선택

내 인생의 책,
김용택 시집 『섬진강』

　내 고향 김제 봉남. 끝없이 펼쳐진 평야 너머 모악산과 구성산을 보며 자랐다. 평지 출신인 나에게 산이란 그런 존재였다. 눈에 보이지만 아득히 멀어서 늘 바라보기만 하는 것.

　그러다 김용택 시인의 시집 『섬진강』을 만났다. 시집을 펼친 순간, 충격 그 자체였다. 우리나라 국토는 좁은 걸까 넓은 걸까. 세계지도를 보면 좁은데 막상 다녀보면 우리 국토는 무한정 확장된다. 나와 김용택 시인은 같은 전라도에 사는데 이렇게 다른 풍경을 보고 살았구나, 하는 생각이 들었다.

　가장 먼저 느낀 차이는 나는 산을 멀리서 바라보며 살았는데 김용택 시인은 산중에서 살았다는 것. 시인은 회문산과 섬진강과 함께 살면서 세상을 바라보았다. 그의 시에는 산그늘, 물 냄새, 그리고 나무들의 아우성 같은 게 자욱했다. 내가 태어나서 보고 자란 김제만경평야 또한 아침저녁으로 장엄한 풍경을 연출했지만, 김용택 시인의 시집 속에 그려진 풍경은 내 성장 과정에서 전혀 경험해보지 못한 낯선 것이었다.

　시를 읽으며 나는 시인을 만나고 싶었고, 그 마을에 가보고 싶었고, 해 저무는 강 물결을 하염없이 바라보고 싶었다. 시인은 틀림없이 그 물결에서 시어를 건져 올렸으리라, 그런 생각을 하니 당장에라도 달려가고 싶었다. 하지만, 난 달려가지 못했다. 그렇게 달려가선 안 된다고 생각했다. 그 언어가 그려낸 풍경을 더 그리워해야 했다. 그리움이 차올라 마침내 터져 나올 때까지 기다려야 했다. 그게 시와, 그 시를 쓴 시인에 대한 예의라고 생각했다.

> 가문 섬진강을 따라가며 보라
> 퍼가도 퍼가도 전라도 실핏줄 같은
> 개울물들이 끊기지 않고 모여 흐르며
> 해 저물면 저무는 강변에
> 숯불 같은 자운영꽃 머리에 이어 주며
> 지도에도 없는 동네 강변
> 식물도감에도 없는 풀에
> 어둠을 끌어다 죽이며
> 그을린 이마 훤하게 꽃등도 달아준다

내가 이 시집을 처음 읽은 지도 30년이 지났다. 그럼에도 '가문 섬진강을 따라가며 보라 / 전라도 실핏줄 같은 / 개울물들이 끊기지 않고 모여 흐르며' 이런 표현은 지금도 나를 설레게 한다. 섬진강의 끝도 없는 생명력을 표현한 구절이어서일까. 퍼내고 또 퍼내도 다시금 샘솟는 그 아름다운 생명력에 자꾸만 산을 향해 내달리고 싶었다. 토끼풀꽃, 자운영꽃, 그 작은 생명들이 살아 숨 쉬는 아름다운 섬진강을 노래한 김용택 시인의 시는 아직도 내 심장을 뜨겁게 뛰게 만든다.

김용택 시인의 시를 읽을 때마다 젊은 시절의 감동을 다시 떠올리며 내가 흘러온 시간의 물결을 생각하게 된다. 나는 지금 어디로 가는 것인가. 나는 어떤 풍경과 함께하고 있는가. 그리하여 마침내 어디에 당도할 것인가…….

내 인생의 책,
정호승 시집 『슬픔이 기쁨에게』

    슬프다. 기쁘다. 답답하다. 행복하다. 이런 감정의 소용돌이를 어떻게 표현해야 하나, 그런 생각을 할 때가 있다. 이럴 때 나는 정호승 시인의 시집『슬픔이 기쁨에게』를 펼친다.

    정호승 시인의 시를 읽다 보면 내 마음속 혼란스럽게 소용돌이치던 여러 생각이 차분하게 가라앉는 느낌을 받는다. 그때마다 시인들은 정말 대단하다는 생각을 한다. 말로는 형용할 수 없는 이 미묘하고 변덕스러운 감정을 어찌 저렇게 언어로 표현할 수 있단 말인가.

    「슬픔으로 가는 길」, 「슬픔을 위하여」, 「슬픔은 누구인가」, 「슬픔이 기쁨에게」, 「슬픔 많은 이 세상도」……『슬픔이 기쁨에게』에 수록된 시의 제목들이다. 이 시들을 읽다 보면 사람의 감정 중 가장 순도가 높은 건 무엇일까, 궁금해진다. 사람마다 다르겠지만, 나는 그게 슬픔이 아닐까 생각하곤 한다. 기쁨과 노여움, 즐거움은 우리 감정을 고조시키지만 오래지 않아 사라진다. 하지만 슬픔은 우리 감정을 가라앉게 만들고, 그런 감정으로 세상을 바라보면 참 많은 슬픔이 있다는 걸 새삼 알게 된다.

    내가 은사의 은사로 존경하는 문학비평가 천이두 선생은 평생 '한'에 천착하셨다. 천이두 선생에게 '한'은 슬픔의 바다에 떠오른 단단한 바위섬과 같은 것이었으리.

정호승 시인의 시중에서 「슬픔이 기쁨에게」는 내가 애송하는 시이다. 그 제목만으로도 이미 충분히 시가 아닌가.

> 추워 떠는 사람들의 슬픔에게 다녀와서
> 눈 그친 눈길을 너와 함께 걷겠다.
> 슬픔의 힘에 대한 이야기를 하며
> 기다림의 슬픔까지 걸어가겠다

이 구절은 지금도 커다란 울림을 준다. 여기에는 생략된 시의 앞부분에는 타인에 대해 무관심한 우리의 모습이 그려진다. 시인은 그런 소시민의 모습을 비난하거나 질타하지 않는다. 다만 깊이 슬퍼하면서 그 슬픔이 잔잔한 파동처럼 퍼져나가길 바란다. '기다림의 슬픔'이란 표현은 아마도 이런 상황에 대한 역설적 표현이 아닐까.

정호승 시인은 지금도 시작 활동을 활발히 하고 있다. 그의 시집을 가득 채운 역동감은 여전하다. 그것이 내가 정호승 시인을 애정하는 이유이다.

정호승 시인은 한결같이 우리 마음의 그늘, 우리 시대의 그늘을 향해 눈길을 던진다. 그의 시선이 머무는 곳에 1970년대의 우리와 2020년대의 우리가 있다. 시인의 시를 통해 우리 시대와 나의 자화상을 바라보면 그윽한 슬픔으로 공감하게 된다.

불교에서 말하는 '자비(慈悲)'를 누군가 '큰 슬픔'으로 옮겨 해석한 걸 본 적이 있다. 애틋하고 안쓰럽게 우리의 주변을 껴안는 일. 그게 공동체의 일원으로 우리 사회를 살아가는 중요한 덕목임을 새삼 깨닫는다.

내 인생의 음악,
「All for the love of a girl」

　내 인생의 음악을 말하라면 나는 항상 「All for the love of a girl」을 꼽는다. 한국어 번안곡의 제목은 「어느 소녀에게 바친 사랑」. 아마 이 제목이 더 익숙한 이들이 많을 것이다.

　미국의 컨트리 가수 자니 호튼이 부른 이 노래는 어느 앙케이트에서 '우리나라 사람들이 좋아하는 팝송 200곡' 중 80위를 차지했을 정도로 사랑을 받은 노래다. 자니 호튼은 내가 세상에 태어나던 1960년에 교통사고를 당해 33세의 나이로 세상을 떠났다. 불꽃같은 삶을 살다간 그의 짧은 생애 때문에 더욱 이 노래에 끌렸는지도 모르겠다.

　이 노래가 발표된 건 1959년, 내가 태어나기도 전이다. 10대 시절 우연히 이 노래를 원곡으로 듣고 그때부터 흠뻑 빠졌다. 멜로디가 어찌나 아름다운지 정확한 가사도 모르고 흥얼거리다 가사를 제대로 알고 싶어서 밤새 영어사전을 뒤적여가며 뜻풀이를 했다.

> Well, today I'm so weary.(오늘은 내 마음 지치고)
> Today I'm so blue.(오늘 너무 우울해요.)
> Sad and broken hearted(슬프고 마음이 찢어질 것만 같아)
> And it's all because of you.(왜냐하면 이 모든 것이 당신 때문이에요.)

Life was so sweet dear(인생은 그렇게 달콤하고)

Life was a song.(마치 하나의 노래와 같았어요.)

Now you've gone and left me(이제 당신은 날 두고 가버렸으니)

Oh, where do I belong?(오 난 어찌 하란 말인가요?)

And it's all for the love of a dear little girl.(이 모든 것이 한 사랑스러운 어린 소녀의 사랑을 위한 것입니다.)

All for the love that sets your heart in a whirl.(내 마음을 소용돌이 치게 만드는 것은 바로 그 사랑 때문이에요.)

I'm a man who'd give his life(한 소녀를 향한 사랑이라면 내 생명까지도)

And the joys of this world(이 세상의 모든 기쁨까지도)

All for the love of a girl.(어느 소녀에게 바친 사랑.)

사랑을 위해 자신의 모든 걸 바치겠다는 순수하고 진실 된 내용이 10대의 내 마음을 마구 헤집어놓았다. 이 노래를 듣고 있으면 그때 그 시절이 떠오른다. 어쩌면 마음의 열병에 빠져있던 그 시절의 나를 만나기 위해 오늘도 이 노래를 듣고 있는 건지도 모르겠다.

내 마음속 위인,
백범 김구

중학교 때 『백범일지』를 읽고 나서 어찌 이렇게 한 생애를 오롯이 조국 독립을 위해 헌신할 수 있는지 감탄하고 또 감탄했다. 독립된 조국의 문지기가 되길 희망한다는 대목을 읽을 때는 절로 눈시울이 뜨거워지기도 했다. 그 시절 내가 만난 세상에서 가장 위대한 사람은 단연 백범 김구였다. 잃어버린 나라를 되찾기 위해 온 생애를 바친 김구 선생의 정신이 오늘의 대한민국을 만들었다고 생각했다. 그때부터 김구 선생은 내가 가장 존경하는 인물이 되었다.

백정(白丁)의 백과 범부(凡夫)의 범자를 따서 만든 김구 선생의 호 백범. 당시 가장 천한 존재라는 백정과 무식한 범부까지도 애국심을 지녀야 진정한 독립을 이룰 수 있다는 뜻에서 그렇게 호를 지었다고 한다. 독립에 대한 선생의 의지가 강하게 느껴지는 호이다.

학창 시절 내내 나는 김구 선생의 정신을 가슴에 품고 지냈다. 그러다 경찰이 되고나서 김구 선생에 대해 새로운 사실을 알게 되었다. 김구 선생의 임시정부 첫 보직이 바로 경찰이었다는 것. 1919년 8월 12일, 김구 선생은 임시정부 초대 경무국장으로 임명되었다. 지금으로 치면 경찰청장으로 취임한 것이다. 현재 대한민국 경찰의 모토이자 근대적 의미의 첫 경찰이 바로 김구 선생인 것이다.

1945년 광복 후 혼란스러운 상황 속에서 김구 선생은 '민주, 인권, 민생'의

경찰정신을 강조하셨다. 1947년 발간된 경찰 교양지『민주경찰』창간호에 실린 기고문에서 김구 선생은 이렇게 말씀하셨다.

> 현재에 있어서는 신(新)경찰의 수립이 절대 필요한 것이다. 이 신경찰이야말로 애국안민의 신경찰이 되어야 하겠다.

광복 이후 대한민국 경찰의 상당수를 일제 경찰 출신이 차지했다. 대한민국 초기 경찰이 일제 순사의 뿌리에서 헤어나지 못할 때, 김구 선생은 진정한 신경찰의 정신을 역설한 것이다. 일본 제국주의의 주구였던 경찰에서 벗어나 우리 한민족, 대한민국 국민을 지키기 위해 '민주, 인권, 민생'의 정신으로 무장한 새로운 경찰이 필요하다는 말씀은 역사의 흐름과 당대의 문제를 동시에 꿰뚫어본 발언이었다.

현재 우리 경찰은 백범 김구 선생을 대한민국 경찰 1호로 숭앙하고 있다. 당연한 일이다. 김구 선생이 제창한 '민주, 인권, 민생'은 우리 경찰이 가장 중요하게 생각하는 강령이자 행동 규범이다. 또한, 우리나라가 문화강국이 되길 희망했던 백범 선생의 소원은 현재 K·POP 등 '문화 한류'를 통해 그 결실을 맺고 있다고 나는 생각한다.

국제 교류 업무 차 중국을 방문할 일이 몇 번 있었는데, 내게 가장 인상이 깊었던 도시는 상하이다. 거기에 '상해임시정부'가 있었고, 백범 선생의 흔적이 남아있기 때문이다.

김구 선생은 우리 국민 모두가 존경하는 인물이지만, 대한민국 경찰의 모범이라는 점에서 내겐 더욱 각별한 위인이 되었다. 김구 선생은 내게는 영원한 위인으로, 우리 민족에게는 훌륭한 지도자의 표상으로 길이 남아 계실 것이다.

나의 취미, 자전거 타기

나에게는 몇 가지 취미가 있다. 그중 가장 좋아하는 것을 꼽으라면 자전거 타기이다. 내가 어릴 적에는 자전거가 귀하고 비싸서 쉽게 타기 힘들었다. 게다가 어른용뿐이어서 안장에 제대로 올라탈 체구가 되어야 자전거 타기를 배울 수 있었기에 더욱 선망의 대상이었다.

자전거에 대한 추억을 되짚어보면 우리 동네를 오가던 우체부 아저씨가 떠오른다. 커다란 가방을 멘 우체부 아저씨의 자전거가 동네 입구에 나타나면 뛰어나가 마중을 했다. 그리곤 자전거 꽁무니를 쫓아 동네 이곳저곳을 함께 다니며 우체부 아저씨의 가방 속에서 나오는 각종 편지가 이 집 저 집 배달되는 풍경을 구경했다.

글을 읽지 못하는 할머니들에게 우체부 아저씨가 "이 편지는 월남 간 손자가 보낸 거예요!" 혹은 "사우디에서 왔네요."라고 하면 할머니들은 기쁨과 설렘의 표정을 감추지 못하다 혹여나 하는 불안감에 편지를 안방 문틈에 고이 끼워놓던 장면은 아직도 생생하다. 취학통지서나 각종 고지서도 엽서 형태로 왔고, 동네 형들의 입영 통지서도 우체부 아저씨의 자전거와 함께 도착했다.

나는 남들보다 일찍 자전거를 탔다. 당시 아버님이 봉남면에서 신문지국을 운영하셨는데, 그때의 시골 신문지국은 여러 신문을 동시에 취급했다. 조간이 나오면 새벽에, 석간이 나오면 저녁참에 각기 다른 신문 구독자들에게 신문을 배달해야 했다. 땅은 넓은데 신문 구독자는 적으니 배달할 범위가 꽤 되었다. 마땅히 배달할 사람을 구하기가 힘들자 아버지는 아들인 나에게 배달 일을 시켰다.

'짐빠'라고 불리던 자전거를 기억하는 분이 계실까? 나는 그 무거운 '짐빠'를 타고 여러 종류의 일간지를 김제 봉남면 일대에 배달하는 일을 하루에 두 번씩 했다. 초등학교 4학년 때부터 중3 때까지…….

이런 연유로 나는 내 또래 중 나만큼 자전거 잘 타는 사람은 드물 것이라는 생각을 가끔 한다. 학교에 지각하게 생겼는데 타이어에 펑크가 나서 전전긍긍하던 일, 한겨울 자전거 체인이 벗겨져서 고생했던 일…… 겨울에 왜 그렇게 자주 체인이 벗겨졌는지 알 수 없는 노릇이다. 벌겋게 얼어붙은 손으로 체인을 끼우느라 고생이 이만저만 아니었다. 손가락이 곱아들어 몇십 분씩 걸렸다.

학창 시절 나의 분신과도 같았던 자전거는 성인이 되자 자연스레 취미 생활의 도구가 되었다. 쉬는 날이면 자전거를 끌고 나가서 바람을 가로지르며 달리는 게 그렇게 상쾌할 수가 없다.

이런 습관 때문인지 경찰 시절에는 자전거를 타고 순찰하는 게 일상이었다. 나는 경찰차를 타고 순찰하는 것보다 자전거로 순찰하는 게 훨씬 좋았다. 자동차로 지나가면 무슨 일이 있는지 모르는 골목 구석구석까지 자전거는 모두 포착해내기 때문이다.

자전거의 이점은 그런 것이다. 걷는 것보다 빠르면서 걷는 것과 비슷한 수준의 섬세함으로 주변을 살필 수 있다는 것. 그래서 나는 여전히 자전거 타기를 사랑할 수밖에 없다.

내가 즐겨 찾는 미륵산

내가 자전거 타는 것만큼 좋아하는 게 산행이다. 전국에 있는 많은 산을 찾아다녔다. 그중에서도 익산에 있는 미륵산은 즐겨 찾는 산이다. 익산 사람이라면 한 번쯤 올랐을 산, 익산 사람이 아니어도 익산을 찾은 이라면 한 번쯤 올라보고 싶은 아름다운 산이 미륵산이다.

미륵산은 익산시 금마면, 삼기면, 낭산면에 걸쳐 있다. 원래 이름은 용화산이었으나 미륵사가 지어진 뒤부터 미륵산으로 불리게 되었다. 많은 산을 오르내렸던 내가 미륵산에 애정을 갖게 된 건 익산의 유구한 역사를 고스란히 품고 있기 때문이다.

미륵산은 신비로운 산이다. 사자 형상을 한 봉우리가 있는가 하면, 마한의 도읍지로 추정되는 미륵산성과 미륵사지, 무왕과 선화왕비의 설화가 깃든 사자암, 그 모든 걸 넉넉하게 담아내고 있다.

백제의 무왕은 선화왕비와 함께 사자사에 주석하고 있던 지명법사를 만나러 가는 길에 용화산 밑 커다란 연못에서 미륵삼존(彌勒三尊)이 나타나자 멈추고 예를 표했다. 선화왕비가 이 성스러운 만남을 기리기 위해 이곳에 절을 짓자고 했다. 이에 무왕이 청을 하자 지명법사는 신통력을 발휘해 하룻밤 사이에 못을 메워 그 자리에 미륵삼존상을 세우고 절 이름을 미륵사(彌勒寺)라 했다. 지금은 그 터만 남아있지만, 백제가 지은 절로는 최대 규모를 자랑하는

미륵사를 굽어보고 있는 산이 미륵산이다.

나는 주말에 시간이 날 때마다 작은 배낭 하나 메고 미륵산을 오르곤 한다. 미륵산 정상에서 미륵사지를 내려다보면 백제 무왕이 꿈꾸었던 불국토의 모습이 한 눈에 들어온다.

미륵산의 의미가 남다른 데에는 윤흥길 작가의 소설도 한몫했다. 미륵산을 오를 때면 미륵산 밑자락에서 살아가는 한 어머니의 이야기를 그린 윤흥길 선생의 장편소설 『에미』가 떠오른다. 윤흥길 선생께서는 "내 자신의 어머니, 내 고향 마을의 많은 어머니들, 내 어린 시절 친구들의 어머니의 모습을 한데 합쳐서 이 소설을 썼다."고 말씀하셨다.

미륵산을 오를 때마다 이 산을 배경으로 펼쳐지는 『에미』의 모성(母性) 서사와 미륵사에 얽힌 서동과 선화의 아름다운 설화를 생각하곤 한다.

내 마음의 문장,
'미술관 하나가 생기면 교도소 하나가 사라진다.'

내 마음속에는 밑줄을 쫙 그어놓은 문장이 하나 있다.

'미술관 하나가 생기면 교도소 하나가 사라진다.'

서울경찰청 차장 시절 프랑스의 화가 토마 뷔유에게 들은 말이다. 그때부터 이 말은 내가 가장 좋아하는 문장이 되었다. 솔직히 말하자면, 토마 뷔유에게 이 말을 처음 듣던 순간에는 잠시 멍했다. 충격이었다. 경찰의 가장 기본적인 역할에 대한 생각을 다시금 정립해주는 말이었다.

진정한 치안은 사건을 처리하는 게 아니라, 사건 자체가 일어나지 않게 하는 것이다. 범인을 잡고 사건을 처리하기 이전에 그런 일이 발생하지 않도록 환경을 조성해야 한다.

예술과 치안은 생각보다 가까운 사이이다. 그런 생각으로 서울경찰청 차장 시절에 청장님께 경찰청 로비를 예술 공간으로 조성하는 게 어떻겠냐고 건의했다. 작가를 초청해 전시하고 예술 활동을 펼쳐서 경찰청이 시민의 공간으로 재탄생하길 원했다.

솔직히 경찰청이라는 공간은 삭막하다는 인상을 준다. 시민들에게 경찰청은 왠지 딱딱한 곳이라는 이미지가 있다. 경찰청으로 오라고 하면 몸이 먼저 경직되기도 한다. 그래서 예술을 접목해서 아름답고 부드러운 공간으로 바뀌길 원했던 것이다.

경찰청도 시민의 공간이다. 경찰청에 작은 문화 공간을 조성한다면 경찰에

토마 뷔유의 그림

대한 선입견이 많이 누그러질 것이다. 경찰에 대한 선입견이 바뀌면 경찰과 시민은 훨씬 가까워지고 그보다 훌륭한 치안은 없을 것이다.

미술관이 개방과 공유와 자유를 떠올리게 한다면, 교도소는 폐쇄와 통제와 억압을 떠올리게 한다. 이질적인 두 공간의 대비를 통해 우리 사회를 좀 더 쾌적하고 아름다운 곳으로 바꾸어 나가는 길이 무엇인지를 생각해본다. 그 길을 찾기 위해 나는 다시금 내 마음속의 문장을 조용히 되새기는 것이다.

'미술관 하나가 생기면 교도소 하나가 사라진다.'

내 인생의 멘토, 둘째 형 조용순

나는 4남3녀 중 다섯째로 태어났다. 형이 둘인데 그중 둘째 형은 나보다 두 살 많지만 내겐 늘 어른이었다. 내가 경찰이 되는 데 가장 많은 영향을 준 것도 둘째 형이다. 형은 내 인생의 멘토였다.

나는 34년 동안 오롯이 경찰의 길을 걸어왔지만, 처음부터 경찰을 꿈꾼 건 아니었다. 어린 시절의 장래희망을 적어본다면 종이 몇 장은 거뜬히 채울 수 있을 것이다. 내 입으로 말하긴 좀 쑥스럽지만, 그 정도로 나는 끼도 많고 꿈도 많았다. 남들 앞에 서는 것도 좋아하고, 말하는 것도 좋아하고, 의롭지 못한 상황을 보면 참지를 못했다. 운동도 잘해서 별명이 만능 스포츠맨이었다. 그래서 어제는 운동선수를 꿈꿨고, 오늘은 아나운서, 다음날은 기자를 꿈꾸곤 했다. 어린 시절의 나는 하고 싶은 것도 많고 되고 싶은 것도 많았다. 그랬던 내가 공직자가 되기로 결심한 건 순전히 '조용순' 때문이었다.

조용순은 나의 둘째 형이다. 형은 해병대 장교 출신으로 1984년 청와대 경호실에서 근무를 시작했다. 공직자의 길에 들어선 형의 모습은 내가 보았던 그 누구보다도 멋졌다. 20대 초반의 나에게 청와대에서 일하는 형은 그야말로 선망의 대상이었다. 그때 나는 다짐했다. 나 또한 공직자의 길을 걷겠노라고.

시간이 흘러 나는 경찰이 되었고, 그 사이 형은 더욱 멋진 경호원이 되어갔다. 나는 늘 형을 동경했다. 형이 멋지고 훌륭해 보였고, 형처럼 되고 싶었다.

그래서 경찰에 투신한 것이었는데, 내가 따라가면 따라갈수록 형은 언제나 더 높은 곳을 향해 앞서 걷고 있었다.

형을 보면서 나는 공직자의 자세를 배웠다. 경호원은 항상 절제해야 하고, 언제나 긴장하고 있어야 하는 직업이다. 그래서인지 형은 늘 엄정한 풍모를 지니고 있었다. 그런 형의 모습이 너무나 대단했다. 어떻게 술도 한 잔 마음대로 마시지 못하는 생활을 하면서 저렇게 빈틈없이 준비하고 있을 수 있을까. 그런 형을 보면서 어느 틈엔가 내게도 형의 풍모가 스며들었다. 형의 생활 태도가 곧 나의 생활 태도가 되어버린 것이다. 형이지만 어른이었고, 멘토이자 롤모델이 되어준 사람. 형은 내게 그런 존재이다.

형은 청와대 경호본부장을 끝으로 30여 년의 공직 생활을 잘 마무리했다. 공직자의 옷을 벗고 나온 뒤에도 문재인 당시 대통령 후보의 경호실장으로 자원봉사하는 모습을 보며 정말 많은 걸 느꼈다. 나도 30년 넘게 경찰 생활을 했으니 형만큼은 아니더라도 나라를 위해 나름대로 헌신해오지 않았던가, 라고 생각했다가도 역시 형을 따라가려면 아직 멀었다는 걸 깨달았다.

형을 생각하면 내게 자랑스러운 기억으로 남아있는 일이 떠오른다. 1997년 김대중 대통령 당선인 시절, 형은 대통령 당선인 수행과장으로 있었고 나는 고양경찰서 교통과장으로 있었다. 당시 김대중 대통령 당선인께서는 고양경찰서 관할인 일산에 살고 계셔서 형과 내가 함께 김대중 대통령의 경호를 맡았다. 그때 신문에도 형제가 함께 경호를 한다는 게 크게 보도되었다. 그때를 생각하면 '형제는 용감하였다'는 말이 저절로 떠오른다. 형제가 함께 일국의 대통령을 경호하다니, 이 얼마나 멋진 일인가. 내가 늘 동경하던 형과 함께 우리나라에서 가장 중요한 인물을 위해 일했던 그 순간은 내 인생에서 가장 멋진 순간이 아닐 수 없다.

형과 나, 둘 다 공직을 떠난 지금도 형은 내게 가장 큰 영감을 주는 사람이다. 경찰 생활을 잘 봉직하고 시민과 함께하는 시장이 되어 시민을 위해 봉사하려고 결심한 지금, 내 곁에서 가장 큰 힘이 되어주는 사람이 바로 둘째 형이

다. 무뚝뚝한 동생인지라 그동안 단 한 번도 나의 진심을 형에게 표현한 적이 없었다. 이 자리를 빌려 이 말을 꼭 하고 싶다.

"조용순 형님, 당신이 있어 참 다행입니다."

자치경찰제 시대 개막, 새로운 도약이 필요하다

조용식(전 전북경찰청장)

全北日報

HOME   오피니언

자치경찰제 시대 개막, 새로운 도약이 필요하다

조용식(전 전북경찰청장)

오는 7월 1일이면 우리 사회는 지방자치경찰제 시대의 개막이라는 획기적 변화와 마주하게 된다. 오랜 진통 끝에 이뤄진 검경 수사권 조정과 국가수사본부의 출범에 이어 실시된 자치경찰제에 대한 기대와 우려가 앞으로 활발히 논의되겠지만, 필자는 우선 그 의의에 주목해야 한다고 강조하고 싶다.

5.16 군사 쿠데타에 의해 강제로 중단되었던 지방자치제는 우여곡절 끝에 1991년 지방의회 구성을 먼저 하는 것으로 부활의 날개짓을 시작했다. 올해는 지방 자치제가 부활된 지 30년이 되는 뜻깊은 해이다.

1995년 첫 지방 동시 선거를 통해 자치단체장을 주민의 손으로 직접 선출하기 시작했고, 2010년에는 교육감 직선제가 추가되면서 '교육 자치'로 범위가 확대되었으며, 2014년 지역문화진흥법의 공포를 통해 '문화 자치' 또한 분권과 자치의 중요한 가치임을 확인했다. 그리고, 드디어 다음 달부터 자치경찰제가 실시됨으로써 지난 30년 동안 지속적으로 보완해온 지방자치제의 연계가 그려질 셈이다.

오는 7월 1일이면 우리 사회는 지방자치경찰제 시대의 개막이라는 획기적 변화와 마주하게 된다. 오랜 진통 끝에 이뤄진 검경 수사권 조정과 국가수사본부의 출범에 이어 실시된 자치경찰제에 대한 기대와 우려가 앞으로 활발히 논의되겠지만, 필자는 우선 그 의의에 주목해야 한다고 강조하고 싶다.

5.16 군사 쿠데타에 의해 강제로 중단되었던 지방자치제는 우여곡절 끝에 1991년 지방의회 구성을 먼저 하는 것으로 부활의 날개짓을 시작했다. 올해는 지방자치제가 부활된 지 30년이 되는 뜻깊은 해이다.

1995년 첫 지방 동시 선거를 통해 자치단체장을 주민의 손으로 직접 선출하기 시작했고, 2010년에는 교육감 직선제가 추가되면서 '교육 자치'로 범위가 확대되었으며, 2014년 지역문화진흥법의 공포를 통해 '문화 자치' 또한 분권과 자치의 중요한 가치임을 확인했다. 그리고, 드디어 다음 달부터 자치경찰제가 실시됨으로써 지난 30년 동안 지속적으로 보완해온 지방자치제의 얼개가 그려진 셈이다.

이만큼 올 수 있었던 지역 사회의 끊임없는 요청과 이에 화답한 김대중-노무현-문재인 정부의 부단한 노력 때문이었다. 이 과정 속에서 한국 사회는 성장했다. 하지만, 여기서 만족해선 안 된다는 것을 우리는 누구보다 잘 안다. 지난 30년이 지방자치제의 정착을 위한 모색의 한 세대였다면, 앞으로는 보다 광범위하고 유기적인 지방자치제의 완벽한 구현을 해야 할, 새로운 시대적 과제가 우리 앞에 놓여 있는 셈이다.

새로운 기회는 늘 새로운 도전과 함께 온다. '지방 자치 2.0 시대'를 열기 위해서는 장기적인 안목 속에서 융합과 소통을 통해 보다 수준 높은 지방 자치를 구현하겠다는 공동체적 합의가 필요하고, 사회적 합의를 실천할 전문가들이 있어야 한다.

자치경찰제로 범위를 좁혀 보면 이는 보다 명확해진다.

일원화된 조직이었던 한국의 경찰은 다음 달부터 국가수사본부, 광역경찰청, 지방자치경찰로 그 업무 영역이 세분화되는데, 특히 자치경찰의 경우 지역 주민의 민생 생활 안전을 담당해야 하며 지자체의 행정 역량과 화학적으로 융합되어 보다 높은 치안 서비스를 제공해야 한다.

이러한 과정 속에서 숱한 시행착오와 행정력 낭비가 발생할 수 있고, 사각지대의 발생이나 책임 떠넘기기와 같은 부작용이 생길 수도 있다. 만약 이와 같이 우려할 만한 일이 생긴다면, 의당 그로 인한 피해는 지역 공동체, 특히 사회적 약자들에게 돌아갈 가능성이 매우 크다.

또, 현재 경찰 인력의 약 40% 내외가 자치경찰로서 역할을 해야 하는데, 이들이 자신들에게 주어진 새로운 시대적 역할을 수행하고 지역 공동체의 든든한 안전 버팀목이 되기 위해서는 새로운 탈각의 과정을 거쳐야 할 것이다. 현대사의 질곡 속에서 한국 경찰은 뼈를 깎는 노력을 통해 민중의 지팡이로 거듭나는 노력을 해왔다. 이제는 주민들 곁으로 더 가까이 다가가서 선제적으로 문제를 예견하고 창의적으로 불안 요소를 해결하는 노력을 해야 하며, 지역 공동체의 건강성을 지키기 위한 인적, 제도적 정비를 해야 한다.

새롭게 변화하는 시대에는 그 변화의 방향을 긍정적으로, 그 결과를 생산적인 것으로 이끌 수 있는 새로운 인재상이 요구된다. 지방 자치의 범위가 확장될수록 새롭게 확장된 영역을 이끌 새로운 상상력과 세련된 리더십이 요구된다.

지방 자치 30년의 역사, 그리고 새로운 지방 자치 2.0시대의 개막을 여는 가장 큰 변화는 자치경찰제의 실시라고 할 수 있다. 이같은 변화를 우리 공동체의 건강성을 증진하는 기회로 활용할 수 있는 준비가 지금부터 요구된다.

자치경찰제, 안전한 익산을 위한 든든한 받침돌

조용식(31대 전북지방경찰청장)

오는 7월 1일이면 한국 지방자치사에 새로운 획을 긋는 큰 변화가 우리에게 찾아온다. 지역 주민들과 경찰의 오랜 숙원이었던 자치경찰 시대가 마침내 열리게 된 것이다. 그리고, 이를 통해 1991년 극적으로 부활된 한국의 지방분권의 역사 30년은 어느 정도 그 외형적 완성을 눈앞에 두게 되었다.

물론, 국가수사본부-광역 지방경찰청-지역 자치경찰위원회로 그 역할이 세분화되는 한국 경찰의 변화가 7월 1일 그날부터 당장 실감 나게 우리 삶에 다가올 리는 없다. 오히려 초기 시행착오가 먼저 눈에 띌 소지도 농후하다. 또, 자치경찰제가 실시되면 무엇이 어떻게, 얼마나 빨리 변하고 우리 삶에 그 영향을 미칠지 예단하기도 쉽지 않다.

즉, 형식의 변화가 내용의 변화를 얼마나 추동할지 모두 촉각을 곤두세우고 지켜보고 있다는 것이 현 상황에 대한 정확한 진단일 것이다. 하드웨어가 아무리 그럴 듯 해도, 소프트웨어가 시원찮으면 그건 '깡통'에 불과하다.

자치경찰이라는 새로운 하드웨어를 움직이는 소프트웨어는 당연히 휴먼웨어일 수밖에 없다. 그리고, 그 휴먼웨어의 핵심에는 지난 30년 지방자치의 발달과 함께 성장해온 각 지역의 현명한 집단지성이 자리잡게 될 것이다. 이래야 지방 분권, 주민 자치는 비로소 완성된다. 우리 공동체의 문제를 스스로 해결하겠다는 자발적 의지를 바탕으로 그 의지와 소망을 구현할 매뉴얼과 시스템이 구축되는지 우리 익산 시민들은 적극적으로 간섭하고 점검해야 한다.

앞으로 자치경찰이 담당하게 될 업무는 생활 안전, 여성 청소년 문제, 교통, 질서 유지 등에 관련된 것들이다. 모두 우리 삶의 안전, 삶의 질과 밀접하게 관련된 영역들이다.

1인 가구, 독거 노인, 소년 소녀 가장, 다문화 가정이 늘어나고 지금까지 우리가 갖고 있던 관념으로는 이해하기 힘든 새로운 가족 형태가 등장하는 등 우리 공동체의 모습은 매우 빠르게 변하고 있다. 그리고, 이와 같은 공동체의 변화 그리고 시대의 빠른 변화 속에서 범죄의 양상은 더더욱 빠르게 변하고 있다. 불특정 다수를 대상으로 하는 '혐오 범죄'나 '묻지 마 범죄', 아동이나 여성을 대상으로 하는 유인, 납치, 스토킹과 같은 범죄는 피해자 본인은 물론 시민들 전체에게 불안감과 타인에 대한 불신을 심어주게 된다. 불안과 불신은 순식간에 우리 공동체에 치명적인 균열을 안겨준다.

자치경찰제의 출범을 이와 같은 시대의 변화와 함께 통합적으로 이해하면, 우리 익산시민들이 자치경찰을 어떻게 활용하고 또 어느 정도의 기대치를 담아 새로운 치안 서비스를 요구할 것인지 가늠이 될 거라고 생각한다.

현재 전국적으로 비슷하게 진행되고 있는 자치경찰제 시대의 새로운 치안 서비스는 아동 학대 예방과 재발 방지 대책, 주취자 응급의료센터 운영, 정신질환자와 자살 기도자에 대한 조치와 치료 대책 등으로 집약된다. 그리고, 이러한 대책은 기존의 사회 복지 행정 시스템과의 긴밀한 협력을 전제로 하고 있다.

아동 학대 범죄의 경우, 그동안 경찰 따로, 시청 따로 대응하던 방식에서 벗어나 아동 학대 전문 경찰과 시청 소속의 아동 학대 전문 요원이 동행 출동하는 것을 원칙으로 하고 의료·법률·심리 전문가가 모두 참여하는 통합 대책회의를 통해 재발 방지 대책과 피해 아동 보호 대책을 수립하게 된다. 즉각적인 진단과 대처를 위해 지역 의료 기관과의 협조도 필수적이며 이러한 과정에서 여성가족부나 복지부와의 협력도 이끌어내야 할 것이다.

주취자 문제는 그동안 치안 인력 낭비를 가져오는 대표적 사례였다. 주취자가 발생하면 파출소에서 보호를 했는데 이 경우 주취자 관리를 위해 현장 인력이 파출소에 발에 묶이는 경우가 허다했다. 이를 해결하기 위해서는 주취자를 전담으로 하는 주취자 응급의료센터와 같은 대응 기관이 필요하다. 주취자 전담 기관이 생긴다면 주취자의 보호나 치료 효과도 늘어날 것이고, 무엇보다 경찰들이 더 많은 시민들을 지킬 수 있게 된다. 전국적으로 6개 지역 13개 기관이 운영되고 있는데 우리 지역은 아직 전담 기관이 없었다. 자치경찰 시대가 되면 시급히 처리해야 할 과제라 할 수 있다.

정신질환자의 경우는 본인이 치료를 받아야 하는 약자이면서 동시에 우발적 가해자로 돌변할 수 있다는 특성이 있다. 따라서 보다 정교한 제어와 치료 시스템이 필요하다. 응급 입원을 시키고 치료를 해서 사회에 복귀시킬 수 있는 의료 복지 시스템과 적절한 통제와 후속 조치를 감행할 수 있는 치안 행정이 결합해야 하는 경우라 볼 수 있다. 자살기도자의 경우도 마찬가지다. 현장 출동 치안 인력과 자살예방센터와 같은 전문 기관의 협조가 긴밀하고 체계적이어야 한다.

이상 살펴본 것처럼, 이와 같은 새로운 치안 서비스는 기관간 협업을 필수적인 전제 조건으로 삼고 있고, 각 분야 전문가들이 각자 자신이 가진 역량을 충분히 발휘할 수 있어야 제대로 작동할 수 있는 것들이다. 서로 책임 떠넘기기와 같은 경우가 발생한다면 협력 체계는 그야말로 탁상공론에 불과한 것이 된다.

자치경찰제로의 전환.

다시 한 번, 이 전환기를 우리 익산 공동체의 건강성을 더욱 증진하는 계기로 삼기 위해서는 시민들의 적극적인 관심이 필수적이라는 것을 역설하고 싶다.

공동체의 안녕과 건강이 곧 나와 내 가족의 안전이라는 의식으로 새롭게 시작되는 자치경찰제 시대를 지켜봐야 한다. 우리 집앞 골목이 어둡다면, 아이들 통학 길이 불안하다면 즉각 파출소로 찾아가서 이야기하고, 자치경찰들은 시청과 함께 시민들이 감탄할 만큼 빠르게 일 처리를 해줘야 한다.

변화하는 시대, 변화하는 시민들의 요청에 즉각적이고 체계적인 답변을 하는 시 행정을 펼치고 있는지 감시하는 것 또한 깨어있는 시민들이 해야 할 일이다.

모두가 더 안전하고 더 쾌적한 삶을 누리는 익산. 자치경찰제의 실시는 안전 익산을 떠받치는 든든한 받침돌이 될 것이다.

자치경찰 시대, 변화하는 것과 변해야 할 것

조용식(전 전북경찰청장)

올해는 지방자치제가 부활된 지 30년째 되는 해이다. 흔히 30년을 한 세대라고 칭하는 관행을 감안하면, 이제 한국의 지방자치가 지난 30년의 성과를 바탕으로 한 시대를 정리하고 또 다른 도약, 새로운 도전에 나설 전환기에 우리가 서 있는 셈이다.

지방자치법의 전면 개정과 자치경찰제의 실시!

지난 30년, 지방 분권을 위한 노력이 거둔 결실 중 두드러지게 눈에 띄는 것은 이 두 가지다.

이 중에서도 특히 주목해야 할 변화는 자치경찰제의 실시라고 할 수 있다.

지방자치법의 전면 개정은 지난 30년간의 시행착오와 새로운 요구를 담고 있는 반면, 현 단계 자치경찰제의 실시는 시대적 변화 요구를 수용했다는 선포적 의의가 강하고, 시행 과정에서 수많은 세부 항목들을 조정하고 조율하는 과정이 뒤따라야 하기 때문이다. 자치경찰제 실시에 따른 치안 서비스의 새로운 변화는 곧 국민의 생활 안전과 직결되는 문제이다 보니 아무리 작은 사안이라도 가볍게 처리해서는 안 된다.

현재 출범을 앞둔 전국 18개 자치경찰위원회와 업무 분장에 대비해야 하는 전국 경찰청, 조례안 마련 등 새로운 치안 통합 서비스 시대를 준비해야 하는 지자체들은 제각각 매우 분주하게 움직이고 있다. 국민 모두 누구 하나 빠짐없이 '나는 안전하게 보호받고 있다'고 실감할 때까지 지역 밀착 생활 안전 서비스망은 계속해서 확충·점검되고 보완돼야 한다.

현재 우리 사회가 자치경찰에 새롭게 요구하는 역할이 기존의 범죄 대응과 예방을 뛰어넘는 '건강하고 안전한 공동체 설계'에 있다고 생각한다. '리모델링'이나 증축이 아닌 새로운 '빌드업'이 시작돼야 한다.

시대의 변화는 그걸 수용하고 실천하려는 의지를 가진 이들이 스스로 변화할 때, 즉 공동체 구성원들이 함께 변화해야만 비로소 완성되는 법이다. 변화란 기존 관행과도 결별해야 하고 새로운 것을 익히고 적응하는 데 필요한 시간과 노력이 투여될 때 실현되는 것. 무엇이든 거저 얻게 되는 것은 없다.

자치경찰로 새롭게 일하게 된 인력들에겐 훨씬 더 향상된 인권의식과 공동체에 대한 폭넓은 애정, 그리고 더 깊이 있는 전문성이 요구될 것이다. 이 같은 요청은 경찰뿐 아니고 통합 치안 서비스에 동참하게 되는 행정 지원이나 복지 서비스 인력, 의료진이나 상담 전문가에게도 똑같이 주어질 것이다. 그리고 통합 치안 서비스를 제공하기 위한 협업과 업무 분장에 대한 치밀한 매뉴얼이 필요할 것이며 이 과정이 순조롭게 진행되기 위해선 제도적·재정적 지원도 튼실하게 뒷받침돼야 할 것이다. 초기 시행착오와 갈등을 최소화하기 위해서는 성숙한 리더십도 필수적이다.

시민들 역시 나와 내 가족, 내 공동체의 건강은 내가 지킨다는 주인의식으로, 가까이 있는 사회안전망을 점검하고 더 질 높은 서비스를 요청하고 모든 시스템이 제대로 작동하는지 적극적으로 감시해야 한다. 그래야 기관 간 책임 미루기나 제도적 허점이 발생하지 않는다.

구성원 모두가 관심과 역량을 모아 우리들의 공동체를 건강하고 안전하게 지키고 키워가는 것. 진정한 자치와 분권의 시대는 우리들의 주인의식으로부터 꽃피고 열매를 맺는다. 서로가 서로를 믿고 의지하는 것, 그게 공동체 정신이다.

자치경찰제 실시와 함께 도래하는 '지방자치 2.0시대'. 더 좋아질 수 있다는 믿음이 우리를 더욱 단단하게 결속시킬 것이다.

이젠 도내 균형 발전을 이야기할 때

조용식(익산더불어혁신포럼 공동대표)

내년 대선이 다가오면서 여야 후보 각 진영에서 공약들이 쏟아져 나오고 있다. 현재는 대국민 약속 수준이지만 각 후보 캠프에서 역량을 다해 준비한 이 공약 중 상당수는 추후 다시 분석되고 결합되는 과정을 거쳐서 실제로 대한민국 미래의 백년대계로 자리 잡을 것이다.

또, 대선 공약은 각 후보 캠프 나름대로 정밀하게 수집하고 체계화한 국민의 여망이라는 점에서 매우 의미가 크다. 국민들이 생각하는 우리나라의 현실과 미래에 대한 고민이 대부분 거기 담겨 있다. 따라서, 국민의 뜻을 모아 담은 각 후보의 대선 공약들은 모두 눈여겨 볼만한 가치가 있는 것이라고 할 수 있다. 아마 이번 추석 연휴 기간에 많은 이들이 각 후보들의 공약을 면밀히 검토하는 시간을 갖게 될 것이다.

하지만, 여전히 실망스러운 부분도 있다. 수십 년째 거의 변화가 없는 패턴을 보이는 지방 관련 공약이 그렇다.

여야를 가리지 않고 몇십 년째 지역 관련 공약은 단지 조성과 토목 공사들로 채워져 있고, 대부분 그 지역의 중심 도시를 더 크게 키운다는 식의 레퍼토리를 천편일률 되풀이하고 있다.

우리 전북의 경우, '새만금' 공약이 대표적이다. 이번이 몇 번째인지 손꼽는 것이 무의미할 정도로 많은 대통령 후보들이 새만금 공약을 내걸었다. 그럼에도, 왜 지금도 새만금은 늘 미완 상태로 남아있는 것인지, 도내 정치권은 깊이 반성해야 한다고 생각한다, 도민의 숙원 사업을 대선용 공약 아이템 정도로 전락시킨 것은 아닌지… 왜 이렇게 새만금은 더디게 진행되는가 물으면 배후 도시와 인프라 부족을 핑계 대는 이들이 많은데 그 무책임함에 분노가 치밀 때가 많다.

또, 우리나라의 많은 문제가 수도권 중심이라고 지적을 하면서도, 지역 내에서 똑같은 일이 반복되는 것도 큰 문제다.

수도권과 지방의 관계가 우리 전북 내에서는 전주시와 나머지 13개 시군의 관계로 반복된다. 최근 대선 공약을 살펴봐도 전주를 중심으로 한 발전 공약이 대부분이다. 나머지 13개 시군은 들러리나 마찬가지다.

2022년을 '지방 자치 2.0시대'의 원년으로 삼자는 구호는 난무하는데, 정작 현실은 지역 내 불균형의 심화를 가속화 하는 방향으로 흘러가고 있다. 왜 이런 현상이 생기고 있는지, 정말 심각하게 돌아보고 수정해야 할 시기이다.

자칫, 필자의 이런 주장이 소지역주의를 부추기는 것으로 오인받을까봐 확실히 필자의 뜻을 밝히고자 한다.

전주도 발전하고 익산도 발전하고 무주, 진안, 장수도 발전하는 방안을 지역 내에서 머리를 맞대고 창출하고 이를 '전북의 상생 발전 모델'로 대선 후보들에게 당당히 요구하는 것이 지역 정치권이 해야 할 일이다. 대한민국의 미래 설계라는 큰 명분 하에 지역의 목소리가 묻혀서는 안 된다.

현재 전북의 맏형 격인 전주시의 발전만큼 13개 형제 시군의 발전도 똑같이 중요하게 생각해야 한다. '맏아들'의 성공만을 바라보며 나머지 형제 남매들이 희생을 감수하던 시절의 논리가 지금도 지방 정치권을 짓누르고 있는 것은 아닌지 관계자들의 맹성을 촉구한다. 소외와 차별의 폐해를 누구보다 많이 겪었으면서도, 우리 또한 소외와 차별을 내면화한 것은 아닌지, 반성하는 것으로부터 '지방 자치 2.0시대'를 열어야 한다. 상생과 협력, 그리고 신명 나는 경쟁이 앞으로 우리가 지향해야 할 전북의 앞날이다.

지금, 익산을 위해 그리고 전북을 위해 누가 어떤 정책을 14개 시군이 모두 만족할 수 있게 고민하고 있는지, 자신의 지역을 위해 목소리를 내기는커녕 방관과 침묵으로 일관하는 이는 없는지… 다음 지방선거는 그 옥석을 가리는 심판이 되어야 할 것이다.

10월 29일, 지방자치의 날을 생각한다

조용식(익산더불어혁신포럼 공동대표)

오늘, 10월 29일은 국가가 지정한 '지방자치의 날'이다.

그리고, 올해는 1961년 5.16 군사 쿠데타에 의해 30년 동안 강제 중단된 지방 자치가 부활한 지 꼭 30년이 되는 해이기도 하다. 1952년 한국전쟁기에 시작된 한국의 지방자치는 이와 같이 30년의 암흑기와 30년의 회복기를 보냈고, 이제 내년부터 새로운 '지방자치 2.0시대'를 열 준비를 하고 있는 셈이다.

10월 29일을 지방자치의 날로 지정한 연유도 각별하다. 1987년 6월 항쟁의 결과, 그해 10월 29일 9차 개헌이 이뤄지는데, 이때 가장 중요한 개헌 사항이 '대통령 직선제'의 실시와 '지방자치제의 부활'이었다. 즉, 국가의 최고 지도자를 국민의 손으로 뽑는 일만큼 민주주의의 기초를 주민자치를 통해 세우는 일이 함께 중요하다는 국민적 합의가 이때 이뤄졌던 것이다. 10월 29일은 1987년 우리들 스스로의 각오를 잊지 말고 기억하자는 중요한 기호인 셈이다.

세계적으로도 지방 자치의 역사는 그리 길지 않다. 우리가 잘 아는 '풀뿌리 민주주의'라는 말이 미국 내에서 주창된 것이 20세기 중반. 연방과 자치 주 사이의 갈등을 해결하는 과정에서 기초 자치체가 모여 광역 자치체를 이루고, 광역이 모여 국가를 이룬다는 원리를 설명하는 과정에서 고안된 용어였다. 우리나라 또한 이와 같은 의미로 이 말을 쓴다.

유럽의 경우에는 2차 세계대전을 이루면서 전체주의적 광기의 폐해를 세계 어느 대륙보다 심각하게 체험했다. 이 과정에서 파시즘이나 나치즘과 같은 전체주의에 빠져들지 않기 위해선 깨어있는 시민들의 자발적인 움직임이 필요하다는 것을 절감했고, 그 가장 이상적이고 튼튼한 바탕이 지방자치의 실시라는 사실을 각성하게 된다. 전 세계 지방자치의 바이블로 평가받는 '유럽지방자치헌장'의 기조는 '지방자치야말로 민주주의 최전선 방파제'라는 것이었다.

이처럼, 우리는 실패와 좌절을 통해 배운다.

유럽이 전체주의의 폐해를 극복하기 위해 지방 자치의 가치에 주목했던 것처럼, 우리나라는 군사 독재 시절의 획일화된 국가 정책이 지방 공동체를 어떻게 무너뜨리는가 처절하게 깨달았다. 수도권 중심 그리고 지방 내 권역 거점 도시 중심으로 진행된 도시화, 산업화의 거센 물결 속에 수천 년 지역 공동체가 보존하고 있던 역사의 기억과 문화적 자산은 순식간에 멸실되었다. 지역어는 사투리로 폄하되고 전통문화들은 낡은 것이나 미개한 것으로 치부되기도 했었다.

이와 같이 잘못된 흐름을 바로잡고, 지역의 정체성과 문화적 자산을 되찾는 것이 앞으로 우리가 해야 할 일이며, 이는 무엇보다 시민들의 굳건한 주민 의식 그리고 참여 정신으로부터 비롯될 것이다.

올해 7월, '자치경찰제'가 실시되기 시작했고, 내년에는 이른바 '지방자치 3법'이 훨씬 더 주민 친화적인 방식으로 효력을 발휘하게 된다. 그 출발을 알리는 것이 내년 지방선거이다. 내년 지방선거는 우리가 우리 삶의 터전을 스스로 운영하고, 우리의 미래를 스스로 설계할 역량이 있는지 스스로 시험해보는 귀한 시간이다.

우리에겐 지방자치 중단 30년, 회복 30년의 경험이 있다. 이제 보다 확장되고 심화된 지방자치의 실현을 우리 손으로 해내야 한다. 지역의 가치, 주민 연대의 소중함, 집단지성에 대한 신뢰를 간직한 청렴하고 깨끗한 후보들을 세우고 뽑아야 우리의 앞날이 맑고 투명해지며 우리의 공동체가 더욱 튼실하고 풍요로워진다.

문학도시 익산을 꿈꾼다

【익산칼럼】 문학도시 익산을 꿈꾼다

마스터 기자 /iksanpress@hanmail.net   입력: 2021년 12월 06일(월) 11:19

내 어린 시절 소중한 추억을 구성하는 소품 중에 '전집'이 있다. 당시 아버님이 월부로 사들여 집안 책장에 꽂혀있던 '세계문학전집'이나 '한국문학전집' 그리고 '플루타루크영웅전'과 같은 책들을 읽으며 나는 성장했고, 지금도 그때 읽은 책들의 내용이나 문구 중 일부분은 생생하게 기억이 난다.

고교 시절, 우리 익산은 전국적인 문학 명문 도시였다. 그게 얼마나 내게 뿌듯한 자부심을 줬는지 모른다.

특히 익산과 연고가 있는 문인들의 이름을 나는 내 가족의 이름처럼 소중히 생각하며 그들을 우선 책으로 만나고, 또 직접 만날 기회가 있다면 만사를 제쳐두고 문학강연회나 출판기념회 자리의 한 귀퉁이를 지키며 책에서 받은 감동이 더욱 배가되는 경험을 하곤 했었다.

우리 익산은 '서동요'의 작자 백제 무왕, 조선조의 대문장가 양곡 소세양을 낳은 땅이고 한국 현대시조의 중흥을 이끈 가람 이병기 선생의 생가가 있는 곳이다.

1970~80년대, 원광대는 전국적으로 문인을 가장 많이 배출하는 학교로 명성이 자자했다.

고교 시절 은사였던 이광웅 시인을 통해 남성고와 원광대의 빛나는 문학 전통에 관한 이야기를 자주 들었고, 이런 인연으로 말미암아 알게 된 안도현 시인과는 친형제처럼 지내며 자주 문학계 소식을 접하곤 했다.

　　내 어린 시절 소중한 추억을 구성하는 소품 중에 '전집'이 있다. 당시 아버님이 월부로 사들여 집안 책장에 꽂혀있던 '세계문학전집'이나 '한국문학전집' 그리고 '플루타루크영웅전'과 같은 책들을 읽으며 나는 성장했고, 지금도 그때 읽은 책들의 내용이나 문구 중 일부분은 생생하게 기억이 난다.

　　고교 시절, 우리 익산은 전국적인 문학 명문 도시였다. 그게 얼마나 내게 뿌듯한 자부심을 줬는지 모른다.

　　특히 익산과 연고가 있는 문인들의 이름을 나는 내 가족의 이름처럼 소중히 생각하며 그들을 우선 책으로 만나고, 또 직접 만날 기회가 있다면 만사를 제쳐두고 문학강연회나 출판기념회 자리의 한 귀퉁이를 지키며 책에서 받은 감동이 더욱 배가되는 경험을 하곤 했었다.

우리 익산은 '서동요'의 작자 백제 무왕, 조선조의 대문장가 양곡 소세양을 낳은 땅이고 한국 현대시조의 중흥을 이끈 가람 이병기 선생의 생가가 있는 곳이다.

1970~80년대, 원광대는 전국적으로 문인을 가장 많이 배출하는 학교로 명성이 자자했다.

고교 시절 은사였던 이광웅 시인을 통해 남성고와 원광대의 빛나는 문학 전통에 관한 이야기를 자주 들었고, 이런 인연으로 말미암아 알게 된 안도현 시인과는 친형제처럼 지내며 자주 문학계 소식을 접하곤 했다.

요즘, 이와 같이 빛나던 익산의 문학 전통이 조금씩 퇴색하는 듯한 느낌이 들 때마다 가슴이 저린다. 문학 소년 시절, 나의 영웅이었던 선배들은 노쇠하고 익산이 자랑스럽고 위대한 문학도시였다는 것을 지난 시절의 일로 치부하는 이들을 보게 될 때, 어쩔 수 없이 내 마음 한구석에 섭섭함이 찾아든다.

한 도시의 정체성은 그 도시의 구성원인 시민들이 무엇을 자랑스럽게 생각하느냐, 하는 것에서부터 형성된다. 백제의 왕도였던 익산, 철도도시 익산, 교육도시 익산에 대한 시민의 자부심이 곧 익산의 정체성을 만드는 가장 중요한 요소이다.

이런 면에서 나는 우리 익산이 우리가 보유한 익산의 문학적 자산을 더욱 자랑스럽게 생각하고 이를 도시의 문화정체성의 핵심적 요소로 받아들이길 희망한다.

문학강연회나 찾아가는 문학교실, 북콘서트와 같은 문학 활동이 연이어지고, 익산 근현대문학관과 같은 '라키비움' 시설이 생겨 익산에 연고를 둔 문학인들을 기림과 동시에 미래 문학세대의 발굴이 활발히 이어졌으면 좋겠다.

원광대 문학 중흥기를 이끄는데 중요한 계기가 되었던 '문예장학생'과 같은 제도의 부활을 익산시민들이 함께 논의해보면 어떨까 하는 생각도 해보곤 한다.

세계적인 문학 도시들을 살펴보면 그 지역에서 좋은 작가나 작품이 나오기도 했지만, 무엇보다 그 지역 주민들이 자신들이 문학을 사랑한다는 것에 큰 자부심을 느낀다는 공통점이 있다.

미국의 '아이오와 시티'와 같은 곳이 대표적이다. 특출한 작가나 작품을 배출하지 않았지만, 전 세계 작가들을 초청해 시민들과 함께 하는 문학 행사를 꾸준히 꾸려가던 끝에 유네스코 지정 '문학의 도시'로 선정됐다.

우리 익산 역시 지역의 정체성과 문화적 전통을 깊이 있게 연결하는 움직임이 절실히 필요하다.

어디 문학뿐이겠는가, 음악, 미술, 체육… 한 도시의 아름다움과 품위는 그 도시의 문화적 수준에 의해 결정된다.

문화 수준이 높은 익산, 문화 창조자들의 도시 익산, 문화 소비의 새로운 양상을 선보이는 도시 익산을 향한 다양한 논의가 바로 시작되어야 한다. 그 논의의 첫 출발을 문학부터 시작했으면 좋겠다.

익산시장 후보들에게 묻다,
조용식 전 전북경찰청장

내년 익산시장 선거 출마를 결심하게 된 계기는?

익산은 제게 고향이나 다름없는 곳입니다. 저희 7남매가 모두 익산에서 성
장했고, 지금도 살아가고 있는 곳입니다.

큰 누님과 함께 익산에서 자취 생활을 하며 통학을 할 때, 저는 익산이란 도

시는 사람을 모으고 키우는 곳이구나, 그리고 도시는 거기 사는 사람들과 함께 성장하는구나 느끼곤 했습니다.

익산은 저를 키워준 곳이며 외지에서 근무할 때도 늘 마음의 의지가 되었던 어머니의 땅입니다. 지금은 제 생활의 터전이구요.

그런 익산이 날로 쇠락하고 있습니다. 그냥 지켜볼 수만 없었습니다.

익산은 현재 위기 상황입니다. 올해 초, 광주-전주에 이어 호남 3대 도시라는 시민의 자긍심이 무너졌습니다.

곧 여수에도 추월당해 호남 5위권 도시로 전락할 거란 불길한 예측도 떠돕니다. 현재, 도내 14개 시·군 중에서 20~30대 인구 유출률이 가장 높은 곳이 익산시입니다.

이는 마치 빌딩에 금이 가고 물이 새자, 사람들이 불안해 떠나는 것과 비슷한 형국입니다.

그런데도, 이에 관해 대책을 세워야 할 책임 있는 리더십이 부재합니다. 이에 분노한 시민들의 목소리를 요즘 매일 듣게 되는데, 들을 때마다 우리 익산 시민들이 얼마나 익산시를 사랑하는지 그리고 현재 무너져가는 이 모습에 슬픔과 분노를 느끼는지 절감하고 있습니다.

그 시민들의 목소리가 제 가슴 깊은 곳에 커다란 공명을 일으켰습니다.

이번 중앙시장 침수 피해 사건 대응을 보십시오. 최초의 침수 피해도 원인이 석연치 않지만 더 큰 문제는 두 번째 침수 피해가 발생한 것이라고 할 수 있습니다.

'소 잃고 나서도 외양간도 못 고친' 격 아닙니까? 현재 시민들이 나서서 성금을 걷고 있는, 눈물겨운 형편입니다.

정말, 책임지는 리더십과 안정된 리더십이 필요합니다. 부족하나마, 많은 시민들이 지금 저를 성원하는 이유 역시 중앙과 소통하고 시민과 소통하며 '일 좀 제대로 하는' 시장을 보고 싶다는 열망이라고 저는 이해합니다.

아시다시피, 올해는 지방자치가 부활된 지 30년이 되는 뜻 깊은 해이고, 전국의 여러 지자체가 지난 30년 지방자치 경험을 통해 괄목할 만한 성장세를 보여주고 있습니다.

그런데, 한반도에서 가장 오래된 역사적 고도인 우리 익산이 이렇게 무기력, 무대책, 무책임 속에 방치되고 있습니다. 과연 지난 30년, 우리 익산은 어떤 길을 걸어왔기에 이렇게 가라앉게 되었는가, 시민들은 공무원들이 떠난 빈 시청 건물을 보며 울분을 감추지 못하고 있습니다.

제가 가진 역량과 경륜이 위기에 빠져 허우적거리는 익산시의 재기와 부활에 도움이 되길 바라는 마음으로, 그리고 28만 우리 익산시민들과 동고동락한다는 마음으로 출마 결심을 하게 되었습니다.

출마를 결심한 이상 시민들의 선택과 지지를 받기 위해 최선의 노력을 다하겠습니다. 그리고 선택을 받는다면 시민들의 성원과 바람을 실현하기 위해 불철주야 최선을 다해 '일하는 시장'의 모습을 보여주겠습니다.

익산시 현안과 대책은?

현재 익산은 인구 유출이 심각한 상황입니다. 출산율 감소와 수도권 집중, 고령 인구 등으로 인해 전국 지방도시의 인구 유출은 보편적인 현상이기도 하나 우리 익산은 20~30대, 가장 중요한 생산 연령층의 적극적인 역외 유출이 도내에서 가장 심하다는 문제가 있습니다.

이는 다른 지역의 자연스러운 인구 감소와는 다른, 심각성을 보여줍니다. 지금도 문제이지만 익산의 미래를 책임져야 할 청년들이 빠져나간다는 것은 미래 전망마저 암울하게 하기 때문입니다.

어쩌면 해법은 단순하고 가까운 데 있습니다. 젊은 청년들이 '나의 삶을, 미래 나의 가족의 삶을 익산에서 꾸려도 되겠다'는 믿음이 생기면 문제는 해결됩니다. 그게 일자리 문제고, 안전 문제이고 삶의 질, 그리고 미래 비전의 핵심입니다.

저는 현재 익산시의 문제는 신뢰의 결여에 있다고 생각합니다. 내일은 더 좋아질 거라는 믿음이 있으면 우리는 오늘의 고통을 견딜 수 있지만, 견디어도 내일이 없다고 생각하면 젊은이들은 떠날 수밖에 없습니다.

이런 면에서 저는 익산시의 백 년 후를 생각하는 담대한 상상력과 그를 실현할 수 있는 현실적인 정치력이 문제 해결의 핵심이라고 생각합니다.

익산을 한국 농업 기술 혁신의 중심지로 만들겠다, 익산을 한반도 서남부 물류의 종합 터미널로 만들겠다, 익산이 보유한 문화 자산을 전국적이고 세계적인 콘텐츠로 만들겠다…. 저는 이런 게 익산시민이 요구하는 익산의 미래라고 생각합니다. 시민들의 염원이 이러한데, 왜 이걸 현실화할 방안을 찾지 않는 것인지, 정말 답답합니다.

현상유지에 급급해 남 탓이나 하는 리더십으로는 문제를 해결할 수 없습니다. 그러다 보니 우리 익산이 보유하고 있던 것마저 하나둘 놓치고 되찾지 못하고 있습니다.

많은 시민들이 기억하겠지만 우리 익산은 매력적인 교육도시였습니다. 익산을 찾아오는 젊은 인재들은 익산에서 성장해 전국으로 퍼져나가 익산의 문화적 영토를 넓혔습니다. 그리고 우리 시민들은 그 젊은이들을 아끼고 성장하도록 도왔습니다.

그 아름다운 전통과 도시의 풍토를 지금 우리는 지키고 있는가, 생각해봐야 합니다. 익산을 젊은 학생들이 꿈을 키우기 위해 찾는 도시로 되살려야 합니다.

익산은 예로부터 고조선 준왕의 꿈, 백제 무왕의 꿈… 새로운 세상을 향한 담대하고 혁신적인 꿈을 가진 사람들이 찾아와 그 꿈을 더 크게 키우고 마침내 현실화했던 곳입니다. 저는 이게 익산의 가장 소중한 정체성이라고 생각합니다.

미래에 대한 꿈이 움트고 꽃피우는 곳. 저는 우리 익산이 보유한 이 소중한 전통을 지키고 키워나가는 것이, 지금 현재 익산에 사는 구성원들의 책임이자 자랑스러운 의무라고 생각합니다. 젊은이들의 꿈이 모이는 곳, 꿈을 현실로 만들기 위해 젊은이들이 땀 흘리는 곳. 다시 익산을 그런 젊은이들의 꿈이 교차하는 희망의 플랫폼으로 되살리겠습니다.

내년은 대통령 선거가 있는 해입니다. 매번 대통령 선거는 대한민국의 새로운 전환과 도약의 계기로 작용했습니다.

저는 이 중요한 전환기에 설계되는 대한민국의 미래 청사진 속에 익산시가 중요한 랜드마크로 눈에 띄도록, 현재 각 대선 캠프와 긴밀하게 소통하고 있습니다. 저는 익산과 전북 관련 미래 청사진이 차기 정권의 '100대 공약'에 포함되어 국가적 차원에서 진행될 수 있게 하겠습니다.

익산의 미래와 대한민국의 미래가 합치하여, 함께 한 방향으로 가야 합니다. 우리 청년들의 미래 또한 그 길에 함께할 것입니다.

시장이 되면 시정 운영 방안은?

시민들의 선택을 받는다면, 저는 익산 시정의 리더로서 다음과 같은 원칙 하에 시정 운영을 하겠습니다.

첫째, 앞장서서 뛰는 시장이 되겠습니다. 리더는 앞길을 개척하는 사람이라고 생각합니다, 직원들에게 책임을 미루지 않겠습니다.

익산시청 소속 공무원들은 익산시의 현실을 누구보다 잘 알고 있고, 미래에 대한 고민도 많습니다. 이들이 가진 잠재력을 충분히 발휘할 수 있도록 독려하여, 우리 익산시 공무원들이 일하는 보람을 느낄 수 있도록 하겠습니다.

저는 지난 공직 시절에도 직원들의 근무 환경 개선을 위해 늘 발 벗고 나섰고 많은 성과도 거두었습니다. 전북경찰청장 재직 시절, 저와 함께 전북 경찰 모두가 힘을 합해 2019년 전국 18개 지방경찰청 중 '치안 만족도 전국 1위'의 성과를 낸 바 있습니다.

뜻과 힘을 모으면 모든 게 가능합니다. 분명한 목표 그리고 함께 하는 리더십이 있으면 모든 구성원들이 신명 나게 일합니다. 보람을 찾고 신명 나게 일하는 시청을 만들겠습니다.

둘째, 시민들이 모두 실감할 수 있는 빠른 행정을 실시하겠습니다. 부처 간 칸막이를 치우고 시민이나 민원인들이 두세 번 시청을 찾지 않도록 '익산 원스톱 센터'를 개설하여 스피드 서비스를 시행하겠습니다.

큰 기업 하나를 유치하면 거기서 파생되는 일자리와 소득이 막대합니다. 그걸 행정이 도와야 합니다. 저는 시장이 할 수 있는 범위 내에서 불필요한 규제를 철폐하고 익산을 '기업하기 좋은 도시, 취업하기 좋은 도시'로 만들겠습니다.

셋째, 익산의 미래 비전을 실질적으로 탐구하는 익산시민 집단지성을 모으는 기구를 공식화하겠습니다. '익산학'부터 4차산업, AI시대를 아울러 '글로컬라이제이션' 선도 도시로 익산이 자리매김하려면 많은 이의 지혜가 모여야 합니다. '익산형 거버넌스 모델'을 창출하겠습니다.

많은 시민들의 식견과 안목을 모으는 것이 시장이 해야 할 일이라고 생각합니다. 내년부터는 시민들이 주체적인 조례를 제정할 수 있게 됩니다. 익산 시민들이 힘을 모으면 전국 최고로 살기 좋은 도시 익산을 만들 수 있게 됩니다. 저는 일꾼 중의 상일꾼이란 생각으로 늘 시민들과 소통하고 심부름하겠습니다.

넷째, 제가 좋아하는 프랑스 속담 중에 '미술관 하나가 생기면 교도소 하나가 사라진다'는 말이 있습니다.

저는 익산이 보유한 풍부한 문화 자산이 제대로 평가를 받지 못하고 있는 현실이 늘 안타까웠습니다. 고조선의 적통을 이은 고도였고 마한의 중심지였으며 더 큰 백제를 향한 무왕의 꿈이 무르익었던 곳이 익산입니다.

한반도 최고의 석공 기술을 보유했고, 간재 전우와 그리고 소세양, 허균과 가람 이병기의 흔적이 남아있는 곳이 익산이며 천이두, 윤흥길, 양귀자, 안도현과 같은 전국적 문인, 학자를 배출한 곳이 익산입니다.

진즉에 익산의 문화 콘텐츠로 자리 잡았어야 할 문화 콘텐츠들이 뿔뿔이

흩어져 있습니다. '구슬이 서 말이라도 꿰어야 보배'라는 말이 있습니다.

저는 그 구슬과 구슬을 잇는 구슬끈이 되겠습니다. 원래 그 자리에서 나를 제발 발견해줘, 기다리는 콘텐츠는 많지 않습니다. 적극적인 발굴을 통해 드러나는 것입니다. 저는 익산의 문화 콘텐츠들이 제대로 된 대접을 받을 수 있게, 콘텐츠 발굴과 가공, 확산에 힘쓰는 문화 시장이 되겠습니다.

다섯째, 저는 익산을 대한민국 여행자 공화국으로 만들고자 합니다. 역사 기행, 호남 기행, 문학 기행, 순례 여행의 이정표 익산! 여행자들이 자발적으로 찾아올 수 있도록 하겠습니다.

익산의 진정한 호남의 교통 플랫폼이 되려면 먼저 익산의 플랫폼부터 정비하고 도내 14개 시군으로 뻗어 나가는 교통망을 확충해야 합니다. 익산에 가면 내가 가고 싶은 곳, 어디든 편하게 갈 수 있다, 실감할 수 있도록 여행자들을 위한 '여행자 파출소'를 익산역에 설치하겠습니다.

저는 언제 실현될지도 모를 유라시아 철도 기점역과 같은 허황한 이야기는 하지 않겠습니다. 익산을 확실한 전북의 교통 플랫폼 도시로 탈바꿈시키겠습니다.

여섯째, 저는 익산시민 모두가 건강하고 쾌적한 삶을 누리는 '웰니스 익산'을 조성하는 데 최선을 다하겠습니다. 보호와 요양, 예방과 치유…. 모든 면에서 시민들이 만족할 때까지 해결책을 강구하겠습니다. 치안 행정, 보호 시설, 치유 시설, 양로 시설 종사자들이 건강하게 종사할 수 있도록 하는 것도 중요한 일입니다. 모두 쾌적하고 건강하고 행복한 삶을 누려야 건강과 행복이 공유됩니다. 시민 모두가 건강해야 공동체가 행복합니다.

그리고 일곱째. 저는 시민들과 현안이 있을 때마다 직접 쌍방향 소통하겠습니다.

시민들의 뜻을 하나로 모으고 저와 시청 공무원들이 모두 함께 참여하는 온라인-오프라인 플랫폼을 구축하겠습니다. 시민들이 더 이상 호소하고 청원하고 대기하고 있어서는 안 됩니다.

시민들은 당당히 요구하고 행정에서는 곧바로 반듯하게 처리하고 그 결과를 민원인은 물론 전 시민들에게도 알려야 하겠습니다.

저는 시청 홈페이지 등에 민원 접수와 해결에 이르는 과정을, 마치 택배 알림 서비스처럼 상세하게 공유하는 매뉴얼을 만들어 시민들이 언제든 확인할 수 있는 민원 처리 시스템을 구축하겠습니다

8명의 후보들 중 나만의 장점은?

올 하반기부터 자치경찰제가 시행되는 등, 국가적인 차원에서 커다란 지방분권과 자치의 새 역사가 시작되었습니다. 이와 같은 국가적 전환기에 중앙정부와 소통하고 지역의 문제를 해결할 수 있는 행정 경험을 저는 충분히 쌓았습니다.

제겐 검증된 리더십과 공인된 능력이 있고, 거시적인 차원에서 국가 운영을 살펴본 경험도 있으며, 민생 현장에서 시민들과 함께 울고 웃고 했던 경험도 있습니다. 저를 만나본 사람마다 제게는 사람들과 공감하는 능력이 탁월하다고 합니다.

제 스스로 생각하는 제 장점은 제가 '유연한 실용주의자'라는 것입니다. 저는 익산시를 위해 만나야 할 사람이나 기관이 있다면 여야를 가리지 않고 누구든 어디든 찾아가 도움을 요청하고, 초등학생에게도 배울 것이 있다면 경청하는 자세를 갖추고 있다고 생각합니다.

익산을 위한 일이라면 청와대든 울릉도든 어디든 달려가 벤치마킹하고, 지혜나 정책이 어떻게 우리 익산에 쓰일 수 있을 것인가 고민해서 익산맞춤형 정책을 생산하겠습니다. 배우는 일이 기쁨인데, 더구나 우리 익산을 위해 무언가를 배우고 고민하는 일이라면, 그게 무엇이든 기쁘게 받아들일 자세가 되어 있다고 자부합니다.

인생철학과 취미는?

선친께서 금구 향교 전교를 지내셨는데, 선친을 통해 익히게 된 선현들의 말씀 중에 '정'자가 들어가는 말들을 좋아합니다. '정의(正義)', '정직(正直)', '정성(精誠)', '정진(精進)', '정감(情感)' 등이 그렇습니다. 이 단어들이 어울리는 사람으로 살아야겠다고 생각했고, 평생 그렇게 노력했습니다.

'논어'에 나오는 '정자정야(政者正也)'라는 말은 제가 공직 생활을 한 이후 좌우명처럼 생각하고 있는 말입니다. 굽은 것을 바르게 펴는 것, 해서 사람들의 주름살도 펴게 해주는 것이 공직자의 도리라고 생각합니다.

정치는 시대의 변화에 따라 늘 법고창신하는 것이라고 생각합니다. 그리고 변화는 바른 방향의 변화여야 합니다.

저는 바르게 가는 게 가장 빠르게 가는 거라고 믿고 있습니다. 샛길, 지름길을 찾는다고 시간을 허비하느니 뚜벅뚜벅 바르게 걷다 보면 더 빨리 간다는 걸 어릴 적 시오리 길, 초등학교를 걸어 다니며 깨닫기도 했습니다. 어떤 일을 성취하는 것도 중요하지만 그걸 반듯하고 똑바르게 하는 것도 매우 중요합니다.

취미는 노래를 듣고 노래를 하는 것이라고 말씀드리겠습니다. 노래를 듣고 난 뒤 제가 느낀 감흥을 제 목소리로 다시 표현하는 것이 참 좋았습니다. 노래를 통해 작곡자나 가수와 소통하는 느낌이 들어서 그렇습니다. 책을 읽을 때도 마찬가지입니다. 책을 읽다 보면 그 책 속에 등장하는 사람들의 고민, 그리고 그 책을 쓴 작가의 고민이 느껴집니다. 노래와 책을 매개로 누군가와 이렇게 소통하는 느낌을 좋아한다고 말씀드릴 수 있겠습니다.

시민에게 하고 싶은 말은?

저는 34년 공직 생활 대부분을 대민 활동을 하며 보내며 국민들의 눈물과 땀을 닦아드렸습니다. 그리고 국가와 국민을 지키는 큰 조직을 이끈 경험이 있습니다. 제가 쌓은 경험이 제 삶의 터전인 익산시와 익산시민을 위해 쓰여지길 원합니다.

익산의 미래를 함께 고민하는 사람, 익산의 현안을 해결할 수 있는 능력을 가진 사람, 익산의 전통을 현대에 되살릴 수 있는 안목을 지닌 사람이 누구인지 내년 선거 기간에 면밀히 살펴보시고 '그게 바로 조용식이다' 싶으면 적극적으로 응원해주시기를 이 지면을 통해 말씀 올립니다.

PART 03

조용식이 만난
익산시민

"하고 싶은 것도 많고, 되고 싶은 것도 많고"
노민식(20세) 원광대학교 신입생

노민식 씨는 이리중학교와 이리고등학교를 졸업하고 현재 원광대학교에 재학 중이다. 익산에서 초중고와 대학교까지 다니고 있어서 누구보다 익산을 사랑한다. 은행원 이모가 집안의 모든 재무 관리를 척척 해내는 걸 보고 경영학부 진학을 꿈꿨다. 그 결과 원광대학교 경영학부 21학번이 되었다.

조용식 신입생이 된지 한 학기가 지났습니다. 코로나로 인해 힘든 일이 참 많았을 것 같은데 대학 생활에서 어떤 점이 가장 힘들었나요?

노민식 비대면 수업으로 한 학기를 보냈어요. 대면 수업이 아니다 보니 수업에 오롯이 집중하는 일이 좀 어려웠어요. 집에는 공부에 방해되는 요소가 너무 많거든요. 비대면 상황이라 같은 학과 동기들과 친해질 기회도 없었고요. 한 학기를 보내고 받아본 성적도 생각만큼 잘 나오지 않아서 더 속상했어요.

조용식 한 학기 내내 비대면 수업을 하니 정말 힘들었겠습니다. 저도 작년에 원광대학교 경찰행정학과 겸임교수를 하면서 비대면으로 수업을 진행했는데, 소통하기도 어렵고 집중하기도 어려울 것 같았어요. 학생들이 몇 시간씩 모니터 화면만 바라보며 수업하는 게 정말 고된 일이겠어요. 직접 이야기해보니 학생들 고충이 더 와 닿습니다. 더욱이 코로나 상황 속에서 고3 수험 생활을 했을 텐데, 그런 시간을 버틴 힘 중 하나가 대학 생활에 대한 기대였지 않았나요? 민식 군은 대학 생활에서 가장 기대했던 게 무엇이었나요?

노민식 제가 남중, 남고를 나와서 대학 생활에 대한 로망이 있었어요. 넓고 예쁜 캠퍼스를 걸어 다니면서 미팅도 하고 친구들도 많이 사귀고 싶었죠. 뭔가 거창한 일이 기대했다기보다는 그저 '대학생'이 되고 싶었던 것 같아요. 교복이 아닌 내 멋을 살릴 수 있는 옷을 입고, 강의실에 앉아 자유로운 분위기 속에서 강의를 듣고, 동기들이랑 술도 마셔 보고, 학교 도서관에서 공부도 해

보고…… 그런 평범한 일들이 제일 하고 싶었어요. 그런데 코로나 때문에 축제, 학과 행사, 동기들과의 모임 등등 대학 생활을 제대로 즐길 수 있는 활동을 전혀 하지 못하고 있어서 너무 아쉬워요. 그래도 서너 명씩 모여서 가끔 학식도 먹고, 축구도 하면서 대학 생활을 보내고 있어요.

조용식 기대했던 일이 대학 생활의 평범한 일상이라는 말이 마음 아픕니다. 힘든 수험 생활을 이겨낸 뒤라 더 속상할 것 같네요. 코로나19로 인해 수험 생활 중 힘든 점은 무엇이 있었나요?

노민식 친구들과 마음껏 소통할 수 없었다는 게 가장 힘들었어요. 공부하다가 막히는 문제가 있으면 친구들한테 바로바로 물어보고 의견도 나누고 싶은데 책상마다 칸막이가 있어요. 그래서 자유롭게 이동하거나 질문하는 게 거의 불가능했어요. 밥 먹을 때도 칸막이를 두고 식판만 보면서 밥을 먹어야 해서 홀로된 느낌이었어요. 그럴 때마다 대학 생활을 꿈꾸며 더 열심히 공부하며 수험 생활을 견뎌냈던 것 같아요.

조용식 힘들 때일수록 지치지 않고 목표를 꿈꾸며 더 열심히 했다는 게 너무 대견합니다. 민식 군은 원광대학교 신입생으로서 원광대의 자랑은 무엇이라고 생각하나요?

노민식 먼저 훌륭한 교수님들이 많이 계신다는 게 큰 자랑이죠. 그런데 제가 가장 좋아하는 건 학교 캠퍼스예요. 넓고 예쁜 캠퍼스는 원광대학교의 최고 자랑이라고 생각해요. 특히 봄에 피는 벚꽃이 너무 아름다워요. 대학 생활을 제대로 즐기지는 못했지만 봄에 캠퍼스를 거니는 것만으로도 '와 내가 대학생이구나' 하고 느낄 수 있었어요. 또 우리 학교에는 타 지역에서 온 동기들이 많은데 이는 우리 학교가 철도의 중심지 익산에 자리 잡고 있기 때문인 것 같아요. 접근성이 좋다는 점 역시 자랑거리라고 생각해요.

조용식 민식 군의 학교에 대한 애정이 강하게 느껴지네요. 앞으로의 계획은 무엇인가요?

노민식 당장의 계획은 공부 열심히 해서 장학금도 받고 학교 생활을 충실히 하는 거예요. 사실 하고 싶은 것도 많고 되고 싶은 것도 정말 많아요. 은행원도 되고 싶고, 경찰도 되고 싶고, 꿈이 참 많아요. 이제 군대도 가야 하는데 공군을 지원하고 싶어요. 천천히 많은 경험을 해보면서 꿈을 더 구체화할 계획입니다.

꿈도 많고 하고 싶은 것도 많은 스무 살 청년과 이야기를 나눌수록 마스크로도 가릴 수 없는 젊음이 듬뿍 느껴졌다. 코로나로 일상을 잃었지만 웃음만은 잃지 않은 채 내내 밝게 이야기를 이어 나가는 이 젊은이에게 하루 빨리 평범한 일상을 되돌려주고 싶었다. 마음껏 웃고 떠들며 대학 생활을 누릴 수 있도록.

"나의 꿈에 점점 가까워지는 시간"
김나연(22세) 취업준비생

전주에서 태어난 김나연 씨는 세 살 때 익산으로 이사 와서 지금까지 쭉 살

왔다. 의무부사관이 되고 싶어서 입학한 원광보건대학교 의무부사관학과를 올해 졸업했다. 지금은 의무부사관이 되기 위해 매일 독서실에 앉아 묵묵히 꿈을 향해 한 걸음 나아가고 있다.

"처음에는 의료 관련 쪽은 생각하지 않았어요. 그런데 고등학교 때 어머니께서 간호조무사 자격증을 따보면 어떻겠냐고 하셨어요. 사실 그때까지도 제가 뭘 하고 싶은지 몰랐어요. 그래서 '자격증 하나 있으면 좋겠지' 하는 생각으로 공부를 시작했어요. 그런데 간호조무사 공부가 하면 할수록 재밌어졌어요. 특히 나를 위해 시작한 이 공부가 다른 이를 위해 쓰일 수 있다는 생각에 더 흥미가 생겼죠. 한 번 흥미를 느끼자 관련 자격증 공부를 더 하고 싶어졌어요. 지금은 2급 응급구조사 자격증도 있어요. 그러다 이걸 직업으로 삼는다면 행복할 것 같다는 생각이 들었어요. 대학에 진학할 무렵, 우연히 의무부사관 관련 영상을 봤는데 문득 '이거다!' 싶었어요. 군복 입은 모습이 정말 멋져 보였거든요. 타인을 위해 일하면서 동시에 나라를 위해 일할 수 있는 일이 얼마나 될까. 이 일이 바로 그런 일이 아닐까, 싶었어요. 그래서 의무부사관학과에

진학하게 되었습니다."

김나연 씨의 이야기를 들으면서 참 기특하다는 생각에 자꾸만 흐뭇한 웃음이 절로 새어나왔다. 자신이 무엇을 하고 싶은지조차 쉽사리 알지 못해 방황하는 청년도 있는데, 무엇을 하고 싶은지를 찾아내고 그 꿈을 향해 묵묵히 도전하는 나연 씨의 패기가 대단했다. 특히 타인을 위하면서 동시에 나라를 위해 일할 수 있다는 게 좋았다는 말, 그런 이타적인 생각이 정말 대견했다. 군인이나 경찰에 합격하면 취직했다는 말을 쓰지 않고 '투신했다'고 한다. 국가를 위해 몸을 바친다는 뜻으로 그렇게 표현하는 것이다. 아직 젊은 나연 씨가 국가를 위해 '투신할' 준비가 되어 있다는 것이 참으로 훌륭하다.

"취업 준비를 하면서 가장 힘든 건 내가 뒤처지고 있는 것 같은 느낌이 들 때예요. 조용한 독서실에 몇 시간씩 앉아서 책만 보고 있으면 내가 잘하고 있는 건가? 이게 맞는 길인가? 그런 생각이 들 때도 많아요. 취업 준비가 그런 게 무서운 것 같아요. 확신이 없다는 것. 이 준비가, 이 공부가, 언제 끝날지 모른다는 불확정성이 마음을 힘들게 해요. '앞으로 1년 동안 죽어라 공부만 하면 꼭 합격할 거야'라는 확신만 있다면 앞만 보고 나아갈 텐데, 솔직히 이게 언제 합격할지, 언제 취업할 수 있을지 아무도 모르는 거잖아요. 그래서 멘탈 관리가 정말 중요해요. 저는 그런 마음이 들 때마다 독서실 앞 공원에 가서 막 달려요. 그렇게 땀을 한 번 쭉 빼고 나면 잡념이 사라지더군요. 몸이 건강하지 않으면 정신도 자꾸 나약해지는 것 같아요. 그래서 저는 하루에 꼭 한 번은 맑은 공기를 쐬고 있어요."

20대의 젊은 날에 독서실에서 보내는 시간이 어찌 힘들지 않으랴. 나연 씨의 이야기를 듣다 보니 나의 20대가 떠올랐다. 나도 한때 독서실에서 살다시피 했다. 내 생애에서 가장 치열했던 재수 시절. 그때는 나만 뒤처지고 나만 한없이 구렁텅이로 빠져들고 있다고 생각했다. 돌이켜 보면 그때만큼 내 삶에 열정을 쏟았던 적이 있나 싶다. 한없이 어둠 속으로 빠지는 것 같았지만, 그 순간이 사실은 가장 빛났던 순간이었다.

많은 취업 준비생이 지금 잠시 멈춰 있다고 생각하겠지만, 돌이켜 보면 그 순간이 그 어느 때보다 치열하게 살아낸 시간이다. 인생의 목표를 위해 최선을 다했다는 그 경험만으로도 우리는 또 다른 시련을 이겨낼 수 있다. 그리고 그 치열했던 삶의 결과는 절대 배신하지 않는다.

"취업 준비하면서 많이 힘들지만 그래도 행복해요. 어쨌든 이 시간이 결국에는 제 꿈에 더 가까워지는 시간이잖아요. 그렇게 생각하면 공부하기 싫다가도 다시 힘이 나는 것 같아요. 요즘 청년 취업이 정말 어렵잖아요. 그래도 다들 포기하지 않았으면 좋겠어요."

청년 실업자가 30만 명이 넘는 현재, 큰 꿈을 가지라는 말은 청년들에게 힘이 되지 않는다. 당장의 생계가 막막한 청년들에게 꿈은 사치로 여겨진다. 코로나19 이후 청년 체감 실업률은 27%까지 치솟았다. 이런 상황에서 청년들에게 꿈을 가지라는 건 말 그대로 꿈같은 소리일 뿐이다. 고용 불안이 장기화되고 있는 현시점에서 젊은 층이 희망을 잃지 않도록 구조적 변화를 이룩해야 한다.

익산은 젊은 층의 인구 유출이 심각하다. 청년이 익산에서 일할 수 있는 기회를 만들어야 한다. 일자리가 없어 어쩔 수 없이 고향을 떠나야만 하는 현실 앞에 만감이 교차한다. 우리 청년들이 나고 자란 곳에서 행복하고 안정적인 삶을 영위할 수 있도록 만드는 게 무엇보다 중요한 때이다.

"제 이야기 들어주셔서 감사합니다"
최우혁(25세) 퀵 배달기사

최우혁 기사는 익산에서 초등학교, 중학교, 고등학교까지 졸업한 익산 토박이다. 운전을 좋아하고 사람도 좋아하는 활동적인 그에게 배달 일 하는 시간은 때로는 힘들지만 그 무엇과도 바꿀 수 없는 소중한 시간이다.

"이 일을 시작한 지는 9개월 정도 되었어요. 고등학교 졸업하자마자 바로

한국타이어 공장에서 비정규직으로 일했어요. 계약이 끝난 후 택배기사 일도 잠깐 했어요. 그러다 오토바이 운전도 좋아하고 사람 만나는 일도 좋아하는 내가 잘할 수 있는 일이 뭘까 생각해 봤더니 배달 일이더라고요."

어느 여름 날, 한 음식점 앞에서 퀵 배달기사 최우혁 씨를 만났다. 최우혁 씨는 퀵 배달 일을 시작한 지 1년도 되지 않은 신참이다. 하지만 지도를 먼저 보고 구역을 파악해서 1초라도 더 빨리 배달할 수 있는 코스를 찾아내는 비결까지 생겼다. 무더운 날씨에도 자기 일에 애정을 보이며 이야기하는 그의 모습에서 더위쯤은 아랑곳하지 않는 열정이 느껴졌다. 젊음이란 이처럼 열정이 있을 때 더욱 빛이 난다.

"출퇴근 시간이 따로 정해져 있지는 않아요. 오전에 근무하시는 기사님들도 계시고, 오후에 근무하시는 기사님들도 계세요. 저는 오후 6시 정도에 출근해서 오전 4시까지 주로 야간부터 새벽까지 일해요. 휴식 시간이 따로 정해져 있지 않아서 개인적으로 시간을 내서 잠시 쉬거나 일이 없는 사이에 틈틈이 쉬고 있어요. 그런데 대부분 기사님들은 하나라도 더 배달하려고 많이 안 쉬죠. 저희는 코로나19 이후로 정말 바빠졌어요. 예전에는 사람들이 대부분 밖에 나와서 식사를 했지만 지금은 거의가 시켜 드세요. 나와서 늦게까지 먹을 수도 없고, 그러다 보니 새벽 시간까지도 배달 일이 많아요. 이 일이 힘들긴 하지만 내가 더 열심히 노력하면 노력한 만큼 벌 수 있다는 점이 매력인 것 같아요."

정해진 휴식 시간도 없이 거의 10시간을 일하는 그에게 힘들지 않느냐고 물었더니 생계유지를 위해, 그리고 가족에게 조금이라도 도움이 되고 싶어 이 일을 놓을 수 없다고 했다. 여름이라서 힘든 건 폭염과 갑작스레 내리는 소나기. 하지만 이런 날씨보다도 더 견디기 어려운 건 손님들에게 모욕적인 말을 들었을 때. 반대로 그가 이 일을 계속할 수 있었던 건 포기하고 싶어질 때마다 누군가 건네주었던 따뜻한 말 한마디였다. 반갑게 맞이해주는 목소리, 고맙다는 말 한마디는 그가 이 일을 그만두지 않고 계속할 수 있는 힘이 되어주었다.

"일하다 보면 위험할 때도 많아요. 오토바이는 바퀴가 두 개뿐이라서 도로가 조금만 패였거나 관리가 안 된 부분을 지날 때는 정말 위험해요. 실제로 다칠 뻔한 적도 많이 있었죠. 제 직업 때문이기도 하지만, 시민들의 안전을 위해서라도 관련 부서에서 그런 부분에 신경을 더 써줬으면 좋겠어요. 이렇게 저희 분야에도 관심을 가져주시고 의견을 들으러 와주셨다는 것만으로도 정말 감사해요."

마지막으로 하고 싶은 말이 없느냐는 물음에 그는 자신의 이야기에 귀 기울여준 것만으로도 너무 감사하다는 말을 거듭했다. 자신이 일하고 있는 분야의 고충을 말할 수 있다는 사실만으로도 고맙다는 것이다.

코로나 시대에 그 누구보다 바쁜 삶을 살아가며 우리에게 맛있는 즐거움을 배달하기 위해 애쓰는 이들이 있다. 사람이 사람 만나는 일을 두려워하는 시대, 우리 사회의 보이지 않는 간극과 간극 사이를 이어주고 메워주는 이들이다. 그들이 조금 더 안전하게, 조금 더 건강하게 살아갈 수 있는 환경이 필요하다는 생각을 거듭한다.

"청년들의 꿈이 이루어지는 익산"

김민형(31세) 청년 창업자

익산 출신의 김민형 씨는 20대 초반까지도 무얼 해야 할지, 무얼 좋아하는지 몰라서 많은 고민을 했다. 사람 만나는 걸 좋아하고 요리하는 게 좋아서 푸드트럭을 시작했던 그는 마침내 익산에서 가장 번화한 대학로 앞에 가게를 열었다.

"고민도 정말 많이 했어요. 내가 좋아하는 건 뭘까, 무얼 하면 잘할 수 있을까, 저의 20대 초반은 그런 물음의 연속이었죠. 그러다 어느 순간 이렇게 앉아서 고민만 해서는 되는 게 없겠다 싶었어요. 그래서 처음에는 푸드트럭을 했어요. 일을 하면 할수록 내가 좋아하고 잘하는 일이 이거구나 싶었죠. 저는 사람들을 만날 때가 가장 행복한 사람이더라고요. 사람들과 만나고 이야기하고, 제가 만든 음식을 사람들이 먹고 행복해하는 그 순간이 너무 좋았어요. 그래서 이 행복을 언젠가는 꼭 더 많은 사람들과 나눠야겠다는 꿈을 꿨죠."

"일단 꿈을 꿨으니, 하나씩 구체화하기 시작했어요. 길거리 장사부터 시작한 저는 손님 응대만큼은 자신 있었어요. 친절함과 좋은 재료, 그리고 맛만큼은 어느 누구에게도 뒤지지 않겠다는 생각으로 차근차근 준비했습니다. 그리고 올해 이 자리에 가게를 차렸습니다. 사실 많이 망설이기도 했어요. 코로나19 확산으로 음식점 영업 제한 시간도 생기고, 외식업 종사자들이 무척 힘들어하는 모습도 봤으니까요. 그런데 아무것도 안 하면 아무것도 이룰 수 없잖아요. 한 번 해보자. 언젠가는 내 믿음에 응답해주겠지, 그렇게 도전하자는 마음으로 가게를 열었습니다."

코로나19로 외식업계가 직격탄을 맞은 상황 속에서도 김민형 씨는 창업의 꿈을 접을 수 없었다. 자신에 대한 믿음으로 시작한 일. 그 담대한 결정에 응답이라도 하듯 문을 연 그날부터 손님이 끊이지 않았다. 그의 꿈이 현실로 다가온 것이었다.

"손님들이 오셔서 즐거워하시고 맛있다고 하실 때가 가장 행복하죠. 하루

하루가 꿈을 꾸는 것 같아요. 청년 취업, 정말 힘듭니다. 가뜩이나 일자리가 부족한데 코로나까지 겹쳐서 더 힘들죠. 그래도 취업으로 고민하는 분들에게 이 말만큼은 꼭 전하고 싶어요. 생각만 하지 말고 한번 도전해보세요! 일단 꿈이라도 꿔보세요. 간절한 꿈을 가지면 그 꿈을 구체화하는 데까지는 그리 오래 걸리지 않더라고요. 대한민국 청년은 할 수 있습니다. 우리 꿈을 꿉시다!"

청년들이여 꿈을 꾸자. 후회 없이 마음껏, 최선을 다해 꿈을 향해 나아가자. 청년들의 꿈을 이루어가는 길을 조금 더 수월하게 만드는 것, 그들이 갈 길을 닦아주는 게 세상을 조금 더 산 기성세대의 몫이다. 청년이 꿈을 꾸고, 그 꿈을 이루는 익산을 만들자!

"소프트볼의 매력 속으로 빠져보세요"

박유빈(20세) 원광대학교 소프트볼 선수

박유빈 씨는 어릴 때부터 운동에 재능이 있었다. 운동을 좋아하는 어머니의 곁에서 자연스럽게 운동을 접했다. 177cm의 큰 키와 타고난 운동신경은 박유빈 씨를 체육인의 길로 이끌었다.

"소프트볼을 시작한 건 고등학교 1학년 때였어요. 제가 남성여고에 다니고 있었는데, 학교에 소프트볼 동아리가 있었어요. 운동을 좋아하는 저에게 선생님들께서 먼저 소프트볼을 해보는 게 어떻겠냐며 권유하셨죠. 처음에는 잘 모르는 종목이어서 조금 망설였지만, 오히려 소프트볼을 알고 나니 비인기 종목이라는 사실이 더 매력적으로 다가왔어요. 사람들이 잘 모르고 잘 하지 않는 종목을 한다는 데에서 왠지 모를 자부심이 들었어요. '비인기 종목이니까 내가 잘하면 이 종목을 널리 알릴 수 있지 않을까?' 하는 생각을 했어요. 비인기 종목의 발전 가능성은 무궁무진하니까요."

"소프트볼을 본격적으로 시작한 게 고1 때니까 그리 오래되지는 않았죠. 그런데 소프트볼을 시작한 순간부터는 매일매일 소프트볼과 함께였어요. 지금도 하루의 절반 이상은 훈련을 하고 있으니, 제 삶의 아주 큰 부분을 차지하고 있죠. 그만큼 소프트볼에 진심이거든요. 그래서 더 열심히 하려고 노력하고 있어요. 저는 포지션이 투수인데, 볼 하나를 던질 때마다 분석해서 잘못된 부분이 있으면 고치려고 몇 번이고 반복해요. 내가 왜 잘못 던졌을까, 어떤 부분이 문제일까, 고치려면 어디를 바꿔야 할까, 머릿속은 늘 이런 생각들로 가득 차 있어요."

"제가 소프트볼을 좋아하게 된 게 비인기 종목이어서 인데, 막상 소프트볼을 시작하고는 비인기 종목의 서러움을 느꼈던 적이 많아요. 잘하는 선수가 정말 많은데도 비인기 종목이라서 선수들에 대한 지원이나 소프트볼 자체에 대한 지원이 거의 없어요. 인기 종목은 대회도 많고 선수들에 대한 지원도 엄청 많은데, 상대적인 빈곤감이 크더라고요. 특히 대학교에 와서 소프트볼 선

당신이 있어 다행입니다

수로 활동하고부터 더욱 절감했어요. 무턱대고 지원을 바라는 게 아니에요. 잘하는 선수들이 많은데 잘 모르신다는 사실이 너무 속상해요. 소프트볼이라는 종목 자체를 아직 모르는 분들도 많고요. 비인기 종목이지만 한 번 관심을 갖고 봐주시면 그 재미와 매력에 쉽게 빠지실 겁니다."

"운동을 하다 보면 정체기도 오고 힘들 때도 있어요. 생각만큼 결과가 나오지 않거나, 몸이 따라주지 않으면 포기하고 싶다가도 옆에서 같이 고생하는 동기들 생각을 하면서 힘을 내곤 하죠. 동기들이 이젠 가족 같아요. 힘든 감정과 상황을 같이 공유할 수 있는 누군가가 있다는 것만으로 큰 힘이 되고 의지가 됩니다. 빨리 코로나 상황이 종결되고 일상으로 돌아가서 대회도 많이 열렸으면 좋겠어요. 동기들과 함께 더 열심히 노력해서 좋은 성적도 내고 소프트볼을 세상에 널리 알리고 싶어요."

박유빈 선수와 이야기를 나누면서 누구보다 밝고 자신 있는 모습에서 무한한 가능성을 느꼈다. 비인기 종목의 발전 가능성이 가장 큰 매력이라고 말하는 당찬 모습이 대견해보였다. 한편으론 비인기 종목에 대한 소외가 많은 인재를 놓치고 있는 건 아닐까 하는 생각이 머릿속에 오래 남았다.

그늘 속에서도 반짝이는 젊음이 있기에 우리의 미래는 한층 더 빛나는 것이다. 이런 젊은이들에게 꿈을 활짝 펼칠 장을 마련해주는 게 기성세대의 역할이 아닐까.

"차별화된 곡식, 제가 만들겠습니다"
한정민(27세) 청년농업인 (유)별곡 대표

익산이 고향인 한정민 대표는 27세의 나이에 벌써 창업 6년차이다. 별곡이라는 회사명에는 차별화된 곡식을 제공하겠다는 그의 다짐이 스며있다.

"저는 의경으로 근무했습니다. 군 전역 무렵, 쌀값 폭락으로 제값을 받지 못해 힘들어하는 농민들의 시위를 보고 농사의 '농'자도 모르고 살아온 저였지만 제 일처럼 마음이 아팠습니다. 그런데 마트에 가보니 농민들은 쌀값 폭락으로 힘들어 하는데 소비자가는 작년과 비교했을 때 큰 차이가 없다는 사실을 알게 되었습니다. 그걸 보고 앞으로 내가 생산을 하게 된다면 제값 받고 쌀을 팔아봐야겠다고 마음먹었습니다. 문제점이 무엇일까. 무엇이 농민을 힘들게 하는 걸까. 그 답은 유통에 있다는 걸 깨달았습니다. 판로가 없던 것이죠. 그래서 저는 생산보다 먼저 판로를 파악해야겠다는 생각으로 곡물 유통업에 뛰어들었고 온라인 판매를 위해 포장지 디자인부터 상세 페이지 등을 손수 제작하고 판로를 확보했습니다. 이제 제값 받고 팔 수 있겠다는 생각이 들 때쯤 본격적으로 생산을 시작했습니다."

"창업 초기 20대 초반의 나이로는 오프라인 유통이 쉽지 않았습니다. 어리다는 이유로 받아야 했던 불신을 깨는 일이 정말 어렵더라고요. 그 불신을 깨고자 제가 택한 방법은 바로 차별화였습니다. 동종 업계 전문가들과 경쟁할 수 있는 방법은 생산성이 아닌 차별성이라는 걸 느끼고 전자상거래를 시작했

습니다. 그 덕분에 별곡은 차별화된 곡식이 되어갔죠. 청년 창업으로 시작해서 하루하루 성장하는 모습을 보면서 이제 제가 청년들을 채용하고 농업 경제에 이바지하고 있다고 생각할 때 큰 보람을 느낍니다."

"농촌에 청년이 사라진 지 오래되었어요. 많은 청년들이 농촌으로 오기를 바라지만, 아무런 준비 없이는 오지 말라고 말씀드리고 싶어요. 제가 이 일에 뛰어든 지 6년인데, 물론 긴 시간이라 할 수는 없지만, 그동안에도 농업이 절대 쉬운 게 아니라는 걸 온몸으로 느꼈습니다. '청년농을 하면 국가지원이 많다.' '어떤 작물을 하면 돈을 많이 벌 수 있다.' 이런 이야기만 듣고 청년농에 지원하는 사람들이 많다고 합니다. 다니고 있던 직장을 퇴직하고 귀농하는 사례도 있다고 하더군요. 현재 시골에서 청년 농업인으로 살아가는 저의 입장에서는 동년배들이 들어와서 농촌 경제에 활력이 생기고 새로운 바람이 부는 건 대환영이지만 걱정도 드는 게 사실이에요. 도시에서 살던 사람들이 시골에서 어떻게 적응할 것이며, 어떤 작물을 생산할지, 판로는 있는지 등 다방면으로 신중하게 생각해야 합니다, 그런데 이런 과정 없이 무작정 귀농부터 하는 분들도 많아요. 귀농을 마음먹고 하던 일을 모두 접고 농촌에 들어와 바로 농사를 짓는 것보다는 농업법인 인턴을 활성화해서 시행착오를 줄이고 안정적으로 돈도 벌고 생산, 가공, 판로 확보 등의 노하우를 배우고 시작하는 게 좋다는 생각입니다. 기초부터 배우고 시작하는 청년은 그 뿌리가 단단하게 박혀서 어떤 어려움이 닥쳐도 쉽게 흔들리지 않을 테니까요."

곡물 유통업은 레드오션임에도 불구하고 현재 짧은 시간 내에 빠른 성장을 이루고 있다. 한정민 대표는 장기적으로 판로 개척을 통해 전국 최대의 양곡 유통 전문 경영인으로 성장하는 것을 계획하고 있다. 단기적으로는 2022년에 매출 200억 달성과 20명 이상 고용을 것을 목표로 하고 있다. 농업을 더욱 활성화시키기 위한 유통센터 구축, 전문 농업경영인의 지도 아래 농가들이 생산한 농산물의 차별화된 가공 및 포장 등에 도움을 주는 방안도 마련하려고 한다. 그렇게 한다면 현재보다 1.5배 이상의 농가 수익을 증대시켜 익산시 경제에 많은 도움을 줄 수 있으리라는 게 한정민 대표의 생각이다.

젊음과 성실함, 아이디어로 무장한 그의 앞길에는 익산 지역의 황금빛 들판이 드넓게 펼쳐져 있었다.

"조금만 더 빠르게, 조금만 더 창조적으로"
나신영(36세) 귀빈정 대표

'귀빈정'이라는 상호는 20여 년 전 어머니께서 운영하시던 '귀빈숯불갈비'에서 따온 것이다. 귀빈정이라는 상호로 영업을 시작하게 된 지는 올해로 8년째다. 귀빈정의 주력 상품은 김치부터 각종 반찬 종류까지 다양하다. 특히 간장게장은 귀빈정의 자랑이다.

음식점으로 시작한 귀빈정이었지만 현재는 포장 판매 및 인터넷 판매만 하고 있다고 한다. 동네 음식점으로 시작한 귀빈정이 지금은 전국 각지의 손님들이 찾는 한식 브랜드로 당당히 자리 잡은 것이다.

처음부터 이런 성과를 낼 수 있었던 것은 아니다. 처음 문을 열고 2~3년 동안은 거의 매출이 없었다.

매출이 없던 그 시절 나신영 대표는 새벽 3시부터 일어나 일을 했다. 그때는 몸이 힘든 줄도 몰랐다. 쪽잠을 자면서도 오로지 귀빈정을 꼭 성공시키겠다는 생각뿐이었다. 매일 매일 다른 생각은 할 틈도 없이 그저 앞만 보고 달렸다. 그렇게 3년쯤 흐르자 서서히 손님이 늘기 시작했다.

귀빈정의 핵심 정신은 '내 손 안의 전국 맛집'이다. 판매하는 제품들은 여러 업체를 직접 먹어보고 결정한다. 이런 꼼꼼함 덕에 오래된 파트너 업체가 많다. 꾸준함과 꼼꼼함으로 무장한 나신영 대표의 정성 때문인지 매출은 꾸준히 늘고 있다. 아직 대기업들과 견주기에는 턱없이 부족한 현실이지만 자신만의 레시피로 귀빈정의 입지를 굳건히 다져나가고 있다.

귀빈정은 음식 판매뿐만 아니라 한식 브랜드로 입지를 넓혀갈 계획이다. 귀빈정 식기용품과 귀빈정 tea 등 '귀빈정'이라는 상호와 어울리는 다양한 제

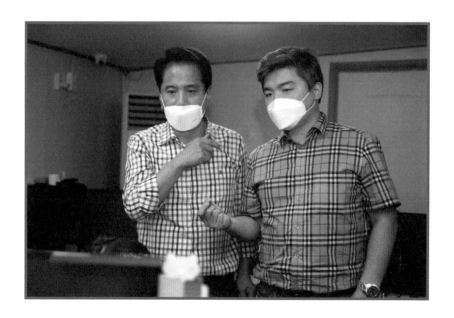

품으로 영역을 확장하려고 한다. 한식 브랜드여서 함께 어울릴 수 있는 제품이 많다는 강점을 이용하여 고객들에게 귀빈정의 다양한 모습을 선보이고 싶다는 게 나신영 대표의 생각이다. 그의 남다른 결단력과 열정으로 귀빈정은 머지않아 또 다른 변화를 맞이하게 될 것이다.

귀빈정은 7년 전부터 인터넷 판매를 시작했다. 요즘은 네이버나 쿠팡 등을 통한 유통과 판매가 흔하지만, 그때만 해도 인터넷 판매 시장은 지금처럼 활성화되지 않았다. 그런데도 나신영 대표는 인터넷 판매에 중점을 두고 끊임없이 연구했다. 처음 인터넷 시장에 진입할 때 주변의 만류도 많았다. 하지만 나신영 대표는 본인의 판단을 믿었고 그 판단은 그를 배신하지 않았다. 그의 탁월한 판단력과 결단력이 결국 빛을 보게 된 것이다.

나신영 대표에게 코로나19로 힘든 상황 속에서 외식업과 창업을 꿈꾸는 이들을 위한 조언을 부탁했다.

"남들이 할 때 같이 하되, 조금만 더 빠르게, 조금만 더 창조적으로 움직이면 됩니다. 그 조금이 결국 큰 결과를 이루어내거든요. 모두들 웃을 수 있는 날이 하루빨리 왔으면 좋겠습니다."

"익산에서 창업하기 정말 잘했어요"
김지용(38세) 그린로드 대표

김지용 대표는 광주에서 태어났다. 조선대학교 영어영문학과 3학년 과정을 중퇴하고 경찰 간부 시험을 6년간 준비하다 과감하게 포기하고 한국농수산대학에 재입학했다. 이후 식품사업을 위해 익산에 자리 잡은 지 올해로 4년째.

"한국 농수산대학교에 입학해서 농사를 지으려고 보니, 농사라는 게 생각보다 기반이 많이 필요한 일이라는 걸 깨달았습니다. 반면 식품사업은 아이디어가 있으면 농사보다 쉽게 접근할 수 있겠다 싶었습니다. 그러던 중 익산의

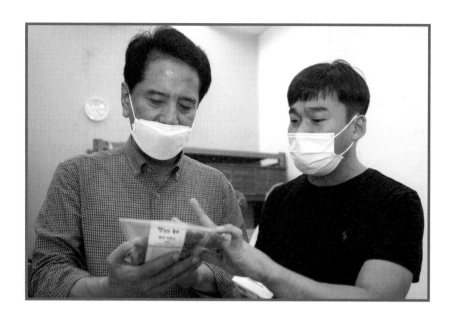

식품클러스터를 알게 되었습니다. 저처럼 아이디어는 있으나 창업할 기반이 없는 이들을 지원해준다고 해서 익산에 자리를 잡았어요."

"제가 한국 농수산대학교를 다닐 때 전공이 특용작물이었습니다. 수업시간에 인삼과 작두콩 등을 다루었는데 그중에서도 작두콩에 자꾸만 관심이 갔어요. 그래서 더 공부를 해보니 옛날 고서에 작두콩을 태워서 먹었다는 기록이 있더군요. 그래서 작두콩을 로스팅해서 먹어봤더니 정말 연한 아메리카노 맛이 나는 겁니다. 그래서 이 아이템으로 공모전에 나가서 입상을 하고 창업을 하게 되었죠."

"작두콩 커피의 매력은 아메리카노의 풍미가 나지만 카페인은 전혀 없다는 겁니다. 작두콩은 비염에 좋다고 알려진 작물이에요. 그래서 동물 실험을 해봤더니 정말 비염에도 효과가 있더군요. 이처럼 작두콩 커피는 제로 카페인이면서 비염에도 효과가 있기에 어린이나 임산부도 부담 없이 드실 수 있습니다."

"아무래도 사업을 처음하다 보니 경험이 없고 지도해줄 선배나 컨설팅도 없어서 시행착오가 많았습니다. 작두콩 커피는 제가 최초로 개발한 것이라 물어볼 데가 없어서 초기에는 정말 막막했죠. 현재 익산은 농업 교육에 집중되어 있고 창업 교육은 상대적으로 부족해서 모든 걸 혼자 해내야 하는 게 제일 어려운 점입니다."

"식품클러스터는 2017년에 생겼어요. 식품사업을 하려면 제품을 하나 만들기 위해서 디자인, 레시피, 포장 등 여러 가지가 필요한데 식품클러스터에서는 그런 것들을 모두 원스톱으로 지원해줍니다. 그런 지원 덕에 제품 개발을 빨리 할 수 있었어요. 창업자들이 제품 개발에만 집중할 수 있도록 디자인부터 포장과 마케팅은 물론이고 제품을 완성하고 납품하는 과정까지도 도움을 줍니다. 처음 인천공항 면세점에 입점하게 되었는데, 그것까지도 식품클러스터의 도움을 받았습니다. 저 혼자만의 노력으로는 이뤄낼 수 없는 일이죠."

"청년 기업가로서 익산에 청년 인구를 유입하는 방법을 저도 늘 고민하고 있습니다. 제가 기업을 운영하면서 느낀 점은 청년 인구를 유입시키는 것보다 지역 청년층의 유출을 막는 게 시급하다는 것이었습니다. 저는 우리 익산 지역 청년들을 채용하려고 많이 노력했는데, 오히려 전주나 서울 지역으로 떠나더라고요. 아무래도 일자리의 규모나 수입 등에서 메리트를 느끼지 못했기 때문에 타 지역으로 떠나는 게 아닐까 하는 생각을 했습니다. 이런 현실 속에서 청년 인구가 유출되지 않게 하려면 지역 대학과 지역 기업을 연계하는 정책이 마련되어야 합니다. 익산시에서는 기업 인건비 사업을 지원해주고 있는데, 이를 조금 축소해서라도 지역 대학의 졸업생이 지역 기업에 취업했을 때 혜택을 준다면 청년 인구 유출을 막을 수 있지 않을까요?"

"식품이나 농생명 계열의 창업을 꿈꾸는 이들에게 식품클러스터와 함열에 유치 예정인 스마트 농생명단지 등을 갖춘 익산은 정말 좋은 도시라고 생각합니다. 저는 익산에서 창업하기를 잘했다는 생각을 늘 합니다. 창업이 왠지 어려워서 쉽게 도전하지 못하는 분들이 많다고 들었습니다. 그분들에게 지원 제도가 잘 마련되어 있으니 두려워하지 말고 도전하셨으면 좋겠다는 말을 하고 싶습니다. 익산은 그런 도전을 꽃 피워줄 수 있는 도시입니다. 익산으로 오세요! 그리고 도전하세요!"

"30년 넘게 금마 주민 눈을 보살폈어요"

황규섭(59세) 금마서독안경원 안경사

　　황규섭 안경사의 첫마디는 "요즘 많이 힘듭니다."였다. 코로나19로 힘들지 않은 직종이 어디 있겠냐만 안경원은 유난히 힘들어졌다. 매출이 50% 이상 급락했다. 그래도 언젠가는 끝나겠지, 하는 생각으로 버텨왔다.

　　그런데 안경원에도 비대면 바람이 불고 있다. 온라인으로 안경을 구입하는 일이 점점 늘어나고 있는 것이다. 밖으로 돌아다니는 게 자유롭지 못한 시기에 소비자들은 좀 더 편안하게 안경을 구매하는 것이다. 이런 상황이 황규섭 안경사의 마음을 착잡하게 한다. 자신과 같은 소상공인은 그런 변화가 있을 때마다 살길이 막막해지기 때문이다. 바닥 민심과는 상관없이 시대를 따라가는 정책으로 인해 많은 소상공인들은 죽어난다.

　　아무리 힘들어도 4남매를 생각하면 어떤 일이든 이겨내야 한다고 다짐한다. 안경은 제2의 눈이라는 신념 하나로 30년간 한길을 걸어왔다. 금마면에서

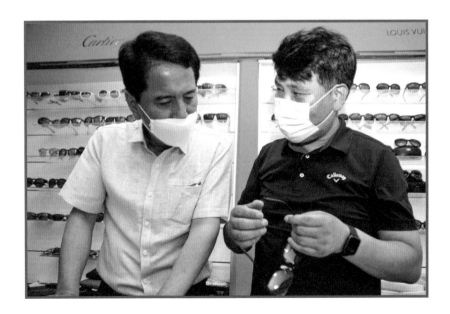

유일한 안경원인 금마서독안경원의 주 고객층은 어르신들이다. 부모님 연배의 어르신들이 오시면 어머니 생각이 많이 나서 더욱 마음이 쓰인다.

작은 규모이지만 오래 운영하다보니 등록된 고객만 1만 명쯤 된다. 그 많은 고객을 유치한 비결을 묻자 "오셨을 때 최선을 다할 뿐이다."고 하면서 멋쩍게 웃는다. 정직하게 최선을 다하면 손님들이 먼저 알아주고 다시 찾아준다는 황규섭 안경사. 인터뷰 내내 지켜본 그는 손님에게 진심을 다하는 사람이었다. 정도 많아서 거동이 불편하신 할머니나 할아버지에게는 교통비 하시라고 만원 한 장이라도 꼭 드린다고 한다.

그것만이 아니다. 원광보건대학교 안경광학과 1기답게 자기 일에는 그 누구보다 전문적인 지식을 갖고 있다고 자부한다. 안경사는 단순히 안경을 판매하는 사람이 아니다. 시력 측정부터 시작해서 고객의 시력 상태에 가장 적합한 안경을 맞춰주기 위해 노력한다. 측정 중 의학적 치료가 필요하다고 판단되면 검진을 받아볼 것을 추천하기도 한다. 그렇기에 안경사 일에 더욱 자부심을 갖고 보람을 느낀다. 눈에 불편함을 느끼다가 자신이 추천한 안경으로 바꾸고 눈이 편해졌다는 말을 들을 때 가장 큰 보람을 느낀다고 한다. 안경사라면 누구나 그 순간이 가장 행복할 거라고 하면서.

"안경은 제2의 눈이에요. 안경이 없으면 일상생활이 불가능한 분들도 많아요. 그러니 안경도 눈처럼 관리를 해주셔야 합니다. 꼭 기억해주세요. 안경은 반드시 두 손으로 벗고 두 손으로 써주세요!"

안경사답게 안경 관리에 대한 당부를 잊지 않는다. 그는 사람들이 안경을 한 손으로 휙휙 벗을 때마다 마음이 아프다. 조금만 신경 쓰면 훨씬 오래 잘 쓸 수 있다면서, 안경은 또 다른 눈이라는 생각으로 잘 다뤄줬으면 좋겠다고 한다. 힘든 일도 많을 텐데 자신의 일에 끝까지 열정적으로 임하는 그의 모습이 아름다웠다.

꼭 기억하자! 안경은 두 손으로 벗고 두 손으로 쓰자!

"청년이 살아야 농촌이 삽니다"

김현태(50세) 농인회사법인 (유)농토 대표

김현태 대표는 낭산에서 태어나 낭산에서 자랐다. 익산 시내에서 외식업도 했지만, 다시 고향 낭산으로 돌아와 생산부터 유통까지 책임져야 하는 기업의 대표가 되었다. 그가 낭산으로 돌아올 수 있었던 힘은 '젊으니까'였다.

조용식 제가 예전에 수서 경찰서 있을 때 가락시장을 담당했어요. 그때 가락시장에서 들은 정보로는 우리나라 고구마 중 경매시장에서 제일 일찍 나가는 게 해남 고구마, 두 번째는 당진 고구마, 그리고 세 번째로 나가는 게 익산이라는 거예요.

김현태 맞습니다. 그런데 10년 전만 해도 익산 고구마가 전국 1등이었어요. 지금은 3등도 간당간당합니다. 저희가 열심히 해서 우리 익산도 많이 올라오기는 하는데, 타 지역에서 밭작물을 할 게 없으니까 인삼 대신 지금은 고

구마를 많이 해요. 그런데 이게 물량이 한 번에 밀릴 때가 제일 문제예요. 다들 추석 때 내보내려고 하다보니까 세척장은 적고 물량은 많이 들어오고, 그러면 타 지역하고 경쟁해야 되는데 세척 자체가 힘든 거죠.

조용식 세척하는 과정이 그렇게 힘든가요?

김현태 그렇죠. 그냥 흙 고구마로는 부가가치가 전혀 없어요. 흙이 묻어 있으면 유통과정에서 세균이 번식하기도 쉽고요.

조용식 이런 일들을 하려면 젊은이들이 많아야 수월할 텐데요?

김현태 제 주변에서 농사짓는 사람들이 40대 초중반인데, 이 친구들이 지금 여기에 자리를 잡아야 농가가 돌아갑니다. 우리 회사 모토가 '청년이 살아야 농촌이 산다.'예요. 청년이라고 해서 20대가 아니라 우리 농촌에서는 40대가 청년입니다. 일을 제일 많이 하고 제일 열심히 하는.

조용식 세척 문제도 그렇고 인력 문제도 그렇고 힘든 점이 많았겠어요. 대표님은 농림축산식품부가 육성하는 '밭작물 공동경영체 육성 지원사업'을 따내기 위해 여러 번 시도했다고 들었어요. 어떤 점이 힘들었나요?

김현태 2013년에 처음 도전을 했고 두 번 실패했어요. 그래도 포기하지 않고 계속 도전해서 2016년에 지원사업을 따와서 지금 5년 됐어요. 농림식품부에서는 지원을 받은 업체가 잘하면 가산점을 줘서 사업을 계속 이어갈 수 있도록 하는데, 시에서는 농협 위주로 지원을 하니까 저희 같은 농업회사법인은 개인으로 인식하고 지원을 잘 안 해줘요. 자격조차 잘 안 줘요. 익산시에서 직접 실사해서 열심히 하는 농가들이나 자격이 충분한 법인들은 지원을 해주면 좋을 것 같은데, 그런 부분들이 아직은 약한 것 같아요. 이런 점들이 좀 힘들죠.

조용식 그때 당시 혜택을 못 받아서 어려움이 많았을 텐데도 포기하지 않고 여기까지 올 수 있었던 비결은 무엇인지요?

김현태 젊으니까 했어요. 동생들한테 말했죠. 우리가 이득을 덜 보더라도, 아이들도 있고 아직 젊으니까 해보자고.

조용식 앞으로 대표님의 꿈은 무엇인가요?

김현태 주변 농가들이 처음 힘들 때부터 같이 해온 친구들입니다. 이 친구들하고 같이 여기서 계속 농사를 짓고 싶어요. 지금은 8월에서 1월까지밖에 작업을 못해요. 그런데 저희가 열심히 해서 땅을 조금 사놓은 게 있어요. 거기에 창고를 지어서 1년 열두 달 작업을 할 수 있으면 우리 농가에도 큰 도움이 됩니다. 제 목표는 그겁니다.

고구마에는 내 어릴 적 추억이 배어 있다. 고구마를 다 캐고 나면 고구마 이삭을 주우러 다녔던 그 가난하고 배고팠던 시절을 떠올리며 우리 농가를 돌아본다. 문득 김현태 대표의 말이 가슴 깊숙한 곳에 박혔다. '희망을 잃지 않으면 누구에게나 꼭 한 번의 도움은 찾아온다.' 이제는 내가 그들의 희망이 되고 싶다.

"역사의 시작이 더 큰 사랑으로"
김택영(73세) 문화관광 안내원(나바위 성당 해설사)

김택영 해설사는 익산시 망성면 어량리 작은 마을에서 가난한 농부의 아들로 태어났다. 천주교 신자였던 그는 1998년 나바위성지 사무장 일을 하면서 2013년까지 나바위성지를 찾는 이들에게 해설을 해오다 2015년 8월에 정식으로 익산문화 알림이 해설사가 되었다.

"나바위성당은 우리나라 첫 사제인 김대건 신부가 중국에서 사제가 되어 조국에 입국할 때 첫발을 디딘 축복의 땅입니다. 1845년 8월 17일 상해 금가항 성당에서 사제로 서품을 받고 8월 31일 11명의 교우와 페레올 주교, 다블뤼신부와 함께 타고 갔던 배편으로 귀국길에 올라 죽을 고비를 수없이 넘긴 끝에 10월 12일 밤 8시경 나바위 화산 언저리에 닻을 내렸습니다. 나바위에 정박한 이 일을 페레올 주교는 '하느님의 섭리'라고 했습니다. 나바위성당은

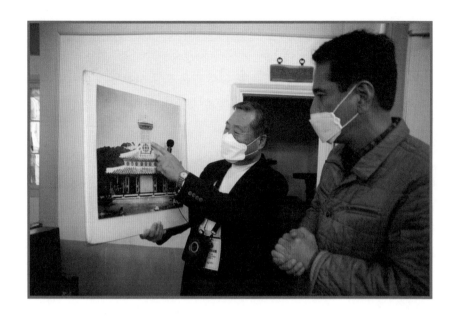

1897년 초대 본당 주임으로 부임한 베르모렐 신부가 1906년 신축공사를 시작하여 1907년 완공했습니다. 1987년 7월 18일 국가 지정문화재 사적 318호로 지정되어 보존되고 있는 성당입니다. 성당 내부는 전통 관습에 따라 남녀석을 구분하는 칸막이 기둥이 있고 2차 바티칸 공회의 이전에 사용했던 제대가 남아있습니다. 올해 김대건 신부 탄생 200주년을 맞아 상해에서 타고 온 '라파엘호'를 복원하여 그 일행이 첫발을 디딘 화산 언저리에 위치시켜 두었습니다."

"6년 동안이나 사제 없이 목자를 애타게 기다리던 한국 교회에 성직자 세 분의 입국은 말로 표현할 수 없을 만큼 감격적인 사건입니다. 나바위성당은 목숨을 걸고 나바위에 정착한 첫 사제의 마음을 생각하면서 신심이 깊어지는 좋은 성지입니다. 나바위성당 건물의 역사성과 우수성은 국가 문화재로 큰 가치를 지니고 있어서 신앙인뿐만 아니라 우리 모두가 아끼고 관심 기울여야 할 곳입니다."

"해설을 처음 시작할 무렵 남루한 모습을 하신 두 분이 방문하신 적이 있습니다. 그때만 해도 지나가다 차비가 떨어졌다고 오시는 분, 며칠 굶었다며 밥값을 달라고 하시는 분, 물건을 팔러 오시는 분들께 시달리고 있던 터라 혹시 그런 분들이 아니실까 걱정이 앞섰죠. 그런데 그 두 분은 부부인데 매년 휴가를 내어 며칠씩 전국 성지 순례를 한다며 제게 해설을 부탁하셨습니다. 두 분을 모시고 성당과 성지 구석구석을 돌며 해설을 했습니다. 해설이 끝나자 두 분께서 성지에 도움이 되었으면 좋겠다며 큰 봉헌을 해주셨습니다. 겉만 보고 미리 판단했던 저 자신이 무척 부끄러워졌고 죄송함이 밀려오더군요. 그 뒤로 누가 방문하시든지 편견 없이 잘 해드리겠다는 다짐을 했습니다."

"간혹 한 번 방문하셨던 분들이 그때 해설이 너무 좋아 다른 분들을 모시고 왔다는 말씀을 들을 때면 해설사로서의 보람과 행복을 느낍니다. 그런 마음으로 나바위성지 관광 안내원 후배를 양성하고자 합니다. 해설사 일을 준비하던 형제님이 한 분 계셨는데, 갑작스런 건강 악화로 어렵게 되어 다른 분을 찾고 있습니다. 우리의 소중한 나바위성지가 좋은 해설로 많은 이들에게 알려지도록 늘 노력하겠습니다. 가장 큰 바람은 성당 입구에 관광 안내소가 만들어져 더욱 쉽게 안내를 받을 수 있었으면 하는 것입니다. 현재는 본당 사무실을 사무장과 함께 사용하고 있어 불편함도 있고, 무엇보다 나바위성지를 찾아오시는 분들을 가까이에서 파악하는 데 어려움이 있습니다."

천주교의 가장 중요한 정신은 사랑이다. '네 마음을 다하고 네 정신을 다하여 주 너의 하느님을 사랑해야 하고 네 이웃을 너 자신처럼 사랑해야 한다.' 이웃 사랑은 가까이로는 가족과 사회, 나아가 국가와 세계일 것이다. 김택영 해설사의 말처럼 우리 사회가 사랑 가득한 사회가 된다면 그보다 더 행복한 일은 없을 것이다.

"붓끝으로 피워 올린 고고한 정신"

조수현(73세) 서예가

"어릴 때 부친에게 붓글씨 쓰는 법을 배웠습니다. 연필보다 많이 잡은 게 붓이었지요. 그래서인지 붓과 먹은 제게 늘 친구 같은 존재였습니다. 국민학교 다닐 때부터 붓글씨를 연마했어요. 지금 생각해보면 그때 제 붓글씨는 따라 그리는 수준이었을 겁니다. 그런데도 차분히 앉아 먹을 갈고 글을 쓰는 그 순간이 그리도 좋았습니다. 이후 본격적으로 서예를 시작한 건 20대 후반 권갑석 선생님께 사사할 때부터니까 50년 가까이 됩니다."

"서예는 문자를 매개로 인간의 내면세계를 지필묵연(紙筆墨硯)으로 표현하는 예술입니다. 서예라는 명칭은 옛 선비들이 갖추어야 할 육예인 예·악·사·어·서·수(禮樂射御書數)에서 유래했습니다. 저는 서예의 영감을 주로 유교나 도교 경전, 시문 혹은 불경 내용에서 얻습니다. 짧은 시문을 가지고 글씨나 전각으로 표현하고자 하는 것입니다. 서예가 어려우면서도 매력적인 이유는 붓

당신이 있어 다행입니다

과 먹으로 단숨에 자신의 내면세계를 표현할 수 있기 때문입니다. 이 과정은 지극히도 어렵지요. 하지만 수많은 반복과 연마를 통해 그 한 획을 마주할 때의 기쁨은 말로 표현할 수 없습니다. 그렇기에 서예를 할 때는 사심과 잡념을 버리고 오로지 맑고 경건한 자세가 필요하지요. 그래서 저는 늘 참선, 즉 명상 수련을 하려고 노력합니다."

"가장 애착이 가는 작품이 하나 있습니다. 우리의 역사를 함축한 5세기 초의 고구려 광개토왕비를 같은 크기로 써서 회갑전에 내놓은 작품입니다. 광개토 왕비는 대단히 큰 선돌로 1880년대에 일본군에 의해 세상에 알려지게 되었지요. 1,600여 년 전에 세워진 비석이어서 마모되어 판독이 어려운 부분도 많습니다. 판독이 어려운 부분은 압록강 두만강 북쪽에 있는 고구려 석성 100기를 선정, 인장에 새겨 빈칸에 찍어 완성했습니다. 오랜 시간에 걸쳐 고대의 역사를 한 글자씩 가슴으로 새기며 완성한 작품인 만큼 가장 소중하고 애착이 갑니다."

"서예가로서 가장 기억에 남는 순간은 저의 서예 은사이신 김삼용 선생님과 대학원 석사 지도교수이신 최정균 선생님을 모시고 모교인 원광대학교에 서예과 창설 인가를 받았을 때입니다. 원광대학교 서예과를 필두로 다른 학교에도 개설되기 시작했죠. 이후 저는 원광대학교에 신설된 서예과의 조교와 강사를 거쳐 교수로 봉직했습니다. 1989년 처음 학과가 개설되자 전국에서 우수한 실력을 지닌 학생들이 많이 지원했습니다. 정원이 20명이었는데 200명이 넘게 지원하기도 했죠. 초창기에는 경쟁이 심해 재수 삼수 끝에 들어온 학생도 있었어요. 그런 학생들이 오늘날 서예계의 큰 작가로 활동하고 있는 게 너무나 감사하고 대견합니다. 서예과 창설 초기에는 불모지와 같은 상황에서 교과과정과 교재 개발 등에 어려움이 많았습니다. 이후 대학원을 개설하여 석·박사를 배출하면서 국내외에 커다란 반향을 일으켰죠."

"지금처럼 건강관리를 하고 서예를 연마하며 팔순전과 구순전에도 임할까 합니다. 한편으론 백제의 역사와 문화에 더욱 천착하고자 합니다. 요즘 인문학과 순수예술 분야가 침체의 늪에 빠져 있습니다. 원광대학교 서예과도 문을 닫고 현재는 경기대학교 서예과 하나만 남아있는 상황입니다. 최근 서예진흥법이 제정되어 서예를 사랑하고 애호하는 작가에게 지원을 할 수 있게 되었습니다. 정부에서는 서예진흥법에 따라 서예 교육을 통해 청소년들 인성교육에 힘을 쓰면 좋겠습니다. 현재 전라북도 주최 세계 서예 전북비엔날레 행사도 꾸준히 발전하기를 바랍니다."

50년이 넘는 세월을 붓을 쥐어 왔지만, 여전히 모자람을 느낀다는 선생의 모습에서 진정한 예인의 정신이 느껴졌다. 서예는 선과 얼마나 공감하느냐에 달려있다는 조수현 선생의 말씀처럼 선과의 공감을 통해 수천 년을 이어온 서예의 역사가 익산에서 끝없이 이어지길 바란다.

"350년 성당포구 농악의 전승자"
임승용(65세) 성당포구 농악보존회 이사장

임승용 이사장은 1998년에 농악을 처음 시작했다. 스승 이인수 선생의 가락에 매료되어 생업도 반납한 채 수십 년간 한시도 쉬지 않고 성당포구 농악을 이어가는 일에 집중했다. 지금은 성당포구 농악 3대 전승자가 되어 우리 농악의 깊은 맛과 멋을 세상에 알리고 있다.

성당포구 농악은 그 역사와 전통이 깊다. 1658년 무렵 대동법이 실시되면서 성당포에는 약 5개의 조창과 2개의 야적장이 생겨 50여 년간 12척의 조운선으로 대동미를 운송했다. 그러다 1714년 조창 개축과 포구 확장으로 51척으로 증선 후, 조세 지역도 8개 읍으로 확대했다. 그렇게 성당포 8개 읍에 대동미를 저장했다가 한양으로 운송하는데, 조운선이 바다에서 큰 풍랑을 만나 배가 파손되면 주민들은 조세미를 다시 내는 이중과세의 피해에 시달려야만 했다.

그즈음 조운선 관리원 함무장의 꿈에 웬 노인이 나타나 신주 3개를 건넸다.

꿈의 의미를 생각하던 그는 신주 3개가 복희씨, 신농씨, 헌원씨 등 세 신(神)이라 여기고 순풍당에 위패를 모시고 제를 지내게 되었다. 이것이 별신제로 지금까지 전해온다. 마을이 어렵고 흉흉한 시기, 마음을 달래고 위로하러 올리던 별신제와 함께했던 장단이 바로 성당포구 농악이다.

"성당포농악을 한 번 접하면 누구든지 바로 매료될 겁니다. 우도농악의 영향으로 좌도농악에서는 볼 수 없는 가락의 분화와 세련미가 돋보이기 때문이죠. 제가 성당포농악을 접하자마자 모든 걸 제쳐두고 빠져든 데에도 바로 이런 가락의 기교 때문이었습니다. 장구가락이 사람의 혼을 쏙 빼놓을 정도로 아름답고 세분화되어 있습니다. 이런 분화는 우도 농악의 특징입니다. 성당포농악은 금강수계를 따라 유입된 무주, 진안, 장수 등의 호남 좌도 동북부 농악을 원형으로 하면서도 마을 배후인 호남평야의 우도농악, 인접해 있는 부여의 웃다리농악의 영향을 함께 받았어요. 좌도, 우도, 웃다리 농악의 매력을 모두 받아들여 하나의 독창적인 유형을 형성해냈죠. 성당포농악은 이전까지 우리 농악계에서 오랜 시간 강조되었던 지역적 전형성에서 벗어나 각 지역의 특색

을 바탕으로 농악의 새로운 역사를 만들어낸 것입니다."

"현재 연습실은 지하의 좁은 공간인데 공기도 안 좋아서 제대로 전수 활동을 할 수가 없는 형편입니다. 그래서 가장 시급한 문제가 전수 공간을 마련하는 것입니다. 그래야 전수 활동이 원활하게 이루어지고 우리 농악이 이곳 성당면에서 살아 숨 쉴 수 있죠. 전수관과 공연장이 있어야 상설 공연도 하고 성당포구 농악을 널리 알릴 수 있을 텐데 현실적인 여건이 그렇지 못하니 안타까울 뿐입니다."

"성당포구 농악은 전라북도 무형문화재 7-7호로 지정되어 있습니다. 그런데도 예산은 한 달에 약 100만 원뿐입니다. 우리의 역사와 전통을 잘 지켜나가려면 더 많은 관심과 지원이 필요합니다. 우리는 늘 준비가 되어 있는데, 문화를 펼칠 기회가 적은 현실이 통탄스러울 때가 많습니다. 하지만 농악에 대한 열정과 애정으로 회원들이 똘똘 뭉쳐 우리 문화의 전승을 위해 매일 연습하고 있습니다. 몸이 안 좋아 한쪽 다리를 절뚝거리면서도 연습에 참여하는 회원님들의 노력이 있기에 점점 퇴색되어가는 우리 농악에 짙은 색깔을 더해주고 있습니다. 농악은 우리 민족만의 멋과 흥입니다. 아름다운 우리의 전통이 우리 곁에서 늘 함께하도록, 그리고 성당포구 농악단이 전국 최고 농악단이 되는 게 제 목표입니다."

"여산은 익산의 관문입니다"
김희순(55세) 여산휴게소 근무자

"인생의 절반 넘는 시간을 여산에서 보냈으니 이제는 여산이 더 고향 같아요. 저는 여산이 참 좋아요. 시부모님께 들은 이야기가 있어요. 예로부터 여산은 터가 좋은 곳이었대요. 비나 눈이 많이 와서 다른 지역들은 피해가 심할 때도 여산은 아무런 피해 없이 넘어갔대요. 그래서 복 받은 땅이라고들 하셨대요."

김희순 씨의 고향은 해남이다. 익산에 온 지는 33년 되었다. 결혼하고 아이를 낳고 아이가 돌을 막 지날 무렵 여산휴게소에서 근무하기 시작했으니 어느덧 32년째이다. 모든 재해가 피해갔다는 여산, 축복받은 땅 여산은 익산의 관문이자 호남의 관문이다. 이런 여산의 휴게소에서 김희순 씨는 오늘도 익산을 찾는 이들을 맞이하고 있다.

"참 신기한 게 일하고 있을 때가 가장 힘들지만, 또 가장 행복한 순간이기도 해요. 희한하죠. 30년 넘게 하다 보니 이제 이곳에서 일하지 않는 저의 모습은 상상하기가 어려워요. 육체적 정신적으로 힘들다가도 휴게소를 찾아주시는 고객님들의 감사하다는 그 한마디를 들으면 그렇게 행복하답니다."

일하는 순간이 가장 힘들지만, 그래도 일하는 게 행복하다는 김희순 씨. 그런데 요즘은 그런 마음으로도 버틸 수 없을 만큼 힘든 상황이 지속되고 있다.

"여산휴게소가 생기고 나서 쭉 한 업체가 담당했었어요. 그때는 그래도 일하기가 좋았죠. 휴게소를 찾는 사람들도 많았고, 일하는 환경도 좋았어요. 그런데 업체가 변경된 이후 모든 근로조건이 후퇴하기 시작했어요. 직원 복지부

터 시작해서 임금까지 모든 게. 게다가 코로나로 인해 근무시간이 단축되면서 임금은 절반 가까이 줄어들었어요. 전국 196개 휴게소가 차차 단축된 근무시간을 정상화하고 있음에도 불구하고, 여산휴게소는 여전히 근무시간이 환원되지 못하고 있어요. 절반 가까이 줄어든 임금에 일을 놓고 싶을 때도 많지만, 30년 넘게 일한 직장을 쉽게 떠날 수가 없더군요. 이런 상황 속에서 많은 휴게소 직원들이 힘들어하고 있어요. 근로조건이 더 나아지지는 못해도 적어도 후퇴해서는 안 된다고 생각합니다. 지금 이 상황은 우리 근로자들에게는 너무나 가혹해요. 휴게소 근무하는 이들에게 현재 일하는 게 어떤지 묻는다면 좋은 대답을 들으실 수 없을 거예요."

김희순 씨의 깊은 한숨이 모든 걸 설명해주고 있었다. 게다가 여산휴게소 명칭 변경을 둘러싼 문제까지 더해져 한숨은 더욱 깊어만 간다. 여산휴게소 명칭을 미륵사지휴게소로 변경하자는 이야기가 있었고 공청회까지 열린 상황. 현재는 여산 주민들의 반대로 일단 보류 중이라고 한다. 익산의 관문 여산의 이름을 휴게소에서 지운다는 건 말도 안 된다는 게 많은 휴게소 직원들의 생각이다. 이름을 지우면 기억에서 빠르게 사라져간다. 익산의 관문이자 호남의 관문인 '여산'이 흐려지지 않도록, 많은 이들이 '여산'을 잊지 않도록 우리의 관심이 절실한 때이다.

"실패를 두려워하지 않아야 세상이 바뀝니다"
윤원식(61세) 코리아 배터리 대표

조용식 배터리 재생 사업, 폐배터리를 다시 사용한다는 건 정말 좋은 아이디어인 것 같습니다. 어떻게 이 사업에 관심을 갖게 되셨나요?

윤원식 배터리라는 게 미래지향적 산업이지 않습니까. 그 점이 제가 이 사업에 매력을 느낀 계기였습니다. 미국의 한 재활용 회사에서 배터리 재생 사업을 실현함에 따라 20여 년 전 우리나라에도 배터리 재생 사업의 바람이 불었죠. 그래서 너도나도 이 사업에 뛰어들었는데, 막상 배터리 재생에는 성공해도 재생한 배터리를 차량에 부착하면 유의미한 수치가 나오지 않는 겁니다. 그때 전국에 약 25개의 폐배터리 공장이 있었는데 다들 실패했어요.

조용식 다들 이 사업에 실패했는데, 대표님께서는 어떻게 배터리 재생에 성공하신 건가요?

윤원식 저도 정말 절망스러웠습니다. 분명 배터리 자체는 재생이 완료되었는데 자동차에만 부착하면 성능이 나오지 않았으니 말이죠. 무언가 잘못되었다고 생각했지만 어디서부터 어떻게 해야 할지 막막했죠. 그래서 배터리 재생에 사용되는 물질을 연구하기 시작했습니다. 처음 폐배터리 사업을 시작했을 때는 인천에 있었는데, 5년 정도 계속 연구했으나 결과는 처참했습니다. 광주로 내려가서 다시 6년간 배터리 재생 연구에만 몰두했죠. 10년이 넘는 연구 기간 동안 아파트도 팔고 땅도 팔고 사채 빚까지 생겼어요. 포기하고 싶을 때도 많았지만 지난 세월이 아까워서 놓을 수가 없더군요. 무엇보다도 가족들 때

문에 포기할 수가 없었습니다. 제가 연구하는 동안 아내가 식당에서 일을 하며 아이들을 키웠어요. 아내가 없었으면 코리아 배터리도 없었을 겁니다. 그러던 어느 날 여느 때처럼 실험을 하는데 차가 가는 겁니다. 그런데 이게 실험만으로 끝나는 일이 아닙니다. 실제로 배터리가 얼마나 가는지, 새 배터리와 성능 차이가 없는지, 알아봐야 했어요. 그래서 재생 배터리 80개를 들고 당시 광주 택시조합을 찾아갔습니다. 그동안의 사정을 이야기하고 제 배터리를 무료로 드릴 테니 한 번 부착해서 사용해달라고 부탁드렸죠. 그랬더니 기사님들께서 다들 흔쾌히 부착해주셨습니다. 너무 감사했죠. 그렇게 1년쯤 흘렀을까요. 다시 찾아가서 여쭤보니 다들 1년 이상씩 아무런 문제없이 배터리를 사용하신 거예요. 그 순간 정말 벅차오르더군요. 그런데 기사님들께서 제게 봉투를 하나 주는 거예요. 받아보니 160만 원이 들어있었어요. 놀라서 "아니, 이게 뭐예요?" 여쭤보니 이렇게 성능 좋은 배터리를 받았는데 무료로 쓰는 건 도리가 아닌 것 같다며 배터리 하나당 2만 원씩 기사님들이 돈을 모아주신 겁니다. 그러면서 "정말 고생 많으셨다. 이제 돈길만 걸으실 거다."라고 응원해주셨죠. 그날 집으로 돌아와 펑펑 울었습니다. 수없이 했던 연구와 노력의 결실이 마침내 맺어진 것이었죠.

조용식 수많은 실패를 겪었지만 포기하지 않았기에 이렇게 독자적인 기술을 획득할 수 있으셨던 것 같습니다. 대표님의 그 열정이 진심으로 존경스럽습니다. 앞으로의 계획은 무엇인가요?

윤원식 현재 40개국 127개 업체와 협력을 맺고 있어요. 더 많은 국가와 협력을 맺고 수출하는 게 목표입니다. 제가 만든 기술이니 제가 할 수 있을 때까지 해보려고 합니다. 조금 안타까운 게 있습니다. 폐배터리를 충전하는 과정에서 오염 물질 방출이 없는데도 폐배터리 자체를 지정 폐기물로 보기 때문에 저는 현재 산업 단지에 입주할 수가 없어요. 재사용 공정을 보고 이것을 폐기물 업종이 아니라 제조업으로 허가를 내주셨으면 하는 바람이 있습니다. 그래야 공단에 들어갈 수 있고 배터리 재생 사업도 더욱 활발히 이루어져 앞으로 더 많은 국가에 대한민국 재생 배터리 사업의 위력을 알릴 수 있을 것입니다.

뭔가를 이루어냈다는 건 그 뒤에 숨어 있는 무수한 실패가 있었기 때문이다. 실패를 두려워하지 않고, 실패를 공유하고, 실패를 응원하고, 다시 재도전할 힘을 찾아가는 사회, 윤원식 대표의 코리아 재생 배터리가 그런 사회적 바탕이 되기를 소망한다.

"농촌이 익산의 미래입니다"
소병돈(68세) 농촌지도자

소병돈 선생은 익산 왕궁면 상발마을에서 태어나 자랐다. 왕궁농협 대의원, 익산시 농민회 부회장, 왕궁 발산교회 장로, 상발마을 이장 등을 지내면서 고향의 발전을 위해 왕궁면 곳곳을 누벼왔다. 지금은 농촌지도자회 회원으로서 농촌의 밝은 미래를 그리고 있다. 나는 그를 고향 지킴이라 부르고 싶다.

조용식 이장을 6년 동안 하셨다고 들었는데, 이장을 하시면서 느꼈던 마을의 고충은 어떤 것들이 있었습니까?

소병돈 이장을 하면서 가장 직접적으로 느낀 것은 행정과의 소통이 쉽지 않다는 거였습니다. 우리 시골 마을은 해가 지면 정말 어두워요. 그래서 중간중간 가로등도 더 많이 설치해야 하고 더 밝아야 합니다. 차를 갖고 다니는 분들도 많이 계시지만 학생들은 버스 타고 내려서 걸어와야 해요. 그러니 가로등을 더 많이 설치하고 더 밝아야 하는데 그런 요청을 해도 바로바로 해결이 안 되니 참 답답하죠.

조용식 제가 경찰 생활을 34년간 했기에 그런 부분의 개선을 누구보다 중요하게 생각합니다. 가로등이 별것 아니라 생각할 수도 있지만, 범죄가 일어나는 곳은 주로 어두운 곳입니다. 밝은 환경을 조성하는 것만으로도 범죄를 예방할 수가 있죠. 밝으면 무엇을 하고 있는지 다 보이기 때문에 범죄 욕구를

억제할 수 있습니다. 저는 그런 면에서 익산을 더 안전하게 디자인해야 한다고 생각합니다.

소병돈 맞는 말씀이십니다. 그런 작은 것 하나부터 바뀌어야 안전하고 살기 좋은 농촌이 된다고 생각합니다. 이장 일을 하면서 정말 안타까웠던 것은 시스템 운영의 문제입니다. 이게 농민 입장에서 너무 불편해요. 시에서 현재 농기계 임대 사업을 진행하고 있습니다. 그런데 추운 겨울 오전에 기계를 빌리러 가고 저녁에 다시 반납하는 과정이 너무 힘듭니다. 이런 시스템을 조금만 농민의 입장에 맞춰 개선하면 농촌 환경도 훨씬 나아질 수 있는데 그렇지 못한 현실이 너무 안타깝습니다. 더 근본적인 문제는 인력입니다. 지금 인건비가 너무 많이 올랐어요. 혼자서는 농사일을 감당할 수 없으니 인력을 고용해야 하는데, 필요할 때마다 인력을 구하기도 쉽지 않습니다. 농사 작물에 따라 인력이 필요한 시기가 다릅니다. 저는 양파와 생강을 주로 수확하니 5월이나 6월에 인력이 필요한데, 고추 농사를 짓는 분들은 8월이 가장 바빠요. 그런데 그때마다 인력을 구하기가 쉽지 않기 때문에 다들 농사 못 짓겠다는 말이

나오는 겁니다. 제가 전해 듣기로 경남에서는 도 차원에서 직접 외국인 노동자를 1천여 명 고용해서 계절에 따라 인력이 필요한 농가에 지원을 하고 있답니다. 한 사람이 한 명의 인력을 데리고 있는 게 아니라, 수확 시기별로 필요한 인력을 지원하는 거죠. 이런 제도가 활성화되어야 합니다.

조용식 말씀하신 제도가 익산에도 하루빨리 정착되어 많은 농가들이 더 나아지기를 바랍니다. 왕궁면에 오래 계셨는데. 농촌의 미래를 어떻게 전망하십니까?

소병돈 저는 한국 농촌의 미래를 긍정적으로 봅니다. 이런 말을 하면 많이들 의아해합니다. 농촌을 희망 없는 곳이라고 생각하기 때문인데, 제가 봤을 때는 그렇지 않거든요. 저는 농업이 결국 우리의 미래라고 생각합니다. 저는 제 직업에 후회가 없어요. 너무 행복합니다. 제가 올해 예순여덟인데, 아직 현직 아닙니까. 다른 일 하는 제 친구들은 다 은퇴하고 집에서 쉬고 있어요. 그런데 농사는 정년이 없습니다. 내 힘닿는 데까지, 하고 싶을 때까지 하는 거예요. 이것만큼 좋은 직업이 또 어디 있겠습니까. 요즘은 농촌도 점점 디지털화되고 있어서 이전보다 유통 과정이 훨씬 수월해졌어요. 벌이도 좋고. 아쉬운 건 이런 내용을 사람들이 잘 모른다는 거예요. 벌이도 적고 힘들다고만 생각해서 젊은 사람들은 농업은 아예 생각도 않죠. 농촌의 현실을 안타깝게 바라볼 게 아니라, 있는 그대로의 농촌에 관심을 많이 가져줬으면 좋겠습니다. 농촌은 희망이에요.

"소는 내 인생이여"
한병택(72세) 축산업 종사자

익산 용동면에서 나고 자랐다. 인구 1,700명도 되지 않는 작은 면이지만 소들과 함께 용동면을 묵묵히 지켜가고 있다. 축산업을 시작한 지는 20년이 훌

쩍 넘었고, 지금은 소 40마리를 키우고 있다.

조용식 소를 40마리나 키우시려면 인력이 부족하지는 않나요?

한병택 부족하지. 그래도 혼자 다 해야 혀. 사람 주면 뭐 남는 게 있간. 힘들어도 다 혼자 하는 거지.

조용식 요즘 코로나 때문에 밖에서 식사를 못하는 대신 집에서 소고기를 많이들 드신다고 합니다. 그래서 소고기 소비량이 늘고 소 가격도 올랐다고 하는데, 정말 그런가요?

한병택 코로나 때문에 수입 소도 많이 안 들어와. 그래서 소비량이 많이 늘긴 했지. 그래도 남는 건 여전히 적어. 소 한 마리에 1천만 원이라고 하는데, 그건 A급 소일 때 얘기여. 여간해서는 그만큼 받기 힘들지.

조용식 여전히 우리 축사가 매우 힘든 현실이군요. 선생님께서는 소 품질을 높이기 위해서 어떤 부분에 가장 신경을 쓰시나요?

한병택 사료가 핵심이지. 송아지 때부터 좋은 사료를 먹여야 품질 좋은 소가 되는 거여. 나는 수입 풀을 먹게 혀. 이게 한국에서는 안 나는 거여. 외국에서만 나는 건초. 이런 작은 거 하나가 소 품질을 결정하는 핵심이여.

조용식 선생님께서 소 품질을 위해 신경을 많이 쓰시는 게 느껴집니다. 우리 농촌, 축산업계에 젊은이들이 별로 없다고 들었어요. 현재 축산업계 상황은 어떤가요?

한병택 지금은 다 고령자여. 소 키우는 게 여간 힘든 일이 아니라 젊은 사람들은 안 하려고 혀. 우리 애들도 안 하려고 하는디 뭐. 내 선에서 끝나면 폐업이여. 시골 환경이 다 그려. 일손은 부족하고, 젊은 사람들은 없고…….

조용식 청년들이 많이 유입되어야 우리 농가도 살고 축산업계도 살아날 텐데 참 마음이 아픕니다. 선생님께서는 혼자서 다 하시면 힘든 점이 많으실 거 같은데, 어떤 점이 가장 힘드세요?

한병택 인쟈 나이 먹고 힘 없응게 힘들지. 젊었을 때는 이것저것 다 모르니까 힘든 줄도 몰랐지. 근디 인쟈 몇 십 년 하다 보니 수입은 적고 몸은 점점 아프고 그런 게 힘들어. 혼자 송아지부터 다 키워서 팔아야 하니까 신경 쓸 것도 한둘이 아니고.

조용식 저도 소에 대한 추억이 많습니다. 예전 시골에는 일하는 소 한두 마리씩은 있었죠. 제 초등학교 중학교 때 친구들이 학교 끝나자마자 쇠꼴 베러 가고 이집 저집 쇠죽 끓이느라 부산했던 풍경이 떠오릅니다. 기계가 없었으니 소가 없었으면 농사일 어찌했을까 싶고. 거의 가족이었잖습니까. 함께 먹고 자고, 같이 나이 들어가고, 어디 아프면 내 자식 아픈 것 같이 가슴 아파했죠. 선생님께서도 20년 넘게 소들을 키우셨으니 기억에 남는 일들도 많으실 것 같은데, 어떤 게 있나요?

한병택 많지 진짜. 새끼 받아서 눈 뜨지도 못하는 거 내가 매끼 밥 줘가며 키웠으니 진짜 가족이지. 우리 애들보다 얼굴 더 많이 본 게 소여. 20년 넘게 소 키우다 보니 이제 쟤들 눈만 봐도 어디가 아픈지 알어. 근디 쟤들이 또 팔 때 되면 어찌 알고 그 큰 눈에서 눈물이 흘러. 소들이 아무것도 모르는 동물이라고 그냥 멍청한 것 같아도 자기 팔려 가는 건 어떻게 알고 그 큰 눈에서 눈물이 뚝뚝 떨어져. 그럼 진짜 내 가슴도 찢어지지. 또 기억나는 게 쌍둥이 낳았을 때여. 어찌 배가 이렇게 부른가 싶더니 글씨 쌍둥이를 낳더라고. 똑같이 생긴 새끼 두 마리가 날 바라보는데 그냥 걔들 보고만 있어도 배가 부른겨. 제일 기억에 남는 건 내가 소 키워서 우리 2남 1녀 다 가르치고 집 사주고 그런 거지. 우리 소들한테 참 고마워. 걔들 덕분에 우리 다 먹고살고 한 거여. 우리 애들도 소들한테 고마워해야 혀. 우리 애들 집은 소들이 사준 거여.

앞으로의 계획을 묻자 한병택 선생은 그저 건강하게, 아프지 않고 소들과 함께 나이 들어가는 것이라고 했다. 소박하지만 소중한 꿈이다. 현재 익산시는 소 축사 허가를 받기가 쉽지 않다고 한다. 주민들과 시에서 반대가 많기 때문이다. 소를 키우는 축사에 약품이나 톱밥 등을 지원해주는 제도가 있다고는 하지만 혼자 소들을 감당해내는 축사에는 턱없이 부족한 게 현실이다.

우리의 축산업이 더욱 활성화될 수 있도록 청년들의 유입을 위한 대책을 적극적으로 마련하고, 축사를 위한 지원 정책의 확대를 추진해야 할 것이다. 우리 축산업계가 어려운 상황을 잘 극복해서 사랑하는 소들과 함께 더 건강하고 행복해질 수 있도록.

"맑고, 밝고, 훈훈한 사회를 꿈꾸며"
전윤주(60세) 맑은집, 밝은집, 훈훈한집 통합원장

용안면에 위치한 맑은집, 밝은집, 훈훈한집은 2007년 3월 9일 개원했다. 사회복지학을 전공한 전윤주 원장은 올해 맑은집, 밝은집, 훈훈한집의 통합원장이 되어 누구보다 따뜻한 마음으로 시설을 지켜가고 있다.

"맑은집에는 국민기초생활수급자로 0세~6세 미만의 장애 등록이 된 영유

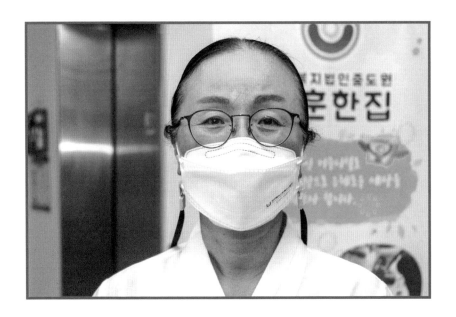

아, 밝은집에는 차상위·저소득 계층의 장애인과 일반장애인(30%), 훈훈한집은 장애인 중 국민기초생활보장수급자 및 부양자가 없거나 부양을 받을 수 없는 분들이 거주하고 계십니다. 맑은집의 경우에는 영유아가 있다 보니 위급한 상황도 종종 일어납니다. 의료적인 부분이 가장 힘들죠. 올해는 갑자기 위급한 아이들이 많아져서 간병비를 자부담하는 상황까지 벌어졌습니다. 맑은집에는 어린 나이에 버려져서 저희가 연락을 받고 데려온 아이들도 많이 있습니다. 아이가 장애가 있다는 걸 알고 부모가 버린 것이죠. 그런 상황을 마주할 때면 가슴이 찢어집니다. 아이가 느꼈을 고통과 두려움을 생각하면, 그 고통을 제가 온전히 가져와 줄 수만 있다면 뭐든 할 수 있을 것 같아요. 요즘은 환절기라 아이들이 감기도 많이 앓습니다. 그런데 코로나 때문에 병원에서 안 받아줘서 응급실을 가는 일도 자주 있어요. 그러면 여기 시설 직원 분들이 간병까지 다 직접 합니다. 보호자가 책임지지 않는 경우가 많기 때문이죠. 그래서 가장 필요한 부분이 인력입니다. 인력이 부족하다고 아무리 이야기해도 개선되지 않고 있어요. 남자 2호봉의 인력을 뽑으라고 하는데, 현실적으로 찾기가 정말 어려워요. 이런 부분을 지자체에서 도와줘야 하는데, 저희의 현실적 어려움을 잘 모르시죠. 2호봉이 채용이 안 되어서 3호봉 인력을 뽑으면 저희가 1호봉을 자부담해야 해요. 저희 시설이 수익 사업도 아니고, 정말 말이 안 되는 상황이죠. 이럴 때마다 정책과 현장 사이의 괴리가 너무나도 크게 느껴지곤 합니다."

"장애인 거주 시설의 공통점이 뭔지 아세요? 도심에서 멀리 떨어져 있다는 겁니다. 우리 맑은집, 밝은집, 훈훈한집만 해도 익산 시내에서 멀리 떨어진 용안면에 자리 잡고 있죠. 시내에 우리 같은 시설이 들어온다고 하면 반대가 심하기 때문이에요. 이런 인식도 정말 가슴 아픕니다. 우리가 다 함께 웃을 수 있는 사회가 되려면 이런 작은 인식부터 개선해나가야 합니다. 사회에서 장애인분들을 격리하는 게 아니라 함께할 수 있는 길을 열어주어야 합니다. 익산시가, 그리고 대한민국이 장애인분들의 울타리가 되어주어야 진정한 복지국가로 나아갈 수 있다고 생각합니다."

"최근에 시설 이용자 중 한 분이 돌아가셨어요. 67세였는데 후천적 장애로 저희 시설을 찾으신 분이셨죠. 원래 낚시를 참 좋아하셨는데 방파제에서 떨어져서 17년 동안 병치레를 하셨어요. 저희 시설에 오래 계셔서 항상 어른 역할을 해주신 분이에요. 바리스타 자격증을 따시려고 130시간 교육도 받으셨어요. 그날이 수료 딱 1시간 교육을 남겨둔 날이었는데, 갑자기 심정지로 돌아가셨어요. 정말 갑작스럽게 돌아가셔서 믿기지도 않았죠. 어르신이 돌아가셨다는 소식에 아드님이 찾아오셨는데, 그때 아드님을 처음 뵈었어요. 눈물을 흘리면서 저희에게 고맙다고 하시더라고요. 아버지가 여기서 하고 싶은 일을 하고 행복하게 떠나셨다고……. 어르신께서는 직업 훈련 돈도 꼬박꼬박 모으셨어요. 하루는 저희가 뭐에 쓰시려고 그렇게 모으시냐고 여쭤봤더니 아들 대학 가면 학비 보태고, 아들 장가가면 주려고 모은다고 하시더군요. 저희가 취업 연결을 시켜드리려고 통장을 열어보니 그동안 단 한 푼도 쓰지 않고 가족분들 주려고 다 모아두셨더라고요. 그렇게 여기 계시면서도 늘 가족 생각을 마음에 품고 계신 분이셨어요. 그분이 돌아가시자 다른 이용자분들도 많이 슬퍼하셨죠. 가장 믿고 의지했던 어른이 돌아가셨으니 말이죠."

"요즘 정책적으로 탈시설화와 소규모화를 추구하고 있습니다. 아무래도 대규모 시설에서 문제가 종종 많이 발생하다 보니 그런 정책들을 시행하는 것 같습니다. 하지만 탈시설화와 소규모화에 따른 현실적인 대책은 아직 마련되어 있지 않습니다. 탈시설화라는 게 말 그대로 장애인분들이 시설을 벗어나 사회로 나갈 수 있도록 하는 것인데, 저희 시설만 해도 지금까지 자립한 분은 딱 한 분 계세요. 시설을 이용해야 하는 분들은 많은데 탈시설 만을 강조하는 상황이 안타깝죠. 이용자가 시설을 벗어나려면 더 꼼꼼하게 사후 관리 정책이 마련되어야 해요. 한번은 자립한 이용자분이 어떻게 지내시는지 찾아뵈었는데, 집은 쓰레기 더미이고 몸이 아파도 어느 병원을 가야 할지 몰라 앓고만 계신 적도 많다고 하더라고요. 그런 모습을 볼 때면 탈시설이라는 게 누구를 위한 정책인지 회의감이 많이 듭니다."

전윤주 원장님의 말을 들으며 아무리 좋은 취지의 정책도 현장 상황을 세밀하게 살피지 않으면 문제점이 발생한다는 사실을 다시금 깨달았다.

무조건적인 탈시설, 소규모화를 진행할 게 아니라 정말 장애인을 위하는 방안이 무엇인지 함께 고민해야 할 시점이다. 모든 장애인들이 비장애인과 어울려 함께 행복할 수 있는 사회를 만들기 위해.

"농민이 살아야 농촌이 살지요"
서수영(57세) 농업인

"동네에 중학교가 없어서 매일 산을 넘어서 등교했어요. 그때만 해도 다들 시골살이에 형제들도 많았죠. 우리 가족만 해도 5남매예요. 복작거리면서 입을 거 덜 입고 먹을 거 덜 먹으면서 자랐죠. 저는 그 기억이 참 좋더라고요. 모

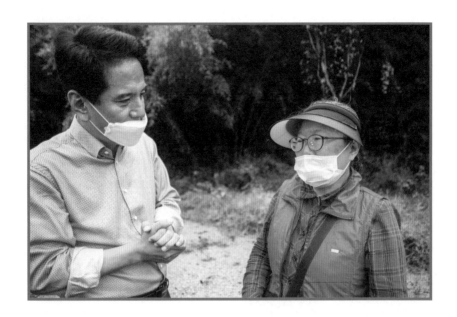

든 게 부족했지만 마음만큼은 누구보다 풍족했으니까요. 그런 기억을 우리 아이들에게도 물려주고 싶어요. 지금 3남매를 두고 있는데, 조금 덜 누려도 서로를 생각하면서 살라고 늘 강조해요."

"저는 고향 웅포가 참 좋아요. 떠나 있으면 그리운 곳이에요. 아무것도 없는 시골이라고 생각하실지 몰라도 참 아름다운 곳이죠. 남편 근무지 따라서 여기저기 많이 다녔어요. 그래도 마음 한구석에는 항상 고향에 대한 생각이 깊이 남아 있었죠. 결국 남편과 함께 웅포에 와서 살기로 했어요. 본격적으로 귀농한 지는 10년쯤 되었네요. 귀농을 마음먹은 뒤 어떤 작물을 키울까 고민을 많이 했어요. 처음에는 체리를 키우고 싶었어요. 제가 체리를 아주 좋아하거든요. 그런데 체리는 논에 맞지 않아 키우기 어렵다고 하더군요. 그래도 과일에 대한 미련을 버리기 어려웠는데, 단맛 때문에 벌레가 많이 꼬이고 소득도 적다고 해서 포기하고 고추, 고구마, 양파 등을 재배하기 시작했어요. 막상 농사일을 시작해보니 이게 보통 일이 아니더군요. 농산물은 수입이 너무 많아서 아무리 친환경으로 열심히 키워내도 판로가 없어 폐기되는 일이 부지기수였어요. 게다가 급격한 기후 변화 때문에 농사짓기가 더 힘들어졌어요. 올여름에는 비가 시도 때도 없이 많이 오는 바람에 밭작물을 제때 수확하지 못하기도 했어요. 가을에도 동남아 날씨처럼 비가 퍼붓는 바람에 공들인 작물들이 망가지고 병충해 피해도 심했죠. 남편은 손해만 보는 농사 그만하라고도 했어요. 그렇지만 내 고향 땅에서 내 손으로 가꾼 작물이 얼마나 애틋한지 쉽게 놓을 수가 없더라고요."

"모든 걸 혼자 해내야 하는 게 제일 힘들어요. 일손이 부족해서 인력을 쓰고 싶어도 인건비가 너무 비싸서 쓸 수가 없어요. 인력을 고용하면 남는 게 하나도 없거든요. 오히려 마이너스일 때도 많아요. 5~6만 원 하던 인건비가 요즘은 13만 원이나 해요. 두 배가 넘게 뛰었으니 감당하기가 힘들죠. 보통 새벽 5시에 일어나서 일을 시작해요. 그렇게 일찍 하루를 시작해도 눈 깜짝하면 어느새 해가 떨어져요. 어떨 때는 해가 안 떨어지길 바라기도 하죠. 할 일이 너무 많으니까요. 그렇게 열심히 일해서 재배한 작물들을 팔 데가 없으니 판로를 개척하는 것도 시급한 일이에요. 판로 개척이야말로 모든 농업인들의 간절한 소망입니다."

서수영 씨는 농업을 정말 사랑하고 농촌 발전을 위한 아이디어도 참 많은 분이었다. 판로를 찾기 위해 이것저것 궁리를 하다가 친환경 작물들을 박스에 담아 농산물 꾸러미로 파는 아이디어를 생각했다. 좋은 작물을 합리적인 가격에 판다면 생산자와 소비자 서로에게 이보다 더 좋은 게 있을까. 그렇지만 학교 급식에 납품하는 일부 작물 외에는 팔 곳이 없어 쌓여 있는 상황이다. 요즘은 쌀쌀해진 날씨 탓에 어느 정도 보관이 가능하지만, 지난여름을 떠올리면 서수영 씨의 눈시울은 금세 붉어진다. 양파 수확 철이 마침 장마 시기라서 수확 후 보관할 곳이 없어 애지중지 키운 양파를 많이 버려야 했다. 저온창고만 있었으면 정성스레 키운 양파를 납품할 곳을 찾을 때까지 온전히 보관할 수 있었을 텐데 마을에, 아니 면에 저장창고가 단 하나도 없다는 현실이 원망스러웠다고 한다.

농업인을 위한 그 어떤 거창한 약속보다 저장창고 하나를 짓는 게 더 절실한 현실. 나는 오늘도 일상의 깨달음을 하나 얻었다.

"익산의 혈관이 되겠습니다"
양봉식(59세) 해성운수 대표

양봉식 대표의 고향은 완주군이다. 사업을 시작하고 익산에 자리 잡은 이후로는 익산을 한 번도 떠난 적이 없다. 1994년에 해성운수를 설립했고 지금은 춘포면에 있다. 전라북도에서 물류와 교통이 가장 좋은 곳이 춘포라고 생각해서였다.

"여러 자격증이 있었어요. 그중 운수업 관련 자격증도 있었죠. 그래서 전북화물자동차운송협회에 재직하다 직접 운수업에 뛰어들어보자 생각했죠. 전국 방방곡곡 돌아다닌다는 게 얼마나 매력적입니까. 운수업을 처음 시작한 날이 몇 월 며칠인지 아직도 또렷이 기억납니다. 1990년 11월 1일. 차 한 대로 시작했던 그날이 지금의 해성운수를 만들었죠. 제 입으로 말하긴 조금 쑥스럽지만, 현재 해성운수가 개인 사업체로는 가장 큰 운수회사입니다. 500대가 넘는 차량을 보유하고 있고 물량도 가장 많습니다."

차 한 대로 시작한 운수업이 지금은 전라북도에서 가장 큰 운수회사로 성장했다. 대표의 자리에 오르기까지 산전수전 다 겪었지만, 돌이켜보면 그런 시간들이 지금의 해성운수를 만든 것이었다. 어렵게 키운 회사인 만큼 직원들에 대한 애정도 남다르다. 양봉식 대표가 생각하는 가장 중요한 업무는 운전기사님들의 복지. 기사님들의 애로사항을 듣고 해결하는 걸 무엇보다 중요하게 여긴다. 그래서인지 해성운수는 운전기사님들 사이에서 평이 가장 좋은 운수회사라고 한다. 문득 그가 생각하는 운수업이란 무엇일지 궁금해졌다.

"운수업은 우리 삶에서 없어서는 안 되는 업종입니다. 우리가 입는 옷, 먹는

음식, 하물며 지금 살고 있는 집을 짓기까지 운수가 없으면 이루어질 수 없죠. 우리 손에 닿는 모든 게 운수 과정을 통해 우리에게 오잖아요. 인체에 비유하자면 운수업은 혈관과 같은 존재입니다. 우리에게 꼭 필요한 요소를 운반하는 통로. 그게 바로 운수업이죠."

해성운수는 익산의 혈관이다. 밤낮으로 달리며 물자를 운반하는 그들이 있기에 우리 삶은 매일 조금 더 편리해지고 있는 것이다. 모든 물량이 그들의 노고에 의해 운반되고 있기에 운수업이 없는 세상은 상상할 수가 없게 되었다. 그렇기에 운수업의 미래는 밝아 보이지만 걱정도 있다.

"운수업 자체의 미래는 밝습니다. 운수업 없이는 우리 삶이 돌아가질 않으니까요. 그런데 중소기업의 영역까지 대기업이 침투해오니 저희 같은 중소운수업체는 어려움이 많습니다. 대기업은 번호판이 무제한으로 허가가 납니다. 화물차 운송을 하려면 번호판 허가는 필수적인데, 이 과정에서 대기업과 우리 같은 중소기업은 벌써 상대가 안 되는 거죠. 출발선 자체가 다른 상황 속에서 경쟁한다는 게 참 막막할 때가 많습니다."

하나부터 열까지 자신의 손으로 이뤄낸 회사이기에 이 불공평한 현실이 더욱 안타깝게 다가온다. 내가 노력해서 이룰 수 있는 일이라면 더 열심히 더 죽을 만큼 일하면 되지만 출발선부터 다른 경쟁은 자꾸만 힘이 빠지게 한다.

양봉식 대표가 꼭 말하고 싶은 게 게 하나 있다. 운수업의 입장에서 바라본 삼례 IC는 너무나 잘못된 길이라는 것이다. 익산 공단이나 시청에서 삼례 IC를 가려면 바로 가는 길이 없어 빙 돌아가야 한다. 이름은 삼례 IC이지만 소재지는 익산 왕궁면인데, 어째서 익산 시민이 편리하게 이용할 수 없는지. 익산에서 삼례 IC로 바로 진입할 수 있는 길만 만들어도 많은 화물 차량과 시민들이 훨씬 빠르고 편리하게 이동할 수 있을 텐데.

오늘 나는 교통의 도시 익산답게 더 빠르고 편리하게 이동할 수 있는 그의 복안을 경청하고 머릿속에 깊이 담아두었다.

"삼부잣집, 그 넉넉한 인심 속으로"
이양몽(72세) 함라 삼부잣집 이배원 선생 후손

함라, 하면 떠오르는 삼부잣집은 이배원 가옥, 조해영 가옥, 김병순 고택을 이르는 말이다. 그런데 이배원 선생의 손자이신 이양몽 선생에 의하면, 조해영 가옥은 부친인 조용규 가옥이라고 해야 정확하다고 한다. 어디서부터 잘못 전달되었는지는 알 수 없지만, 사실을 일러두고 싶다고 한다.

삼부잣집은 일제강점기였던 1930년대 만석꾼으로 엄청난 부를 축적했다. 정확한 재산을 측정하기 어려울 정도였다고 하니, 지금으로 치면 손꼽히는 재벌 정도였을 거라고 한다. 이양몽 선생은 어린 시절부터 할아버지이신 이배원 선생의 넉넉한 인심에 대한 이야기를 자주 들으면서 자랐다. 이배원 가옥은 1917년에 삼부잣집 중 가장 먼저 지어진 가옥이다. 함라 마을에 정착한 건 가장 늦었지만 누룩 사업을 해서 빠르게 부를 축적했다고 한다.

삼부잣집은 세 집안이 서로 사돈 관계를 맺고 경쟁하지 않고 함께 사업도 하고 땅을 서로 사고팔기도 하면서 명성을 지켜나갔다. 특히 어려운 이웃을 보면 그냥 지나치지 않고 늘 베풀었다고 한다. 춘궁기에는 삼부잣집에 늘 사람들로 북적였다. 삼부잣집이 돌아가며 어려운 이웃들 끼니를 해결해주었기 때문이다. 베풀기에 인색하지 않았던 삼부잣집은 마음이 부자여야 진짜 부자라는 격언을 실천한 가문들이었다.

함라 삼부잣집의 넉넉한 인심과 소담스러운 가옥의 모습은 보는 이들의 눈길을 사로잡는다. 하지만 이양몽 선생의 마음 한편에는 늘 아쉬운 점이 있다고 한다. 삼부잣집에 오면 가옥 말고는 구경할 게 없으니 그 점이 미안하다는 것. 그래서 가옥을 개방하기로 결정했다고 한다. 익산을 찾는 이들이 더 많아지고, 삼부잣집을 찾은 이들이 조금이라도 더 많은 걸 눈에 담아갈 수 있도록.

이양몽 선생은 익산과 함라면이 더욱 활성화되기를 바란다. 그러기 위해서는 가옥이 온전히 잘 보존되어야 하는데, 가옥을 보존하는 일이란 여간 어려운 게 아니라고 한다. 가옥의 크기가 넓은데 재래식 기와집이라서 천장에 누수나 약간의 하자가 생기면 전체 공사를 해야 하기 때문이다. 그래서 이양몽 선생은 전통문화 보존에 더 관심을 갖는 사회를 꿈꾼다. 도로나 경로당 등 생활 밀착 부분의 예산 지원과 삭감에는 관심이 많지만, 전통문화에 대한 관심은 상대적으로 덜한 게 현실이다. 전통문화뿐만 아니라 우리의 역사가 잘 계승되기 위해서는 '관심'이 필요하다는 게 이양몽 선생의 생각이다.

옛날의 부자들 중에는 백성들을 착취해서 부를 축적해나가는 경우도 많았지만 삼부잣집은 달랐다. 많이 베풀었고 이웃을 사랑했다. 그런 마음 때문인지 민중 봉기가 일어나도 삼부잣집은 무탈할 수 있었다고 한다.

이배원 가옥에 깃든 조상들의 자부심을 후손으로서 욕되게 하지 않으려고 이양몽 선생은 지탄받지 않는 떳떳한 삶을 살아왔다. 어린 시절에 선조들에게 이어받은 정신 중에는 지금도 마음 깊이 품고 있는 게 있다고 한다. 체면과 자존심에 매몰되지 말고, 궂은일을 마다하지 말고, 자신의 할 일은 최선을 다해하라는 것. 이런 교육을 받고 자란 덕분인지 막대한 부를 축적한 집안의 후손임에도 불구하고 학창 시절에는 연탄 배달을 하며 필요한 돈을 스스로 벌어서 썼다고 한다. 그렇게 삼부잣집 선조들의 크고 따뜻한 정신이 지금까지 이어져 함라면을 꿋꿋하게 지키고 있었다.

"젊은 익산을 만들고 싶어요"
권의리(27세) 익산시 4-H연합회 회장

익산시 4-H 단체는 익산에 거주하는 청년 농업인 육성단체이다. 권의리 씨가 4-H 회원이 된 지는 6년째이다. 함열에서 농약사를 운영하며 조경수를 재배하고 있는 권의리 씨는 올해 4-H 회장이 되었다. 익산시 4-H 연합회 회원은 약 100명이라고 한다. 권의리 씨는 회장으로서 청년 농업인의 목소리를 익산시에 전달하는 데 최선을 다하고 있다. 아울러 각 면에서 영농하는 분들의

네트워크 형성에도 힘쓰고 있다. 익산시 회장이지만 농업인들의 더 많은 교류를 위해 전라북도 전체까지 네트워크를 확장하려고 오늘도 부지런히 노력하고 있다. 늘 최선을 다하는 그이지만, 항상 마음 깊은 곳에는 회원들에 대한 미안함이 있다고 한다. 자신도 생계를 이어가야 해서 모든 회원들의 이야기를 다 들을 수 없다는 게 그렇게도 미안하다고 한다. 회원들을 생각하는 그의 따뜻한 마음이 느껴지는 대목이었다.

함열은 권의리 씨에게 의미가 남다른 곳이다. 고향은 광주지만 어린 시절부터 자란 곳은 함열이기 때문이다. 내가 자란 곳, 나의 유년 시절과 학창 시절이 고스란히 간직된 곳이기에 더욱 애정이 간다. 그래서 4-H 연합회에 가입해 활동도 시작한 것이었다. 내가 자란 익산이 더 큰 도시로 발전될 수 있도록 작은 보탬이라도 되고 싶었기 때문이다. 하지만 요즘 농촌은 사람이 없어진 지 오래. 특히 젊은 사람들 보기는 더더욱 힘들다. 이런 상황이 함열을 사랑하는 그에게는 너무나 안타깝다. 게다가 그가 느끼는 익산은 다른 시군에 비해 정책, 생각, 방향성 등에서 보수적인 면이 많았다. 혁신적이고 유능한 아이디어

가 아니어도, 빠른 벤치마킹이라도 시도해서 뒤떨어지지 않는 도시가 되었으면 한다. 그래서 많은 이들이 익산으로 돌아오기를 간절히 바라고 있다.

현재 많은 청년 인구가 익산을 떠나고 있는 게 현실이다. 이런 상황에 대해 권의리 씨는 새로운 인구 유입에 힘쓸 것이 아니라, 기존 인구의 유출을 방지해야 한다고 힘주어 말했다. 청년들이 떠나가는 가장 큰 이유는 일자리. 당장 대기업을 유치하는 일은 어렵겠지만, 가까운 부여처럼 관광지 파크를 조성하여 새로운 일자리를 제공하면 인구 유출을 막고 외부 인구까지 유입할 수 있다는 것이다.

젊은이들이 결혼을 미루거나 결혼을 해도 아이를 선뜻 낳지 않는 요즘, 농촌에 아무런 기반도 없이 사람을 오게 하는 일은 사실상 불가능하다는 게 그의 생각이다. 농토는 오를 대로 올랐고, 은행에서 대출받은 돈으로는 논을 사는 데 다 들어간다. 대출을 더 받아서 시설을 짓는다 해도 소득이 안정적으로 보장되지 않기 때문에 빚을 갚을 수 있다는 확신이 없는 게 현실이다. 그래도 다행인 것은 최근 3~4년 사이 익산시 청년 농업인 정책 및 사업 등이 대폭 늘어났다는 점이다. 익산시 농업기술센터 등에서 청년 농업인의 의견을 듣고 정책에 반영한 결과라고 한다. 하지만 여전히 청년들을 돌아오게 만들기에는 턱없이 부족한 상황.

더 많은 익산시 청년들과 함께 정책과 사업에 대해 의논하고 협조해서 젊은 익산이 되기를 바라는 권의리 씨. 그런 마음들이 모여서 우리 익산을 더 젊고 활기차게 바꾸어 나가고 있는 것이다.

"익산 석재업이 활기를 띠는 그날"
성중근(55세) 석재협회 회장

성중근 회장에게 어렸을 때부터 늘 봐왔던 석재는 친구 같은 존재이다. 어

떤 직업을 선택할까 하는 고민도 없이 자연스럽게 석재업에 뛰어들었다. 동네에서 늘 보던 석재는 친구이자 동료였고, 결국 생계가 달린 일이 되었다. 그런 석재와 함께한 지도 어느덧 30년이다.

"석재업에 오래 종사하면서 석재협회의 발전을 위해 회장이 되어야겠다고 생각했습니다. 석재협회 회장은 나이순으로 하는 경우가 많았는데, 정말 사심 없이 석재업의 발전을 위해 일해보고 싶었습니다. 익산은 석재의 고장입니다. 좋은 석재가 정말 많이 나와요. 이런 도시가 점점 쇠퇴해가는 모습을 보고만 있을 수는 없었습니다."

"익산 석재가 유명한 이유는 많은 석산을 가지고 있기 때문입니다. 익산 지역은 이용도가 가장 높고 중요한 화강암의 매장량이 상당합니다. 이런 익산석은 타 지역과 견주어도 그 우수성이 인정되어 시장 경쟁력이 있습니다. 그렇기에 익산은 국내 석재 산업의 중심지라고 하는 것이죠. 익산의 황등석은 원석의 성분 차이가 거의 없어 균등한 색을 가지며 철분 함유량이 적어 산화되는 기간이 상당히 깁니다. 좋은 석재는 입자가 균일하고 강도가 좋아야 하며 쉽게 산화되지 않아야 하는데, 이런 기준으로 봤을 때 황등석은 가장 좋은 석재라고 할 수 있습니다. 특히 황등석은 밝은 회백색을 띠고 쑥색 입자가 깔려 있어 비에 젖으면 은은한 쑥색이 유지되는데, 이런 특징 덕에 공예품이나 건축 자재로도 널리 쓰이고 있습니다. 우리나라에서 가장 오래된 석탑인 미륵사지가 황등석으로 만들어졌으며, 복원 사업에도 역시 황등석이 사용되었습니다."

익산 석재, 특히 황등 석재는 석재에 대해 잘 모르는 이들도 한 번은 들어봤을 정도로 유명하다. 그런데 날이 갈수록 석재 산업이 힘들어진다고 한다. 3D 업종이다 보니 인력난은 말할 것도 없고, 더구나 젊은 층은 찾아보기 힘든 현실이다. 게다가 금융권의 대출은 하늘의 별 따기 수준이다. 이런 상황에서 성중근 회장의 근심은 날로 커져만 간다.

"황등석이 가진 많은 강점에도 불구하고 석재 산업은 갈수록 어렵습니다. 옛날에는 익산시를 석재인들이 먹여 살렸다고 해도 과언이 아닐 정도로 석재업이 활발했습니다. 그런데 점차 인구가 줄다 보니 일도 줄어들고 같이 일하던 업계 사람들도 일자리를 찾아 다른 도시로 많이들 떠나기도 했습니다. 그런 상황이 지속되니 인력난이 심해지고 석재업도 점차 쇠퇴하고 있습니다. 지금이야말로 석재업에 과감한 투자가 필요한 때입니다. 익산에 유명한 사업 중 하나인 주얼리 사업에는 어마어마한 예산이 투자되고 있다고 들었습니다. 국화 축제도 몇 억 단위의 예산이 편성되어 진행된 것으로 알고 있습니다. 그런데 석재 산업에는 타 사업의 반의반도 안 되는 예산조차 주어지지 않으니 정말 답답하고 안타깝습니다. 석재 산업에도 과감한 투자를 해서 석재의 본고장이라는 명성을 되찾을 수 있도록 해주셨으면 좋겠습니다. 석재 산업이 활기를 띠면 새로운 인구도 유입될 겁니다. 때문에 이는 석재 산업의 발전을 위한 일이 아닌 익산의 발전을 위한 일입니다. 황등 농공단지가 활성화될 수 있도록 석재 연합회와 익산시가 함께 노력해야 합니다."

성중근 회장은 석재업이 다시 활성화되려면 안정적인 원자재 조달이 가장 중요하다고 했다. 석재 가공 업체가 다른 걱정 없이 오로지 생산 활동에만 전

넘할 수 있는 여건이 성립되어야 석재업은 더욱 발전할 수 있을 것이다. 현재 시행하고 있는 석분 운반비 지원 사업, 물류비 지원 사업 등이 큰 호응을 얻고 있다고 한다. 석재인들에게 정말 절실한 부분이었기 때문이다. 하지만 여전히 애로사항은 많다. 특히 생산 활동 시 발생하는 석분 처리에 많은 비용이 든다.

익산이 석재업의 명성을 되찾을 수 있도록 함께 고민해야 한다. 석재 문화의 고장 황등이 다시 북적거릴 그날을 위해 손잡고 한 발자국 나아가 보자.

"익산 스마트 팜, 새로운 역사의 시작"
김태훈(45세) 월화수목금토마토 대표

김태훈 대표는 서울이 고향이다. 귀농을 결심하고 정착할 곳을 알아보던 차에 교통 좋은 익산을 택했다. IT기업에 종사한 경력을 바탕으로 익산에서 아무도 시도하지 않았던 스마트 팜에 도전장을 내밀었다. 결과는 성공적. 지금은 1,300평 규모 농장의 주인으로 청년 농업인 육성을 위해 애쓰고 있다.

조용식 원래 IT기업에 종사하셨다고 들었습니다. 어떻게 귀농을 결심하게 되신 건가요?

김태훈 11년 정도 IT기업에 선임 연구원으로 있었습니다. 직장 생활을 하면서도 농부의 삶에 대한 막연한 동경이 있었죠. 그런데 아내가 동경만 하지 말고 직접 해보라고 하더군요. 아내의 응원과 지지가 없었다면 서울에서의 일을 접고 이런 농장을 운영한다는 건 정말 '꿈' 같은 일이었을 겁니다.

조용식 유망한 IT기업을 박차고 나와 귀농을 실천하기란 쉽지 않은 일이었을 텐데, 결단력이 대단하십니다. 초기 정착 과정에서 어려움은 없으셨나요?

김태훈 농부의 길이 쉽지 않을 거라고 예상은 했지만, 현실은 생각보다 더 어렵고 배울 것투성이더군요. 그래서 더 열심히 배우고 준비했습니다. 귀농

을 결심한 뒤부터 매일 공부했습니다. 제가 성격이 꼼꼼한 편이라 준비 없이 무작정 뛰어들고 싶지는 않았어요. 하나부터 열까지 모두 배우고 싶었습니다. 그런 마음가짐으로 한국농수산대학교 과수학과에 입학하여 차근차근 배워나 갔습니다. 그러던 중 ICT 온실 교육을 만났습니다. 250여 시간 교육을 받으면 서 정보통신기술을 통한 농업을 육성해보자고 결심했죠. 농장을 세우는 과정 에서도 어려움이 많았습니다. 익산에 '스마트 팜'이라는 존재가 전무했거든 요. 스마트 팜 기반이 전혀 없는 상태에서 시작을 한다는 건 스마트 팜의 성 공 가능성을 증명해야 한다는 뜻이었죠. 기존 모델이 없다 보니 스마트 팜에 대한 지원도 정말 미미했습니다. 제가 농장을 지을 때만 해도 골조만 지원해 주고 더는 지원하기 어렵다고 했어요. 무리하게 도와달라는 게 아니라 스마 트 팜이 기반을 잡고 정착할 수 있도록 최소한의 관심과 도움이 필요합니다. 아직도 익산은 스마트 팜에 대해 잘 모르는 게 현실입니다. 그렇기에 지원 역 시 미미하고요. 돈이 많이 드는 스마트 팜을 왜 하느냐고 묻기도 합니다. 하 지만 다른 지역들, 예를 들어 김제 같은 경우에는 익산보다 훨씬 작은 규모임에도 불구하고 스마트 팜에 대한 지원이 상당히 잘 되어 있습니다. ICT시스템까지 모두 지원해줍니다. 이런 부분은 우리가 배워야 합니다. 익산 인구 유출이 심각한 현재 스마트 팜에 대한 지원으로 많은 농업인을 유입하고 육성할 수 있다고 봅니다. 실제로 제 주변에서 교통도 좋고 땅도 좋은 익산에서 스마트 팜을 해보고 싶었는데 지원이 없어서 김제로 가는 경우를 많이 봤습니다.

조용식 그렇다면 대표님이 생각하는 스마트 팜의 장점은 무엇인가요?

김태훈 스마트 팜은 ICT 제어장비(통합제어시스템)를 사용해 농사를 짓는 것입니다. 이 시스템은 작물이 가장 좋아하는 환경으로 조절해줍니다. 온도, 습도, 광량, 이산화탄소 등 작물이 가장 맛있어질 수 있는 최적의 환경으로 맞춰주는 것이죠. 해가 뜨고 해가 지는 것도 모두 인지해서 언제 물을 줄지 물을 얼마만큼 줄지 모두 철저히 계산되어 행해집니다. 토지에 나가 직접 일하지 않아도 농사일이 가능하다는 게 가장 큰 장점입니다. 그렇기에 인력이 절감되죠. 요즘 농촌의 가장 현실적인 문제는 인력이지 않습니까. 인력은 부족하고 인건비는 올라가고, 이게 농촌의 문제잖아요. 스마트 팜이 활성화된다면 농촌의 인력난은 자연스럽게 해결될 겁니다.

김태훈 대표는 많은 청년이 농촌에서 꿈을 키우길 바라는 사람이었다. 그러려면 성공한 모델을 제시해야 하는데, 아직 익산은 그런 모델이 없다고 한다. 현재는 다수에게 소액을 지원하는 방식이 대부분. 하지만 김태훈 대표의 생각은 달랐다. 소액 다수의 정책이 민심에 효과적일지는 몰라도 그것만으로는 발전을 이룰 수 없다는 것이다. 농업에 대한 철저한 계획을 바탕으로 준비를 마친 이들에게 꿈을 펼칠 수 있는 확실한 지원을 해서 익산의 성공 모델을 제시하자는 것이다.

혁신적인 성공 모델을 통해 청년이 오고 싶어지는 농촌, 청년이 살고 싶어하는 익산이 되기를 고대하는 김태훈 대표. 일주일 내내 신선하고 맛있는 토마토를 공급하고 싶어 '월화수목금토마토'라는 이름을 지었다는 그의 말대로 오늘도 그의 농장에서는 첨단 기술과 농업의 협업으로 신선한 토마토가 맛있게 익어가고 있다.

"농사 짓는 게 취미였어요"
조성배(63세) 30만 평 경작 농민

조성배 선생은 원광대학교 원예과 79학번이다. 농사를 본격적으로 짓기 시작한 건 1985년부터지만, 대학교를 다닐 때부터 논밭을 빌려 조금씩 농사를 지었다. 남들은 취미가 여행 다니기나 독서일지 몰라도 조성배 선생의 대학 시절 취미는 '농사'였다. 내 손으로 작물을 키워낸다는 게 얼마나 뿌듯한 일이던가. 잘 익은 작물을 수확할 때의 기쁨은 그 무엇과도 바꿀 수 없었다. 농사가 즐거웠고 행복했다. 게다가 그의 손을 거치면 모든 작물이 춤을 추듯 자라났으니 이보다 더한 천직이 어디 있으랴. 그렇게 농업에 뛰어들어 35년 넘게 농업인으로 살아왔다.

현재 조성배 선생은 약 30만 평의 농사를 짓고 있다. 익산에서 단일 농사로는 가장 큰 단위라고 한다. 그동안의 노력이 어떠했을지 감히 짐작조차 할 수 없었다. 이렇게 크게 농사를 지을 수 있었던 비결을 물으니 그저 농사만 생각하고 또 생각했다고 한다. 지난 35년의 세월을 오롯이 농사와 함께해왔다. 매일 새벽 4시 50분에 일어나서 해가 지기까지 논과 밭에서 살아온 것이다.

농업인으로서 가장 가슴 아픈 순간은 작물이 피해를 입었을 때. 급격한 기후변화와 시도 때도 없이 쏟아지는 비로 인해 농작물이 피해를 입을 때면 그의 마음에도 장대비가 사정없이 퍼붓는다. 기후변화가 심해진 요즘 조성배 선생의 걱정은 이만저만이 아니다. 비가 너무 많이 오는 탓에 제때 수확하지 못하는 일도 많고, 덥고 습해진 날씨에 병충해 문제도 늘 골칫거리이다. 기후 문

제는 사람이 어떻게 할 수 없는 거라서 더 속이 상한다고 한다. 도농복합도시라는 이름에 걸맞게 더 이상 기후변화로 인해 우리 농가가 피해를 입지 않도록 더 연구하고 대비해야 한다는 생각이 머릿속을 떠나지 않았다.

조성배 선생의 앞으로의 계획은 이제 농업 법인이 아니라 농업 주식회사로 자리 잡는 것이다. 그러기 위해 어제도 오늘도, 그리고 내일도 선생은 해가 뜨기 전에 일터로 나와 해가 다 저물고 나서야 집으로 돌아갈 것이다. 그는 떠오르는 태양보다 부지런하고, 저무는 석양보다 붉은 열정으로 하루하루를 살아간다.

그는 농사는 오롯한 마음으로 짓는 것이라고 했다. 30만 평이나 되는 땅의 작물들을 자식을 돌보는 마음으로 아끼면서 키워냈다. 그런 성실함에 대답이라도 하듯 벼들은 알알이 노랗게 영글어 있었다. 모든 농업인의 마음에, 그리고 익산에 늘 풍년이 들어 황금빛으로 넘실거리길 바란다.

"좋은 제품 정직하게 팔면 단골이 됩니다"
박순자(54세) 프로방스 대표

어린 시절 동화로 처음 접했던 프로방스는 그녀의 마음을 단박에 사로잡았다. 프로방스의 몽환적 감성은 어른이 되어서도 마음 한구석에 깊숙이 남아 있었다. 결국 프로방스를 모티프로 인테리어 일을 하다 가게를 차렸다. 그렇게 동화 속 배경과 감성이 살아 숨 쉬는 프로방스와 함께 중앙동의 한 자리를 지켜온 지 어느덧 10년.

"의류, 신발, 침구류, 가구까지 다양한 제품을 판매하고 있어요. 제품 선택에 제 손을 거치지 않은 게 없죠. 가구나 침구류는 제가 직접 디자인하고 리폼도 해서 더 애착이 가요. 원하는 디자인부터 색상이나 사이즈 전부 다 제가 하려니 육체적으로 힘들기도 하죠. 그렇지만 제 감성을 녹여낼 수 있고, 그걸 좋아해주시는 손님들이 계시기에 포기할 수 없었어요. 체인점도 내봤지만 같은 물건을 팔아도 누가 파느냐가 중요하더군요. 결국 장사는 누가 하느냐에 달린 것이라 생각해요. 그래서 아무리 힘들어도 손님 한 분 한 분과 소통하면서 직접 제품을 판매하고 있어요. 단골손님을 유치하는 비결은 특별한 게 없어요. 제품이 좋으면 됩니다. 그게 가장 정직한 방법이죠. 그래서 누구든 저희 가게 한 번만 오면 단골이 됩니다."

아무리 힘들어도 좋아하는 일을 하고 있기에 즐겁게 지낸다는 박순자 사장. 가게를 둘러보고 있자니 프랑스의 작은 마을에 와 있는 것 같았다. 어린 시절의 추억을 손님과 나누는 박 사장님은 손님의 마음속에도 잊지 못할 프로방스의 향기를 남겨주고 있었다.

"저는 우물 안 개구리처럼 중앙동 이 자리에서 10년 동안 있었어요. 오전 9시에 출근해서 저녁 10시까지, 12시간 넘게 가게에 있으면서 느낀 점이 있어요. 중앙동이 많이 죽었구나. 저희 프로방스는 역 앞에 있기 때문에 전국에서 손님들이 오세요. 서울부터 대전, 부산 등 전국 각지에서 다 오시죠. 그런데

세월이 흐를수록 타 지역에서 오는 손님들 뵙기가 자꾸만 부끄러워지는 거예요. 중앙동이 너무 낙후됐으니까. 건물들은 오래되어 쓰러지려 하고, 모현동이나 영등동보다 사람이 없는 현실이라 손님들 뵙기가 부끄러웠어요. 그래서 나부터 바꿔보자는 마음으로 가게 앞에 화단도 가꾸고 리모델링도 하고 골목 앞을 항상 청소하고 그래요. 나라도 노력하면 우리 중앙동이 조금은 나아지지 않을까 하는 마음인 거죠. 손님들이 오고 싶은 동네를 만들어야 하는데 갈수록 더 낙후되니까 안타깝기만 해요. 주차 문제도 심각해요. 저희 가게만 해도 손님들이 옷을 고르려면 최소 한 시간은 필요한데, 주차 때문에 마음 놓고 쇼핑을 못하시는 거예요. 동네가 활기를 찾기 위해서는 이런 가장 기본적인 것부터 해결되어야 합니다."

나는 박 사장님의 말에 연신 고개를 끄덕일 수밖에 없었다. 교통의 중심지에 자리 잡고 있다는 이점에도 불구하고 침체되어 있는 중앙동의 모습에 나역시도 마음이 쓰려왔다. 하물며 같은 자리에서 10년간 중앙동의 변화를 지켜보았으니 누구보다 중앙동의 침체가 가슴 아플 것이다. 중앙동이 살아야 익산역이 살고, 익산역이 활기차야 익산에 생기가 돈다.

"중앙동의 변화는 돈으로만 되는 게 아니에요. 동네를 살리고 발전시킬 수 있는 건 작은 관심에서 출발한다고 생각해요. 화분 하나 조명 하나, 이런 세심함이 큰 변화를 만들어내거든요. 똑같은 돈을 들여도 결과는 하늘과 땅 차이일 수 있어요. 교통의 요지인 익산역을 중심으로 개발을 해야 점진적으로 익산 전체가 발전할 수 있다고 늘 생각해요. 제 최종 목표가 하나 있어요. 저희 가게 위에 게스트하우스를 만들어서 익산에 오신 손님들 기억 속에 익산은 아름다운 도시로 남게 하고 싶어요. 지금은 익산에 마땅히 추천할 만한 숙소가 없어요. 그래서 저는 프로방스풍의 게스트하우스를 만들려고 해요. 도심 속의 유럽 같은 그런 숙소를 만들어서 우리 중앙동이, 우리 익산이 사람들이 많이 찾아주는 도시가 되었으면 좋겠어요. 중앙동이 많이 낙후되고 침체되어 있지만 저는 절대 다른 곳으로 갈 생각이 없어요. 끝까지 여기에서 함께 하고 싶어요. 우리 프로방스를 기억해주는 손님들과 함께, 중앙동과 함께."

"그냥 자동차가 좋았어요"
김기훈(48세) 차꾸밈 자동차용품점 사장

김기훈 사장은 부산에서 태어났다. 롯데제과를 다니다 그만두고 자동차 일을 시작하기 위해 익산으로 왔다. 잘 다니던 직장을 그만두고 익산으로 온 계기를 묻자 그는 미소를 지으며 하던 일에 싫증이 났다고만 했다. 자동차가 좋아서 시작한 일. 지금은 20년간 한 자리에서 자동차와 동고동락하는 중이다.

조용식 원래 부산에서 나고 자라셨다고 들었습니다. 익산에 온 지는 얼마나 되셨나요?

김기훈 올해로 20년이 되었네요. 이제는 익산이 더 고향 같습니다.

조용식   자동차용품점은 어떻게 시작하게 되셨습니까?

김기훈   20대 때부터 특별한 이유도 없이 자동차가 좋더군요. 그래서 자동차 관련 일을 하고 싶다고 생각했죠. 처음에는 이 용품점 고객이었어요. 자주 이용을 하다가 마침 이 사업을 하고 싶었던 차에 기회가 와서 인수하게 되었습니다.

조용식   사장님은 어떤 용품을 주로 취급하고 작업하시나요?

김기훈   자동차 관련 용품은 블랙박스와 내비게이션부터 거의 다 취급하고 있다고 보시면 됩니다. 주로 하는 일은 선팅 작업이에요. 그밖에 1톤 트럭 적재함 보수 등 다양한 작업을 하고 있습니다.

조용식   자동차용품점을 운영하시는 입장에서 요즘 트렌드는 무엇이라고 보시나요?

김기훈   요즘 트렌드는 깔끔과 슬림이라고 생각합니다. 옛날에는 차에 뭔가를 붙이고 꾸미고 하면서 자신을 많이 드러내려고 했는데 요즘은 그렇지가 않아요. 관련 제도가 많이 바뀌어서 차량 튜닝에 대한 단속이 강화되기도 했고, 그러다 보니 요즘 분들은 깔끔한 걸 많이 선호하죠. 튜닝의 끝은 순정이라고 하지 않습니까. 지금 트렌드가 딱 그런 것 같아요.

조용식 거리를 다니다 보면 요즘 트렌드가 확실히 바뀌고 있다는 걸 새삼 느끼곤 합니다. 자동차가 좋아서 이 일을 시작했다고 하셨는데, 사장님에게 자동차란 무엇인가요?

김기훈 자동차란 맞춤옷 같아요. 요즘에는 자동차가 옷처럼 없어서는 안될 존재가 되었잖아요. 많은 사람들이 자기 취향에 맞게, 필요에 맞게 차종과 옵션을 택하고 있죠. 맞춤옷도 각자 능력과 신체 조건에 따라 맞추지 않습니까. 자동차란 저에게 그런 의미입니다. 나를 위해 존재하는 나에게 꼭 맞는 맞춤옷.

조용식 맞춤옷, 꼭 맞는 비유입니다. 요즘은 일을 하시면서 어떤 부분이 가장 힘드십니까?

김기훈 이 일은 단순히 물품을 판매하는 게 아니라, 작업을 하는 기술직이다 보니 손님 있고 없고는 모두 자신의 역량에 달렸다고 봅니다. 그래서 손님을 유치하는 부분에서는 힘들다고 생각해본 적은 없습니다. 제 능력에 달린 일이니까요. 제가 힘들다고 느끼는 건 전혀 다른 부분입니다. 제가 3남매를 두고 있는데 둘째가 백혈병을 앓고 있어요. 백혈병이 치료비가 많이 들어서 감당하기가 쉽지 않습니다. 다행히 시에서 보조금이 나와서 도움을 받고 있었는데, 작년에는 예산이 없어서 보조금이 일부만 나왔어요. 이게 전혀 관련이 없는 이야기라고 생각하실 수 있는데, 제가 알기로 전기차 같은 환경 관련 차 보조금 예산은 많이 확보되었다고 들었습니다. 그런데 그런 차들에 대한 수요가 예상보다 적어서 예산이 많이 남았다고 하더군요. 물론 전혀 다른 분야이고 예산 확보 과정이 다르겠지만, 남는 예산을 탄력적으로 필요한 부분에 분배할 수 있으면 좋겠다는 생각을 했어요. 코로나로 인해 의료계 쪽 예산 확보가 더욱 필요한 시점에서 이런 부분의 개선이 이루어진다면 정말 좋을 것 같습니다.

김기훈 사장의 마지막 말이 날카롭게 가슴에 박혀 왔다. 이야기 내내 밝은 얼굴로 자신 있게 말을 이어나가는 그에게 그런 아픈 손가락이 있을 거라곤 생각지 못했다. 지원금을 온전히 받지 못해 힘든 시간을 보냈다는 김 사장님의 말이 오래 머릿속에 남았다. 지금 이 순간에도 열심히 땀 흘리며 성실하게 살아가는 이들의 아픔을 조금은 감싸 안아줄 수 있는 날이 속히 오기를 바란다.

"익산 체육사의 살아있는 증인"
김인곤 '백년가게' 대한삼일체육사 대표

김인곤 대표는 1973년에 체육사를 시작해서 지금까지 남중동에서 체육사를 운영하고 있다. 익산에서 가장 크고 가장 오래된 체육사로 1,000개가 넘는 품목을 취급하고 있는데 어떤 물건이 어느 선반에 놓여 있는지 환하게 꿰고 있다.

"운동을 좋아해서 체육사를 시작하게 되었어요. 제가 옛날에 유도를 했습니다. 축구, 배구, 배드민턴 등등 운동은 다 좋아했어요. 스포츠를 좋아하다 보니 자연스럽게 체육용품에 관심이 갔고 개업을 하게 되었죠. 일이 좋았고, 사람이 좋았고, 익산이 좋았습니다. 그렇게 익산에서 체육사를 운영한 지도 50년이 다 되어가네요."

앞만 보고 열심히 살아왔더니 시간이 흘렀다고 덤덤히 이야기하는 김인곤 대표. 하지만 50년간 한 자리를 꿋꿋이 지켜오는 게 어찌 쉬운 일이었겠는가. 김인곤 대표와의 대화 속에서 그 오랜 세월 동안 체육사를 운영할 수 있었던 그만의 강한 신념이 느껴졌다.

"체육 기구는 워낙 물품이 다양하다 보니 따로 A/S센터가 있지 않습니다. 그래서 고장이 난 기구를 집에 방치해두는 고객님이 많이 계시죠. 저는 그런 걸 보고만 있을 수 없더라고요. 우리 가게에서 산 물건은 끝까지 책임을 져야 한다고 생각을 했습니다. 저희 체육사는 1년이 지나고, 3년이 지나고, 10년이 지나도 우리 물건에 대해서는 책임지고 A/S를 해드립니다. 지금은 제 아들이 A/S를 전담하고 있죠. A/S를 철저히 하는 게 신용의 일부라 생각하고 늘 최선을 다합니다. 물건을 파는 입장에서 가장 중요한 건 어떤 일이 있어도 약속을 지키는 것이라 생각합니다. 그 생각 하나로 지금까지 영업을 해왔습니다. 항시 고객의 입장에서 생각하고 판매합니다. 그런 점 때문인지 감사하게도 아직도 꾸준히 저희 체육사를 찾아주시는 고객님들이 많이 계시는 것 같습니다."

김인곤 대표는 장부 하나를 보여주었다. 그 장부에는 제품명과 판매 날짜, A/S 기록 등이 빼곡히 적혀 있었다. 7년 전 기록까지 있었다. 김인곤 대표는 그런 장부가 몇 권 더 있다고 했다. 나의 눈에는 그 장부에 적혀 있는 제품명과 판매 날짜들이 고객을 향한 김 대표의 열정과 진심의 또 다른 모습으로 보였다. 그의 이러한 원칙 덕에 대한삼일체육사는 2020년 중소벤처기업부에 의해 '백년가게'로 선정되었다. 백년가게란 30년 이상 명맥을 유지한 점포 가운

당신이 있어 다행입니다

데 우수성과 성장 가능성을 공식적으로 인증 받은 점포를 말한다. 전국 812개 점포, 전북에서는 71개, 익산시에서는 12개 점포가 선정되었는데 체육사는 대한삼일체육사가 유일하다.

"50년이라는 세월을 체육사 운영에 바쳤기에 일화도 많아요. 이게 참 재밌는 일화인데, 제가 예전에 유도를 했다고 하지 않았습니까. 그게 소문이 났는지 우리 체육사에 당시 남성중 유도부에서 제일 유명했던 분이 저랑 팔씨름 대결을 하러 오기도 했어요. 그런데 제가 이겨버렸지 뭡니까? 몇 십 년 전 일인데 아직도 재밌는 추억으로 남아있습니다. 또 하나 기억나는 건 오래 전 이리시에서 익산시로 바뀌면서 그걸 기념하는 큰 행사를 했어요. 시에서 행사를 진행하는 데 필요한 깃발과 용품 등을 서울에 있는 업체와 준비를 했는데 기념행사를 사흘 앞두고 그 업체에서 갑자기 펑크를 낸 겁니다. 못하겠다고. 그래서 급하게 익산 시내 전체의 체육사를 다 모아놓고 여기서 사흘 안에 준비할 수 있는 업체 있느냐 묻더군요. 솔직히 사흘 안에 그걸 다 준비하는 건 현실적으로 불가능한 일이었어요. 그래서 다른 업체들은 다 주저하면서 선뜻 말을 못하고 있었죠. 그래서 제가 한번 해보겠다고 했어요. 우리 시에서 하는 일이고 어쨌든 누군가는 해야 이 행사가 진행되는 건데 까짓것 내가 한번 해보자. 그래서 한다고 하긴 했는데 뒷감당이 막막하더군요. 저희 제작사가 경기도에 있는데 그 새벽에 익산에서 경기도까지 가서 공장 사장님께 양해를 구하고 사흘 내내 밤새워 같이 작업을 했어요. 그렇게 해서 행사 당일 새벽에 일이 딱 끝나서 용품을 익산으로 가지고 와서 행사를 잘 마쳤죠. 그때는 진짜 손에 땀이 다 나더군요. 불가능할 것 같았던 일을 어떻게든 해낸 거죠. 그 일 뒤에 소문이 나서 그때부터 우리 업체를 찾아주는 손님도 늘고, 지자체에서 큰 행사가 있을 때마다 우리 업체를 많이 찾아주셨죠. 그렇게 체육사를 운영하면서 여러 학교의 운동 선수단도 후원했습니다. 그때 당시 이리여중은 배구부, 원광여중은 소프트 테니스가 유명했어요. 그 학생들이 운동에만 집중할 수 있도록 보탬이 되고자 후원을 했죠. 체육을 사랑하는 한 사람으로서 우리 사회에서 체육이 발전하기를 바라는 마음을 늘 지니고 있어요.”

체육사를 운영하는 50년간 매일 같은 시간에 문을 열고 같은 시간에 문을 닫았다. 익산 체육의 산 증인 김인곤 대표. 이제 대한삼일체육사는 단순한 체육사(體育社)가 아니라 익산의 체육사(體育史)가 되었다.

“익산의 첫 대중목욕탕, 늘 따뜻한 온성장”
한진호(49세) 온성장 대표

온성장은 1964년 처음 운영을 시작한 익산 최초의 목욕탕이다. 20여 년간 운영해오다 1985년 재건축했다. 그렇게 온성장은 한 자리에서 58년을 있어왔다. 한진호 대표는 온성장의 네 번째 주인이 되어 오늘도 익산 시민들을 따뜻하게 맞이한다.

어느 가을 날 익산시 창인동에 있는 온성대중목욕탕을 찾았다. 온성장이라는 이름을 보는 순간 어린 시절 아버지 손을 잡고 왔던 기억이 떠올랐다. 만세양조장 근처에 살았던 나는 온성장이 집 근처에 있어서 자주 왔었다. 그때 그 목욕탕이 아직도 이곳에 있다니, 잠시 추억에 젖어 있다가 한진호 대표를 만났다.

한진호 대표가 익산에 온 지는 9년째다. 그는 원래 서울에서 정육점을 운영했다. 부모님께서 경매로 낙찰 받은 온성장을 운영할 사람을 찾던 중 그가 부모님의 부름으로 온성장의 네 번째 주인이 된 것이다.

한 대표님께 온성장이 이토록 오래 이 자리를 지킬 수 있는 비결을 물었다. 그가 생각하는 온성장의 비결은 ‘향수’였다. 60년 가까이 한 자리를 지키고 있으니 옛 추억을 간직한 분들이 많이 온다고 한다. 90% 이상이 단골손님인데 동네 분들은 거의 매일 오신다고 한다. 자주 오시던 동네 분이 며칠 안 오시면 무슨 일이 생겼나 걱정되고 궁금해진다. 거의 매일 같은 시간에 얼굴

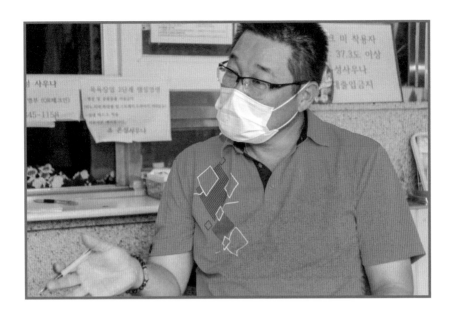

을 보니 손님이 아니라 이제는 가족 같은 존재이다.

온성장에도 코로나19는 재난이었다. 사람들은 목욕탕 오기를 꺼려하고 매출은 절반 가까이 떨어졌다. 정부에서 정한 방역 수칙을 누구보다 철저히 이행하고 있지만, 온성장이 이전의 온기를 되찾기란 쉽지 않은 상황이다. 그럼에도 이 힘든 순간을 버틸 수 있는 건 가족 때문이다. 한진호 대표는 가족을 위해서라면 무엇이든 할 수 있다고 한다. 언젠가 다시 맞이할 일상의 그날을 위해, 모든 손님들이 마스크를 벗고 온성장을 찾아올 그날을 위해 온성장 문을 연다. 자식들 다 결혼시키기고 손자 손녀가 온성장을 찾는 날까지 한 대표님은 온성장을 지킬 것이라고 한다. 온성장을 향한 그의 마음이 너무나 따뜻했다.

온성장은 그저 목욕탕이 아니다. 30년 만에 고향 익산을 다시 찾은 이가 온성장이 그대로 있는 걸 보고 울컥해 눈물을 흘렸다고 한다. 이렇듯 사람은 때로 추억을 먹고 산다. 그 추억의 힘은 꽤 대단하다. 행복했던 잠시의 기억으로 힘든 일상을 버텨내기도 한다.

온성장은 지친 하루를 살아가는 누군가에게는 어린 시절의 추억을 꺼내볼 수 있는 공간이다. 이제 어른이 된 이들도 온성장에 오면 아버지가 박박 밀어대는 등이 아파서 울며불며 떼를 썼던 어린 날을 마주한다. 그렇게 떼쓰며 울다가도 목욕을 끝내고 먹는 시원한 음료수 한잔에 언제 울었냐는 듯 환한 얼굴을 한 채 아버지 손을 잡고 집으로 돌아갔지.

한진호 대표와의 이야기를 마치고 온성장을 나서는 길에 잠시 내 고사리 같은 손으로 밀었던 아버지의 넓은 등이 떠올랐다. 어느덧 그때의 아버지보다 많은 나이가 되었지만 온성장을 보면 여전히 어린 내가 떠오른다. 온성장이 오래도록 이 자리에서 익산 시민들의 추억을 방울방울 피워주길 기대한다.

"차 한 잔에 모든 예절이 있습니다"
유성남(70세) 다례원장

다례원을 운영한 지 어느덧 30년이 넘었다. 김제에서 태어났지만 초등학교 때 익산으로 와서 지금까지 살고 있다. 동화 구연을 했던 독특한 이력을 바탕으로 아이들에게 차 문화를 전달하고 있다.

"차에 관심을 갖게 된 게 언제부터였는지 모를 정도로 오래되었어요. 차는 우리의 전통문화잖아요. 그래서 자연스럽게 관심이 갔던 것 같아요. 저는 그냥 차가 좋아요. 차는 마시는 것뿐만 아니라 내리는 과정도 하나의 문화입니다. 그런 점이 매력적으로 다가왔어요. 차를 내리는 과정 속에는 인성 예절, 밥상머리 예절 등 모든 예절이 들어있죠. 그런 점이 차 문화를 더욱 의미 있게 만들어준다고 생각했어요. 그래서 농촌 분들과 함께 차 문화를 공유해야겠다고 생각했어요. 공간을 마련해서 마을 분들을 모시고 함께 차도 마시고 다도 문화도 알려드리면서 '가을 찻자리'라는 차 문화 체험을 만들어 정착시켰죠."

"모든 차를 사랑하지만 저는 녹차가 가장 좋아요. 우리 전통 차이면서 맛과 색깔이 아름답거든요. 옛날에는 녹차를 고뿔 치료에 사용했다는 기록도 있어요. 이렇게 다양한 효능을 지니고 있으니 빠져들 수밖에요. 차는 생각보다 많은 과정을 거쳐서 만들어집니다. 그 과정을 간략히 설명하자면 총 4단계를 나눌 수 있어요. 먼저 찻잎을 채취하고, 그 찻잎을 건조하고, 건조한 찻잎을 덖는 과정을 거칩니다. 덖는 과정이 가장 중요하고 또 복잡하죠. 마지막으로 덖은 찻잎을 봉하면 끝이 납니다. 간략히 설명했지만 차가 찻잔 속에 담기기까지는 정말 많은 과정이 필요합니다. 그래서 더욱 소중하고 가치가 있는 것 같아요."

"차를 단순히 찻잎을 넣고 끓인 뒤 마시는 거라고 생각하실 수도 있는데, 차를 내리고 마시는 데에도 일정한 순서가 있어요. 차를 내리는 것은 잔을 예열하는 것부터 시작됩니다. 이후 주전자 수구에 물을 따르고 차 다관에 넣고 물을 붓는데, 제일 중요한 건 차를 바르게 마시는 거예요. 차는 먼저 눈으로 마십니다. 눈으로 탐색을 하고 그다음 코로 향기를 맡죠. 그리고 입으로 2~3번에 나누어 천천히 맛과 향을 음미합니다. 이런 방법에 따라 마시면 차를 더 깊이 있게 즐길 수 있어요. 그렇게 차를 마시고 나서 끝나는 게 아니라 차의 맛과 향에 대해 이야기하는 것도 다도 예절 중 하나입니다."

"제가 가장 보람을 느끼는 순간은 아이들에게 다도 예절을 가르칠 때인 것 같아요. 집에서 천방지축 뛰놀던 아이들이 여기 오면 차분해집니다. 자신의 신발을 가지런히 정리해두고 바른 자세로 앉고 어른을 공경하며 차 예절에 따라 차를 우려냅니다. 그런 모습을 볼 때면 정말 뿌듯해요. 차를 우리면서 자연스럽게 차에 담긴 예절을 배우는 거죠. 저는 그런 모습을 보면 아이들에게 찻물이 들어간다고 해요. 차의 예절이 아이들의 마음속에 스며드는 거죠. 그렇게 아이들에게 찻물이 들어갈 때 큰 보람을 느낍니다."

"익산에 차 문화가 더욱 활성화되었으면 좋겠어요. 현재 익산에서 다도 교육을 담당하는 곳은 저희 다례원이 유일합니다. 우리 고유의 문화인만큼 많은 이들이 배우고 익힐 수 있도록 다도 문화가 확대되길 바랍니다. 다도인으로서 꼭 바라는 게 하나 있는데, 익산에 다례제가 시행되었으면 좋겠습니다. 미륵사지는 백제 문화의 꽃이잖아요. 이곳에서 다례제가 이루어졌으면 합니다. 양의 기운이 가장 승한 날을 중양절이라고 하는데, 이 중양절에 국가의 태평성대와 백성의 안위를 위해 다례제를 지내는 겁니다. 이렇게 큰 행사를 진행하면 관광객도 유치할 수 있고 우리의 전통문화와 정신도 계승할 수 있습니다. 문화가 없으면 발전도 없다고 생각해요. 우리의 소중한 다도 문화를 바탕으로 익산이 더욱 발전했으면 좋겠어요."

나 역시도 차를 좋아한다. 차를 마시는 것도 좋지만 무엇보다 차를 내리는 게 좋았다. 차를 내리고 있으면 마음이 편안해지기 때문이다. 그런 점에서 유성남 원장의 말이 더욱 와 닿았다.

차에는 모든 예절이 있다. 다례는 정갈한 마음에서부터 시작된다. 차분한 마음으로 차를 함께 마시는 이들과 인사하고 자리에 앉는 것까지 모두 차를 마시는 예절이다. 차를 따르는 순서와 잔을 드는 것 하나하나에도 예절이 숨어있다. 그 과정 속에는 평등, 공경, 배려의 정신이 스며있다. 우리 민족의 얼이 깃든 아름다운 차 문화를 어찌 사랑하지 않을 수 있겠는가.

"중앙시장은 익산의 상징입니다"
서용석(63세) 중앙시장 상인회장

　서용석 회장이 처음 상인회장이 된 것은 11년 전이다. 중앙시장에 건강원을 내고 운영하던 중 점점 죽어가는 전통시장을 보고 내가 살려봐야겠다고 다짐했다. 그렇게 상인회장이 되어 누구보다 열심히 뛰며 중앙시장을 살리기 위해 노력했다. 그리고 오늘, 그의 노력이 조금씩 빛을 보고 있다.

　"중앙시장은 익산에서 역사가 아주 오래된 시장 중 하나입니다. 일제강점기부터 있었던 상점들이 지금의 중앙시장이 되었다고 합니다. 그러니 그 역사가 어마어마하죠. 그런데 최근에는 중앙시장이라고 하면 수해지역이라는 걸 많이들 떠올리시죠. 중앙시장이 그렇게만 기억되고 있는 게 가슴 아픕니다. 우리 중앙시장이 정말 장점이 많은 시장인데 말입니다. 중앙시장은 종합시장이에요. 없는 거 빼고 다 있습니다. 옷부터 먹을거리까지 중앙시장 안으로 들어오면 모든 게 다 있어요."

　"상인회장이 하는 일 중 가장 중요한 건 상인들의 의견을 듣는 일입니다. 그걸 위해 상인회장이 있다고 해도 과언이 아닐 것 같습니다. 이런 이야기를 하면 제 자랑인 것 같지만, 이번에 시장을 현대화하는 사업으로 국비 70억 원을 따냈습니다. 그리고 시장에서 노후화 된 곳곳을 정비했습니다. 이번에는 전선들도 다 정비했어요. 오래된 전선들을 보면 저녁마다 불안해서 잠을 못 이루기도 했죠. 그게 늘 마음에 걸려서 제일 먼저 해결했습니다."

　중앙시장은 어릴 적 자주 갔던 곳이다. 그런 추억이 담긴 곳을 찾는 이들이 점점 줄어드는 모습을 볼 때면 마음이 아파온다. 중앙시장을 살리려고 애쓰는 서용석 회장 같은 분이 있기에 아직 우리의 시장이, 그곳의 추억이 살아있는 거라고 생각한다. 보이지 않는 곳에서 시장을 위해 아침에 눈을 떠서 잠자리에 들기까지 늘 중앙시장만을 생각하며 애쓰고 있는 서용석 회장. 그에게 상인회장 활동을 하면서 어떤 고충이 있는지 물었다.

"힘든 점을 말하라면 3일 밤을 꼬박 새울 수 있을 것 같습니다. 힘든 것보다 가슴 아픈 건 상인들의 고충을 들을 때죠. 요즘처럼 어려운 시기에 다들 힘겨워 하는 모습을 보면 마음이 미어집니다. 제각기 고충이 있고 힘든 상황이 있는데 그런 걸 제가 모두 해결할 수 없으니 그럴 때 가장 마음이 아픕니다. 제가 할 수 있는 능력 그 이상으로 최선을 다해도 우리 상인들이 모두 잘 살고 모두 행복할 수만은 없는 현실이 안타깝습니다."

"중앙시장만의 매력은, 이걸 매력이라고 할 수 있을지는 모르겠지만, 오래된 건물과 비어있는 건물이 많습니다. 어찌 보면 이건 엄청난 단점이지만 조금만 다르게 생각해보면 이 자리에는 무궁무진한 가능성이 있다는 뜻입니다. 비어있는 공간을 무엇으로 채우느냐에 따라서 중앙시장이 더 새롭게 나아갈

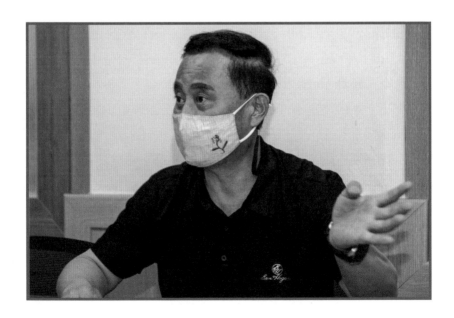

당신이 있어 다행입니다

수 있는 겁니다. 사업거리가 너무 많아요. 그만큼 기회도 많고 발전 가능성도 많은 곳이 중앙시장입니다. 다들 전통시장의 미래가 어둡다고 말할 때 저는 여전히 밝은 미래를 자신합니다."

"중앙시장이 활성화되려면 주인 의식이 제일 중요하다고 봅니다. 시장의 주인은 모든 상인들이죠. 상인 한 분 한 분이 다 우리 시장의 주인이기 때문에 나 하나로 중앙시장이 살아날 수 있다는 마음가짐이 필요합니다. 한 집이 장사가 잘 되면 덩달아 옆집도 장사가 잘 되는 것이 시장의 특징입니다. 그 집을 찾으러 중앙시장에 왔다가 옆집도 가고 하면서 상권이 함께 살아나는 거죠."

"손님들에게 이 말씀은 꼭 드리고 싶습니다. 전통시장은 분명히 대형 마트의 잘 짜인 구조와는 다릅니다. 부족한 부분도 많이 있죠. 하지만 부모님들의 향수와 과거의 모습이 고스란히 살아 숨 쉬는 곳이 전통시장입니다. 조금만 더 믿고 찾아와주세요. 중앙시장은 한 번 와 보신다면 또 오고 싶어지는 그런 시장입니다."

part 3

"여러분! 서동시장으로 오세요"
서길봉(82세) 서동시장 상인회장

서길봉 회장이 서동시장 상인회장이 된 지도 벌써 10년째. 부인은 서동시장 내 중앙청과의 주인. 그래서인지 더욱 상인들 목소리에 집중하고 자연스럽게 상인회장이 되었다. 서동시장을 위해, 그리고 상인들을 위해 오늘도 그는 동분서주한다.

"2013년 12월에 정식으로 서동시장이라는 이름을 갖게 되었습니다. 익산의 서동 선화 설화를 따와 서동시장이라는 이름으로 문을 연 것이죠. 서동시장이라는 이름을 가진 만큼 익산의 전통과 서동 설화를 알리기 위해 자체적으로 문화 행사도 여러 번 진행했습니다. 서동시장은 1차 식품의 집합 공간입니다. 그

래서 명절이 되면 사람이 가장 많이 몰리는 시장이죠. 농산물은 싱싱하고 축산물은 품질이 뛰어납니다. 서동시장 내에만 정육점이 여섯 군데나 있습니다. 먹고사는 일에 관해서는 서동시장에 오시면 다 해결된다고 보시면 됩니다."

"시장을 찾는 손님이 줄어든 지 오래입니다. 요즘 같은 시기는 다들 어렵지만, 전통시장은 유난히 더 어려운 것 같습니다. 익산 인구가 줄어드니 당연히 시장에도 손님이 줄어들었죠. 사람이 와야 하는데 사람이 없으니 당장 먹고사는 게 참 힘듭니다. 우리 상인들이 힘들어하는 모습을 볼 때면 가슴이 찢어집니다. 하루하루를 살아가는 게 아니라 버텨내고 있는 겁니다."

서길봉 회장은 익산을 사랑한다. 그래서 사람이 떠나가는 익산의 현실이 더 가슴 아프다. 익산 인구는 줄어가고 전통시장을 찾는 사람의 발길도 자연스레 줄어들고 있다. 그래도 이 시간을 참고 버티면 더 나은 내일이 있으리라는 희망 하나로 새날을 맞이하고 있다. 사람들이 북적여서 사람 냄새가 물씬 풍기는 시장이 되는 날, 그날을 하루빨리 맞이하는 게 서길봉 회장의 소원이다.

"상인회장으로서 자신이 늘 부족하다고 생각하지만, 우리 상인들을 위하는 마음만큼은 누구 못지않습니다. 상인들이 제일 원하는 건 시장을 찾는 손님이 예전처럼 많아지는 겁니다. 그러려면 고객들이 오고 싶은 시장, 조금이라도 더 편리하게 장을 볼 수 있는 시장이 되어야겠죠. 현재 서동시장에 주차 가능한 대수는 51대뿐입니다. 마음 놓고 편히 장을 보려면 주차 문제부터 해결해야 합니다. 이런 작은 변화 하나하나가 모여서 손님이 오고 싶은 시장을 만들 수 있으리라 믿습니다."

요즘은 사람들이 시장을 예전처럼 자주 찾지 않는다. 그 까닭을 물어보니 시장은 불편하다고 한다. 대형 마트에 가면 넓은 주차 공간이 있고 찾는 물건은 일렬로 잘 정리되어 있다. 내가 필요한 물건만 골라 계산대로 가서 계산하면 끝. 말 한마디 건네지 않고 필요한 물건을 살 수 있다. 그러니 사람이 사람 만나는 걸 꺼려하는 요즘 같은 시기에 시장이 살아남기란 무척 어려운 것이다.

"그래도 저는 믿어요. 다시 사람 사는 냄새 나는 시장이 될 거라고. 어려운 시기를 겪다 보니 손님이 왕이라는 생각이 더욱 듭니다. 저희는 다 준비되어 있으니, 많이 찾아주세요. 시장만의 매력이 있다는 걸 느끼게 해드리고 싶습니다. 여러분! 서동시장으로 오세요."

어렸을 때는 다들 어머니 손을 꼭 붙들고 시장에 장보러 가는 시간을 좋아했었다. 시장 구석구석 맛있는 냄새에 봉지 가득 인심이 넘쳐났다. 오늘은 모처럼 식구들과 함께 시장 투어를 해봐야겠다.

"매일매일 오고 싶은 매일시장"
소점호(71세) 매일시장 상인회장

소점호 회장이 상인회장을 처음 맡은 건 2005년부터이다. 추진위원장으로 시작해서 상인회장까지 되었다. 4년 단위로 뽑는데, 연이어 당선되어 오늘날에 이르렀다.

"매일시장은 의류 특화 시장이에요. 전통시장 중 의류 특화 시장은 드문데, 매일시장이 아주 특별한 겁니다. 의류가 무척 다양하게 있어요. 의류 브랜드도 많이 입점해 있고요. 현재 매일시장에는 58개의 점포와 10개의 노점이 있습니다. 70개가 조금 안 되죠. 상인회장으로서 각 점포를 돌며 어려운 점은 없는지, 요즘은 무엇이 고민인지 듣습니다. 다들 똑같은 말을 합니다. 손님이 없는 게 문제라고요."

익산에는 많은 시장이 있다. 다들 그들만의 전통을 간직한 채 익산 구석구석에서 정겨운 내음을 풍기고 있다. 요즘은 시장이 다 어렵다. 솔직히 말하자면 어려워진 지가 한참 되었다. 대형 마트와 온라인 배송 등으로 전통시장을 찾는 이의 발길이 줄어든 지 오래다. 게다가 코로나 19로 인해 그나마 오시던 손님들마저 찾아보기가 어려워졌다.

"시장 자체에서 노력을 정말 많이 해요. 행사도 개최하고, 물건은 늘 좋은 것으로만 가져다놓습니다. 그런데도 뾰족한 수가 없어요. 우리가 아무리 노력을 해도 사람이 없으니 소용이 없는 거죠. 그래도 먹고 살아야 하니 다들 힘든

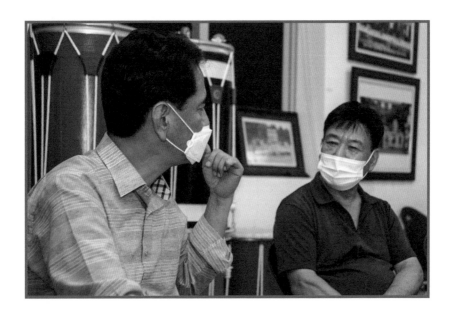

몸 이끌고 가게 문을 엽니다. 오늘은 손님들이 좀 오실까? 하면서요."

오늘은 시장을 찾는 이가 많지 않을까? 오늘은 상인들이 좀 웃을 일이 있을까? 그런 기대는 다시 실망이 되어 돌아온다. 전통시장의 쇠퇴가 뼈 시리게 아프다.

"분명 전통시장만의 매력이 있습니다. 시장 자체가 주는 정겨움은 물론이고, 좋은 물건을 저렴하게 살 수 있다는 게 가장 큰 매력이죠. 대형 마트에서는 볼 수 없는 인심이 전통시장에는 넘쳐흐릅니다."

소점호 회장은 매일시장에서만 40년 가까이 장사했다. 이리땅콩이 소점호 회장의 점포이다. 오랜 세월 동안 시장 한편에서 고소한 냄새를 풍겨왔다. 그래서 단골도 꽤 많다. 동전 몇 개 들고 심부름 왔던 꼬마가 이제 자신의 아이 손을 붙잡고 이리땅콩을 찾는다. 언제 이렇게 세월이 흘렀을까. 다시 예전처럼 시장이 북적일 날을 기다린다.

"시장도 디자인이 필요합니다"

최명규(68세) 남부시장 상인회장

그가 남부시장의 상인회장이 된 지 올해로 3년째. 상인회장을 하겠다고 마음먹은 계기는 정의롭고 꼼꼼한 성격이 한몫했다. 남부시장 상인으로 있던 중 재무 상태가 엉망이라는 이야기를 들었다. 아무리 적은 돈이라도 체계 없이 사용하는 건 용납할 수 없는 일. 그길로 상인회장이 되기로 결심했다.

조용식 남부시장은 역사가 아주 오래된 시장으로 알고 있습니다.

최명규 맞습니다. 남부시장은 역사가 100년도 더 되었어요. 일제강점기 때부터 있던 시장입니다. 이리 남부 지역 쪽 교통이 발달하면서 사람들이 모여들고 자연스럽게 시장이 형성되었던 것이 지금의 남부시장 모태입니다. 2009

년에 정식으로 남부시장이 전통시장으로 등록되었어요.

조용식 남부시장의 현재 규모는 어느 정도인가요?

최명규 현재 상인회 회원은 55명입니다. 노점까지 포함하면 70~80명 정도고요. 예전에는 400개가 넘는 점포가 있었어요. 익산에서 가장 활발한 상권이었죠. 그런데 지금은 손님 찾아보기가 힘듭니다. 남부시장은 잘못된 정책으로 죽은 시장입니다. 남부시장이 전통시장으로 정식 등록되고 새로 지을 때 400개가 넘는 점포를 50개 정도로 줄여버렸어요. 현대화 정책이다 뭐다 하면서, 따닥따닥 붙어 있던 건물들을 정리하기 위해서라고 했죠. 현대화도 좋지만 점포가 줄어들었으니 장사하고 싶은데 점포가 없어서 못 들어오는 상인들이 생겼어요. 그때 점포가 없어서 나간 상인들은 시장 주변에서 장사를 하게 되었고, 시장에 점포가 줄어들었으니 시장을 찾는 손님도 줄어드는 상황이 된 거죠.

조용식 정말 안타깝네요. 가장 힘든 점은 아무래도 전통시장을 찾는 손님의 발길이 끊겼다는 것이겠죠. 다른 시장 상인 분들도 입을 모아 이야기하셨습니다. 시장에 사람이 없다고. 전통시장이 살아나려면 무엇이 가장 필요하다고 보십니까?

최명규 시장도 디자인이 필요하다고 생각해요. 시장마다 특징을 살려야 합니다. 남부시장의 경우 현대화되어 상가 건물 안에 상점이 운영되고 있습니다. 그중에서도 깨통닭이 가장 유명합니다. 반면 구시장의 경우 아직 과거의 모습이 남아있고, 건강원과 방앗간 등이 주를 이루고 있죠. 이렇게 가까운 시장이지만 각 시장별로 특징이 있어요. 그렇기 때문에 그 특색을 살려야 합니다. 우리가 음료수 한 병 사러 시장에 오지는 않잖아요. 마트에서 살 수 있는 것 말고 시장에만 있는 제품으로 승부를 봐야 합니다. 그게 전통시장이 살아나는 길입니다. 시장마다 특화 제품으로 특색을 살려 시장의 이미지를 만들어나가야 합니다. 남부시장 깨통닭을 먹으러 멀리서도 오시는 손님들이 종종 있습니다. 이런 특색을 살려 남부시장! 하면 먹을거리 시장! 이렇게 떠올릴 수 있게 디자인해야 합니다. 요즘 안 힘든 사람이 없겠지만, 전통시장은 정말 어

렵습니다. 대형 마트가 워낙 잘 되어 있으니, 젊은 사람들이 시장에 찾아오지 않아요. 그나마 오던 단골손님들도 이제는 대부분 노쇠해져서 발길이 뜸해지고 있어요. 가만히 앉아서 손님을 기다릴 게 아니라 오고 싶어지는 시장을 만들어야 합니다. 이제는 시장을 디자인할 때입니다.

"오늘보다 나은 내일이 오겠죠"

이영철(53세) 익산장 상인회장

익산장은 남중동에 위치한 전통시장이다. 1980년 북부장으로 개설되었으며, 2008년 익산장으로 이름을 바꾸었다. 익산장은 전국에서 두 번째로 큰 오일장으로 북부시장과 함께 있다. 익산북부시장은 상설시장이고, 익산장은 매월 4일과 9일 열리는 오일장이다. 전북 최대 규모를 자랑하는 익산장도 이제는 손님 찾아보기가 어렵다고 한다.

이영철 회장은 익산장 4대 상인회장으로 시작해서 지금은 6대째 상인회장으로 활동하고 있다. 평일에는 사람이 거의 없다시피 하는 전통시장의 현실에 가슴이 아파 상인회장이 되기로 했다.

"이제는 어렵다고 말하기도 지칩니다. 다들 똑같은 상황이죠. 상인회장으로서 힘든 점은 하나도 없어요. 그저 시장이 시장다워졌으면 좋겠다는 것뿐입니다. 음식 냄새와 사람 냄새로 가득한 그런 시장이요."

바라는 건 오직 하나 뿐이다. 그저 옛 시장의 모습을 되찾는 것. 옆집과 앞집의 사람 사는 이야기 들으며, 봉지 가득 음식을 담아주는 온정 넘치는 그런 시장 말이다.

"아무리 열심히 뛰어도 바뀌는 건 없더군요. 우리 자식들만 해도 시장보다는 마트를 좋아하니 말이죠. 마트는 깨끗하고 정돈되어 있죠. 비가 오든 눈이 오든 마음 편히 장을 볼 수 있고 주차장도 넉넉합니다. 그런데 익산장은 아케이드조차 없어요. 가림막도 없는 전통시장을 누가 찾겠습니까. 날이 조금만 흐리면 손님이 전혀 없어요. 비 맞으며 장 볼 사람은 없으니까요. 비가 한 방울씩 떨어지기 시작하면 그날 장사는 다 했다고 봐야 해요."

익산장에는 아케이드가 없다. 비와 바람을 막아줄 수 있는 그 무엇도 없다. 이제는 더 추워질 일만 남았는데……. 상인들 마음에 먹구름이 가득하다. 구름 사이로 찬바람이 마구 불어온다.

"이것저것 아이디어는 정말 많습니다. 골목도 하나하나 정비하고, 하루빨리 아케이드도 설치하고, 야시장처럼 만들면 어떨까 하는 생각도 해봤어요. 문제는 돈입니다. 상인회의 열악한 재정 상태에서 큰 변화를 이루기란 사실상 불가능에 가까워요. 그래도 우리 상인들은 늘 좋은 제품을 갖추고 있으면 언젠가는 찾아주시지 않을까 하는 마음으로 매일 손님을 기다립니다. 오늘보다는 내일이 나을 거라고 믿으면서요."

시장을 돌며 만난 상인들 입가에는 하나같이 미소가 없었다. 손님이 없으니 웃을 일이 없단다. 시장 바닥은 시끄럽다는 것도 옛말이다. 이제는 시장만큼 조

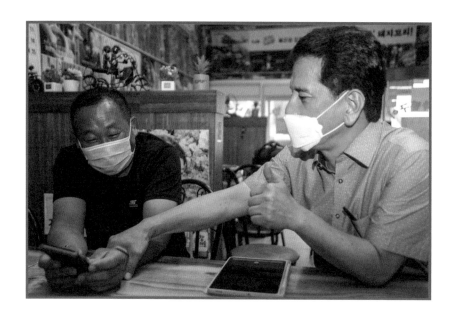

용한 데가 없다고 한다. 손님은 억지로 끌어당긴다고 오는 것도 아닐 터. 언젠가는 오겠지, 오늘보다는 내일이 낫겠지, 하는 생각으로 또 하루를 버텨낸다. 살아가는 게 아니라 버텨내는 중이다.

익산에 있는 시장의 상인들을 만날 때마다 마음이 돌덩이처럼 무거워졌다. 만나면 만날수록 그들의 말끝에 서린 깊고도 깊은 한숨이 내 마음을 세차게 흔들었다. 이들의 아픔을 조금이라도 덜어줄 수 있는 방법을 모색해야 한다. 그들의 입가에 미소를 되찾아주어야 한다.

"사람이 와글와글 해야 시장이 삽니다"
최종림(74세), 윤향(56세), 정미순(55세) 동부시장 상인회

구석구석 숨은 맛집이 즐비한 동부시장. 건강식품부터 각종 반찬과 겨울이면 떠오르는 팥죽까지 없는 거 빼고 다 있는 동부시장을 지키고 있는 든든한

상인회 분들을 찾아뵈었다. 상인회장을 맡고 계신 최종림 사장님은 양복 재단사로 시작하여 지금은 25년 경력의 수선집을 운영하고 있다. 팥죽집을 하시는 윤향 사장님은 우리 가족이 먹는다는 생각으로 18년째 정성껏 팥죽을 끓여내고 있다. 11년째 건강원을 하시는 정미순 사장님은 늘 정직하고 좋은 재료로 손님을 맞이하고 있다.

조용식 요즘 시장이 많이 힘들지요?

정미순 너무 어려워요. 안 그래도 시장을 찾는 손님들이 점점 줄어드는 상황이었는데 코로나19까지 겹치고 나니 사람 구경하는 게 낙일 정도니까요. 우리 가게는 매출이 70% 이상 떨어졌어요. 유지가 어려울 정도죠. 가게를 내놓고 싶어도 나가지 않으니 그저 매일 이렇게 버티고 있어요.

윤향 요즘 같은 시기에 안 힘든 사람이 없겠지만 시장은 정말 많이 힘듭니다. 우리 동부시장만 해도 다들 매출이 떨어졌어요. 시장은 사람이 와야 하는데, 사람이 없으니 힘들 수밖에요.

최종림 다들 힘들다는 소리를 입에 달고 삽니다. 우리 시장에는 음식 장사하시는 분들이 많은데, 사람들 발길이 끊기니 현상 유지가 어려울 정도예요. 안 그래도 사람들이 편리한 걸 추구하는 세상이니 더더욱 재래시장을 찾는 분들이 없어졌죠. 코로나 상황으로 마트도 잘 안 가고 인터넷으로 주문하신다고 하잖아요. 그러니 재래시장은 더 어렵죠. 상인회장으로서 이런 모습을 볼 때면 답답합니다. 마음도 너무 아프고……. 제가 다 해결해주고 싶은데 제 힘으로는 한계가 있으니 그럴 때 속이 더 상하는 것 같아요. 제가 할 수 있는 일은 매일 시장을 한 바퀴씩 돌면서 이야기를 듣고 격려하는 것이에요. 고통을 나누면 조금은 줄어들 수 있지 않을까 하는 생각으로요.

조용식 너무나 마음이 아픈 상황입니다. 다 같이 웃을 수 있는 날이 하루빨리 와야 할 텐데……. 그래도 시장에서 행복할 때도 있으실 텐데, 그 순간은 언제인가요?

윤향 저는 음식 맛있다고 해주실 때가 가장 행복해요. 이사 가셨는데도 몇 년 만에 다시 찾아와주시고, 맛있다면서 주변에 소문내주시고, 그럴 때 더없이 행복하죠.

정미순 요즘은 상인들끼리 모여서 소소하게 하루 일과를 나누는 순간이 가장 행복해요. 손님이 없어서 힘들다가도 마음을 나눌 수 있는 주변 동료가 있다는 게 감사하죠. 그렇게 이야기를 나누다 보면 힘든 것도 잊고 어느새 웃고 있는 저를 마주한답니다.

최종림 저는 시장 상인들이 행복해하실 때가 제일 좋습니다. 매일 돌아다니며 이야기를 듣는데, 오늘은 어쩐 일인지 기분이 좋아 보이는 상인들이 많으면 저도 덩달아 행복해집니다. 상인회장으로서 시장을 깨끗하게 정리정돈해서 상인 분들이 좋아하셨을 때도 기뻤죠. 페인트칠도 다시 하고, 화장실도 보수하고, 손님 맞을 준비는 다 되었는데 정작 손님이 안 온다는 게 참…… 사람이 와야 시장이 살 수 있는데 말입니다.

하루 빨리 코로나19가 끝나고 동부시장에 사람들이 와글와글하는 틈바구니에서 나도 팥죽 한 그릇 먹는 날을 고대해본다. 동부시장 상인 여러분 파이팅!

"성실함이 만나순대의 특급 레시피"
이영자(67세) 만나순대 사장

가을 내음이 물씬 풍기는 9월, 동부시장의 숨은 맛집 만나순대를 찾았다. 나도 국밥을 참 좋아한다. 호호 불며 국물 한 입을 뜨는 순간 그날의 피로가 싹 다 풀리는 기분이다. 7,000원이면 한 끼 배부름에 행복은 덤이다.

평범한 주부였던 이영자 사장은 IMF로 가정이 힘들어지자 직접 생활전선에 뛰어들었다. 동부시장에 만나순대라는 가게로 자리 잡은 지 어느덧 25년째. 그 오랜 세월을 매일 일을 하다 보니 몸에 성한 구석이 없다고 한다. 수만 번도 더했을 칼질에 손목이며 어깨며 늘 파스 투혼이다. 힘들 때면 큰 딸과 쌍둥이 아들을 떠올린다. 자식들 생각하면 무엇인들 못하리. 그런 꾸준한 노력과 성실함이 동부시장 최고의 맛집 만나순대를 만들었다.

한 곳을 오래 지키고 있었으니 일화도 많다. 돈 안 내고 도망간 사람도 여럿 있었다. 하루는 짐을 가득 들고 온 손님이 혼자 음식을 시켜두고 한참을 먹다가 짐을 잠시 두고 나갔는데 몇 시간이 지나도 돌아오지 않았다. 결국 그날 문 닫을 때까지도 그 손님은 돌아오지 않았다. 누군지 알아보려고 짐 보따리를 열었는데 쓰레기만 가득 들어 있었다. 처음부터 도망갈 작정인 것이었다. 그럴 때면 정말 속이 쓰리다. 그래도 사정이 있었겠지, 음식 맛있게 대접했으니 다행이라는 생각으로 쓴웃음을 삼켜냈다.

동부시장이 전통시장이 되는 게 이 사장님의 오랜 꿈이다. 동부시장이 전통시장이 아니라는 걸 몰랐던 이들도 많다고 한다. 동부시장은 전통시장이 아닌 상설시장으로 분류되어 각종 지원에서 번번이 제외된다. 전통시장이 되려

면 규모, 상점의 종류, 점포의 수 등 일정한 요건을 갖추어야 하는데, 동부시장은 아직 전통시장으로 인정받지 못했다고 한다. 전통시장이 아니다 보니 손님들은 상품권도 사용할 수 없고, 불편한 점이 한두 가지가 아니다.

가장 행복한 순간은 땀 흘려 일하고 집으로 가는 순간이다. 이영자 사장은 행복은 별 게 아니라고 생각한다. 이런 행복에 가장 큰 부분을 차지하는 건 만나순대를 꾸준히 찾아주시는 손님이다. 가장 많이 팔리는 건 단연 국밥. 아침부터 저녁까지 만나순대의 국밥은 늘 불타게 팔린다.

손님들의 발길이 끊이지 않는 만나순대만의 비결을 물었다. "단골의 비결은 무엇보다 맛이죠." "그럼 맛의 비결이 대체 뭡니까?" 이영자 사장은 웃으면서 "그건 비밀!"이라고 한다. 이 사장님은 말씀해주시지 않았지만 나는 그 비밀을 알 것만 같았다. 25년 세월의 꾸준함과 성실함. 가족을 위해 매일매일 순대를 썰어낸 그 마음가짐이 비결 아닐까. 나는 사장님의 정성이 가득 담긴 국밥 한 그릇을 뚝딱 비우고 만나순대를 나섰다.

"익산의 행복을 충전해드립니다"
고상곤(56세) 새천년충전소 사장

고상곤 사장은 1999년에 충전소 직원으로 이 일에 뛰어들었다. 매일매일 성실히 잔꾀 한 번 부리지 않고 15년 넘게 일했다. 성실한 이의 노력은 배신하지 않는다고 했던가. 2015년, 정식으로 충전소를 인수했다. 직원이 아니라 사장으로 첫 출근을 하던 날은 아직도 생생하다. 그날의 날씨, 그날의 기분, 모든 게 바로 어제 일처럼 고상곤 사장의 기억 속에 또렷이 남아있다. 그날을 위해 그렇게도 많은 차를 충전하고 또 충전했던 것이다.

코로나19로 사람들이 외출을 자제하다 보니, 자연스럽게 충전소를 찾는 손님들도 많이 줄었다. 평균 30% 이상 매출이 떨어졌다. 그래도 언젠가 끝이 보이리라는 생각으로 하루하루 살아가고 있다. 하지만 가장 힘든 건 가격 경쟁. 이건 규제도 없으니 어떻게 할 방법이 없다. 그래서 더 답답하기만 하다.

주유소는 기름이 수입품이다 보니 일정한 가격대가 정해져 있어서 주유소마다 가격 차이가 크지 않은데, 충전소는 정해진 가격이 없으니 참 곤란하다는 것이다. 가격을 정해놓으면 다른 충전소가 10원, 20원씩 더 싸게 가격을 설정한다. 그렇게 경쟁을 하다 보면 어느 순간 모든 충전소가 원가 이하로 판매하며 다들 손해를 보게 되는 것이다.

이러면 안 되겠다는 생각에 시청에 찾아가서 문의도 해봤지만 바뀌는 건 없었다. '자율 경쟁이니 우리가 해라, 하지 마라 이야기할 수 없는 부분'이라는 답변을 받았다고 한다. 물론 맞는 말이다. 하지만 어느 정도의 적정 기준을 정해두는 것, 혹은 다함께 모여 의견을 조율할 수 있는 자리를 공식적으로 마련해줄 수는 있지 않을까. 지금처럼 가격 파괴 상황이 지속되면 '너 죽고, 나 살자'가 아니라 '다 같이 죽자'가 되어버린다. 이제는 정말 현실적인 중재가 필요한 상황이다.

20년 넘게 충전소 일을 하면서 도난 사건을 두 번이나 겪었다. 옛날에는 영

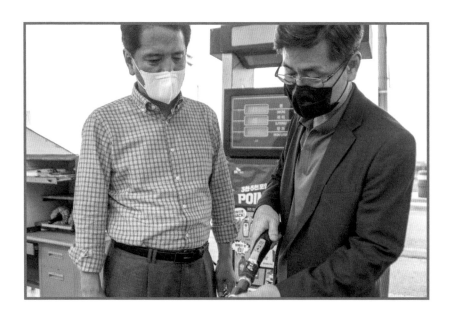

업용 차량들이 다 현금을 가지고 다녔으니 충전소에 오는 손님들도 다 현금으로 결제했다. 지금이야 카드를 많이 사용하지만 10여 년 전만 해도 대부분 현금을 사용했다. 그래서 충전소 안에는 늘 현금이 있었다. 첫 번째 도난사건 때는 현금 500만 원가량을 도난당했다. 그때 생각만 하면 아직도 속이 쓰리다. 그렇게 첫 번째 도난사건이 서서히 잊힐 때쯤 두 번째 도난사건이 일어났다. 직접 근무하고 있을 때였으니 아직도 기억이 생생하다. 밤늦은 시간 갑자기 충전소 안에 불이 꺼졌다. 그러더니 모자를 턱 끝까지 뒤집어쓴 사람이 칼을 들고 오는 게 아닌가. 너무 놀라 어찌할 새도 없던 틈에 범인은 금고에 든 돈을 챙기고 달아났다. 황급히 쫓아갔지만 이미 흔적도 없이 사라진 뒤였다. 범인은 불을 끄고도 금고의 위치를 단번에 찾을 만큼 충전소 내부 사정을 잘 아는 사람. 아직도 범인을 검거하지는 못했지만, 그날 이후 충전소의 방범은 더욱 강화되었다.

　고상곤 사장은 고된 하루를 마치고 좋아하는 노래를 들으며 깨끗이 세차한 차를 타고 퇴근하는 순간이 가장 행복하단다. 힘들고 고단하다가도 깨끗이 세

차를 하고나면 마음이 그렇게 상큼해질 수가 없다.

전기차와 수소차가 상용화되면서 충전소는 하락세다. 그래서 복합충전소도 생각하고 걱정도 많지만 퇴근하는 순간만큼은 모든 걸 잊고 차에는 행복만 가득 싣고 귀가하려고 한다. 새천년충전소는 그에게 인생의 전부가 되어버린 지 오래다. 충전소와 함께 한 20년의 세월, 앞으로의 또 다른 20년을 위해 고상곤 사장은 오늘도 행복을 충전 중이다.

"기계는 거짓말을 하지 않습니다"
고경태(51세) 카포스 익산지회장

고경태 지회장은 기술직 회사원으로 사회생활을 시작했다. 기술직에 종사하면서 문득 '진짜 자동차'를 다뤄보고 싶다는 생각을 했다. 조금 늦은 시작이었다. 자동차 일에 종사하는 이들은 '꼬마'라고 부르는 17~18세의 학생들이 대부분이었지만, 과감히 자동차 일을 해보고자 결심한 것이다.

"카포스는 자동차 정비 및 튜닝을 담당하고 있습니다. 운전자의 필요에 의해 법의 테두리 안에서 기호에 맞게 차를 바꾸는 거죠. 카포스는 현재 익산에만 약 140개의 지점이 있습니다. 카포스는 하나의 브랜드이기 때문에 가격과 정비 시간이 정해져 있는 게 가장 큰 장점이죠. 품질 좋은 제품을 최대한 합리적인 가격에 고객님들께서 이용할 수 있도록 카포스는 항상 노력하고 있습니다."

"카포스 익산지회장으로 있으면서 카포스를 운영하는 회원들의 권익을 보호하고 행정적 부분의 고충을 듣고 해결하고 있습니다. 가장 중요한 일 중 하나는 자동차 정비 후 나오는 폐배터리 등의 폐기물을 한데 모아 올바르게 처리하는 겁니다. 환경 문제를 중요하게 생각하는 요즘 시기에 꼭 필요한 일이죠."

"일을 하면서 갖고 있는 신념은 두 가지입니다. 지금까지 단 한 순간도 마음 속에서 지워본 적 없는 건데요, 첫째는 기계는 거짓말을 하지 않는다는 것입

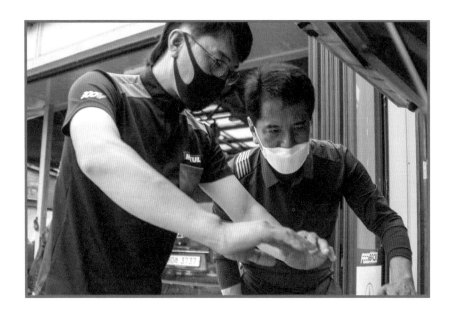

니다. 원인 없는 고장은 없습니다. 기계가 들려주는 소리에 집중하면 어떤 부분의 점검이 필요하고 무슨 문제가 있는지 다 알 수가 있어요. 둘째는 진실해야 한다는 것입니다. 기계를 다루는 일이지만 고객을 상대하는 일이기도 해서 진실해야 합니다. 솔직하고 과장 없이 말해야 합니다. 차를 다루는 일에 있어서 실력은 당연히 중요한 것이고 진실한 마음도 꼭 함께 지니고 있어야 한다고 생각합니다."

"코로나19 때문에 매출이 많이 떨어졌어요. 코로나19가 막 시작되던 2020년을 생각하면 아직도 아찔합니다. 사람이 사람 만나는 걸 기피하는 상황이되다 보니 매장을 찾는 발걸음도 뚝 끊겼죠. 그때는 정말 이 악물고 버텼습니다. 게다가 엎친 데 덮친 격으로 전기차와 수소차가 활성화되면서 더욱 어려워졌습니다. 아시다시피 이 직종이 장래가 밝지 않습니다. 점점 없어지는 직종 중 하나죠. 저희가 손볼 수 있는 차량은 이제 노후차로 분류되어 서서히 폐차되고 있습니다. 환경을 위한 길, 정말 좋죠. 우리 사회가 지속가능한 발전으로 나아가기 위해 가장 필요한 부분이기도 하고요. 그런데 문제는 이 환경을 위한 길이 누군가에게는 너무나 갑작스럽다는 겁니다. 현재 우리나라가 선진국의 법을 너무 빨리 따라가고 있습니다. 물론 바뀌어야 하는 건 맞지만, 너무 빨라서 미처 대처할 시간이 없다는 게 문제입니다. 모든 차량이 전기차나 수소차로 전환되면 엔진이나 부품 등이 필요 없게 되어 수십만 명의 실업자가 생긴다고 합니다. 환경을 위한 길도 결국은 사람을 위한 길이잖아요. 친환경의 길로 나가면서 어쩔 수 없이 생기는 실업자들에 대한 대책도 함께 고민해 봐야 할 일이라고 생각합니다."

20년 넘게 이 일을 했음에도 기계가 들려주는 소리 앞에서는 늘 처음 이 일에 뛰어들던 때의 마음으로 겸손하고 신중한 그였다.

이 일을 오래 하다 보니 종종 자동차학과에 강의를 나갈 때도 있다. 강의에 나가면 학생들에게 청사진을 제시해줘야 하는데, 현실은 그렇지 못하니 쉽사리 입이 떨어지지 않는다고 한다. 그런 현실이 미안하기도 하고 답답하기도 하단다.

환경과 사람이 모두 행복할 수 있도록, 따라갈 수 있을 만큼 천천히, 그러나 꾸준히 변화해 가는 게 그가 꿈꾸는 사회의 모습이다.

"동네 서점은 내 인생의 보물창고"
김소현(50세) 동아서점 사장

동아서점의 역사는 40년 정도 되었다. 아버지가 운영하시던 것을 김소현 사장이 이어받았다. 어릴 적부터 그의 주변에는 늘 책이 가득했다. 책이 좋았고, 글이 좋았다. 결국 동아서점의 2대째 주인이 되어 40년의 역사를 꿋꿋이 이어가고 있었다.

"옛날에는 서점이 정말 잘 됐어요. 책을 사려면 서점밖에 없었으니까요. 지금은 온라인 서점이 활성화되어 오프라인 서점은 점점 사라지는 추세입니다.

클릭 한 번이면 하루 만에 문 앞까지 책이 배송되다 보니 서점에 직접 와서 구매하시는 분들이 많이 없어졌어요. 그래서 요즘은 교보문고나 영풍문고 같은 대형 서점들도 오프라인 매장을 정리하고 있다고 합니다. 그런 대형 서점들조차 살아남기 힘든 게 요즘 현실이죠."

온라인 서점이 활성화되면서 동네 서점들은 점점 갈 곳을 잃어가고 있다. 코로나19까지 오래 지속되면서 그나마 동네 서점을 찾던 손님들도 온라인으로 발길을 돌린 것이다. 대형 서점도 하나둘 문을 닫고 있는데 동네 서점을 유지하기란 정말 어려운 상황이다.

"동네 서점 운영하기 힘들지 않으냐고 많이들 묻습니다. 그런데 우리 서점이 문을 닫으면 이 동네에는 서점이 아예 없는 거예요. 동네에 서점이 하나도 없으면 안 된다는 의무감으로 꿋꿋이 지켜가고 있습니다. 그래도 꾸준히 책을 사러 오는 단골손님들이 계시고, 급하게 책이 필요하거나 온라인 주문이 익숙하지 않은 손님들이 계시기에 아직은 동네 서점이 해야 할 역할이 있다고 생각합니다."

김소현 사장은 힘들 때면 처음 서점을 오픈했던 날을 떠올린다고 한다. 모현동에 동아서점 체인점을 새로 오픈했을 때 많은 동네 주민 분들께서 동네에 서점이 생겼다고 너무 좋아하셨다고. 서점이 생겼다고 그렇게들 좋아하셨기에 더욱 동네 서점의 자리를 굳건히 지켜야겠다고 다짐하곤 한다.

"시에서 함께 상생할 수 있는 방안을 마련해주면 좋겠다는 생각을 합니다. 지역 도서관이나 지역 학교 등에서 다른 구매처보다 지역의 서점을 이용하는 방안이 활성화되었으면 좋겠습니다. 서점은 판매량이 늘어서 좋고, 지역 도서관과 학교 등은 서점과 연관하여 할인이나 빠른 구매 등의 혜택을 받아서 서로 상생할 수 있는 가장 좋은 방법이라고 생각합니다."

그가 생각하는 책이란 지식이자 친구이자 인생의 스승이다. 책을 대하는 그의 마음이 인터뷰 내내 진솔하게 다가왔다. 서점 한구석에 쪼그리고 앉아 시간 가는 줄 모르고 정신없이 책 속으로 빠져들던 나의 학창 시절이 떠올랐다.

책은 세상을 보는 눈이다. 서점은 그런 책들로 가득 찬 인생의 보물창고이다. 지식의 향기로 가득 찬 서점이 하나둘 사라지는 현실에 마음이 쓰려 왔다. 시간의 흐름에 따라 우리는 더 편리하고 간편한 것을 찾는다. 온라인 서점도 그런 우리의 요구를 반영한 결과일 테지만, 동아서점은 여전히 우리의 감성을 자극하고 향수를 일으키는 공간으로 오래오래 동네를 지켜나갔으면 한다.

"고소한 행복이 피어오르는 단골집"
최해숙(65세) 정우상회 사장

조용식 여기 인화동에서 장사하신 지는 얼마나 되셨나요?

최해숙 1991년에 고향 김제를 떠나 익산으로 와서 문을 열었으니 30년 되었네요. 문을 연 1월 13일이 아직도 어제 일처럼 생생한데, 30년이나 되었다는 게 실감이 잘 나지 않네요.

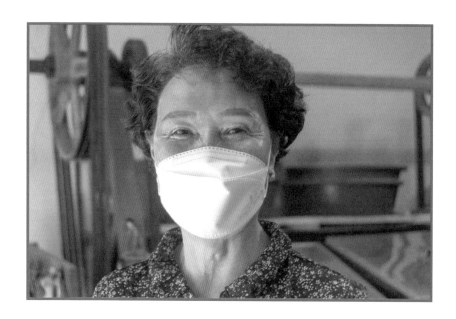

조용식 한 곳에서 30년을 넘게 장사하고 계시면 단골손님들도 많으시겠어요.

최해숙 아이고, 많다마다요. 우리 집 장사는 다 단골손님들 덕에 하는 거예요. 익산 분들뿐만이 아니고 김제 분들도 많이 오세요. 백구나 공덕에 사시는 분들이 단골이 많지요. 위치적으로 가깝기도 하고. 요즘은 대형 식자재 마트들이 많이 새겨서 동네 장사로는 먹고살기 힘들어요. 다른 지역 단골들도 찾아주셔서 지금까지 지키고 있을 수 있는 거죠.

조용식 다른 지역에서도 찾아주는 단골손님이 있을 만큼 정우상회 제품이 좋다는 것 아니겠습니까. 일하시면서 제일 힘든 점은 어떤 것인가요?

최해숙 일하면서 힘든 건 몸이 힘든 거죠. 30년 동안 일하고 있으니 몸이 안 아프면 이상한 거죠. 그런 거야 이제 힘들다고 말하기도 입만 아프네요. 그런데 일만 하는 게 아니고, 가정으로 돌아가면 주부이기도 하고 시어머니이자 어머니이자 또 아내이자 다섯 손자의 할머니 역할까지 다 해내야 하니까 더 힘들어요.

조용식 어머니라는 존재는 정말 위대한 것 같아요. 그 많은 역할을 늘 해내고 계신다는 게 정말 존경스럽고 감사합니다. 그런 힘든 순간을 버티는 힘은 뭘까요?

최해숙 안 벌면 안 되니까, 먹고 살아야 하니까 버텼던 것 같아요. 그래도 이렇게 일해서 우리 3남매 다 먹여 살리고 결혼까지 시켰으니…… 그런 보람으로 일했죠. 부모 마음이 다 그렇잖아요. 내 자식 위해서라면 못할 게 없으니 자식들 보면서 힘들어도 참고 일한 거죠.

조용식 장사하시면서 가장 행복할 때는 언제일까요?

최해숙 손님들이 우리 제품 믿고 사갈 때가 최고 행복하죠. 다른 건 몰라도 우리 정우상회 고추 하나만큼은 진짜 최고라고들 하셔요. 우리는 정읍 고추만 사용하거든요. 손님들이 그런 걸 알아주시고 자주 찾아주시면 그때가 제일 행복합니다. 지금은 가게를 아들에게 넘겼어요. 아직은 아들이랑 같이 하고 있는데, 내가 할 수 있을 때까지 도와줄 계획이에요.

조용식 요즘 가장 바라는 게 있다면 무엇일까요?

최해숙 사람들이 많이 오는 게 제일 좋죠. 그러려면 젊은 사람들이 아이도 더 많이 낳고 사람들도 북적북적하고 그래야 할 텐데 말이죠. 이번에 우리 아들이 셋째 아이를 가졌어요. 손주 볼 생각에 하루하루가 행복한데, 옆에서 보니까 태아 검사에 돈이 이만저만 드는 게 아니더군요. 그런 모습 보면서 이러니까 요즘 젊은 사람들이 아이 낳기가 힘들겠구나 싶었어요. 저도 노인이고 노인 복지도 좋지만, 노인 복지에 신경 쓰는 만큼 젊은 사람들도 더 살기 좋은 세상이 됐으면 좋겠어요. 그래야 우리 다 같이 옛날처럼 복작거리며 살 수 있지 않을까 싶어요.

어머니가 아들에게 대를 이어 물려준 정우상회. 대형 마트나 인터넷 쇼핑에 밀려 점차 사라지고 있는 동네 가게가 이처럼 한 자리에서 계속 유지되고 있다는 것이 반갑고도 대견하다. 30년 전부터 지금까지, 그리고 다음 세대까지 최해숙 사장의 소망처럼 어른과 아이가 복작거리는 소리가 계속 이어졌으면 한다.

"꽃으로 당신의 마음을 표현하세요"
전은희(49세) 수호천사 플라워 플로리스트

전은희 사장은 아주 어린 시절부터 꽃을 좋아했다. 길 가다 꽃을 마주치면 그 자리에 멈추고 하염없이 바라보는 게 일상이었다. 그것이 계기였을까. 꽃을 좋아하던 어린 소녀는 어느덧 26년째 꽃집을 운영하는 플로리스트가 되었다.

"저는 꽃을 정말 좋아해요. 꽃은 보고만 있어도 그냥 기분이 좋아지는 게 참 신기한 것 같아요. 꽃집을 운영하면서 가장 행복한 순간은 그런 마음을 손님들도 함께 느낄 때인 것 같아요. 저희 가게에서 늘 꽃을 사가시던 손님이 한 분 계셨어요. 연세가 좀 있으신 남성분이셨는데, 여성분께 드릴 꽃이라고 말씀하시며 예쁘게 부탁한다고 하셨어요. 오실 때마다 누구보다 꼼꼼히 꽃 앞에서 진지하게 고르셔서 더욱 기억에 남았죠. 그러던 어느 날이었어요. 그 손님이 오늘은 어떤 꽃을 사가실까 궁금하던 순간 저에게 뭔가를 건네시더군요. 뭔가 하고 봤더니 청첩장이었어요. 너무 기쁘더라고요. 손님이 멋쩍게 웃으시면서 감사하다고 말씀하셨어요. 예쁜 꽃 덕에 좋은 인연이 이어졌다고. 그때 정말 벅찼던 것 같아요. 꽃이라는 게 새로운 인연을 만들어줄 수도 있구나. 내 손 끝에서 피어난 꽃으로 누군가에게 새로운 인연을 찾아주고 새로운 기쁨을 만들어줄 수 있다는 사실에 무척 행복했습니다."

"또 생각나는 일이 있네요. 건설 일용직에 종사하시는 분이셨는데, 매일같이 장미 한 송이를 사가셨어요. 늘 문 닫기 전 마지막 손님이셔서 더 기억이 납니다. 어느 날은 한 송이, 기분 좋으신 날에는 두 송이, 이렇게 항상 장미를 사가셨어요. 여쭤보니 사모님께 드릴 꽃이라고 하시더군요. 그분이 돈을 버시

는 이유는 꽃을 사기 위해서라고 하셨어요. 그 꽃으로 사모님이 행복해 하는 모습을 보는 게 그분 삶의 낙이라고 하셨죠. 그분을 보면서 굉장히 많은 생각을 했어요. 내가 돈을 버는 이유는 뭘까, 나한테 행복은 뭘까, 이런 생각들 말이에요."

"지금 화훼업계가 너무 어렵습니다. 요즘 어렵지 않은 직종이 없겠지만, 코로나 이후로 50% 넘게 매출이 떨어졌어요. 입학식과 졸업식을 비롯한 각종 행사가 취소되면서 저희가 있을 자리가 점점 없어졌어요. 꽃을 너무나 사랑하는 저이지만 이런 상황이 너무나 힘듭니다. 그래도 꾸준히 찾아주시는 손님들 덕분에 언젠가는 끝나리라는 생각을 가지고 하루하루 문을 열고 있어요. 꽃집 창업을 꿈꾸는 분들에게 꼭 드리고 싶은 말씀이 있어요. 바로 창업하시지 말고 몇 개월이라도 꽃집에서 일을 해보시고 나서 창업을 하셨으면 좋겠어요. 모든 일이 그렇지만 멀리서 바라보는 것과 직접 일을 해보는 건 정말 천지 차이예요. 직접 경험해보지 않고 바로 이 일에 뛰어들었다가 조금만 어려워지면 포기하고 문을 닫는 경우를 많이 봤어요. 그래서 몸소 경험해보고 창업하면 큰 도움이 되리라 생각합니다."

"마지막으로 정말 하고 싶은 말이 있어요. 저는 동네에 작은 꽃집을 운영하는 소상공인입니다. 그런데 정부의 재난지원금 지원 대상에서 화훼업계가 제외되었어요. 너무 당황스러워서 그 이유를 물으니 지원 대상을 선정할 때 소상공인의 매출 하락이 기준이 아니라 업종별로 묶였기 때문이라고 하더라고요. 온라인 화환 배송이나 대규모 화훼업계와 함께 '화초 및 식물 소매업'으로 묶어 코로나로 인한 피해가 크지 않다고 본 거예요. 대기업 수준의 꽃집 매출에 맞춰서 저희 같은 동네 꽃집은 피해가 크지 않다고 보는 게 말이 안 된다고 생각해요. 저희 같은 소상공인이 존재에도 귀 기울여주셨으면 좋겠어요. 기준을 제대로 마련해서 정말 지원 받아야 하는 이들이 지원 대상에서 제외되는 일이 일어나지 않았으면 좋겠어요. 솔직히 더 큰 바람은 이런 지원 없이도 다 같이 행복하고 웃을 수 있는 날이 오는 것이죠."

동네 꽃집이 업종별로 묶여 재난지원금 지원 대상에서 제외되었다는 말은 충격적이었다. 전은희 사장은 밝은 얼굴로 이야기를 했지만, 힘겨운 시간을 버텨내느라 속마음은 까맣게 타들어갔을 것이다. '지원을 했다'고 끝나는 게 아니라 진정으로 도움이 필요한 곳에 관심을 기울여야 한다. 작은 소리, 작은 의견에 귀 기울이는 것이야말로 우리가 상생할 수 있는 길이다.

"세월이 흘러도 변치 않는 보석처럼"

한재희(65세) 현대금방 사장

한재희 사장은 처음부터 귀금속에 종사할 생각은 아니었다. 솔직히 말하자면, 이 일을 하게 될 줄도 몰랐다. 결혼하기 전 서울에서 보험 일을 잠시 한 적이 있었다. 그때 우연찮게 천호동의 귀금속 가게에 방문해서 그곳 사장님과 이야기를 나누다 귀금속의 매력에 빠져버렸다. 그 길로 귀금속 일에 뛰어들어

지금까지 계속해왔다.

1989년 6월, 현대금방의 문을 열었다. 어느새 30년도 더 되었지만 처음 문을 열었던 그 자리를 그대로 지키고 있다. 이렇게 오랜 시간 같은 자리를 지킬 수 있던 비결이 무엇이냐는 물음에 한재희 사장은 멋쩍은 웃음을 지어 보이며, 가게를 찾아주시는 고객 덕분이라고 한다. 같은 자리를 이렇게 오래 지킬 수 있다는 사실이 참 신기하고 감사하단다. 고객과의 약속을 무엇보다 우선시한 신뢰와 믿음이 지금의 현대금방을 있게 한 것이었다.

30년 동안 같은 자리를 지키고 있었으니 동네도 고객도 그리고 추억도 함께 나이 들어간다. 어느 날 예물을 맞추려는 모녀가 찾아왔다. 그런데 낯이 익은 손님이었다. 한참 만에 떠올랐다. "그때 그 새댁 맞죠?" 웃음을 지으며 "그렇다."고 대답하는 얼굴에서 20여 년 전 예물을 맞추러 온 새댁의 얼굴이 겹쳐 보였다. 세월이 흘러 그 새댁의 자녀가 결혼할 나이가 되어 다시 예물을 맞추러 온 것이었다. 그때의 감정은 참 미묘했다. 오랜 세월이 흘러도 다시 찾아주신다는 게 고맙기도 하고, 30년이라는 세월이 다시금 피부로 느껴진 순간

당신이 있어 다행입니다

이었다. 오랜 세월을 같은 자리를 지키고 있으니 한 가족의 새로운 시작과 그 가족이 또 다른 가정을 이루는 순간을 축복할 수 있었다.

익산은 오래전부터 보석의 도시였다. 보석이 생산되는 곳은 아니지만, 보석의 메카이자 귀금속의 도시이다. 옛 백제의 귀금속 공예 기술이 지금까지 장인의 손끝에서 이어지고 있기 때문이다. 그런 보석의 도시에 자리 잡은 귀금속 매장인만큼 자부심도 상당하다. 그런데 요즘 주얼리 산업이 많이 침체되어 안타까운 마음이 크다. 많은 업종이 그렇듯이 코로나19로 손님들 발길이 끊어져서 귀금속의 미래도 앞이 보이지 않는다고 한다. 귀금속 도시라는 명성이 다시 반짝반짝 빛나는 그날이 오기를 한재희 사장은 마음 깊이 소망하고 또 소망한다.

앞으로의 계획을 묻자 한 사장님은 이제 나이가 들어 귀금속 영업은 힘닿는 데까지만 해야겠다고 한다. 그런 생각을 한지도 어느덧 10년째지만, 여전히 일에 대한 애정으로 이 자리를 지키고 있다. 나보다 남을 위한 삶을 살고 싶다는 생각으로 봉사의 길에 나선지도 10년째이다. 요양원이나 경로당 등을 방문해서 노래 봉사를 하며 어르신들께 소소한 즐거움이 되어드리는 게 이제는 그의 삶에 없어서는 안 될 부분이 되었다. 남을 위한 삶이 나를 위한 삶이 되는 순간을 경험한 이후, 한재희 사장은 보석보다 빛나는 행복을 마주하고 있다.

"떡 하나만큼은 지지 않을 자신 있어요"
김경숙(56세) 계수나무 떡집 사장

떡 하나만큼은 누구에게도 지지 않을 자신이 있다는 김경숙 사장은 떡에 대한 자부심이 상당하다. 맛있는 떡은 적당한 달달함과 약간의 짭짤함으로 이루어진다. 당도와 소금 간의 적절한 배합은 계수나무 떡집 맛의 비결이다. 달

나라에서 떡방아 찧던 토끼도 반할 맛. 그것이 계수나무 떡집의 매력이다.

"처음에는 공업사를 했어요. 떡집 주인 치고는 특이한 경력이죠? 남편과 함께 공업사를 꽤 오래 했는데 IMF가 터지자 일감이 없어서 무척 힘들었어요. 그때 그 업계가 거의 다 죽었어요. 더는 이 일로 먹고살 수 없겠다 싶더군요. 그래서 다른 일을 찾아보던 중에 떡집이 눈에 들어온 거예요. 음식에 자신도 있었고, 떡도 좋아했고, 무엇보다 공업사 일을 오래 하다 보니 외상없는 일을 하고 싶었어요. 공업사 일할 때는 외상 문제로 골머리를 많이 앓았어요. 떡집 시작한 후로는 그런 문제로 골치 아플 일이 없어서 참 좋았어요."

김경숙 사장은 매일 새벽 1시 반쯤 가게에 나온다. 남들 한창 잘 시간에 하루를 시작하는 것이다. 학교 급식 납품을 위해 꼭두새벽에 눈 비비며 일어나 일을 시작한다. 잠을 줄여가며 일하는 게 어찌 쉬운 일이겠는가. 20년 가까이 하고 있는 일이지만 여전히 힘들다. 하지만 몸은 힘들어도 마음이 즐거우니 이 일을 놓을 수 없다. 떡집 하면서 아들 둘 대학도 보냈으니 이보다 더 감사한 일이 어디 있겠는가. 거기에 우리 떡만 찾는 단골손님들이 매일 찾아주니 일할 때는 힘든 줄을 모른다고 한다.

"맛있는 떡을 만들기 위해 가장 중요한 건 무엇보다 쌀이에요. 쌀이 핵심이죠. 신선하고 품질이 좋은 쌀을 써야 떡이 맛있습니다. 오래된 쌀을 쓰면 떡의 맛이 바로 떨어져요. 저는 떡을 만들기 위해 하루 전에 다음날 사용할 쌀을 미리 불려서 당일 새벽에 작업해요. 그리고 그날 생산하는 건 모두 그날 소진하죠. 재료의 신선함은 맛에도 영향을 미치지만, 고객과의 신뢰에도 영향을 미칩니다. 좋은 재료로 좋은 맛을 내는 건 장사하는 사람이라면 반드시 지켜야 할 약속이죠."

"가장 기쁜 건 우리 집 떡이 맛있다고 찾아주실 때죠. 어떤 손님은 우리 집 떡을 드셔보시고 맛있다고 미국에 있는 딸에게 부쳐주신다며 한가득 사가셨어요. 냉동해서 미국까지 보내주셨다고 하시더군요. 그럴 때면 정말 뿌듯하죠. 가장 잘나가는 쑥 인절미는 달지 않고 부드러워서 어르신들이 많이 찾으

세요. 아플 때 입맛 없어서 아무것도 못 먹을 때도 우리 집 떡은 생각난다고 하셔요. 그런 게 다 보람이죠. 우리 음식을 맛있게 드셔주시고 다시 생각나서 찾아주시고, 그런 것들이 장사를 계속할 수 있는 힘이 됩니다."

김경숙 사장은 누구보다 자기 일을 사랑하는 분이었다. 그런 진심이 김 사장의 떡에 담겨 많은 손님들이 오랜 세월 계수나무 떡집을 찾는 이유인지도 모른다.

이런 김 사장에게도 코로나19 초반은 정말 막막했다. 모든 행사가 취소되니 단체로 떡을 주문하는 일은 거의 없었고, 등교가 중지되니 학교 급식 역시 끊긴 것이다. 주된 수입원이 끊어지니 하루하루가 힘겨웠다. 그래도 가게를 찾아주시는 단골손님 덕에 평범한 일상으로 돌아갈 날을 기다리며 매일 가게 문을 열었다. 요즘은 급식도 다시 시작되고 일상을 조금씩 찾아가고 있어 하루하루가 감사하다고 한다. 하지만 원예조합을 통해 급식을 납품하고 있다 보니 수수료는 어쩔 수 없는 문제. 13%나 되는 수수료는 여전히 힘들게 한다. 오롯이 좋은 재료로 좋은 음식을 만들어가는 것이 꿈인 김경숙 사장. 그 소중한 꿈이 오래도록 황등의 이 자리를 지킬 수 있기를, 더 많은 소상공인이 다시 웃을 수 있는 내일을 기대해본다.

"4대째 이어지는 맛의 향연"
김은남(72세) 황등시장비빔밥 사장

김은남 사장께 전해들은 이야기로는 일제강점기 시절부터 가게가 있었다고 한다. 정확한 기록은 남아있지 않지만, 아주 오랜 역사를 지닌 것만큼은 확실하다고 한다. 시고모님이 시작한 것을 시어머님이 가게를 이어받으셨고, 결혼 후 김은남 사장이 다시 이어받아 50년 가까운 세월을 일해 왔다고 한다. 지금은 사위가 이어받아 함께 일하고 있다. 반백 년을 일해 온지라 이제는 손에서 일을 놓고 편히 쉴까 싶기도 하지만, 부지런하고 성실한 데다 일을 안 하고는 못 배기는 성격이라 지금도 매일 사위와 함께 출근한다고 하셨다.

오랜 시간 변치 않는 맛의 비결은 과연 무엇일까. 쉽게 알아낼 수 없을 것 같았지만 의외로 답은 간단했다. 바로 좋은 재료. 식탁에 올라가는 모든 재료는 국내산이다. 우리 땅에서 난 싱싱하고 좋은 재료를 아끼지 않고 사용한다. 그것이 황등시장비빔밥이 오랜 시간 그 맛을 인정받아 온 비결이다.

황등시장비빔밥은 오전 11시 30분부터 영업을 시작하지만, 김은남 사장은 새벽 5시 30분이면 가게에 나와 하루 장사를 준비한다. 내장을 세척하고, 삶고, 순대를 만들고, 선지를 삶아내고…… 꼭두새벽부터 장사 준비를 해도 눈깜짝하면 어느새 손님 맞을 시간이 된다. 좋은 재료로 준비한 정갈한 반찬들과 정성으로 토렴한 비빔밥은 많은 손님들이 황등시장비빔밥을 찾는 이유이기도 하다. 손님들이 마주한 그 한 그릇에 김 사장님의 지난 세월이 고스란히 담겨있다.

손님들 발길이 끊이지 않을 것만 같았던 황등시장비빔밥도 코로나 상황은

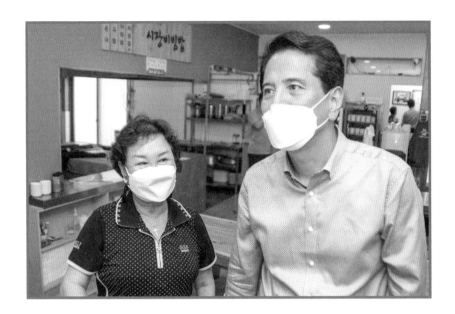

피할 수 없는 재난이었다. 코로나19 초기에는 매출이 40% 이상 떨어지기도 했다. 하지만 모든 자영업자가 힘든 시기이므로 다시 찾아올 일상을 기다리는 마음으로 매일 새벽 5시 30분에 출근하여 재료를 정성껏 손질해서 준비했다. 김은남 사장은 이런 힘든 시기를 겪으며 행정 조치와 자영업자 사이의 소통 부재를 더욱 뼈저리게 느꼈다. 손님들 발길이 끊어지면 당장 생계가 막막해지는 자영업자들에게 그동안의 행정 조치는 너무나 가혹하게 느껴질 때가 있었기 때문이다. 이럴 때일수록 소수의 의견에 귀를 기울이고 고통에 관심을 갖는 행정이야말로 재난을 극복하는 힘이라는 것이 김 사장님의 생각이다.

　가장 행복할 때는 손님들이 깨끗이 비우고 가신 그릇을 볼 때라고 한다. 음식 장사하는 분이라면 다들 공감할 거라며 웃음을 지어보이는 김은남 사장. 우리 가게를 찾는 모든 손님들이 맛있게 드시고 따뜻한 한 끼로 기억해준다면 그보다 더한 기쁨은 없을 거라고 한다. 오늘도 잘 먹었다는 그 한마디는 김 사장님이 내일도 새벽같이 문을 여는 힘이 되어주고 있다.

"변치 않는 맛, 진심이 담긴 맛"
이종식(53세) 진미식당 사장

이종식 사장은 부여에서 태어났지만 네 살 때 황등으로 왔으니 황등에서 산 시간이 훨씬 많다. 그래서 황등은 그에게 마음의 고향이다. 오늘도 황등에서 3대째 변치 않는 맛으로 진심이 담긴 한 그릇을 준비하고 있다.

조용식 진미식당이 대물림 가게로 정말 오래되었다고 들었습니다. 정확히 몇 년 된 건가요?

이종식 외할머니께서 1931년에 처음 문을 여셨으니 올해로 90년 되었습니다. 진미식당은 현재 사업자를 낸 기준으로 익산에서 가장 오래된 한식당입니다. 저희 어머니께서 1960년대부터 할머님과 함께 일하시다 1973년에 정식으로 가게를 이어받아 운영하셨습니다. 2003년부터는 제가 3대째 운영하고 있죠.

조용식 진미식당의 깊은 맛은 무려 90년을 이어져온 것이군요. 3대째 변함없는 맛을 지키는 게 보통 일이 아닐 터인데, 이렇게 오래 사랑받을 수 있는 비결은 무엇일까요?

이종식 정직함인 것 같아요. 모든 일이 그렇겠지만 특히나 음식을 다루는 데에 있어서 정직하지 않으면 살아남을 수 없다고 생각합니다. 이건 저희 할머님 때부터 항상 강조하신 거였어요. 할머니와 어머니, 그리고 저까지 3대를 이어오며 정직하게 팔겠다는 마음 하나만큼은 90년째 변함없습니다.

조용식 그런 마음이 손님들께도 전해져 오랜 세월 사랑받는 것 같습니다. 오랜 시간 한 자리를 지켜왔으니 기억에 남는 일도 많으실 것 같아요.

이종식 황등에서 90년을 지켜왔으니 정말 많은 손님을 만났습니다. 일화도 참 많은데 가장 기억에 남고 마음 한편이 찡한 적이 있었습니다. 제가 아주 어린 꼬마 시절, 할머니께서 식당을 운영하셨을 때였죠. 그 당시 아버지와 함

께 왔던 손님이 지금은 백발의 할아버지가 되어 아들 손을 꼭 붙잡고 식사하러 오셨습니다. 세월의 흐름을 눈으로 마주하기도 했고, 할머니 식당을 놀이터처럼 드나들었던 제가 떠오르기도 하고, 또 그렇게 오랜 시간이 흘렀지만 우리 식당을 다시 찾으러 와주셨다는 게 감사하기도 해서 감정이 참 묘하더군요.

조용식　삶에 치여 정신없이 살다 보면 세월이 언제 이렇게 훌쩍 흘렀나 싶죠. 세월이 흘러도 잊지 않고 찾아주시는 손님을 다시 마주할 때의 감정은 참으로 소중할 것 같습니다. 직접 대를 이어 운영해보니 가장 힘든 점은 무엇이던가요?

이종식　하나부터 열까지 다 제 손으로 해야 한다는 게 가장 힘들었습니다. 어찌 보면 당연한 건데 저희 할머님과 어머님께서는 이 모든 것을 오롯이 당신의 손으로 해내셨다는 게 다시금 대단하게 느껴졌어요. 주말에 손님이 많을 때는 300명 가까이 오시니까 말 그대로 숨 돌릴 틈도 없이 바쁩니다. 하지만 그런 순간에는 감사한 마음이 더 커서 음식 한 그릇에도 제 모든 정성을 담아냅니다.

조용식 이렇게 장사가 잘 되는 진미식당도 코로나 상황으로부터는 자유롭지 못했다고 들었습니다. 타격이 많았나요?

이종식 타격이 컸습니다. 코로나19 이후 저희 진미식당은 작년부터 저녁 장사는 하지 않고 있습니다. 저녁 장사 매출이 없으니 타격이 정말 크더군요. 게다가 요즘은 포장 손님이 많은데, 저희 비빔밥은 한 그릇씩 토렴 과정을 거치기 때문에 포장이 안 됩니다. 포장 손님을 받지 못하는 것도 매출에 큰 영향을 주고 있죠.

조용식 하루빨리 온전한 일상을 되찾아야 사장님께서도, 그리고 황등도 다시 웃음꽃이 활짝 필 텐데…… 앞으로 계획은 무엇인가요?

이종식 당장 계획은 매일 손님 식탁에 올라가는 한 그릇 한 그릇에 저희 할머님께서 처음 시작하셨던 그 맛을 유지하도록 최선을 다하는 것입니다. 올해로 90년 되었다고 말씀드렸는데 단기적으로는 100년, 그리고 다시 그만큼의 시간을 이어갈 수 있도록 노력하는 목표입니다.

머지않아 100년 세월을 품은 진미 비빔밥을 먹게 될 날을 기대해본다. 그러기 위해서는 무엇보다 코로나 상황이 빨리 종식되어야 한다는 마음이 간절해진다.

"나라가 없으면 나도 없습니다"
이석규(96세) 독립운동가

도내에 유일하게 생존하고 계신 독립운동가 이석규 선생을 만나기로 약속한 금마 서동공원 앞 한 카페에 들어서기 전까지만 해도, 내심 어르신의 건강이 염려스러웠다. 하지만 뚜벅뚜벅 걸어오시는 모습이 96세라는 연세를 믿기 힘들 만큼 정정하셨다.

당신이 있어 다행입니다

"1943년 막 광주사범에 입학해서 목욕탕을 갔는데 대여섯 명 정도 목욕을 하고 있었어요. 내가 들어갔더니 너는 누구냐 묻더군요. '나는 이석규다'라고 답했죠. 그랬더니 이번에는 '조센진이냐'고 묻더군요. 다 내 나이 또래였어요. 그렇다고 했더니 대뜸 '더러운 조센징'이라며 내 뺨을 때리더니 나가라고 소리를 질러대요. 알고 보니 일본인 전용 목욕탕이었죠. 그때가 일제강점기 말기다 보니 학교마다 말도 되지 않는 내선일체를 강요하면서, 조선 사람을 더 차별하고 감시하고 압박했어요. 그런 일을 겪고 보니 더는 참을 수가 없더군요. 그 사건을 계기로 학교에서 뜻이 맞는 친구들끼리 무등독서회를 조직해 독립운동을 펼쳤습니다. 물론 두렵기도 했죠. 무섭지 않고, 힘들지 않았다고 하면 거짓말입니다. 그런데 제일 두려운 건 나라를 영영 되찾지 못할 수도 있다는 거였어요. 그래서 더 의연하게 행동하려 애썼어요."

일제강점기 끝 무렵, 민족말살정책이 극에 달했을 때 선생은 항일 민족의식 고양에 더욱 힘썼다. 일제가 우리의 말과 글, 정신까지 빼앗고자 하던 긴박한 순간, 선생과 독서회 동지들은 우리 글로 된 책을 숨어 읽으며 민족사에 관한 탐구를 거듭했고, 제대로 된 소식을 알리기 위해 노력했다. 태평양전쟁을 일으킨 뒤 일본의 강제 징용과 물자 공출은 갈수록 심해졌다. 그럴 때마다 일제가 마지막 발악을 하는 거라고 생각했다. 해가 뜨기 직전이 가장 어두운 법.

사범학교 학생이어서 더 그랬겠지만, 우리말과 글을 지키고 알리는 것이 가장 중요한 일이라고 생각했다. 학교에서는 일본어만 가르치니 비슷한 또래 중에도 한글을 읽고 쓰는 게 서툰 이가 많았다. 시골에는 문맹인 이들도 많던 시절이었다.

어렵게 임시정부 쪽과 선이 닿아 연합군이 동남아에서 일본군을 패퇴시키며 일본 본토를 향해 진격해온다는 소식을 접하자 가만히 앉아서 일본의 패망을 기다릴 수만은 없었다. 연합군의 한반도 상륙에 발맞춰 봉기해야겠다는 생각으로 독서회 동지들과 시위를 준비하던 중, 일본 경찰에 의해 비밀 독서회 조직이 드러났다. 경찰에 잡혀가서 온몸에 성한 구석이 없을 만큼 구타와 고문을 당하고 옥살이까지 했다.

"춥고 더러운 형무소 생활이었지만 그래도 행복했습니다. 나는 믿고 있었어요. 반드시 나라를 되찾을 거라고. 내가 옥살이하는 시간만큼 광복이 빨리 찾아올 거라고 생각했어요. 1943년의 나에게 뭐라고 말해주고 싶으냐고 물었지요? 그냥 참 애썼다. 그리고 고맙다고 말해주고 싶어요. 그때로 다시 돌아간다고 해도 나는 같은 선택을 할 거예요. 그런 선택을 해준 나에게 참 고맙지요."

나라를 지키기 위해 온갖 수모를 다 겪고 옥살이까지 한 선생이지만, 몇 번이고 같은 선택을 할 거라고 했다. 선생의 말씀을 듣는 동안 가슴이 뜨거워졌다. 민족과 나라를 위해 내 한 몸을 바친다는 것, 말은 쉽게 할 수 있지만 실제로 헌신하기는 쉽지 않다. 그런데 바로 그런 역사의 산 증인이 앞에 계시는데 어찌 마음이 뜨거워지지 않겠는가.

이석규 선생께서는 해방 이후 다시 광주사범에 복학해 졸업을 했다. 이후 천직으로 여기는 교단에 서면서 익산 사람으로 지내게 되었다. 선생께서 태어나신 곳은 완주군 조촌면(현재 전주시 동산동)이었지만, 45년 교직 생활 대부분을 익산 관내의 왕궁초등학교, 왕북초등학교, 팔봉초등학교와 부안 위도초등학교 등에서 보냈다. 현재 익산시민으로 산 지는 70년이 되었다고 하신다.

선생을 모시고 함께 나온 초등학교 시절의 제자는 "선생님은 날 때부터 선생님이셨지 싶을 만큼 잘 가르치고 학생들을 아껴주신 분이었다. 역사 지식도 해박하셔서 우리들은 한국사 이야기를 듣는 재미에 빠져 시간 가는 줄 몰랐다."고 회고했다. 또 "선생님은 모든 운동을 다 잘하셨는데 특히 육상과 배구 축구 실력은 거의 프로급이었다."고 덧붙인다. 실제로 이석규 선생은 해방 이후 열린 제1회 전북육상선수권대회에서 100미터와 200미터를 석권한 바 있다.

해방된 조국에서 76번째 광복절을 맞이하는 소감을 여쭀다.

"저에게 나라는 나 자신이에요. 나라가 없으면 나도 없는 거지요. 반대로 나라가 있어야 나도 있는 것이고. 나에게는 나라가 그런 의미입니다. 그런 나라를 되찾은 그 순간, 옥중에서 독립만세를 목 놓아 외쳤던 그날이 어제처럼 생생해요. 기쁘고 또 기뻤습니다. 나와 함께 했던 내 동료들, 지금도 이름 하나하나 다 기억이 납니다. 그 친구들과 함께여서 포기하지 않고 광복을 이룰 수 있었지요. 결국 큰 뜻을 이루는 것은 큰 사람 하나가 아니라 작은 마음들이 모여서 만드는 것이라 믿습니다."

76년 전 일이지만 광복의 순간만큼은 어제처럼 생생하다는 이석규 선생은 낮지만 또렷한 음성으로 그날의 기억과 감격에 관한 말씀을 이어나갔다. 선생은 민족의식 고양을 위한 '무등독서회' 활동뿐만 아니라 대한민국 임시정부 비밀 연락원으로 활동했다. 일제의 강압 교육 정책에 맞서 군사 훈련 거부에 앞장섰고, 일본이 곧 패망할 것이니 우리 모두 희망을 잃지 말자는 전단을 광주 시내에 배포하기 위해 한밤중에 어두운 밤거리를 정신없이 뛰어다녔다.

"달리 바라는 것은 없어요. 그저 8월 15일 하루만큼은 우리의 역사를 잊지 않고 떠올려줬으면 합니다. 나라를 되찾은 순간, 독립의 의미를 마음속에 새겨줬으면 좋겠어요. 요즘 젊은이들도 많이 힘들잖습니까? 지금은 모두 각자의 자리에서 자기 일을 열심히 하는 게 나라를 위하는 것이라 생각합니다. 일본의 만행을 잊지 않고 그날을 떠올리며 자신의 자리를 묵묵히 지키는 것이야말로 애국이지요. 사람이 사람답게 살 수 있는, 나라다운 나라가 되길 바랍니다."

내가 옳다고 믿는 것을 지켜내기 위해 노력하면, 그 신념은 노력을 배신하지 않는다는 말씀을 가슴 깊이 간직하며, 선생이 더 오래 건강한 모습으로 후손들이 살아가는 모습을 지켜보길 기원했다.

대한민국 정부에서는 2010년 선생의 독립운동 공훈을 기려 대통령 훈장을 수여했고, 2018년에는 청와대의 독립유공자 초청 행사에서 유공자 대표로 문재인 대통령께 감사 인사를 했다. 이석규 선생과 같은 어르신이 계시기에 우리가 오늘, 여기, 이만큼이라도 와 있는 것이다.

"저희도 똑같은 이웃입니다"
류다인(35세) 다문화 이주여성

류다인 씨는 한국에 온 지 11년이 되었다. 중국에서 간호대학까지 마쳤지만 한국의 학력 인정 과정은 쉽지 않았다. 결국 초등학교 검정고시부터 다시 시작해 중등, 고등 검정고시까지 모두 통과하고 지금은 호원대학교 1학년에 재학 중이다. 배움의 과정은 길고 힘들었지만, 우리 아이들을 가르치기 위해 내가 먼저 알아야겠다고 생각해서 내린 결단이었다. 그녀의 유창한 한국어 실력은 그동안의 노력을 짐작하게 해주었다.

조용식 원래 고향은 어디신가요?

류다인 중국 지린성이에요. 그쪽에서 왔다고 하면 조선족이라고 생각하는 분들이 많은데 조선족은 아니고 한족입니다.

조용식 한국어 배우랴 아이들 키우랴 바쁘셨겠습니다. 저는 현재 우리 사회의 긍정적인 변화에 이주여성과 다문화 가정이 기여하는 바가 크다고 생각

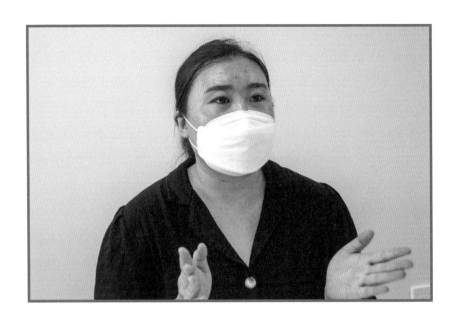

합니다. 중국 문화 속에서 성장하신 분들이 한국에 오셔서 중국 문화의 장점을 한국 사회에 널리 알려주시고, 또 한국과 중국 사이의 민간 가교 역할을 해주시길 기대합니다. 제가 서울경찰청 차장으로 있을 때 서울경찰청과 북경경찰청이 자매결연을 해서 서로 교류를 하느라 자주 중국에 다녀왔습니다. 중국의 비약적인 발전을 보면서 많은 생각을 했습니다. 아시아의 저력이랄까, 그런 것도 많이 느꼈죠. 전북청장 할 때는 도내 다문화 지원 센터도 많이 다녔습니다. 각국에서 오신 분들이 한국 사회의 일원으로 자리 잡고 있는 모습을 보면서, 더 활기차고 더 다채로운 우리 사회의 미래를 자주 상상했습니다. 현재는 무슨 일을 하고 계시나요?

류다인 글로벌문화관에서 근무하고 있어요. 글로벌문화관은 중국, 베트남, 필리핀과 유럽 각국 등 세계 11개 나라의 문화에 대한 다양한 전시를 기획해서 익산시민들에게 세계 문화를 체험하는 공간으로 구성됩니다. 전통 인형, 가면, 혼례복, 체험 놀이 같은 프로그램을 기획하고 있습니다. 2달 뒤에 개관할 예정이라 지금 바쁜 하루하루를 보내고 있습니다.

조용식 정말 의미 있는 일을 하십니다. 익산은 예로부터 교통의 도시, 문화가 교차하는 도시였는데 우리 익산시를 더욱 빛나게 해주는 공간이 될 것 같습니다. 한국어가 정말 유창하셔서 일하시는 데 전혀 어려움이 없으실 것 같아요. 한국어를 처음 배울 때 힘든 점은 없었나요?

류다인 한국어를 처음 배울 때 선생님들께서 다 친절하고 주변 분들도 많이 도와주셔서 그리 어렵지 않았습니다. 지금 생각해보면 오히려 그때가 한국어 배우는 환경은 더 좋았다는 생각이 들어요. 10년 전에 제가 처음 한국에 왔을 때는 한국어 교실도 많았고 선생님들도 많았어요. 그런데 지금은 다문화센터도 규모가 작아지고, 한국어 공부하는 곳과 선생님이 근무하는 곳이 나뉘어져 있어서 불편해졌어요. 그러다 보니 한국어를 배우러 오는 학생 수도 줄었어요. 다문화 가정은 늘어나는데, 지원은 오히려 줄어드는 것 같아 아쉬워요.

조용식 현재 한국어를 배우려는 이주여성들은 불편함이 크겠군요. 혹시 이주여성들끼리 만나는 모임이 있나요?

류다인 센터에서 하는 자조 모임(Support group)이 있어요. 한 달에 한 번, 출신 국가별로 모여서 주로 봉사활동을 해요. 요양원 가서 어르신들께 책도 읽어드리고 노래도 들려드리고 춤도 추는 활동을 했어요. 한 달에 한 번은 꼭 했는데, 지금은 코로나 때문에 못하고 있어서 너무 아쉬워요.

조용식 현재 전라북도의 다문화 가정 수는 11,000여 가정, 익산시에만 2,000여 다문화 가정이 존재합니다. 이렇게 많은 다문화 가정이 존재하는 속에서 다문화 가정의 구성원으로서 살아가는 데 어떠한 어려움이 있으신가요?

류다인 가장 참기 힘든 건 편견이에요. 저희를 향한 편견에 맞서서 인식을 바꿔보려고 시위도 한 적이 있어요. 어떤 사람들은 뭐가 문제냐, 그런 걸로 시위까지 하느냐고 해요. 더 많은 혜택을 받으려고 시위하는 거 아니냐, 지금도 얼마나 많은 혜택을 주고 있는데 지금 받는 것에 감사할 줄 알아야지 무슨 시위를 하느냐고도 하죠. 그런 말들이 정말 가슴 아파요. 저희가 원하는 건 그저 편견 없이, 차별 없이 있는 그대로 한국인으로서 저희를 바라봐 주는 거예요.

모국을 떠나 낯선 땅에서 살아가는 게 얼마나 힘든 일이겠는가. 그럼에도 담담하게 이야기를 해나가는 류다인 씨의 모습이 참 의연해보였다.

다문화 가정은 더 이상 우리 사회의 타자가 아니라 이웃이다. 우리 공동체의 일원이므로 충분한 지원과 혜택을 누릴 권리가 있다. 그들을 경계하거나 시혜를 베푼다는 식의 시각은 버려야 한다. 코로나19로 인해 주춤하고 있지만, 앞으로 국제 교류는 더욱 증가할 수밖에 없고, 우리 국민들도 이국땅에 가서 자리를 잡는 경우도 더 늘어날 것이다.

단일 민족이란 자부심을 오래 품고 살아왔던 입장에서는 현재의 급격한 변화를 선뜻 받아들이기 힘들 수도 있다. 하지만 글로벌시대에는 지구촌의 모든 사람들이 똑같다는 공동체 의식을 가져야 한다. 게다가 선진국의 반열에 올라섰으니 우리도 이제는 이웃들에게 너른 품을 보여주어야 한다.

이주민들의 정착을 위한 초기 지원은 더욱 확대되어야 하고, 다문화시대를 스스럼없이 받아들일 수 있도록 다문화 체험 기회도 더 많아져야 한다. 이웃이 늘어난다는 건 우리 동네가 커지고 활기를 되찾는 일이다. 이웃사촌이 많은 '행복한 익산'을 생각해본다.

"명절이면 고향이 더 그리워요"
김나윤(31세), 시라왓위라완(43세), 라이니타(35세) 다문화 이주여성

캄보디아에서 온 김나윤 씨는 11년째, 태국에서 온 시라왓위라완 씨는 19년째, 네팔에서 온 라이니타 씨는 10년째 한국에서 살고 있다. 세 분은 현재 익산시 다문화 이주민 플러스센터에서 통역과 번역을 하고 있다.

처음 한국에 왔을 때는 언어 때문에 애를 먹었다. 분명 같은 단어인데 뜻이 다르고, 어려운 받침들 탓에 듣고 읽고 쓰는 모든 게 어려웠다. 언어를 모르니 소통이 안 되었다. 답답했고 힘들었다. 하지만 아이들을 가르쳐야 해서 이 악

물고 배웠다.

코로나로 인해 모국에 가지 못한 지 오래되었다. 마음 한구석에는 고향의 가족에 대한 그리움이 늘 자리한다. 그래도 아이들 키우랴 일하랴 삶에 치여 바쁘다니 보니 그리움은 잠시 접어두게 된다. 하지만 온가족이 모이는 명절 때면 가족에 대한 그리움은 더욱 짙어진다. 네팔은 10월, 태국은 4월, 캄보디아도 4월이 명절이다. 명절 음식은 달라도 가족끼리 둘러앉아 정성껏 만든 음식을 먹는 건 만국 공통이다. 그래서 한국의 명절이 돌아올 때면 더욱 고국 생각에 눈가가 시려 온다.

익산만 해도 다문화 가정이 2,000여 가구가 넘지만 아직까지도 편견이 심하다. 그 편견의 시선에 마음을 베인 적이 한두 번이 아니다. 그래도 본인들은 괜찮다. 하지만 자녀가 받은 상처를 생각하면 마음이 천 갈래 만 갈래로 찢어진다. 또래 관계에 예민한 시기에 친구들과 다른 외모와 피부 색깔 때문에 자신의 아이들이 놀림을 받으면 세상이 미워진다. 아이 눈에 맺힌 눈물 한 방울이 그들의 마음에는 홍수가 되어 몰아친다.

다문화 이주여성의 정착을 지원하는 제도들이 있지만 여전히 부족하다. 다문화 가정 방문을 통한 교육은 10개월, 부모 교육은 1년이지만 수십 년을 타국에서 살아온 이들에게 한국의 문화를 온전히 배우고 익히기에는 턱없이 부족한 시간이다. 다문화 가정도 한부모 가정이 많다고 한다. 남편과 함께여도 적응하기 벅찬 낯선 땅에서 이주여성이 홀로서기란 여간 힘든 일이 아니다. 하지만 이런 부분에 대한 관심과 지원은 아직 미비하다.

이들이 바라는 건 아주 사소한 것들이다. 그런 사소한 것 하나하나가 잘 개선되지 않는 게 현실이다. 이들은 입을 모아 말한다. 있는 그대로의 우리를 인정해주고 품어달라고. 많은 걸 바라는 게 아니다. 다문화 가정도 평범한 우리 이웃이고, 자식 사랑밖에 모르는 어머니이다. 따지고 보면 사람은 모두 다르다. 같은 나라에서 태어났어도 얼굴도, 나이도, 성격도, 모두 다르다. 다름을 받아들이는 것은 우리 사회가 더 성숙한 사회로 나아가기 위해 꼭 거쳐야 하는 관문이다. 다른 것은 이상한 것도, 불편한 것도 아니다. 우리 사회를 더 다채롭고 풍요롭게 만들어주는, 우리가 함께 해야 하는 미래인 것이다.

"우리는 본래 같은 뿌리잖아요"
김주영(49세) 북한 이탈 주민

새터민 입국은 2000년대 들어 지속적으로 증가해서 2003년~2011년에는 연간 입국 인원이 2,000명~3,000명에 이르렀다. 2012년 이후 연간 평균 1,300명대로 감소했고 2020년에는 229명이 입국했다. 현재 익산에 거주하고 있는 새터민은 72명. 그중 한 사람인 김주영 씨는 평안남도가 고향이다. 대한민국에 정착한 지는 올해로 10년째. 지인의 소개로 자리를 잡은 익산에서 오늘도 새로운 미래를 가꿔가고 있다.

처음 대한민국 땅을 디뎠던 날은 아직도 김주영 씨의 기억 속에 선명하다.

나를 위해 울어주지 않았던 고향이지만, 그래도 떠나기로 마음먹기까지 숱한 어려움이 있었다. 하지만 지금의 삶에 너무나 만족한다. 사랑하는 아들과 딸이 자신이 하고 싶은 걸 마음껏 누리는 모습을 볼 때면 자신의 선택에 감사함을 느끼곤 한다.

적응에 어려움은 없었냐는 물음에 김주영 씨는 옅은 미소를 지어보였다. 같은 민족인데 무엇이 어렵겠냐고 했다. 말투가 이상하다고 색안경을 쓰고 보는 사람도 없었다. 그저 조금 먼 지역의 방언일 뿐. 우리의 뿌리는 하나가 아니던가. 김주영 씨는 우리의 힘을 믿었다.

문화와 언어, 그 무엇도 김주영 씨의 선택에 걸림돌이 되지는 않았다. 가장 힘든 것은 역시 먹고사는 문제, 일자리였다. 다른 바라는 건 아무것도 없다. 그저 먹고사는 일만큼은 걱정이 없으면 좋겠다는 게 유일한 바람이다. 김주영 씨는 말을 아꼈다. 모든 걸 다 알 수는 없었지만, 중간 중간 무거운 침묵이 그녀의 말을 대신했다.

김주영 씨와 인터뷰를 마치고 우연히 읽은 탈북민 최명선 씨의 수기가 떠올랐다. 그 속에 최명선 씨가 쓴 시 한 편이 있었다.

> 폭풍 속, 이유 없는 바람에 흔들리다가
> 문득 부러진 나무,
> 만질 수도 되돌릴 수도 없는 너의 아픔을
> 알듯 싶다. 속살을 드러내고 울어야 했던 그 슬픔의 무게
> 부러져 나간 가지들과 함께 여기저기 흩어지는
> 흩어져 버리는 몸부림까지.
> 이제 과거를 믿지 않는 나무는
> 아픈 몸짓과 떠나 있을 것이다.
>
> **─최명선, 「나무」**

폭풍 속에서 흔들리다 부러진 나무, 속살을 드러내고 울어야 했던 세월이 아프게 느껴지는 작품이다. 김주영 씨가 겪어야 했던 아픔과 슬픔은 이제 영영 떠나갔으면 좋겠다. 더는 아프지도, 더는 흔들리지도 않게 멀리 멀리.

"우리에게 세상은 아직 위험지대입니다"

신용(54세) 익산시 장애인연합회 회장

신용 회장은 후천적 장애를 얻은 지 25년 정도 되었다. 예기치 못한 사고였다. 그날 이후, 그는 휠체어와 모든 순간을 함께하고 있다. 현재 익산시 장애인연합회 회장으로서 장애인의 권익 신장을 위해 열심히 노력하고 있다.

"익산은 장애인이 살기에 적합한 도시가 아닙니다. 전동 휠체어를 타고 다니다 마주하는 길은 곳곳이 울퉁불퉁하고 휠체어 진입 자체가 불가능한 곳도 많습니다. 도로 이동권의 편차가 정말 심합니다. 조금만 낮은 턱이 있어도 올

라갈 수가 없습니다. 엘리베이터만 해도 턱이 있으면 탈 수가 없어요. 그럴 때면 답답하기도 하고 세상이 원망스럽기도 합니다. 예전에 비하면 도로도 많이 좋아지고 장애인 이동권 보장을 위해 노력하고 있는 게 느껴지긴 합니다만, 여전히 우리에게 세상은 위험지대입니다."

신용 회장의 이마에 난 멍 자국이 눈에 띄었다. 엊그제 휠체어를 타고 이동하다가 낮은 턱에 걸려 넘어진 상처란다. 자주 있는 일이라고 한다. 그럴 때마다 마음 깊숙이 더 시퍼런 멍이 든단다. 비장애인에게는 아주 별것 아닌 낮은 턱이지만, 그들에게는 한없이 높은 산이다.

"가장 필요한 것은 관심입니다. 비장애인들의 눈에는 잘 보이지 않는 장애인의 세상에 관심을 주신다면 좀 더 살기 좋은 사회가 되리라 믿습니다. 정치, 문화, 경제 어떤 분야에서든 우리는 출발이 늦을 수밖에 없습니다. 그래서 수평적 제도의 필요성을 절실하게 느낍니다. 평등과 배려를 외치며 똑같은 출발선을 마련해줍니다. 그런데 똑같은 출발선은 저희에겐 평등이 아니라 차별입니다."

당신이 있어 다행입니다

"익산시 장애인연합회 회장으로서 장애인의 인권과 적극적인 사회 활동을 위해 노력하고 있습니다. 가장 기억에 남는 순간은 이번 패럴림픽입니다. 국가대표 육성 활동을 통해 한 선수가 도쿄 패럴림픽에서 탁구 은메달을 획득했습니다. 은메달을 획득하는 순간, 그 선수가 겪어야 했던 수많은 고뇌와 아픔의 시간이 먼저 떠올랐습니다. 더 많은 장애인들이 세상 밖으로 나와서 함께 웃을 수 있는 사회가 되었으면 좋겠어요."

익산에는 2만여 명의 장애인이 있다. 익산 인구의 7%에 달한다. 그런데 거리에서 장애인을 마주친 기억이 별로 없다. 왜일까?

어떤 책에 이런 이야기가 나온다. 우리나라에 장애인이 많이 보이지 않는 이유는 그들이 밖에 잘 나오지 않아서라고. 그들에게 집 밖은 무수한 위험이 도사리고 있는 곳이기 때문이다. 미국에는 건물마다 장애인이 이용하기 쉽도록 장애인 전용 통로를 마련해둔다. 장애인을 위해 건물의 구조를 바꾼 곳도 있다고 한다.

평등한 세상을 위한 변화를 지체하지 말자. 장애인이 편한 세상, 그것이 모두가 편한 세상이다.

"아이들을 보면서 배우고 또 배워요"
노선화(47세) 제일유치원 원장

노선화 원장은 막내로 자라서 자신보다 어린아이를 접할 기회가 없었다. 그래서 유아교육과에 다니면서도 내가 잘할 수 있을까 하는 두려움이 늘 있었다.

처음 실습을 나간 날, 아직 부족한 자신을 반겨주는 아이들을 만났다. 그 아이들의 맑은 눈동자를 바라보며 이 아이들과 평생을 함께하리라 다짐했다. 그런 다짐을 하고 어느새 25년이 지났다. 지금은 아이들 눈만 봐도 무슨 생각을 하는지 다 아는 베테랑이 되었다.

"유치원과 어린이집을 많이들 혼동하세요. 가장 큰 차이는 원생들의 나이 죠. 유치원은 5세부터 7세까지의 아이들이 다닐 수 있고, 어린이집은 0세부터 7세까지 다닐 수 있어요. 어린이집은 연령이 낮다보니 아무래도 보육의 느낌이 조금 더 강하죠. 지원 시스템도 달라요. 어린이집은 시에서 담당하지만 유치원은 교육청 담당이에요."

"공립 유치원과 사립 유치원의 차이라면 가장 큰 게 운영 방식이죠. 공립은 나라에서 운영하고 사립은 개인이 운영합니다. 공립 유치원은 국가에서 지원금이 100% 나오지만, 사립 유치원은 부모님께서 일정 금액을 부담하셔야 해요. 때문에 학부모님들은 공립 유치원에 많이 보내려고 하시죠. 그런 부분이 많이 속상합니다. 사립 유치원과 공립 유치원이 교육의 질적인 부분에서 경쟁이 이루어져야만 발전할 수 있다고 생각해요. 그런데 현실은 공립 유치원과 사립 유치원의 출발선부터 다릅니다. 사립 유치원에도 공립 유치원과 같은 지원이 이루어진다면 학부모님들 선택의 폭도 넓어지고 교육의 질도 높아질 수 있다고 생각해요."

"코로나19가 발생한 작년 상황을 되돌아보면 아직도 많이 착잡합니다. 처음 겪는 팬데믹이다 보니 주변에서 확진자가 한 명만 나와도 아이들을 안 보내는 학부모님들이 많으셨죠. 유치원 문을 한 달간 닫기도 했어요. 유치원 문을 닫아도 선생님들 봉급은 그대로 나가기 때문에 운영 면에서 타격이 컸습니다. 한 달 동안 유치원 문을 닫는다고 해서 아예 휴원할 수는 없어요, 어쩔 수 없는 상황이라 돌봄이 필요한 아이들도 분명 있어서 긴급 돌봄을 진행하기도 했죠. 여러 가지로 처음 겪는 일이기에 더욱 혼란스럽기도 하고 많이 힘이 들었습니다."

"가장 보람을 느끼는 순간은 우리 아이들이 성장하는 모습을 보일 때인 것 같아요. 아이들 성향은 제각각이에요. 아이들은 7세 정도만 되면 많이 성숙해지고 똑똑해지고 자기 의사 표현도 더 확실해집니다. 그런데 유독 자신감이

없는 아이가 있었는데, 저랑 같이 이야기를 하고 하나씩 하나씩 과정을 거치면서 점점 자신감을 얻는 모습을 보면 그렇게 행복할 수가 없었어요. 어떤 때는 뭔가 어려움을 겪다가 '원장님 말대로 했더니 진짜 됐어요!'를 이렇게 말해요. 그러면 우리 아이가 한 뼘 더 성장했다는 생각이 들어서 큰 보람을 느끼죠. 제가 가르쳤던 제자가 유치원 교사가 되어 찾아온 적도 있어요. 그때의 감정은 정말 말로는 표현할 수 없었습니다. 그 자그맣던 아이가 어느새 유치원 교사가 되어 왔으니 감정이 묘하더군요. 제 기억 속에는 아직도 짹짹거리는 어린아이로 남아있는데 말이죠."

"저는 아이들을 매일 만나기 때문에 익산 인구 감소를 피부로 느끼고 있어요. 저희 유치원만 해도 정원이 80명인데, 지금은 54~55명 정도예요. 주변 유치원들도 정원을 못 채우는 곳이 태반이에요. 익산에 유치원이 30개가 훨씬 넘었는데, 지금은 23개 정도 있어요. 아이들이 없어서 폐원을 한 거죠. 점점 아이들이 줄어들다가 최근 2~3년 사이에 많이 줄어들었어요. 입학하는 아이들 자체가 줄어들기도 했지만, 이사 가는 아이들도 정말 많아요. 어디로 가나

봤더니 인천, 경기도, 서울 등 위쪽으로 가더군요. 아니면 전주로 떠나기도 하고요. 익산에는 일자리도 많이 없고, 자영업하시는 학부모님들은 익산에서 장사하기가 쉽지 않으니 떠나시는 거죠. 이런 현실을 조금이나마 해결하기 위해 무상교육으로 갔으면 좋겠어요. 인구 유출이 심각한 상황에서 익산만의 메리트가 필요하다고 봅니다. 사립 유치원도 공립 유치원처럼 무상으로 교육을 지원한다면, 학부모님들께서도 익산을 떠나지 않고 계시지 않을까 하는 생각을 많이 합니다. 현재 충청도에서 단계적으로 무상교육을 시행하고 있다고 해요. 처음에는 7세부터 유치원 무상교육을 지원하고 그다음에는 6세, 5세, 이런 순서로요. 전라북도에서는 저희 익산이 가장 먼저 이런 변화를 선도해서 아이들이 더 살기 좋은 익산이 되었으면 좋겠어요."

노선화 원장의 진실한 눈빛에는 아이들을 향한 사랑이 가득했다. 그에게 아이들은 스승이다. 25년째 매일 만나는 아이들에게서 오늘도 배우고 또 배우고 있다.

"어린아이의 눈과 마음으로 바라본 세상"
이윤구(73세) 동화작가

이윤구 작가는 고등학교 2학년 때 창작문학동인회 활동을 하면서 문학에 깊이 빠져들었다. 이후 교단에서 아이들을 가르치며 늘 만나는 아이들의 얼굴과 환경에서 문학적 영감을 얻어 동화작가가 되었다.

"동화는 제가 교단에서 아이들과 마주하다 얻게 된 보물입니다. 어린아이의 눈과 마음으로 바라본 세상을 이야기하는 동화는 어른들에게도 울림을 준다고 생각합니다."

"글을 잘 쓰는 방법은 따로 없다고 봅니다. 그래도 굳이 찾아본다면 다독, 다작, 다상량, 이 세 가지가 중요하겠죠. 좋은 글은 다양한 경험에서 나오기 때문에 경험을 많이 해보는 것도 중요합니다. 좋은 경험이든 나쁜 경험이든 사람은 경험을 통해 성장합니다. 여행도 많이 다니고 해보지 않은 일도 많이 해봤으면 좋겠어요."

"가장 애착이 가는 작품은 「개구리 울음소리」입니다. 장애 인식 개선을 주제로 한 작품인데, 낚시터에서 주인의 아들이 지닌 장애를 저수지에 띄운 낚싯줄을 이용해 저수지 밑 용왕에게 전달한다는 내용이에요. 아이가 가진 세 가지 장애는 물속에서는 전혀 문제가 되지 않습니다. 그걸 통해 장애를 바라보는 시각을 개선하고 싶었어요."

"동화작가로서 가장 보람을 느끼는 순간은 제 작품을 아이들이 재미있게 읽어줄 때죠. 그것보다 행복한 일은 없을 겁니다. 아이들이 이 부분이 재밌다, 이 이야기가 더 궁금하다, 그런 말을 해줄 때면 제가 동화작가로 살고 있다는 게 생생하게 느껴집니다. 제가 동화를 통해 전달하고자 하는 메시지를 아이들이 알아내고 받아들일 때 정말 큰 보람을 느낍니다."

"요즘 아이들은 미디어의 발달로 인해 책을 많이 읽지 않는 편입니다. 이건

어른들이 걱정할 만큼 큰일은 아니라고 생각해요. 언제나 세상은 변하게 되어 있고 인간은 그런 변화에 적응하면서 살아가게 되어 있습니다. 어떤 매체든, 그게 설령 책이 아니어도 작가의 의도가 전달되면 족하다고 봅니다."

"동화작가로서 늘 하고 있는 생각이 있습니다. 아이들에게 모험심과 궁금증과 성취감을 심어줘야 한다는 것입니다. 지금 아이들은 예전보다는 발전된 세상에 살고 있지만, 그렇다고 더 행복한 세상을 살고 있다고 볼 수 있을까요? 지금 아이들은 그 작은 얼굴에 마스크 쓰지 않고는 외출을 할 수 없는 세상에 살고 있습니다. 그런 아이들에게 동화를 통해 새로운 세상을 보여주고 싶어요. 동화라는 상상력을 통해 더 넓은 세상을 꿈꿀 수 있도록 해주고 싶습니다."

"나이가 들수록 더 좋은 동화를 쓸 것 같다는 착각 아닌 착각 속에 살고 있습니다. 나이가 들어도 멋진 이야기를 끄집어낼 수 있도록 동심의 눈으로 하루하루를 살아가려고 합니다. 제가 쓴 동화가 익산의 아이들과 시민들에게 작은 기쁨이라도 선사했으면 좋겠습니다."

"아이들은 스펀지 같은 존재예요"
강용구(70세) 전 영등 청솔학원 원장

강용구 원장은 대학을 졸업하고 사업을 시작했다. 플라스틱 사업과 무역 사업을 15년 정도 하다 과로와 스트레스로 어느 날 갑자기 쓰러졌다. 3년의 투병 생활을 겪고 나니 모든 게 원점으로 돌아가 있었다. 그때 결심했다. 내가 좋아하는 일을 하자. 그렇게 학원업에 뛰어들어 아이들과 20년을 함께 해왔다. 아이들과 함께하는 시간이 좋았기에 지금은 학교에서 봉사 활동 및 강연을 하며 여전히 아이들과 함께하고 있다.

"학원 일은 정직한 자세로 원칙을 지키며 일할 때 성공할 수 있는 직업이

라는 생각을 늘 했습니다. 그래서 20년 동안 많은 아이들과 함께 할 수 있었던 것 같습니다. 제가 처음 이 일을 시작할 때는 대형 학원이 성행했어요. 우리 학원만 해도 아이들이 많을 때는 1,000명까지 있었어요. 그런데 10년 전부터 대형 학원계가 어려워지기 시작했어요. 현재 익산에 대형 학원은 하나도 없습니다. 다 문을 닫았죠. 지금 익산 학원계는 거의 가내 수공업 수준이에요. 생업적 차원의 학원들이죠. 익산에는 이른바 일타강사가 없어요. 익산에 아이들이 없다 보니 소득 보장이 안 되고, 그러니 좋은 강사진을 구성하기 어렵고, 그러니 익산 학원계가 어려워져서 점점 쇠퇴하고 있습니다.

"현재 익산의 교육 환경은 참혹할 수준입니다. 교육 환경 수준을 대학 진학률로 표시하는 게 적당하지는 않지만, 어쨌든 수치화할 수 있는 지표를 기준으로 한다면, 1980년대에는 서울대만 수십 명씩 갔어요. 그런데 지금은 익산 전체에서 한두 명 갈까 말까 합니다. 이런 상황에서 교육 환경 수준을 말하는 것 자체가 부끄럽죠. 왜 이런 상황이 되었을까 생각해보면 가장 큰 원인은 인구 유출입니다. 익산의 인구 유출이 점점 심각한 수준이 되다 보니 좋은 강사진도 점점 없어지고 그에 따라 교육 환경도 낙후되고 있는 상황입니다. 그런데 이것보다 더 본질적인 건 교육의 방향 자체가 잘못되었다는 겁니다."

"20여 년을 학원업계에 종사하면서 느낀 점은 아이들은 저마다 잘하는 게 한 가지씩은 있다는 겁니다. 그런데 우리나라의 교육 현실은 어떻습니까. 모든 걸 성적으로만 환산하고 성적이 나쁘면 존중받지 못합니다. 아이가 다른 재능이 있어도 그 아이를 평가하는 지표는 오직 성적뿐입니다. 저는 이런 현실이 너무나 안타깝습니다. 아이들이 잘하는 것을 몰라주는 현실도 안타깝고, 모두에게 같은 능력만 요구하는 것도 안타까워요. 저는 우리나라 교육이 아이들이 잘하는 것, 잘할 수 있는 걸 제대로 찾아주는 길로 가야 한다고 봅니다. 그러기 위해서 선행되어야 하는 게 자기인식입니다."

"내가 무엇을 좋아하는지, 나는 어떤 사람인지를 아는 것부터가 기본입니다. 그런데 요즘 아이들은 그런 과정 없이 주입식 교육만 받고 있으니 공부에 흥미를 잃기 쉬운 거죠. 지금 아이들은 초등학생 때부터 진로 탐색을 합니다. 이게 말도 안 되는 일입니다. 내가 무얼 좋아하는지, 무얼 잘하는지도 모르면서 진로부터 정하는 건 대단히 잘못된 거죠. 이 아이들이 성인이 되어 직업을 선택할 때쯤이면, 지금보다 훨씬 다양하고 새로운 직업이 많을 겁니다. 그러니 당장 진로 탐색보다는 아이들이 자신에 대한 인식을 제대로 할 수 있도록 진로 교육이 바뀌어야 합니다."

"이때 활용해야 하는 게 다중지능입니다. 다중지능은 가드너 박사의 이론인데, 총 8가지로 지능을 나눠서 설명합니다. 언어, 공간, 신체 운동에 자기 이해와 대인관계 등도 지능으로 설명합니다. 이런 게 모두 지능이라는 거죠. 이런 다중지능을 검사해서 진로 지도를 해야 합니다. 아이들은 저마다 흥미와 특성이 다릅니다. 이 검사를 통해 아이들에게 내가 뭘 잘하고 뭘 좋아하는지를 알게 해줘야 합니다. 이 검사를 해보면 겉으로 드러나지 않은 능력을 지닌 아이들이 정말 많아요. 그 아이들이 자신의 잠재력을 계발할 수 있도록 우리 교육이 바뀌어야 합니다."

강용구 원장의 이야기는 연신 고개를 끄덕이게 만들었다. 예전보다 많이 나아졌다고는 하지만 여전히 우리나라는 주입식 교육과 학벌 위주의 사회다. 이런 환경을 바꾸기 위해서는 강 원장님의 말처럼 국가적 차원의 노력이 필요하다. 공부만이 아니라 예체능, 토론, 콘텐츠 제작 등 다양한 분야에서 아이들이 각자의 재능을 적극적으로 드러낼 기회를 주는 것, 성적순에 몰두하기보다는 아이들 개개인에 집중할 수 있는 시대정신에 부합하는 교육 환경이 무엇보다 필요하다.

"제가 20년 동안 지켜본 아이들은 스펀지 같아서 주변 환경을 그대로 받아들이며 성장합니다."

스펀지 같은 아이들의 잠재성. 아이들은 성장할 수 있는 환경을 만들어주면 스스로 흡수하며 스스로 성장한다. 이기적 목적을 가지고 대하면 오히려 목적과는 더 멀어지는 게 아이들이다. 우리 아이들이 존재 그 자체로 존중받을 수 있는 터전이 곧 마련되기를 기대해본다.

"예술이 살아야 경제도 살아납니다"
유은철(85세) 문인화가

남사 유은철 선생은 미대를 나오지 않았지만 어린 시절부터 그림에 소질이 있었다. 1982년 제1회 대한민국미술대전에서 입선을 한 뒤부터 본격적으로 문인화가의 길을 걷기 시작했다.

가까이에서 본 선생의 작품은 한없이 평화롭고 아름다웠다. 순간의 모습을 그린 평면 속에 이토록 힘찬 날갯짓을 느낄 수 있다는 게 놀라웠다. 그림 속에는 선생의 단단하고도 평화로운 내면이 고스란히 숨 쉬고 있었다. 문인화를 택한 이유와 이처럼 아름다운 그림의 비결을 묻지 않을 수 없었다.

"문인화는 순수한 문인이 그린 그림을 말합니다. 전문적인 화가가 아닌 사대부 층이 그린 그림이죠. 문인화의 주제가 되는 대상은 주로 곤충, 동물 등과 같은 자연입니다. 저 역시도 자연에서 주로 영감을 얻습니다. 문인화를 선택한 이유는 자연이나 일상 풍속을 가식 없이 담아내는 게 좋았기 때문입니다. 자연은 거짓이 없고 평화로우며 아름답죠. 제가 작품에서 가장 중요하게 생각하는 게 자연스러움입니다. 의식적 조작이나 모방 없이 그 자체의 모습을 나타내는 것이 진정한 예술이라고 생각합니다. 화가의 길로 들어선 지 40년이 넘었지만 그림은 늘 어렵습니다. 그림을 그리기 위해 사진도 찍고 데생도 여러 차례 합니다. 가장 중요한 건 심도 있는 관찰과 연구예요. 그림에 있어서 '적당히'는 없습니다. 새의 깃털 하나도 내가 생각한 것과 다르면 그 그림은 완성된 그림이 아닙니다. 솜털 하나까지 세세하고 진정성 있게 표현해야 합니다."

선생의 이야기를 듣다 보니 좋은 작품을 감상하는 법과 좋은 작품이란 무엇인지 문득 궁금해졌다.

"작품을 감상하는 방법이 따로 있지는 않습니다. 어떤 기준이나 점수를 가지고 바라보는 게 아니라고 생각합니다. 가장 좋은 작품은 내 마음에 드는 작품이에요. 구도가 어떤지, 명암이 어떤지, 이런 것들은 작품을 감상하는 기준이 될 수 없습니다. 내 마음에 울림을 주는 작품이 더없이 좋은 작품이지요."

서울부터 부산까지 국내는 물론이고 일본과 호주 등 해외에서까지 전시를 한 바 있는 유은철 선생에게 가장 기억에 남는 전시를 여쭈었다.

"1986년 제7회 국제 선면전이 저의 첫 전시였죠. 아주 오래전 일이지만 첫 전시는 아직도 기억에 남아있습니다. 이후 꾸준히 전시 활동을 했습니다. 가장 기억에 남는 전시는 2012년 호주 시드니의 디보트갤러리에서 연 개인전입니다. 그 전시가 기억에 남는 건 여러 이유가 있습니다만, 우선 수없이 많은 관람객이 왔기 때문입니다. 한국에서도 여러 번 전시를 했지만, 예전에는 문화생활이 지금처럼 널리 보급되지 않아서 전시장에 그리 많은 관람객이 오지 않았습니다. 그런데 2012년 전시 때 호주라는 먼 땅에서 낯선 한국인이 전시

를 했는데 셀 수 없이 많은 분들이 오더군요. 정말 크게 놀랐습니다. 또 다른 이유는 파격적인 시도를 했기 때문입니다. 그림에 사인을 하지 않으면 그 그림은 가치가 없습니다. 그래서 늘 그림에 '남사'라고 한문으로 쓰인 낙관을 찍곤 했는데, 외국 분들은 한문으로 찍힌 낙관을 보고 이 글자가 일본어인지 중국어인지 알지 못했죠. 그래서 한글로 '남사'라고 적었습니다. 당시로는 파격적인 시도였죠. 그 덕에 더 많은 이들이 제 작품을 보러 왔습니다. 그곳 지역 신문에 실리기도 했어요. 이런 시도를 할 수 있었던 배경에는 저희 아들이 있었습니다. 고민을 하는 과정에 아들이 그런 말을 하더군요. '아버지, 피카소가 그림에 도장 찍는 것 보셨습니까?'라고요. 그 말에 크게 웃으며 바로 '남사'라고 한글로 적었습니다."

마지막으로 유은철 선생의 바람을 여쭤보았다.

"그림의 길은 참 어렵습니다. 무엇보다 그림만 팔아서는 생계유지가 힘듭니다. 고정적인 수입도 없고. 그러다 보니 미술 하시는 분들이 대체로 어려움을 겪고 있습니다. 하지만 그림은 우리 삶에서 정말 중요합니다. 풍요로운 사회가 되기 위해서는 예술이 활성화되어야 합니다. 루브르박물관에는 매년 1,000만 명의 관람객이 방문합니다. 루브르박물관을 관람하기 위해 전 세계에서 그렇게 많은 관람객이 모여드는 겁니다. 예술은 관광과도 뗄 수 없는 관계입니다. 경제적으로 부강해지기 위해서도 예술은 필수적입니다. 많은 이들이 왕래하는 장소에 종합예술관을 건립해서 익산의 예술계와 예술인들이 함께 상생했으면 좋겠습니다."

"아름다운 걸 보면 생각이 아름다워져요"
신주연(55세) W미술관 관장

W미술관은 2008년에 개관한 익산 유일의 사립 미술관이다. W미술관은 작은 갤러리로 시작했다. 지금은 익산 최초의 1종 인증 미술관이 되었다. 당당히 익산의 첫 미술관으로 자리 잡은 것이다.

신주연 관장은 익산 토박이다. 언니는 서양화를 전공했고 여동생은 동양화를 전공했으며 남편은 조각을 전공했다. 그 틈에서 신주연 관장도 자연스럽게 미술에 관심이 갔고, 그 이후로 단 한순간도 그림을 손에서 놓아본 적이 없다. 그러면서 생각했다. 많은 이들과 함께 미술작품을 감상할 수 있는 공간을 만들고 싶다고. W미술관은 그런 생각 끝에 만들어진 결과물이다.

"W미술관의 w에는 다양한 의미가 있습니다. 처음에는 우물을 뜻하는 well의 w의 의미를 담았습니다. 우물에서 물이 샘솟듯 우리 미술관에서 작품을 보며 감성과 아이디어가 샘솟길 바랐기 때문입니다. 그 외에도 w에는 많은 의미가 있습니다. 여러분이 생각하는 모든 w가 우리 W미술관의 정체성입니다. why, wonder, winner 등 무궁무진한 w들로 작품을 감상하며 문화를 더 깊이 있고 의미 있게 향유하시길 바라는 마음입니다."

"작품을 전시, 기획하는 과정이 가장 힘듭니다. 좋은 작품을 전시하고 싶은

욕심은 늘 있지만 금전적 문제로 못하는 경우가 정말 많습니다. 전시작품에는 보험도 들어야 하고 운송비용도 만만치 않습니다. 더 많은 작가님들의 작품을 소개하고 싶지만 현실적 문제에 부딪혀 포기할 때는 가슴이 아픕니다. 전시를 한 번 하려면 돈이 많이 들기 때문에 실력은 있는데 경제적 사정으로 전시를 못하는 작가님들도 많이 계세요. 미술을 아끼고 사랑하는 사람으로서 그런 부분이 가장 안타깝습니다. 갤러리를 운영을 하면서 작가님들의 그런 어려움을 피부로 느꼈습니다. 그래서 더욱 빨리 갤러리에서 미술관으로 전환하려고 노력했죠. 전시를 하고 싶지만 할 수 없는 작가님들께 멋진 미술관에서 전시했다는 자부심을 갖게 해드리고 싶었거든요. 저는 작가 분들에 대한 애정을 늘 간지하고 있습니다. 작품 전시에 어려움을 겪는 분들께는 아직까지 대관료를 받아본 적이 없습니다."

"익산시민 분들이 아직은 미술관과 많이 가까워지지 않은 것 같아요. 그럴 수밖에 없는 게 가까워질 수 있는 계기를 제공한 적이 없거든요. 먼저 그림과 가까워지는 계기가 있어야 합니다. 그래서 W미술관에서는 아이들에게 많은 체험 프로그램을 제공하고 있습니다. 아름다운 걸 자주 접하면 아름다운 생각이 많아진다고 생각합니다. 그렇게 어린 시절부터 문화와 가까워진 아이들이 자라면 스스로 문화를 향유하게 되는 거죠. 그렇게 되면 미술관을 많이 찾고 그림과 가까워질 거라고 믿습니다."

"미술관을 운영하면서 많은 전시를 기획하고 많은 분들을 만났지만 가장 기억에 남는 전시를 하나만 꼽으라면 송수남 선생님의 전시예요. 송수남 선생님 작품을 정말 좋아했어요. 존경하는 선생님의 작품을 전시하는 게 제 오랜 꿈이었죠. 무작정 작업실로 찾아가서 전시를 꼭 하고 싶다고 말씀드렸어요. 그랬더니 선생님께서 의외로 쉽게 '그래, 한 번 해봐라' 하시더군요. 정말 상상도 못한 일이었어요. 송수남 선생님께서는 우리 W미술관처럼 작은 미술관에서 전시하실 분이 아니시라는 걸 누구보다 잘 알면서도 '한번 가보자' 하는 마음으로 찾아뵈었는데 제 진심이 전해진 거였어요. 더구나 제가 생각했던 것보다 훨씬 많은 작품을 전시할 수 있도록 해주셨어요."

"미술관은 수익을 창출할 수 있는 기관이 아닙니다. 때문에 더 많은 관심과 지원이 필요합니다. 보이는 게 있어야 관심을 가질 수 있어요. 저는 익산을 너무나 사랑하고 한 번도 떠난 적이 없는 사람인데, 유일하게 전주가 부러운 점이 있어요. 전주는 눈에 보이는 것들이 많습니다. 박물관, 한옥마을, 이런 것들이 너무나 잘 되어 있어요. 우리 익산은 미륵사지와 왕궁리라는 국가적 보물이 있으면서도 눈에 보이는 뭔가가 없어요. 익산의 특색을 살려서 시민들이 문화와 예술을 친구처럼 여길 수 있었으면 좋겠어요. 그런 익산을 만들기 위해 저는 더 많은, 더 알찬 전시를 준비하고 계획하겠습니다."

눈으로 보아야 자각하고, 자각해야 마음으로 느낄 수 있다. 익산의 보물들을 더 많은 사람들이 보게 해서 마음으로 느낄 수 있도록 해야 익산의 문화가 발전한다는 말이 오래 기억에 남았다.

나도 그 방법을 찾기 위해 고민해봐야겠다.

"탁구는 나이와 상관없는 운동이죠"
송창오(69세) 탁구인

송창오 선생은 직장에 다닐 때 배드민턴과 골프 등 여러 가지 운동을 해봤다. 점점 나이가 들면서 과격한 운동은 무릎도 아프고 허리도 아파졌다. 이대로는 안 되겠다 싶어 새로운 취미를 찾다가 탁구채를 손에 들었고 그 매력에 금세 빠져들었다.

"탁구의 가장 큰 매력은 재미죠. 물론 다른 운동도 재미가 있지만, 탁구는 한 번 빠지면 벗어날 수가 없어요. 전신운동이면서 다른 운동에 비해 용품도 비교적 간단하고 비용도 저렴합니다. 그래서 진입 장벽이 낮다는 게 탁구의 매력 중 하나죠. 실내운동이어서 계절과 날씨에 상관없이 언제든 즐길 수 있다는 것도 큰 장점입니다."

송창오 선생은 탁구에 진심인 분이셨다. 아무리 피곤한 날도 아침에 탁구 한 번 하고 나면 하루가 즐겁다고 한다. 탁구를 시작한 지 8년째인 선생의 신

조는 '연습만이 살길'이다. 탁구장에 오자마자 바로 게임을 시작하지 않고 충분히 개인 연습을 하면서 수천 번 공을 튕겨낸다.

"제가 생각하는 탁구의 관전 포인트는 어떤 기술을 활용해서 득점하느냐입니다. 그걸 중심으로 관전하면 훨씬 흥미진진하죠. 경기자의 단점과 장점도 미리 파악하고 관전하면 이것만큼 재미있는 경기가 없습니다. 게다가 경기가 빠른 템포로 진행되니까 관전하는 재미는 더욱 쏠쏠하죠."

송창오 선생에게 탁구 잘하는 비법을 전수해달라고 했더니, 탁구에는 왕도가 없다고 한다. 기본에 충실하는 게 가장 중요하다면서, 기초기능을 잘 숙지해야 탁구의 꽃인 드라이브를 잘 구사할 수 있다고 한다. 그러기 위해서는 연습을 열심히 해야 한다면서, 노력은 배신을 하지 않는다는 말을 덧붙였다.

"탁구는 나이와 상관이 없는 운동이란 걸 뼈저리게 느낀 순간이 있었어요. 탁구를 시작한 지 얼마 되지 않았을 때 대회에 나갔는데, 상대 선수가 저보다 열 살 많은 분이신 겁니다. 체력적으로 제가 훨씬 젊고 유리하니까 자신 있게 경기에 나섰는데 글쎄 져버렸지 뭡니까. 그때 깨달았어요. 탁구는 나이나 체력이 중요한 게 아니라 기술력 싸움이라는 것을. 이걸 다시 생각하면 탁구채 들 힘만 있으면 아무리 나이가 들어도 계속할 수 있는 운동인 거죠."

송창오 선생은 나이가 들어갈수록 건강을 잘 유지해야 행복한 삶을 이룰 수 있다고 했다. 나도 그 말에 몇 번이나 고개를 끄덕였다.

행복한 삶을 위해서는 생활체육이 필요하고, 생활체육을 위해서는 시민을 위한 체육시설에 과감히 투자해야 한다. 체육시설을 보다 많이 보급해서 시민들이 불편 없이 운동할 수 있는 여건이 조성되어야 한다. 그렇게 한다면 익산은 그 어떤 도시보다 건강한 도시가 될 것이다. 건강한 삶이 행복한 삶이듯, 건강한 도시가 행복한 도시인 것이다.

"테니스는 참 정직한 운동이에요"
고구관(65세) 테니스인

조용식 테니스를 시작하게 된 계기는 무엇이었나요?

고구관 처음에는 그저 운동을 해보고 싶다는 생각으로 시작했다가 테니스의 매력에 푹 빠져버렸지 뭡니까. 아무리 힘들어도 테니스 라켓을 준비하고 코트에 나오면 위로가 되고 힘든 일도 잊게 되더군요. 1987년에 처음 테니스 라켓을 잡았으니 어느새 34년이 되었네요. 이제 테니스는 운동이 아니라 오랜 친구 같아요.

조용식 한 운동을 그렇게 꾸준히 하신 것에 존경을 표하고 싶습니다. 저도 여러 운동을 해보았는데, 테니스만이 갖는 매력은 무엇이라고 생각하십니까?

고구관 테니스는 참 정직한 운동입니다. 34년째 하고 있으니 조금 쉬어도 실력이 유지될 것 같지만 결코 그렇지 않습니다. 열심히 하면 웃어 주고 게으르면 바로 외면하는 게 테니스입니다. 그러니 그만두고 싶어도 그만둘 수가

없습니다. 헬스클럽은 아무리 다녀도 싱겁다는 생각이 들었어요. 테니스는 인간이 갖고 있는 승부욕을 경기를 통해 발산할 수 있다는 게 큰 매력입니다.

조용식 오래 테니스를 하셨으니 기억에 남는 일도 많을 것 같습니다. 특별히 기억나는 일화가 있으신지요?

고구관 1998년 삼손에이스배 전북 익산 동호인테니스대회 은배부에서 우승한 게 가장 기억에 남습니다. 테니스를 시작한 뒤 처음 우승한 거여서 기분이 남달랐죠. 결승전에는 제 아내와 당시 열두 살 된 아들이 응원을 나와서 꼭 이겨야 한다는 마음이 컸어요. 아들과 아내의 응원 덕에 그날 우승을 하고 상품으로 TV를 받았는데, 우승 턱을 내느라 TV 값보다 더 돈이 나갔습니다.

조용식 익산 테니스, 나아가 익산 체육의 발전을 위해 어떤 게 필요하다고 보십니까?

고구관 현재 익산시의 테니스장은 인구 비율로 볼 때 다른 시군에 비해 굉장히 적습니다. 익산시 테니스 동호인들의 오랜 숙원인 마동테니스코트가 내년 상반기에 완공됩니다. 그에 따라 현재 운영 중인 중앙체육공원의 테니스장 12면 전체를 폐쇄하고 주차장으로 사용한다는 이야기가 있습니다. 그렇게 되면 현재 그곳에 있는 이순테니스협회 사무실을 반환해야 하고, 130명의 이순테니스협회 회원 분들은 갈 데가 없어집니다. 이순테니스협회는 다른 동호인들이 사용하지 않는 주간에만 잠시 빌려 사용하고 있습니다. 올해로 22년째된 이순테니스협회의 회원 중에는 아흔 살이 넘은 분들도 계십니다. 중앙체육공원의 테니스장을 그대로 운영해서 어르신들이 생활체육을 즐길 수 있도록 조치해주시기를 바랍니다. 어르신들의 삶에 활력이 되는 이순테니스협회가 갈 곳을 잃지 않도록, 나아가 노인 생활체육이 활기를 잃지 않도록 익산시가 잘 해결해주시기를 간절히 바랍니다.

"전통이 있어야 미래가 있습니다"
조통달(77세) 국악 명창

　조통달 명창이 판소리를 시작한 건 다섯 살 때였다. 세습 예인 집안이었기에 어쩌면 태어나기도 전부터 이미 그에게 국악은 운명과도 같았다. 올해로 72년째 국악을 하고 있는 조통달 명창의 마음은 처음 소리를 시작했던 오래 전의 그날과 늘 같다.

　"옛날에는 음악 하는 걸 천하게 여겼습니다. 재주가 있는 놈이라고 해서 재인놈이라고도 했어요. 저희 어머니께서 그런 인식을 바꾸려고 많이 노력하셨고, 저 역시도 그 정신을 이어받았습니다."

　"판소리는 모든 국악의 기본입니다. 가장 뿌리가 깊은 예술이에요. 판소리로부터 가야금 산조, 대금 산조, 해금 산조 등이 우러났어요. 그뿐만이 아닙니다. 판소리에는 생로병사가 다 있습니다. 그러니 판소리 맛을 한번 보면 빠져나올 수가 없는 겁니다. 그래서 제가 72년째 소리에서 헤어 나오지 못하고 있지 않습니까. 저는 판소리에 장가왔습니다. 판소리는 제 인생의 전부입니다. 판소리가 있고 부모가 있고 처가 있고 자식이 있는 거라고 생각합니다. 판소리가 없었으면 나 조통달도 없었을 겁니다."

　"우리 국악의 우수성을 이야기하려니 떠오르는 일화가 있네요. 일본에 굉장히 유명한 가수가 있습니다. 고바야시 사치코라는 가수인데, 우리나라로 치면 이미자 씨처럼 유명한 트로트 가수입니다. 일본에서는 이걸 엔카라고 하는데, 사치코라는 가수가 데뷔 30년을 기념하기 위해 엔카의 뿌리를 찾아 배워봐야겠다고 일본에서 저를 찾아왔어요. 그렇게 여기서 소리를 배워가서 공연을 했어요. 그 정도로 우리 판소리가 세계적이고 아름다운 겁니다."

　"힘든 순간도 정말 많았습니다. 다섯 살 때부터 소리를 했는데, 변성기가 와서 목이 안 올라가는 겁니다. 그때는 정말 살고 싶지 않다는 생각을 했어요. 판소리는 내 목숨인데 목숨을 못하게 되었으니 살 이유가 없는 거죠. 그래서

산에 올라가 높은 나무에서 떨어져 보기도 하고 다리 쩔뚝거리며 피도 흘리면서 매일 연습을 한 끝에 결국 득음을 한 겁니다. 판소리는 제 목숨이라고 하지 않았습니까? 득음했을 때 저는 새 생명을 얻은 겁니다. 그래서 국악 명창을 꿈꾸는 후배들에게 이 말 딱 하나 해주고 싶어요. 오직 판소리에 모든 마음을 다 주라고. 몰두하십시오. 나도 판소리에 온 마음을 다 하니까 득음을 합니다. 내가 한 만큼만 하면 소리를 얻을 수 있습니다."

"판소리가 2003년에 세계문화유산으로 등재됐습니다. 2002년에 저와 안숙선 선생, 김일구 선생, 김수연 선생, 김영자 선생, 이렇게 다섯 명이 영국과 미국을 포함해서 7개국 11개 도시에서 순회공연을 했어요. 그때 정말 많은 사람들이 열광했죠. 당시 해당 나라들에서 보컬 분야는 30분 넘게 공연하는 게 없어요. 가수들 노래 한 곡이 길면 5분 정도이지 않습니까. 그런데 판소리는 북소리 하나에 의지해 소리를 3시간에서 6시간까지 하니까 이건 인간이 하는 소리가 아니다, 신이 하는 소리다, 그런 평가를 받았어요. 오죽하면 공연을 마치고 나오니까 정말 사람이 맞느냐고 묻는 겁니다. 그래서 내가 웃으며 사람

당신이 있어 다행입니다

맞다, 만져봐라, 사람 맞지 않느냐고 했어요. 그랬더니 어떻게 그렇게 맑은 공기 같은 소리로 몇 시간씩 공연을 하냐는 겁니다. 판소리 완창은 정말 힘든 일입니다. 그런데 우리가 그때 순회공연하면서 일주일에 두 번씩도 완창을 했습니다. 그렇게 공연을 마치고 얼마 뒤에 연락이 왔어요. 판소리가 드디어 세계문화유산으로 등재되었다고. 그때의 기분은 말로 표현할 수가 없었죠. 얼마나 기쁘던지. 우리 스승님들께서도 판소리가 문화유산에 등재되도록 노력을 많이 하셨는데 번번이 실패했어요. 그런데 우리 다섯 명이 판소리를, 이 아름다운 우리 소리를 세계문화유산으로 등재시키는데 기여했으니 그 보람은 말로 표현할 수가 없는 거죠."

"저는 제 고향을 정말 사랑합니다. 서울에 있다가 이제 내 고향, 판소리의 본고장 전라북도에서 예술을 꽃피우기 위해 익산에 돌아온 지도 30년이 다 되었네요. 제가 그동안 바라본 익산의 모습은 정말 아름답지만 한편으론 안타깝기도 했어요. 익산문화관광재단의 예산이 전체 시 예산의 0.18% 수준입니다. 이게 수치로 하면 감이 정확히 안 올 수 있는데, 인구대비로 말도 안 되는 수치예요. 다른 지역은 대부분 1%가 넘어갑니다. 이런 상황에서 시민들 문화 의식이 살아나는 건 쉽지 않습니다. 예술의 소통 플랫폼이 정확히 만들어져야 하는데, 그런 전례를 본 적이 없으니 만들 수 없고, 만들지 못하니 보지 못하는 악순환이 계속되고 있는 겁니다. 이런 상황이 늘 마음 아팠기에 우리 전수관 옆에 야외 공연장을 만들어서 상설 공연을 진행했어요. 그러던 중 2015년에 익산 왕궁리 유적과 미륵사지가 세계문화유산으로 등재되었습니다. 유적지와 500m도 되지 않는 곳에 우리 전수관이 있으니 앞장서서 우리 문화를 더욱 알려보자는 마음으로 당시 우리 재단에서 1억5천만 원이 넘는 예산을 들여 공연을 계획하고 진행했습니다. 하지만 저희의 마음과는 달리 문화 예술에 대한 지원은 잘 이루어지지 않더군요."

"익산에 국악원은 있는데 아직 창극단이 없습니다. 국악원과 창극단이 어떤 차이인지도 모르면서 국악원이 있으니 다 됐다고 생각합니다. 국악원은 공연단이 아니라 가르치는 곳입니다. 시민들에게 작품을 만들어 선사하는 창극단이 없으니 참으로 답답합니다. 전통이 없으면 미래도 없습니다. 시대가 계속 바뀌고 있지만, 우리 정서와 우리의 인성에 가장 잘 부합하는 건 바로 우리의 소리입니다. 판소리에는 충, 효, 예가 들어 있어요. 판소리를 누구나 향유할 수 있는 세상이 곧 올 것이고, 그렇게 대중적으로 만드는 게 우리의 몫이지요. 제가 그렇게 만들어볼 참입니다."

조통달 명창의 구수하고 멋들어진 판소리 한 자락과 함께 다시금 판소리 시대를 이끌어갈 멋진 익산을 기대해본다.

"익산과 원광대가 손잡고 함께 나아갑시다"

최병민(57세) 원광대학교 교수, 원광대학교 산학협력단장

2006년에 원광대 교수가 된 최병민 교수는 학교 일에 누구보다 애정을 갖고 있었다. 그래서 산학협력단의 러브콜이 끊이지 않았다. 마침내 올해 1월 산학협력단장이 되어 원광대의 발전과 더불어 익산시와의 상생 방안도 심도 깊게 모색하고 있다.

"산학협력단은 대학교수들의 연구를 도와주는 기관이라고 생각하시면 됩니다. 국가에서 연구비의 일부를 지원하는데, 그 연구비를 가져올 수 있도록 도와주고 연구비 관리도 하고 있습니다. 연구 과제 수행에 필요한 시스템을 지원하는 일도 산업협력단의 중요한 역할입니다. 연구를 통해 얻은 지식재산권 등을 관리하고, 지방자치단체와 정부에 적극적으로 연구 내용을 홍보해서 예산을 많이 확보할 수 있도록 노력하고 있습니다."

"산학협력단을 운영하면서 큰 문제는 인력입니다. 과제 개발이나 예산 확보에 있어서 보다 전문화된 인력이 필요한데, 현실은 아직 그렇지 못해서 안타까움이 있습니다. 예산 확보를 위한 지자체와의 연결이 쉽지 않은 점도 아

쉽습니다. 전라북도는 다른 지방자치단체에 비해 지원이 부족한 편이어서 예산 확보가 쉽지 않습니다."

"인구 유입을 위해 대기업을 익산에 유치하는 건 어렵다고 봅니다. 우리가 찾을 수 있는 답은 '디지털'에 있습니다. 익산의 강점인 홀로그램을 전폭적으로 활용해서 익산을 디지털 혁신지구로 자리매김할 수 있도록 해야 합니다. 홀로그램은 인문, 사회, 역사 등 모든 문화를 흡수하는 힘이 있습니다. 미륵사지 홀로그램을 통해 그 시대의 모습을 생생히 제시할 수 있다는 게 그러한 예시입니다."

"디지털은 굴뚝 없는 공장이라고 합니다. 이런 디지털이야말로 메타버스 시대에 우리 익산에 가장 필요한 것입니다. 디지털 벤처 기업을 익산에 적극 유치한다면 인구 유입은 물론이고 익산이 디지털 도시의 선두주자가 될 수 있으리라 생각합니다. 익산에 디지털 시스템을 잘 구축하고 익산으로 오는 신생 기업들에 다양한 혜택을 주는 방도를 마련한다면, 디지털 혁신지구의 꿈은 실현될 수 있을 겁니다. 의대, 한의대, 치대, 약대가 있는 원광대학교의 장점을

조용식이 만난 익산시민   277

살려서 디지털 테라피, 디지털 케어 등도 고려한다면 익산은 디지털 혁신지구로 확고하게 자리 잡을 수 있을 겁니다."

원광대학교와 익산이 상생하기 위해 대학의 장점을 살려서 디지털 혁신지구를 만들겠다는 최병민 단장의 말은 산학협력단의 성장과 함께 꿈이 아닌 현실로 다가오고 있다. 최병민 단장이 끝까지 강조한 말은 협력과 소통이었다. 원광대학교와 익산시가 서로 협력하고 소통해서 인구 30만 명이 무너진 익산시를 다시 일으켜 세울 수 있기를 소망해본다.

"복싱은 인생의 축소판이에요"
송학성(42세) 아시안게임 복싱 은메달리스트

송학성 씨는 중학교 때 체육 선생님의 권유로 처음 복싱을 시작했다. 순발력이 좋고 끈기도 있었던 45kg의 소년은 무럭무럭 자라서 81kg급의 복싱 메달리스트가 되었다. 현재는 체육관을 운영하면서 메달리스트 양성을 위해 힘쓰고 있다.

조용식 복싱을 한 지는 얼마나 되셨나요?

송학성 1992년도부터 시작했으니 30년 정도 되었네요.

조용식 그렇게 오래 한 가지 운동을 지속할 수 있었던 배경에는 무엇이 있으셨나요?

송학성 복싱을 시작하고 나서는 복싱 말고 다른 생각을 해본 적이 없는 것 같아요. 쉽게 말해 복싱에 미쳐 있었죠. 모든 운동이 그렇겠지만, 복싱은 한 만큼 결과가 나오는 운동이다 보니 한눈 팔 수가 없었어요. 조금만 더 하자, 조금만 더, 그런 생각으로 하다 여기까지 왔네요.

조용식 복싱 선수로 활동하실 때 가장 힘든 점은 무엇이었나요?

　송학성　운동하는 과정은 힘들었지만, 운동 그 자체가 즐겁고 행복했기 때문에 힘든 점은 없었어요. 저는 링 위에 올라가서 시합하는 동안은 아픈 걸 전혀 느끼지 못하거든요. 선수 시절에 저를 가장 괴롭혔던 건 체중 조절입니다. 출전하려면 체급을 맞춰야 하는데, 마지막에 100g 200g 그 조금이 안 빠져서 고생 많이 했습니다. 그러고 보니 먹고 싶은 걸 마음대로 못 먹은 게 가장 힘든 일이었네요.

　조용식　복싱이나 격투기 선수 분들 말씀을 들어보면 시합 전 체중 조절로 다들 고생하셨다고 하더군요. 복싱을 하면서 가장 기억에 남는 순간은 언제였나요?

　송학성　많이들 첫 메달을 딴 순간 아니냐고 생각하실 텐데, 저는 처음 올림픽에 출전했던 때가 가장 기억에 남습니다. 2004년 아테네올림픽에 라이트헤비급으로 첫 출전을 했는데, 그때도 체중 조절로 고생 많이 했습니다. 그렇게 어렵게 나간 대회인 만큼 기억에도 더 남고, 인생 첫 올림픽이라는 의미가 정말 남달랐어요. 제가 우리나라 대표가 되어 세계무대에 오른다는 것만으로도 정말 감격스러웠습니다. 첫 올림픽 때는 메달을 따지 못했는데도 제 삶에서 제일 큰 부분을 차지하고 있습니다. 첫 올림픽에서의 패배는 제가 복싱을 더 사랑할 수 있게 해준 자극제가 되었으니까요. 그 이후 열린 도하 아시안게임에서 메달을 획득했으니, 아테네올림픽은 제가 메달을 딸 수 있게 해준 은인이기도 합니다.

조용식 인생 첫 올림픽이라…… 상상만 해도 감정이 벅차오릅니다. 복싱이란 무엇이라고 생각하나요?

송학성 복싱은 과격한 운동이라는 인식이 있지만, 룰 안에서 움직이는 상당히 신사적인 운동입니다. 복싱은 인생과도 닮았어요. 3분 3라운드라는 짧은 시간 안에 내가 승리를 차지할 수도 있고 패배할 수도 있는데 그 결과는 아무도 모르거든요. 인생도 그러잖아요. 어쩌면 긴 것 같지만, 어쩌면 짧은 게 인생이잖아요. 그 안에서 내가 성공할 수도 있지만 때로 실패도 하죠. 그런 면에서 복싱은 우리 인생의 축소판인 것 같아요.

조용식 3분 3라운드 안에 인생이 있군요. 앞으로의 계획은 무엇인가요?

송학성 저는 현재 남원시 거점 스포츠클럽 감독으로 있습니다. 엘리트 복싱선수단은 학교 정규수업을 병행하면서 전국 대회에 출전하고 있는데, 주요 대회 석권은 물론 청소년 복싱 국가대표를 배출하고 있습니다. 저의 최종 목표는 우리 선수들이 올림픽 메달리스트가 되는 것입니다. 이를 위해 제 경험과 능력을 총동원해서 최선을 다하고 있습니다. 우리 선수들이 메달을 따면 제가 첫 메달을 거머쥐었던 순간보다 더 기쁠 것 같습니다. 끝으로 전국에서 전라북도만 아직 여자 복싱팀이 없습니다. 여자 복싱팀을 속히 만들어서 재능 있는 여자 복싱 선수들이 전라북도를 떠나지 않고 내 고장에서 꿈을 키우고 펼쳐갔으면 좋겠습니다.

"태권도는 무술을 넘어 하나의 예술"

양희범(38세) 태권도관장

양희범 관장이 태권도를 시작한 건 초등학교 1학년 때였다. 유난히 몸이 약하고 툭하면 코피를 흘리던 그에게 아버지께서 태권도를 배워보지 않겠느냐고 말씀하셨다. 그렇게 시작한 태권도를 30년째 하고 있다. 어릴 때는 남들보다 약한 그였지만 지금은 누구보다 강한 정신과 마음으로 제자 양성에 힘쓰고 있다.

조용식 태권도 도장은 어떤 계기로 시작하셨나요?

양희범 대학교 때 처음 도장에서 일했어요. 전공이 체육이었는데 등록금이라도 보태려고 도장에서 아르바이트로 태권도 사범을 했어요. 그런데 이 일이 너무 재미있는 거예요. 아이들 가르치는 게 이렇게 즐거운 일이라는 걸 그때 처음 알았어요. 피곤하고 힘이 들다가도 아이들 입에서 나오는 우렁찬 기합 소리 한 번이면 피곤이 싹 달아나더군요. 그래서 대학을 졸업하고 직접 태권도장을 차렸습니다. 스물일곱 살에 처음 도장을 열어서 올해로 10년째 운영 중입니다.

조용식 조금 전에 관장님이 직접 아이들을 가르치는 모습을 잠깐 봤는데, 정말 아이들을 아끼고 사랑하는 게 느껴지더군요. 아이들 한 명 한 명에게 마음을 다하는 모습이 인상적이었습니다. 저도 학창 시절 태권도도 해보고 다양한 운동을 해봤습니다. 발차기 동작을 배울 때 참 매력적인 운동이라는 생각했었는데, 관장님이 느끼는 태권도만의 매력은 무엇인가요?

양희범 가장 큰 매력은 우리나라 고유 무술이라는 겁니다. 우리나라 고유 무술을 배운다는 것만으로도 자부심을 느낄 수 있죠. 태권도 동작을 하다 보면 무술을 넘어 하나의 예술이라는 생각이 들기도 합니다. 발을 많이 사용하는 무술로서 동작의 흐름 자체만으로도 예술적 요소를 지니고 있습니다. 이외에도 태권도는 상대를 제압하는 무술의 역할도 하지만, 품새를 통해 자신을 수련하는 데에도 아주 좋은 무술이라는 점이 큰 매력이라고 생각합니다.

　조용식　저 역시도 태권도가 우리나라 고유의 무술이라는 게 큰 매력이라고 생각합니다. 무술을 넘어 예술이라는 말씀이 인상적이네요. 현재 익산에 태권도장이 70여 개가 넘는다고 들었습니다. 관장님의 태권도장이 아이들과 학부모님들께 사랑받는 비결이 있다면 무엇인가요?

　양희범　비결이라고 말씀드리기에는 너무 거창한 것 같지만, 학부모님과 아이들에게 늘 진심을 다합니다. 아이들이 태권도장에서 어떻게 지내고 있고, 오늘은 무엇을 잘했고, 어떤 점을 칭찬받아야 하고, 이런 것들을 하나하나 다 말씀드립니다. 학부모님들께서 가장 궁금해 하시는 게 우리 아이가 어떻게 지내고 있는지 하는 것이기 때문에 최선을 다해 학부모님들과 소통하려고 합니다. 전화도 먼저 자주 드리고 아이들 활동하는 사진도 항상 보내드려요.

　조용식　관장님의 진심이 아이들과 학부모님께 전해져서 이렇게 사랑받을 수 있는 것 같습니다. 작년과 올해 코로나로 인해 많이 힘드셨을 텐데 어떠신가요?

　양희범　솔직히 앞이 보이지 않았습니다. 잠시만 기다리면 지나갈 거라고 생각했는데, 코로나 상황은 지금도 이어지고 있잖아요. 한 달 동안 태권도장 문을 닫기도 했는데, 언제 다시 운영할 수 있을지 모른다는 생각에 정말 암담했습니다. 이러다 태권도 다니는 아이들이 다 없어지지 않을까…… 생계가 달린 일이어서 더 막막하고 힘들었죠. 그렇게 시간을 보내고 있었는데, 코로나로 아이들이 집에만 있으니까 살도 많이 찌고 몸도 약해진다고 부모님들께서 먼저 도장을 찾아주시더군요. 사람이 그냥 죽으라는 법은 없구나 싶었습니다. 그렇게 위기를 기회로 만들어서 지금까지 운영하고 있습니다.

　조용식　한 달 동안 쉬면서 참 많이 막막하셨을 텐데, 그때의 심정은 제가 감히 짐작할 수 없을 것 같습니다. 태권도장을 운영하시면서 요즘 가장 힘든 점은 무엇인지요?

양희범　코로나 때문에 힘들지 않은 사람은 없는 것 같아요. 소상공인들은 더욱 힘든 시기라고 생각합니다. 그런데 요즘 태권도장을 운영하거나 학원업계에 종사하는 분들이 공통적으로 힘든 게 있습니다. 제도가 바뀌면서 어린이 보호 차량을 운영하고 등록하기 위해서는 차량의 선팅지를 제거하고 경광등 교체 등 법에 맞게 적용해야 합니다. 아이들 안전을 위해 제도를 수정하고 규제하는 건 당연히 이루어져야 할 일이고 좋은 변화라고 생각합니다. 다만, 이런 제도의 변화에 맞게 저희가 차량을 바꾸려면 돈이 많이 드는데, 그런 부분에 대한 지원이 전혀 없습니다. 유치원이나 어린이집은 교육부 소속이어서 지원을 많이 한다고 들었는데, 태권도장은 교육부 소속이 아닌 체육시설업장으로 등록되어 있으니 지원을 많이 못 받습니다. 상대적으로 정부 지원의 사각지대에 놓여 있는 현실이 안타깝습니다.

조용식　그렇잖아도 코로나로 힘든데 그런 부분의 지원이 이루어지지 않아서 사비로 해결을 하려면 타격이 클 것 같습니다. 이런 점은 하루 속히 제도 개선이 이루어져야 하겠습니다. 관장님의 앞으로 계획은 무엇인가요?

양희범 우리 동네에서 태권도 하면 저희 태권도장을 떠올릴 수 있도록 하는 게 저의 계획이자 목표입니다. 태권도장의 규모를 늘리고 아이들이 많이 오는 것도 중요하지만, 오래오래 사랑받는 태권도장으로 남고 싶습니다. 익산에서, 이 자리에서 오래 하고 싶습니다. 태권도는 저에게 희로애락입니다. 아이들과 함께하면서 웃는 순간도 있고 힘든 순간도 있고 때로는 화가 나기도 하지만 결국에는 행복해집니다. 그렇게 희로애락이 담긴 태권도를 오래오래 아이들과 함께하고 싶습니다.

양희범 관장은 아이들이 소나무처럼 푸르고 바위처럼 단단한 사람이 되라는 뜻으로 태권도장 이름을 '송암'으로 지었다. 그런 그의 마음처럼 태권도를 배우는 아이들이 부디 푸르고 단단한 사람으로 성장하기를 진심으로 바란다. 더불어 코로나 상황이 하루빨리 종결되어 아이들이 마스크 없이 자유롭게 운동하는 날이 오기를 기대한다.

"야구에 진심인 사람들의 모임"
이병기(60세) 이레 스포츠 야구단 감독

이레 스포츠 야구단은 2015년에 창설되었다. '이레 스포츠 야구단'의 이레는 기독교적인 의미로 운영하던 야구용품점 이름에서 따온 것이다. 이레 스포츠 야구단은 익산 자체 리그 참여를 기반으로 전국 대회 참여 목적으로 창설되었다. 타 도시에서는 적극적인 대회 유치와 홍보가 이루어지고 있는데, 익산에서는 참여가 저조하다는 이야기를 듣고 이레 야구단이 나서기로 했다. 이레 스포츠 야구단은 전국 대회 참여를 계기로 익산을 알리는 '익산 알리미' 역할을 톡톡히 해내고 있다.

현재 이레 스포츠 야구단의 회원은 40명 정도이다. 팀원이 연회비를 각출

해 대회 참가비 등의 경비로 사용한다. 사회인 야구는 게임당 약 2시간을 부여하거나 7이닝제를 기본으로 하고 있다. 정식 야구 경기는 9이닝제를 기본으로 3시간가량 진행하는데 참여 문턱을 낮추기 위한 방법이다. 그 때문인지 나이가 있으신 회원들도 꾸준히 참여하고 있다. 90세 노인분도 회원으로 꾸준히 참여하고 있어서 TV에 나온 적도 있다고 한다.

이레 스포츠 야구단은 전국 사회인 야구단 중 유일하게 구단 버스도 있다. 요즘 젊은 친구들이 이런 말을 많이 쓴다고 한다. '무엇 무엇에 진심'이다. 이레 스포츠 야구단 회원들이야말로 야구에 진심인 사람들 아니겠는가. 그런데 익산에는 야구에 뜻이 있는 이들이 활동할 수 있는 기반 자체가 부족한 상황이다. 오로지 회원들의 회비로만 움직이고 활동하다 보니 한계가 있는 것이다. 시민들이 좋아하는 일을 하고 싶은데 기반 자체가 없다는 건 큰 문제이다.

시민들 삶의 질을 높이고 건강한 삶을 영위할 수 있도록 보조해주는 것이 시의 역할이다. 그러기 위해서는 지자체가 조직적인 홍보 및 구장 확보와 대관 등에 관심을 가져줘야 한다. 전국 대회 유치에도 관심과 지원이 필요하다. 야구는 한 대회 당 64개 팀까지 참가 가능하며, 약 3,000명의 인원이 모인다고 한다. 익산시에서 야구 대회를 개최한다면 어마어마한 시 홍보과 지역 경제 선순환에도 큰 도움이 될 것이다. 생활체육이 더욱 활성화되어 더 젊고 건강한 익산이 되기 위해서는 당국의 관심과 지원이 절실히 필요한 때다.

"청년들을 위한 일자리를 소개합니다"
권혁남(60세) 원광대학교 취업지원과, 정초희(38세) 보림테크

취업박람회가 열리고 있는 원광대학교를 찾았다. 취업박람회는 기업체와 고용 관련 기관이 협의해서 원광대학교 학생을 대상으로 취업 정보와 기업에 대한 소개를 제공하는 장이다. 뿐만 아니라 VR을 통한 모의 면접과 이력서 점검 등을 할 수 있어서 취업을 원하는 청년들에게 좋은 기회가 되고 있다.

권혁남 최근까지는 코로나19로 인해 취업박람회를 온라인으로 진행했습니다. 2학기 들어 학생들을 직접 마주하고 기업도 모셔서 취업박람회를 진행하게 되어 보람을 느낍니다.

조용식 학생 입장에서는 기업에 관한 정보를 생생히 듣고 피드백을 받을 수 있어 더없이 좋은 기회라고 봅니다. 학생들이 많이 하는 질문은 무엇인가요?

권혁남 해당 기업에 들어가기 위해서는 어떻게 해야 하느냐, 어느 정도의 스펙이 필요하냐, 이런 질문을 많이 합니다.

정초희 저희 보림테크는 자동차 부품회사인데 원광대학교에는 올해 처음으로 기업 소개를 하러 왔습니다. 연봉이나 입사 조건, 근무 환경 등에 관한 질문이 많았어요. 직접 이력서를 들고 오는 등 열정을 보이는 학생들도 있어서 대견하기도 하고, 이렇게 열심히 준비하는데 취업하기 어려운 현실이 안타깝다는 생각이 들기도 했습니다.

조용식 취업박람회에 참가하는 기업의 기준은 무엇인가요?

권혁남 전라북도 우수 중견기업으로 선발된 300개의 기업을 위주로 선정했습니다. 지역의 우수한 기업을 소개해서 우리 청년들이 자신의 고향 전라북도에서 안정적으로 자리 잡고 살아갈 수 있는 발판을 제공하자는 취지입니다.

조용식 요즘 취업이 어렵습니다. 가장 근본적인 문제는 무엇이라고 생각하십니까?

　권혁남　경제가 어려운 와중에 코로나19까지 겹쳐서 기업이 채용을 줄이고 있습니다. 매년 배출되는 졸업생 수만큼 일자리가 없으니 청년 실업률이 자꾸 높아지고 있습니다.

　정초희　전체적으로 기업이 채용을 줄이고 있는 상황입니다. 청년들이 원하는 양질의 일자리가 많이 없는 것도 문제고요. 저희 기업의 경우 현장 근로자가 많이 필요해서 채용 인원도 현장직이 훨씬 많습니다. 그런데 요즘 젊은이들은 현장 일을 잘 안 하려고 하다 보니 지원자는 현장직이 훨씬 적습니다.

　권혁남　가장 시급한 게 양질의 일자리입니다. 일자리를 늘린다고 하는데 대부분 계약직이에요. 청년들에게 필요한 건 정규직 일자리입니다. 정부에서는 계약직 일자리를 늘릴 게 아니라 청년들에게 필요한 정규직 고용 확대가 있어야 합니다. 청년들에게는 고민하지 말고 최선을 다하라고 당부하고 싶습니다. 고민만으로 해결되는 일은 없습니다. 우리 청년들은 모두 치열한 학창 시절을 보내고 누구보다 열심히 살아왔습니다. 그 노력은 절대로 배신하지 않을 것이니 끝까지 포기하지 말고 최선을 다합시다!

취업 일선의 담당자들과 대화를 해보니 내가 생각했던 것보다 취업의 어려움이 훨씬 심하다는 걸 느꼈다. 어떻게 해야 우리 익산에서 양질의 일자리를 창출할 수 있을까. 일자리는 두고두고 고민해야 할 화두이다.

"자수로 익산을 알리고 싶어요"

박승자(61세) 자수공예가

박승자 씨는 공부를 좋아했고 공부를 잘했다. 대학에 진학해서 계속 학업을 이어가고 싶었지만 어려운 가계에 보탬이 되어야 했기에 꿈을 접은 채 생계 현장에 뛰어들 수밖에 없었다. 자수를 배우면 틀림없이 도움이 될 거라는 외삼촌의 권유로 잡게 된 실과 바늘은 그녀의 인생을 아름답게 수놓고 있다.

조용식 　자수만의 매력은 무엇인가요?

박승자 　그걸 말하자면 밤을 샐 수도 있을 것 같은데요? 자수는 비어 있는 곳이라면 무엇이든 수를 놓을 수 있어요. 지금 바로 말씀만 해주시면 무엇이든 수놓을 수 있어요. 언제든 새로운 것을 창조할 수 있다는 게 매력이죠. 그래서 40년 동안 매일 매일 실과 바늘과 함께해왔어요.

조용식 　가장 좋아하는 수놓기는 무엇인가요?

박승자 　제가 가장 좋아하는 건 국화예요. 제 손끝에서 국화가 피어날 때면 그렇게 행복할 수가 없어요. 처음 국화를 수놓은 건 제6회 국화축제 때 초대를 받아서였어요. 국화 수를 놓을 수 있는 사람이 저밖에 없었죠. 그렇게 국화를 수놓기 시작했는데 많은 분들이 정말 좋아해주셨어요. 그래서 저는 언제 어디를 가든지 항상 국화를 수놓는답니다. 전국에서 열리는 각종 박람회에 참석할 때도 잊지 않고 국화 수를 놓습니다. 그러면 많은 분들이 물어보세요. 너무 예쁘다, 무슨 꽃이냐고요. 그러면 저는 이렇게 대답해요. '이건 국화인데,

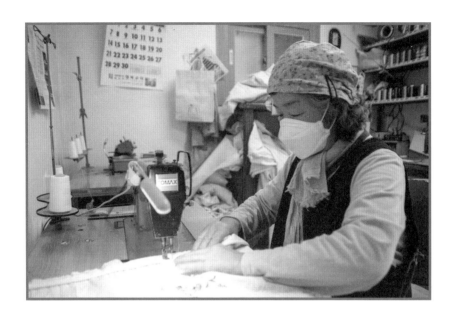

익산에서 이렇게 아름다운 국화로 가득한 국화축제가 열린다. 꼭 보러 오세요.'라고. 제가 놓는 이 자수로 익산을 알리는 데 조금이라도 기여할 수 있다는 게 정말 행복해요. 그래서 항상 국화 수를 놓는답니다.

조용식 익산을 사랑하시는 마음이 느껴집니다. 전북 공예대전, 대한민국 황실공예대전 등 각종 대전에도 입상하셨다고 들었습니다. 이렇게 훌륭한 자수를 할 수 있는 비결이 무엇인지요?

박승자 자수에서 가장 중요한 것은 방향이에요. 방향이 조금만 틀어져도 의도와는 전혀 다른 결과물이 나옵니다. 자수는 정교하지 않으면 안 되는 것이에요. 조금만 집중하지 않고 애정을 갖지 않으면 엉망이 되어버리니까 끊임없이 연습할 수밖에 없습니다. 자수를 한 지 40년이 넘었지만 자수에는 왕도가 없는 것 같아요. 그저 묵묵히 성실하게 최선을 다해야죠.

조용식 40년을 하셨는데 여전히 실과 바늘 앞에 겸손하신 모습이 존경스럽습니다. 오랜 시간 자수를 하며 가장 기억에 남는 순간은 언제셨나요?

박승자 제가 수놓은 이불이 반기문 총장님께도 갔습니다. UN 사무총장까지 지내신 분이 제가 수놓은 이불을 받고 기뻐하시니까 정말 뿌듯했어요. 5년, 10년이 흐른 뒤에도 찾아오셔서 제 이불이 너무 좋다고 해주시는 분들도 기억에 남습니다. 많은 분들이 제가 수놓은 이불을 사랑해주시고, 몇 년이 흘러도 간직해주셔서 너무 감사합니다. 저는 광목과 한지에만 수를 놓습니다. 광목의 주원료는 목화인데 친환경원료예요. 요즘 다양한 소재들이 나오지만 자연에서 얻은 것만큼 좋은 게 없다고 생각해요. 그래서 국산 광목과 한지만을 고수하고 있어요. 우리 고객이 사용하는 것이니 최고로만 드리고 싶은 마음입니다.

조용식 앞으로 계획은 무엇인가요?

박승자 힘닿는 날까지 수를 놓고 싶어요. 국화 수는 제가 실과 바늘을 놓는 그날까지 계속할 거예요. 자수로 열심히 익산을 알리고 싶어요. 공예 작품전을 하러 여기저기 다녀보면 다른 도시들은 지원이 많아요. 특히 경기도는 지원 제도가 정말 잘 되어 있어요. 우리 익산도 솜씨 있는 공예가들이 다른 지역에 익산을 알릴 수 있도록 타 도시에서 열리는 작품전에 적극적으로 참여하게 교통비라도 지원해주신다면 다들 더욱 열정을 갖고 작품 활동에 매진할 수 있을 겁니다. 그렇게 하면 우리 익산이 더 널리 알려질 것이고, 익산을 찾는 사람 또한 늘어날 거라고 믿어요.

자수를 통해 익산을 널리 알리겠다는 박승자 씨. 이런 아름다운 마음들이 모여서 더 살기 좋은 익산, 더 따뜻한 익산을 만들어가는 것이리라.

"학생들은 제 삶의 시작이자 전부"
김병규(49세) 창조의아침 원장

김병규 원장은 어린 시절부터 미술을 좋아했다. 하얀 도화지를 채워나갈 때면 그 어떤 순간보다 행복했다. 차곡차곡 미술에 대한 꿈을 키워가며 자연스럽게 미술대학에 진학했다. 스무 살 무렵부터 아르바이트로 미술학원에서 아이들을 지도한 것을 시작으로 어느덧 30년 가까이 미술을 가르치면서 아이들과 함께하고 있다."

조용식 창조의아침은 많이 들어본 이름입니다. 서울 학원가에 많지 않습니까. 그런데 익산에서 처음 만들어진 거라는 말씀을 들었는데 맞나요?

김병규 맞습니다. 많이들 모르고 계시는데, 창조의아침은 익산에서 처음 만들어진 미술학원 브랜드입니다. 이름에 얽힌 일화도 있는데, 밤새도록 학원 이름을 무엇이라 지을까 머리를 맞대고 생각했는데 답을 못 찾은 거예요. 그러다 아침이 밝아오는 모습을 보고 '창조의아침'이라는 이름이 탄생했다고 합니다.

조용식 입시 미술에서 가장 중요한 게 무엇이라고 보십니까?

김병규 앞으로 입시 미술은 창의성을 더욱 중요시하는 방향으로 나아갈 것입니다. 지금도 단순한 모방이 아니라 창의성에 높은 점수를 부여하고 있습니

다. 이런 시대적 흐름에 민감하게 대응하고 전략을 짜는 것도 입시 미술에서 중요한 부분 중 하나죠.

조용식 예체능, 특히 미술 계열은 재능이 필요한 영역이라는 이야기를 많이 들었습니다. 원장님 생각은 어떠신가요?

김병규 재능도 물론 중요한 부분입니다. 하지만 입시 미술에서 가장 중요한 것은 '노력'입니다. 아인슈타인은 지식보다 중요한 게 상상력이라고 했으며, 에디슨은 천재는 99%의 노력과 1%의 영감으로 만들어진다고 했습니다. 노력과 상상력을 가지고 접근하는 게 가장 중요합니다. 아무리 재능이 있어도 노력하고 즐기는 사람을 이길 수는 없죠.

조용식 30년 가까이 학생들과 함께하셨습니다. 원장님께 학생은 어떤 의미를 지닌 존재인가요?

김병규 제 인생의 절반이 넘는 시간을 학생들과 함께 보냈습니다. 학생들은 제 삶의 시작이자 전부입니다. 저는 학생들을 가르치는 사람이지만, 학생들에게 많은 걸 배우고 느끼며 살아가고 있습니다. 제겐 학생들과 함께하는 시간이 가장 행복한 시간입니다.

조용식 기억에 남는 학생이 있다면 어떤 학생일까요?

김병규 기억에 남는 학생은 너무 많지요. 모든 학생 한 명 한 명이 늘 제 마음속에 남아있습니다. 그중 한 학생을 말씀드리자면, 몇 년 전 홍익대학교 디자인학부에 4년 장학생으로 입학한 학생이 있어요. 그 학생은 고등학교 시절에 너무나 열심히 했던 학생이라 더욱 기억에 남았죠. 대학 입학 후에도 꾸준히 노력해서 외국교환 학생으로 선발되었다 하더군요. 지금 미국에서 유학 중인데, 그 학생이 미국에서 어머님께 보낸 메시지를 학생 어머님께서 제게 보내주셨습니다. 대학에 와서 공부하는 게 너무나 행복하다면서 고등학교 시절 학원에서의 기억이 아직도 생생한데 그때의 배움이 지금의 자신을 만든 것 같다는 내용이었습니다. 그 메시지를 전달받고 저도 모르게 눈시울이 붉어지더군요. 학생에게 진심을 다한다면 그 학생도 언젠가는 저의 진심에 응답한다는 생각에 다시금 제가 하고 있는 일에 감사함을 느꼈습니다.

조용식 학생들에게 전하고 싶은 말씀이 있다면 무엇일까요?

김병규 항상 즐겁게 생활하자는 말을 하고 싶어요. 미술이라는 것이, 입시라는 길이 참으로 어렵고 힘들지만 세상을 보는 시각이 밝으면 밝게 성장하게 되고 결국 그런 마음이 긍정적인 결과를 이룬다고 생각해요. 매사 성실하게 열심히 살아가는 학생들로 성장하고 다양하게 도전할 줄도 아는 사람으로 성장했으면 좋겠다는 말도 꼭 해주고 싶습니다. 얘들아! 늘 고맙고 사랑한다.

"1등보다 완주자가 많아지는 사회"
정범수(31세) ROYAL 체대 입시학원 원장

정범수 원장은 선후배들이 1등을 하기 위해 자신의 몸은 돌보지 않는 현실이 안타까웠다. 스포츠인에게 몸은 그 어떠한 것과도 바꿀 수 없는 자산이다. 몸이 망가지면 전부를 잃는 것이다. 그런 생각으로 자신만의 신념을 세우고 지도자의 길을 걸어왔다.

"수강생들을 제대로 대우하는 지도자가 되려고 노력하고 있습니다. 저는 전라북도 단거리 대표 선수였어요. 선수 시절의 경험을 떠올려봤더니 대부분의 부상은 허리와 발목에 집중된다는 걸 알 수 있었죠. 그래서 저희는 마루에 700개 이상의 스프링을 넣어 충격을 완화함으로써 수강생들의 부상을 최대한 방지하려고 노력합니다. 수강생들 입장에서 이해하기 쉽고 전문화된 피드백을 하려고 현재 전북대 스포츠과학과에서 박사과정도 이수하고 있습니다. 우리 제자들을 위해서라면 뭐든 해주고 싶은 게 제 마음이에요. 제자들 몸에 들어가서 실기도 대신 봐주고 싶고 매일 옆에 두고 공부도 시키고 운동도 시키고 싶을 정도예요. 그 정도로 우리 제자들은 제겐 너무나 귀한 존재들입니다."

마루에 700개 이상의 스프링을 설치하고 박사과정까지 이수하고 있다는

말은 무척 인상 깊었다. 학생들의 부상을 걱정하면서 배움도 이어나가는 모습, 자신이 그 학생이 되어 도움을 주고 싶다는 마음, 결국 진정한 교육자는 단순히 지식을 전달하는 사람이 아니라 학생의 입장에서 학생을 진정으로 생각하고 발전시키는 사람이라는 생각이 들었다.

"중요한 건 학생 혼자서만 모든 걸 하는 게 아니라는 겁니다. 아이들이 10을 안다고 해서 2, 3, 4를 아는 게 아니죠. 교육자는 하나하나 차근차근 함께하면서 학생이 이루고자 하는 일을 적극 도와주어야 합니다. 학생들에게 거짓은 가르치지 않아야 합니다. 항상 진실만을 가르치고 이야기하며 학생들 옆에서 응원해주는 게 교육의 시작이라고 생각합니다."

"대학은 자신의 미래를 위해 배우고 경험하는 곳입니다. 그런데 체대는 다른 전공에 비해 취업 관련 정보가 부족합니다. 전라북도는 경기도처럼 스포츠 잡페어 등이 활성화되어 있지 않습니다. 우리 전라북도도 경기도와 같은 인프라와 지원 시스템이 하루 속히 정착되기를 바랍니다. 아울러 우리 학생들은 스포츠 계열의 취업문은 좁은 게 아니라 아직 많이 알려지지 않았다는 것을 깨닫고 더 많은 도전을 하면 좋겠다고 생각합니다."

우리 주위에는 스포츠 관련 교육을 받았거나 전공자였던 사람들이 더러 있다. 그들에게 지금 하는 일이 뭐냐고 물어보면 대부분 현실적인 여건 탓에 스포츠와는 거리가 먼 일을 하고 있다. 대한민국에서 메시가 태어났다면 독서실에 앉아 있었을 거라는 말을 들은 적이 있다. 참 웃픈 이야기 아닌가.

학생들이 자신의 꿈을 제대로 펼치고 완주할 수 있도록 더 좋은 인프라를 갖추고 더 좋은 지도자를 양성해야 한다. 1등보다는 완주자가 될 수 있도록 하는 세상은 멀리 있지 않다.

"초심을 잃지 않아야 취업도 잘 됩니다"
강만성(58세) 한길 ERP 전산회계학원 원장

강만성 원장은 30년 가까이 회계 강의를 해왔다. 예전에는 60세까지 정년이 보장되었지만, 지금은 많은 사람들이 계약직인 것이 너무나 마음이 아프다. 취업을 준비하는 사람들에게 필요한 전문 지식을 전달해서 대체 불가능한 인재로 만들고 싶다는 생각 하나로 오늘도 그는 칠판 앞에 선다.

강만성 원장은 교육에서 가장 중요한 것은 강사와 학생 간의 상호 신뢰라고 말한다. 학생은 강사를 신뢰하고 강사는 학생을 신뢰하면서 상호작용을 해야 지식이 제대로 전달된다는 것이다. 강사와 학생 사이의 신뢰는 단순히 지식전달에서 끝나지 않고 취업까지 연결된다.

기억에 남는 학생 중에 펜싱선수가 있었다. 그 학생은 운동만 했기 때문에 전산회계나 취업시장에 문외한이었다. 하지만 취업을 마음먹고 학원 문을 열고 들어온 그날부터 강사를 신뢰하고 끝까지 노력한 결과 5개월 만에 취업에 성공했다. 아직도 연락하며 지내는 그 학생을 통해 다시금 신뢰의 중요성을 확인했다.

ERP 전산회계 학원은 국가기관 전략 사업으로 자부담금이 없거나 적다. 익

산에서 유일한 노동부 지원 학원이어서 경제적으로 어려운 환경의 학생도 교육을 받을 수 있다고 한다.

강만성 대표는 금전으로 인해 차별받는 일이 없는 국가 지원책을 굉장히 칭찬하면서도 몇 가지 애로사항에 대해 말했다. 학생들을 각자의 지식수준에 맞추어 초급, 중급, 고급으로 나누어 수업을 하고 싶은데 노동부 시스템상의 문제로 차등 수업을 할 수 없다는 것이다. 학생들에게 최적의 강의를 제공하고 싶은 그에게 이 시스템은 여전히 안타까움으로 남아있다.

예전에는 암기가 중요했다면 이제는 창의력이 중요한 시대이다. 전산회계는 암기가 아니라 이해를 해야 하고 이해를 통해 창의력까지 계발할 수 있다. 메타버스와 4차 혁명의 시대에 암기만으로 살아남을 수는 없다. 전산회계 수업을 통해 트렌드를 쫓아가는 사람이 아니라, 트렌드를 이끄는 사람이 되어야 한다고 강조했다.

강만성 원장은 많은 학생들이 처음 들어왔을 때 지녔던 열정과 각오가 시간의 흐름에 따라 희미해져 가는 걸 종종 목격한다. 5~6개월의 장기 과정이

당신이 있어 다행입니다

라서 중도에 포기하고 싶은 생각을 하는 것을 이해는 하지만, 교육자로서 안타까운 마음이 드는 건 어쩔 수가 없다. 5~6개월의 과정을 성실하게 이행한다면 50개월, 아니 200개월 이상을 보상받으며 살 수 있다는 그의 말이 인상 깊었다. 처음 학원 문을 열고 들어설 때의 초심을 잃지 않는 게 취업을 하는 가장 빠른 길이라고 강만성 원장은 다시 한 번 힘주어 말했다.

"우리의 전통이 담긴 음식을 만들어요"
고태곤(70세) 고스락 대표

고스락의 전신은 1985년에 문을 연 이화동산이다. 편히 쉴 수 있는 수목원 같은 쉼터를 만드는 게 꿈이었던 고태곤 대표는 부지를 조금씩 확보하면서 나무를 심기 시작했다. 그렇게 해서 오늘날 고스락은 3만여 평의 넓은 정원에 4,000여 개의 숨 쉬는 전통 항아리로 가득 차게 되었다.

"고스락은 으뜸, 최고, 정상이라는 뜻의 순우리말입니다. 제 성씨인 '고'로 시작하는 단어 중에서 좋은 뜻을 찾다가 고스락을 발견했죠. 제가 좋아하는 시인이 많이 사용하는 단어여서 더 애정이 갔습니다. 고스락은 제가 추구하는 바를 잘 담아낸 단어입니다. 우리 전통이 최고이고 우리 식품이 최고라는 정신이 고스란히 담겨있습니다."

끝도 없이 펼쳐진 4,000여 개의 항아리, 울창한 나무들과 잘 가꿔진 꽃들…… 잘 정돈된 3만여 평의 정원을 보고 있으니 마음이 절로 평화로워졌다. 이 모든 게 하루아침에 이루어진 것은 아니다. 고태곤 대표는 대학 시절부터 한 그루 한그루 나무를 심었다고 한다. 40년 세월 동안 정성과 노력이 모여 작은 숲을 이루었다.

"마트에 가보면 우리의 전통 간장이 없습니다. 공장에서 만들어진 양조간장만 있습니다. 항아리에서 숙성시킨 간장을 파는 곳은 없어요. 우리의 장은 예로부터 항아리에서 만들었습니다. 그래서 제가 그 전통을 살려서 항아리에 담긴 장을 구현해야겠다고 생각했습니다. 그리고는 곰곰 생각을 해봤죠. 왜 항아리를 많이 사용하지 않을까? 항아리를 사용해야 전통의 맛을 제대로 구현할 수 있을 텐데. 그런 생각을 하다 결심을 했죠. 우리의 전통을 통해서도 위생적이고 과학적일 수 있다는 것을 보여주자. 고스락에는 4,000개가 넘는 항아리가 있는데 모든 항아리가 이력제로 운영되고 있습니다. 언제 만들어졌고, 언제 나갔고, 이 모든 게 정확히 기록되고 갱신됩니다. 전통을 살리면서도 환경과 위생, 그리고 맛을 모두 잡고 있습니다."

"식품은 바르게 만들기만 하면 꾸준합니다. 그러기 위해서는 좋은 재료로 만들어야 합니다. 고스락의 가장 큰 원칙은 바로 이것입니다. 우리의 재료로 우리의 전통 항아리에서 만들어내는 게 우리의 전통을 지키는 방법이라고 생각합니다. 우리의 전통을 지키고 싶다는 신념 하나만큼은 처음 일을 시작할 때부터 지금까지 한 순간도 잊어본 적이 없습니다. 청소년 체험 학습도 꾸준히 진행하고 있습니다. 우리 아이들에게도 살아 숨 쉬는 전통의 숨결을 느끼

당신이 있어 다행입니다

게 해주고 싶기 때문입니다."

"익산시민의 한 사람으로서 익산 하면 떠오르는 대표적인 게 없다는 것이 안타깝습니다. 익산을 대표하는 관광지가 있어야 익산이 살아날 수 있습니다. 관광지를 찾는 이들이 있어야 숙박도 살아나고 식당도 살아나고 일자리도 늘어나지 않겠습니까. 관광객들은 오라고 해서 오는 게 아닙니다. 오고 싶게 만들어야 합니다. 익산이 오고 싶은 도시가 되었으면 좋겠습니다. 현재 익산의 인구는 계속 줄어들고 있는 상황인데 관광지를 잘 개발해서 유동 인구가 늘어나면 고정 인구도 늘 수 있다고 생각합니다. 그래서 저도 우리 고스락이 익산을 찾는 이유가 될 수 있도록 늘 노력하고 있습니다."

고태곤 대표는 진정으로 익산을 생각하는 분이셨다. 익산 곳곳의 많은 분들을 만나면 늘 드는 생각이 있다. 익산시민 한 분 한 분이 모두 익산을 진심으로 사랑하고 익산의 인구가 줄어드는 현실을 누구보다 안타깝게 여기고 있었다. 시민들이 이런 생각을 하고 계시다는 게 참으로 고맙기도 하고 마음이 아프기도 하다. 이렇게 걱정하는 분들의 마음이 모여 익산 곳곳에 다시 활기를 불러올 것이다. 익산을 생각하는 이들의 소중한 마음을 모아 익산을 바꿔보자. 오고 싶은 도시로 만들어보자.

"지역과 함께 상생하는 마트가 되겠습니다"
최원길(48세) 마트데이 대표

최원길 대표는 22년 전 동네의 작은 마트에 입사했다. 약 2년간 일하면서 마트 일의 매력에 푹 빠져버렸다. 이후 마트 일을 제대로 하려면 유통구조를 알아야겠다고 생각해서 도매사업에 다시 2년 정도 종사했다. 그리고 30평의 작은 마트로 시작해서 지금은 직원만 70명 규모의 대형 마트 대표가 되었다.

"처음에는 마트 직원으로 일할 때는 이런 대형 마트의 주인이 되는 건 꿈

만 같은 일이었죠. 소매점 직원에서 도매점 직원, 그리고 대형 마트의 대표가 되기까지 정말 미친 듯이 일만 했습니다. 좋은 마트는 좋은 물건으로 이루어 진다는 생각으로 매일 밤 9시부터 새벽 6시까지 서울 가락동 공판장, 대전 공판장, 광주 공판장, 전주 공판장 등을 돌아다니며 농산물을 직접 보고 배웠 습니다. 그렇게 미친 듯이 몰두했던 시간들이 지금의 마트데이를 만든 것 같 습니다."

"여기까지 오는데 어찌 시련이 없었겠습니까. 기억나는 큰 어려움만 말해 도 오늘 밤을 꼬박 새울 정도입니다. 초창기에 30평대 마트를 준비할 때는 건 축비가 없어서 개장이 몇 달 미뤄지기도 했어요. 자금이 부족해서 마트 오픈 당일 매출을 전부 사채업자에게 주기도 했고, 자금 부족으로 압류를 당하고 상품을 받지 못해서 영업을 제대로 할 수 없었던 적도 있었습니다. 그때는 정 말 포기하고 싶었죠. 그래도 꾸준히 신뢰를 쌓아가면서 조금씩 자리를 잡았 습니다. 그래도 여전히 대형 마트는 꿈도 못 꾸었어요. 제가 농산물에 미치기 전까지는. 우연히 농산물에 빠져들면서 좋은 농산물은 경쟁력 있는 제품이라는 생각에 더 많은 구매 인구가 모이고, 더 많은 판매를 할 수 있는 장소가 필요해서 확장을 염두에 두고 노력하기 시작했습니다. 공산품은 오프라인에서도 살 수 있으니 메리트가 없습니다. 제가 승부를 볼 수 있는 건 농산물이라는 생각으로 모든 걸 걸었습니다. 무조건 맛있고 싱싱한 것으로 직접 발품 팔며 고르러 다녔죠. 결국 이 자리까지 올 수 있었던 비결은 농산물입니다. 제가 농산물에 빠지지 않았더라면 지금의 마트데이는 존재하지 않을 겁니다. 마트데이가 자리를 잡은 지금도 저는 밤새 공판장을 미친 듯이 돌아다니고 있습니다."

"농산물은 재고가 남으면 팔 수 없는 것이어서 초창기에 손해도 많이 봤습니다. 자금 압박이 심했을 때라 눈물이 다 나더군요. 유체동산에 압류가 되었을 때도 있었는데, 거래처 사장님이 저의 의지와 성실함을 보고 유체동산 압류 해체는 물론이고 자금을 원활하게 풀어주시기도 했죠. 저를 끝까지 믿어주는 분들이 있었기에 포기하지 않았습니다. 언제나 믿고 따라주는 우리 직원들이 있었기에 더 나은 미래를 위해 꾸준히 일해 왔습니다. 무엇보다도 가장 큰 힘이 되었던 건 가족입니다. 저를 믿고 묵묵히 기다려준 가족이 있었기에 어떠한 시련도 버텨낼 수 있었습니다."

"지역사회에서 생산되는 모든 제품을 팔면서 익산시와 함께 상생하는 사회적 마트를 만들고 싶다는 꿈이 있습니다. 철없던 시절에는 막연히 롯데마트나 홈플러스 같은 대형 마트를 이겨보고 싶었죠. 하지만 어느 정도 자리를 잡고 나니 지역과 함께 상생하는 게 중요하다는 생각이 들었어요. 지역에서 생산한 제품을 저희 마트에서 팔아서 지역과 함께 성장하는 마트가 되고 싶습니다. 마트의 모든 걸 지역에서 나는 것으로만 판매하는 것입니다. 일본에서는 이미 이런 마트들이 성공적으로 자리를 잡아가고 있답니다. 우리나라도 이런 움직임들이 점차 늘어난다면 모두가 윈윈 하는 사회가 될 거라고 믿습니다. 우리 익산에서는 제가 그 첫발을 떼는 게 목표입니다."

동네 마트의 직원에서 직원 70명 규모의 대형 마트 대표가 되기까지, 최원길 대표가 겪어야 했던 어려움과 노력은 감히 헤아릴 수가 없었다. 그와 이야기를 나누는 동안 유독 눈길을 끌었던 게 하나 있다. 한쪽 벽에 붙어 있는 '배움이 멈추면 성장이 멈춘다'라는 메모. 끊임없이 배우고 노력하는 자세를 지닌 최원길 대표를 보면서 성공하려면 미쳐야 한다는 걸 다시 한 번 가슴에 새겼다.

"소박함과 따듯함을 담았습니다"
최성흠(42세) 은성식품 대표

국수는 예로부터 잔치에 빠질 수 없는 음식이었다. 서로의 정을 나누는 넉넉한 마음이 국수 한 그릇에 담겨 있다. 그 소박함과 따듯함을 만들어온 여산 은성식품을 찾았다.

"국수 사업은 아버지가 하시던 가업을 물려받은 것입니다. 친척 중에 국수를 하시던 분이 계셨어요. 아버지께서 그분께 배우고 끊임없이 연구하셔서 수연소면에 있어서는 전문가가 되셨죠. 저 역시 그런 아버지 밑에서 보고 배웠으니 수연소면 하나만큼은 자신 있습니다. 아버지는 금산 분이셨는데, 새롭게 자리 잡을 곳을 찾다가 지인께서 마침 좋은 자리가 있다며 여산을 추천해주셨어요. 한적하고 깊은 산골이라 공장 위치로는 더없이 좋은 자리였죠. 아쉬운 점은 처음 공장을 세우던 1990년에 비해 여산은 특별한 발전이 없다는 겁니다. 30년이 넘는 세월이 흘렀지만 여산은 여전히 한적한 산골 동네입니다."

30년이면 강산이 세 번이나 바뀔 시간이지만 큰 변화가 없는 여산. 편안하고 고요한 그 자리를 은성식품은 꿋꿋이 지켜왔다.

"아버지께서 기초를 잘 닦아주셔서 저는 비교적 순탄한 길을 걸어왔습니다. 아버지께서 땀방울로 일궈내신 길이죠. 아버지는 고생을 정말 많이 하셨어요. 자본이 하나도 없는 상태에서 시작했으니, 하나부터 열까지 손수 이뤄

내셨죠. 그런 기업이기에 저도 매일 공부하고 연구하면서 우리 은성식품이 더욱 널리 알려지도록 노력하고 있습니다."

비교적 순탄한 길을 걸었다고 하지만 최성흠 대표에게도 고민은 있었다. 손으로 늘려서 만든 다섯 가지 알록달록한 색깔이 인상적인 수연소면은 은성식품의 주력 상품이다. 선물용과 기내식용으로 많이 나간다. 그런데 코로나19로 행사가 없어지고 항공기 운항이 중단되면서 국수 판매도 줄어들었다. 예상치 못한 타격이었다.

무엇보다 힘든 점은 제조업에 대한 과도한 규제이다. 사람이 먹는 것이기에 강력한 규제는 꼭 필요하지만, 규제를 받아들이고 수정하기까지의 기한이 너무나 짧은 것이다. 성분 표기 순서가 바뀌면 기존의 포장지를 사용하지 못하고 버리는 게 너무나 많다고 한다. 기존의 포장지를 모두 사용하고 새로 바꿀 때까지 기한을 넉넉하게 주면 좋은데, 변경 기간이 너무나 짧아서 새 포장지가 그대로 버려지는 게 얼마인지 셀 수도 없다고 한다.

"사람이 먹는 걸 만드는 일인 만큼 원리 원칙을 철저하게 지킵니다. 그것은 아버지 때부터 변함없는 신념입니다. 품질을 유지하려면 절대로 원칙에서 어긋나서는 안 된다고 생각합니다. 그런 신념 덕분인지 손님들이 많이 찾아주십니다. 국내에서도 많이 찾아주시고 감사하게도 미국, 중국, 러시아 등 해외에도 수출하고 있어요. 특히 이민 가신 교포 분들이 많이 찾으세요. 고향을 느낄 수 있다면서 좋아하실 때면 너무 감사한 마음입니다. 앞으로 더 많은 분들께 은성식품의 국수를 알릴 수 있도록 열심히 노력하겠습니다."

"공유 미용실을 아시나요?"
강정희(54세) 노블레스 대표

강정희 대표는 어릴 때부터 손재주가 좋았다. 머리 만지는 걸 좋아해서 제본 가위로 동네 꼬마의 앞머리를 잘라주다 망쳐버려서 달래느라 애를 먹었던 적도 있었다. 본격적으로 미용 일을 시작한 지는 30년 가까이 되었다. 지금은 익산시 미용 명장이 되어 미용계의 앞날을 환히 비춰주고 있다.

"미용은 손으로 하는 일이잖아요. 아무리 세상이 바뀌고 발전해도 미용만큼은 기계가 대체할 수 없는 영역이라고 생각해요. 그런 점이 미용의 매력이죠. 4차, 5차 산업이 생겨나도 손으로 하는 일의 정교함은 기계가 따라올 수 없습니다. 게다가 자신만의 기술을 익혀 부단히 노력하면 CEO가 될 수 있다는 점도 제가 미용을 선택한 이유였어요. 미용 기술은 날이 갈수록 쌓이고 누가 훔쳐 갈 수도 없는 거잖아요."

"지금은 익산시 미용 명장으로 불리지만 저라고 처음부터 잘한 건 아니었죠. 제 사촌동생은 아직도 저한테 머리를 안 맡겨요. 제가 미용자격증 준비할 때 사촌동생 머리로 연습하다 망친 적이 있거든요. 지금은 익산시 명장인데도 저만 보면 도망갑니다. 우리 미용실에 와도 저한테는 절대 안 맡기고 다른 디자이너에게 머리를 하더라고요."

"꾸준함이 비결이라고 할까요? 너무 뻔한 대답 같지만, 미용은 어느 분야보다 꾸준함과 성실함이 필요한 분야예요. 미용이 헤어 디자인만 다룬다고 생각하실 수도 있지만, 제대로 미용을 하려면 약품의 pH를 적절하게 다룰 줄 알아야 해요. 한 사람의 머리에도 부분마다 다르게 약을 써야 합니다. 이런 미세한 차이 하나하나가 손상되지 않는 완벽한 헤어스타일을 만들어내는 겁니다."

"포기하고 싶었던 적도 있어요. 삶을 놓아버리고 싶다는 생각도 했어요. 미용 일에 본격적으로 뛰어들고 나서 제가 사업에도 재능이 있다는 걸 알았어요. 사업을 기획하면서 미용 재료를 잔뜩 모아서 창고에 쌓아두었죠. 그런데 어느 날 홍수가 난 거예요. 창고가 다 물에 잠겨버렸죠. 아무것도 건질 수가 없었어요. 흙탕물에 잠겨버린 창고를 보는데 눈물이 멈추지 않더군요. 세상이 무너지는 것 같았어요. 그때는 길을 걷다가 강만 보면 뛰어들고 싶었어요. 뛰어내리면 편하겠지, 아무 걱정도 없겠지, 그런 생각이 머릿속을 헤집어놓았어요. 그 순간, 가족들 얼굴이 떠오르더군요. 아차, 싶었어요. 내가 지금 무슨 생각을 하는 건가. 이런 일에 무너지면 안 되지. 살자. 힘들어도 살아야 한다. 개

part 3 is a side tab marker
part 3

똥밭에 굴러도 이승이 낫다고 하지 않던가. 그날 이후로 이를 악물고 더 열심히 살았어요. 어제보다 나은 내일이 꼭 올 거라고 믿으면서."

강정희 대표가 운영하는 노블레스는 공유 미용실이다. 공유 미용실은 여러 명의 미용사가 같은 공간을 함께 사용하는 새로운 방식의 미용실이다. 강정희 대표가 공유 미용실을 운영하게 된 이유는 미용에 대한 애정 때문이다. 많은 실력 있는 미용사들이 초기 창업비용이 없어 자리를 잡지 못하는 현실이 마음 아팠다. 재능이 있는데도 일자리를 찾아서 익산에 떠나 다른 도시로 가는 후배들을 볼 때마다 가슴이 시렸다. 그래서 공유 미용실을 공모 받아 운영하기 시작했다. 실력 있는 미용사들이 더는 익산을 떠나지 않고 자신의 가위 하나만 들고 오면 일을 할 수 있게 만든 것이다.

강정희 대표는 익산의 미용 산업이 더 활성화되려면 선배들의 역할이 중요하다고 강조했다. 익산 하면 떠오르는 주얼리와 함께 미용 대회를 유치하면 많은 이들이 꿈을 펼칠 수 있고 익산을 찾을 수 있을 거라고도 했다. 강정희 대표의 마음속에는 미용계 후배들과 내 고향 익산 생각으로 가득하다.

"기업의 사회적 책임을 생각합니다"
김기원(59세) (유)아톤산업 대표

얼마 전 전국에 몰아친 요소수 대란에서 살아남은 도시가 있다. 바로 익산이다. 그 중심에는 아톤산업과 김기원 대표가 있었다. 기업의 도리라고 여기고 원리원칙대로 미리 원료를 확보해놓은 덕에 요소수 대란 속에서도 안정적 물량을 공급할 수 있었다.

"환경 관련 사업을 시작한 지는 30년도 더 되었습니다. 요소수 관련 사업으로 전향한 지는 8년 정도 되었고요. 아톤이라는 회사 이름은 이집트 신화에 나오는 빛의 신에서 따왔어요. 우리 아톤산업이 도전적인 정신으로 세상을 밝

게 비추는 존재가 되기를 바라는 마음으로 이름을 정했죠. 이름 덕분인지 요소수 대란 속에서도 아톤산업이 안정적으로 물량을 공급하여 조금은 세상의 빛이 되지 않았나 싶습니다."

"요소수 대란을 미리 예측할 수는 없었어요. 이런 상황이 오리라 누가 알았 겠습니까. 우리나라보다 먼저 유럽 쪽에서 요소수 대란이 일어났어요. 일반인 들보다는 조금 먼저 알았지만 이미 손쓰기에는 늦었죠. 요소수는 유로6 적용 이후 경유 차량에 필수적으로 들어가야 합니다. 경유차 배기가스 규제를 위한 것이에요. 요소수가 없으면 차가 제대로 가지 않습니다. 요소는 수입 의존도 가 굉장히 높고 그중 거의 대부분을 중국에서 가져옵니다. 그런데 중국이 갑 작스레 생산과 수출을 규제하는 바람에 문제가 커진 거예요. 중국도 기후 위 기에 여러 나라와 연관된 정치적 문제까지 겹쳐 제 코가 석자인 상황이라 그 난리가 난 겁니다."

"안정적으로 물량을 공급할 수 있었던 건 미리 원료를 확보해두었기 때문 이에요. 언제 무슨 일이 일어날지 모르니 당연히 적정량 이상의 물량을 항시 확보해두어야 한다고 생각했어요. 그게 기업의 사회적 책임이기도 하고요. 사실 아톤산업은 차량용 요소수 전문 생산업체가 아니고 산업용 요소수를 더 많이 생산합니다. 그마저도 대기업이 요소수 생산을 독점하고 있어서 많이 생산할 일이 없었죠. 그런데 요소수 대란이 터지고 대기업과 여타 기업들은 미리 충분한 양의 원료를 확보해두지 못한 탓에 큰 혼란이 일어났죠. 현재 아톤에서는 차량용 요소수를 하루에 100톤 정도 생산합니다."

"다들 떼돈 벌 기회 아니냐고 했어요. 저도 잠깐 그런 생각을 하긴 했습니다. 하지만 당장 요소수가 없어서 시내버스, 화물차, 소방차 등이 운행을 하지 못하는 상황인데 돈 욕심에 가격을 올리는 건 제 양심이 허락하지 않더군요. 저는 왜 돈을 버는지 항상 생각해봅니다. 돈은 잘 쓰고 싶어서 버는 것입니다. 그러려면 잘 벌어야 해요. 그러니 남들 어려운 상황을 이용해서 돈을 버는 건 아닌 것 같다고 생각했어요. 저는 잘 벌어야 잘 쓸 수 있다고 믿어요. 그런 마음으로 요소수를 적정 가격에 공급하고 있습니다."

"아직도 요소 공급 상황은 심각합니다. 9월에 주문한 게 아직 안 왔어요. 이런 상황을 대비하려면 한 나라에 대한 의존에서 탈피해 다양한 구매처를 확보하고 미리미리 여유 재고를 확보해야 합니다. 그것이 기업의 책임이기도 하고요. 아직은 사태가 안정되지 않았지만, 너무 불안해하지는 마시라고 말씀드리고 싶어요. 저희가 최선을 다할 것이고, 서로 돕고 배려하면 곧 다시 일상으로 돌아갈 수 있습니다."

요소수 대란이 터지자 전국 각지에서 차량과 사람들이 회사 앞으로 모여들었다고 한다. 누가 시키지도 않았는데 새벽부터 질서정연하게 줄을 서 있는 모습에 김기원 대표는 마음이 뭉클했다. 구급차, 소방차, 화물차 등 요소수가 반드시 필요한 차량 위주로 먼저 제공을 했다. 어려운 상황일수록 나눠야 한다고 생각했기 때문이다.

우리 민족은 참 특이하다. 언제고 어디서고 어려운 상황이면 누가 시키지도 않았는데 서로서로 돕고 단결했다. 나의 일이 아닌데도 나의 일처럼 나서서 돕는다. 그리고 늘 이겨냈다. 요소수 대란을 통해 다시 한 번 감동의 신화를 써내려간 중심에는 아톤산업이 있었다.

"행복한 사람이 만들면 먹는 사람도 행복해요"
류인철(55세) 코코밀 대표

김제농업고등학교 식품공학과를 나온 류인철 대표는 학창 시절부터 제과제빵에 깊은 관심이 있었다. 프랑스 벨루이 제과학교를 졸업하고 프랑스 코르동 블루, 일본과자전문학교, 일본 동경제과학교를 수료한 그는 기능 국가대표 감독으로 후진 양성에도 힘을 기울이고 있다.

코코밀은 Comfort Coffee Meal의 줄임말이다. 코코밀이 커피 한 잔과 맛있는 빵 한 조각과 함께 편히 쉴 수 있는 공간이 되었으면 좋겠다는 생각으로 지은 이름이다. 코코밀은 2019년에 문을 열었다. 그전까지 류인철 대표는 원광대학교 앞 원탑베이커리에서 20년 동안 매일 맛있는 냄새를 풍겨냈다.

코코밀은 그의 제빵신화를 이어갈 38년 제과제빵 인생의 집합체다. 그의 진심이 담겨서일까. 코코밀은 익산을 대표하는 빵집으로 자리 잡았다. 요즘 젊은이들 사이에서 유행이라는 '빵지 순례'에 코코밀은 빠질 수 없는 곳이 되었다. 가까운 전주부터 김제, 군산, 대전 등 전국에서 코코밀 빵을 찾으러 오는 손님들의 발길이 끊이지 않는다. 전국 각지에서 오시는 분들이 너무나 감사하다. 이에 보답하기 위해 더 맛있고 건강한 빵을 만들겠다고 끊임없이 다짐하고 있다.

류인철 대표에게 코코밀 빵이 맛있는 비결은 무엇인지 물었다. 신선한 재료와 좋은 장비는 당연히 갖춰야하는 것이고, 무엇보다 중요한 것은 베이커의 마음이라고 한다. 빵을 구워내는 이가 빵을 먹을 사람을 생각하면서 행복한 마음으로 구워내야 최고의 빵이 나온다는 것이다. 진심 어린 눈빛으로 열변을 토하는 그의 모습에서 어떤 일이든 진정성 깃든 마음가짐이 중요하다는 생각

을 다시금 했다.

류인철 대표는 한국을 대표하는 제과기능장이자 국제기능올림픽 제과제빵 분야에서 우리나라 최초로 금메달리스트를 양성한 기술 감독이기도 하다. 자신의 선수 시절을 거울삼아 선수들에게 때로는 쓴소리도 하고 때로는 따뜻하게 안아주기도 하면서 결국 최초의 금메달리스트를 양성해냈다. 그가 가장 좋아하는 단어는 꿈, 도전, 열정이다. 제과제빵업에 발을 들인 이후 단 한 순간도 잊어본 적 없는 이 세 단어는 지금도 그의 가슴을 뛰게 한다.

류인철 대표는 사랑하는 익산을 위해 나눔과 봉사의 정신을 꾸준히 실천한다. 코코밀은 익산시 희망동행 736호점으로 수익금의 일부를 기부하고 있다. 마을회관과 효도마을 등에도 꾸준히 빵을 전달하고 있다. 시민들에게 안전하고 건강한 빵을 제공해온 코코밀은 식약처 위생 등급제에서 최우수 위생 등급업소로 선정되었다. 한 가지 아쉬운 것은 서울과 경기 지역은 최우수 위생 등급업소로 선정된 가게에는 수도세 감면 등 많은 지원을 하는데 익산은 그런 지원이 전혀 마련되어 있지 않다는 것이다.

류인철 대표는 거듭 강조했다. 시민들에게 안전한 먹을거리를 제공하기 위해 노력하는 가게들에 더욱 관심을 가져주고 격려해준다면 더 많은 가게들이 위생을 위해 노력할 것이라고. 그렇게 되면 시민들은 위생등급이 우수한 업소에서 안전한 먹을거리를 선택할 수 있는 폭이 늘어나서 결국 건강한 사회를 이루는 기반이 된다고.

후배들에게 해주고 싶은 말이 있느냐는 물음에 이렇게 답했다. "어떤 일이든 한 가지를 하다 보면 권태기도 오고 고난도 닥칩니다. 삶이라는 게 항상 좋은 일만 생기지는 않더라고요. 하지만 성공한 이들은 그 고난과 권태의 시간을 잘 견뎌낸 이들입니다. 우리 후배들도 지금은 힘들어도 그 순간을 견뎌내는 사람은 반드시 성공한다는 믿음을 갖기 바랍니다."

'견딘다'는 말은 고통이 뒤따른다는 뜻이다. 권태기를 견디고 실패를 견디고 삶의 무게를 견뎌야 한다. 그렇게 견디다 보면 어느덧 다 지나가고 조금은 성숙해져 있는 자신을 만나게 된다. 류인철 대표가 후배들에게 건네는 '견뎌내라'는 말은 내 가슴에도 깊이 다가왔다.

"꽃밭을 만들면 나비가 저절로 찾아옵니다"
김홍국(64세) 하림 회장

치킨을 좋아하는 대한민국 국민이라면 한 번쯤은 들어본 기업 하림. 김홍국 회장은 열한 살 무렵 외할머니께 선물 받은 병아리 10마리를 닭으로 키워 팔다가 고등학교 졸업 이후 본격적으로 양계 사업에 뛰어들었다.

"처음부터 대기업을 목표로 한 건 아니었어요. 그저 내가 좋아하는 일을 시작했고, 좋아하는 일을 하다 보니 꿈이 생겼죠. 그렇게 꿈을 좇는 시간이 흘러 이 자리에 도달하게 되었어요. 사람들이 보기에는 제가 성공했다고 할 수 있는데, 저는 성공이 별 게 아니라고 봐요. 성공은 때로 아주 가까이 있어요. 자기가 좋아하는 일을 꿈꾸고 그 꿈을 이루는 게 성공인 거죠. 성공만 좇다 보면 꿈이 희미해져요. 성공을 좇지 말고 꿈을 좇아야 성공할 수 있습니다."

"저라고 왜 힘든 순간이 없었겠습니까. 인생은 늘 예기치 못한 일투성이잖아요. 처음 사업을 시작하고 망해서 빚쟁이들한테 쫓긴 적도 있었습니다. 밤에 잠도 오지 않아서 여름에 돼지막에서 모기장을 치고 잔 적도 있었죠. 그러면서도 단 한 번도 내가 망했다는 생각은 하지 않았어요. 다시 일어날 수 있다. 이것 또한 꿈을 좇는 과정이라고 생각했어요. 한 번은 큰 불이 난 적이 있어요. 그 일은 아직도 트라우마로 남아있는데…… 제가 독한 사람이에요. 눈물이 없는 사람인데 그때는 눈물이 펑펑 쏟아지더군요. 2003년 5월이었어요. 새벽에 급하게 전화가 와서 가봤더니 헬기가 대여섯 대 뜨고 소방차가 익산에 있는 것만으로는 부족해서 논산 소방차까지 불러올 만큼 대형 화재가 났더군요. 전기 합선으로 인해 발생한 거였어요. 공장이 흔적도 없이 다 타버렸으니 공급을 못해서 거래처가 다 끊겼습니다. 당장 공장을 다시 세워야 했는데 1,200억 원이 필요했습니다. 이제는 정말 망했구나 하는 생각에 눈물이 마

당신이 있어 다행입니다

구 쏟아지더군요. 그래도 회장 체면에 직원들 앞에서 울 수는 없으니까 회사 모퉁이에 가서 눈물을 쏟아냈습니다. 그렇게 한참을 울고 있는데 직원 한 명이 와서 아무 말 없이 등을 토닥여주더군요. 그때 정신이 바짝 들었어요. 내가 흔들리면 회사가 흔들린다. 정신을 바짝 차려야겠구나. 무슨 일이 있어도 다시 일으켜 세우리라 다짐했습니다. 결국 다시 일어났죠. 망할 때 망하더라도 내가 좋아하는 일, 내 적성에 맞는 일을 했기에 다시 일어날 수 있을 거라는 자신감이 있었어요. 대출을 위해 은행에 가서도 자신 있게 설명했습니다. 어떻게 살릴 것이고, 어떻게 생산입지를 늘리고, 어떻게 갚아나갈 것인지. 그랬더니 은행도 신뢰를 하더군요. 그런 선순환을 통해 하림은 다시 입지를 다져 나갔습니다."

"흔히 사람들이 착각하는 게 있습니다. 좋은 대학교를 나와야 좋은 기업인이 되고 좋은 곳에 취직할 수 있다는 것. 그렇다면 서울대 경영학과 교수님을 경영진으로 모시면 그 기업은 성공할 수 있을까요? 아니라고 봅니다. 지식만이 전부가 아닌 세상입니다. 지식은 물론 필요하지만 무엇보다 중요한 건 실패해도 포기하지 않고 자신의 꿈을 좇는 인내심입니다. 쉬운 예로 정주영 회장님께서 지식인입니까? 정주영 회장님은 지식인 그 이상의 인내심과 창의력을 지닌 분이셨죠. CEO에게 가장 중요한 건 인내심과 창의력입니다."

"요즘 청년들이 무척 힘들다고 합니다. 인생을 앞서 살고 있는 세대로서 참 미안합니다. 사회 구조가 잘못되어 있으니, 청년들이 쉽게 도전할 수가 없어요. 어렸을 때부터 자신의 적성을 알게 해줘야 합니다. 현재 우리나라 정책을 보면 출산 장려책에 돈은 많이 쓰는데 출산율은 최악이에요. OECD 중에서 농업 중소기업 보조금을 가장 많이 주지만 농업 순위는 꼴찌예요. 어떤 문제든 돈으로 해결하려고 하는데 그건 근본적인 해결이 아닙니다. 중요한 건 돈이 아니라 도전할 수 있는 제도와 질서를 만드는 것입니다. 돈을 주는 건 게으른 사람을 더 게으르게 만들기만 할 뿐이에요. 돈이 아니라 교육이 중요합니다. 각자의 재능을 살리고 창의력을 일깨워주는 교육이 되어야 합니다. 그러면 각자 자신이 하고 싶은 일, 잘할 수 있는 일을 찾아서 도전할 것이고 결국 성공할 겁니다."

"지방 균형 발전을 억지로 하지 말고 떡밥을 줘서 고기가 물 수 있도록, 즉 스스로 하게끔 제도를 만들어야 해요. 미국에 가면 좋은 기업과 좋은 대학은 전부 지방에 있어요. 뉴욕이나 워싱턴 같은데 몰려 있지 않아요. 강제적으로 한 게 아니라 각 주의 정부가 세제 혜택 등 각종 혜택을 많이 줌으로써 기업과 학교가 스스로 찾아오게 만들었어요. 우리나라도 대기업이 지방으로 가는 걸 줄을 서서 원할 정도로 팍팍 밀어줘야 합니다. 예를 들어 지방으로 가면 법인 세를 50% 인하해주는 방법도 있겠죠. 대기업이 서울에 있으면 경쟁이 밀리게 끔, 그래서 지방에 자발적으로 오게 만들어야 합니다. 기업만으로는 지방 균 형 발전을 이룰 수 없으므로 대학교도 함께 지방으로 분산시켜야 합니다. 지 방으로 이전하는 대학교에는 세금 감면 등의 인센티브를 제공해야 합니다. 멀 리 갈수록 인센티브를 더 많이 줘서 지방으로 가고 싶게끔 만들어야 합니다. 대학교가 지방으로 이전해오면 캠퍼스를 중심으로 주거 지역이 형성되어 그 지역과 함께 발전하게 됩니다. 나비를 강제로 잡아올 생각을 하지 말고 꽃밭 을 만들어서 나비가 저절로 찾아오게 만들어야 합니다."

"바르게 사용하고 바르게 재활용하기"
최형산(60세) 상진 대표, 14호 기능한국인

최형산 대표는 어릴 때부터 손재주가 좋아서 손으로 무언가를 만드는 걸 좋아했다. 이리공업고등학교에 진학해서 플라스틱을 처음 접하고 플라스틱의 무궁무진한 가능성에 매료되어 이 길을 가보기로 결심했다.

"플라스틱 필름은 생소하실 수 있는데 비닐이라고 생각하시면 됩니다. 플 라스틱은 자동차와 핸드폰을 비롯해서 일상의 생활용품까지 광범위하게 사 용되고 있습니다. 저는 농업용 필름 개발에 주력하고 있습니다. 제가 처음 플

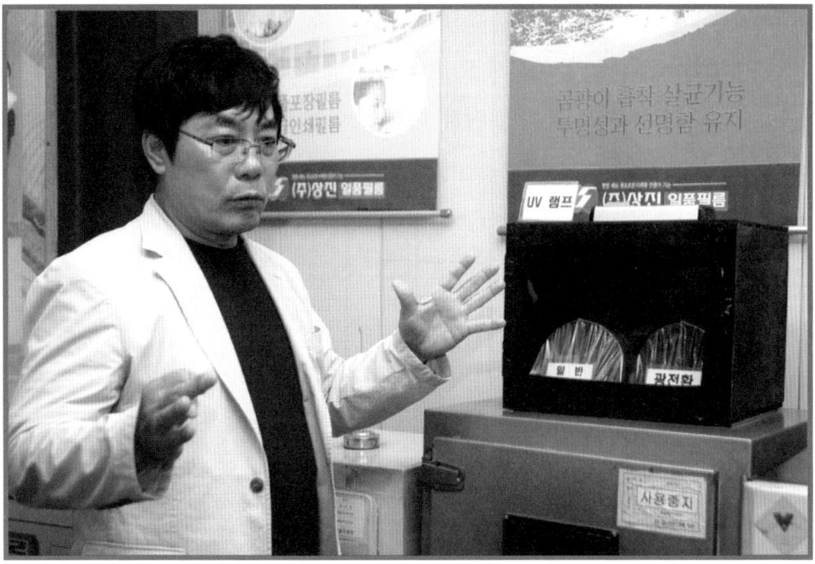

라스틱 필름을 개발할 때만 해도 모두 외국에서 수입을 했어요. 그마저도 비를 맞지 않게 하는 기능으로만 사용했죠. 그래서 저는 고기능성 비닐하우스를 만드는 데 주력했어요. 단순히 비를 막아주는 것만 아니라 작물을 더 잘 자라게 하는 비닐을 개발하고 싶었어요. 끊임없는 연구 과정을 거쳐 햇빛에 5년 이상 견디면서 비닐하우스 천장에 물이 고이지 않고 옆으로 흘러가는 필름을 개발했습니다. 그 결과 지금은 작물이 춤을 춘다고 할 정도로 비닐하우스의 성능이 향상되었죠."

"플라스틱 업계 1위라는 영광을 얻기까지 많은 어려움이 있었습니다. IMF로 어려움 겪던 시절에는 회사 기숙사에서 직원들과 함께하며 눈물도 많이 흘렸습니다. 포기하고 싶을 때도 많았지만 그럼에도 나를 믿고 용기를 준 가족들을 생각하며 이를 악물고 더욱 열심히 개발에 몰두했습니다. 우리 상진 제품이 최고라는 자부심을 갖고 일상에 존재하는 작은 불편함 하나하나를 관찰하고 개선하기 위해 노력했습니다. 실험 장비나 장소도 변변치 않아서 맨몸으로 현장에 나가 발로 뛰면서 실험을 한 적도 있어요. 그런 열정과 노력이 지금의 상진을 만들었습니다."

업계 1위라는 왕관을 쓰기까지 최형산 대표의 노력은 얼마나 대단했을까. 그는 요즘 친환경 제품 개발을 위해 다시 노력을 기울이고 있다. 환경을 위해 플라스틱에 대한 규제가 강화되고 있는 것에 대한 생각을 물었다.

"저도 환경에 대한 관심이 많고 친환경 제품을 만들기 위해 노력하는 사람으로서 친환경 제품을 더욱 늘려가야 한다고 생각해요. 우리 삶에서 당장 플라스틱을 없애는 건 불가능한 일입니다. 플라스틱 사용을 규제하지만 말고 현실적 대안을 마련해야 합니다. 오히려 극단적인 규제로 재활용할 수 있는 제품들이 재활용되지 못하고 있어요. 플라스틱을 제대로 재활용하고 친환경 제품을 개발해서 사용하면 환경과 편의 두 가지를 모두 만족시킬 수 있습니다. 쇼핑할 때 사용하는 비닐봉지는 소각해도 전혀 유해가스가 나오지 않습니다. 얼마든지 재활용도 가능하죠. 그렇기에 무조건적인 규제만이 답이 아닙니다. 올바르게 재활용할 수 있는 방안을 마련해야 합니다."

"재활용에 관심 있으신 분이라면 잘 아시겠지만, 페트병 하나를 재활용하려면 라벨지를 떼고, 병뚜껑 따로 페트병 따로 배출해야 합니다. 이 과정을 지키지 않고 배출하는 경우가 많아서 제대로 재활용이 이루어지지 않고 있습니다. 그런데 이 문제를 해결하는 건 아주 간단합니다. 분리배출을 하지 않아도 한 번에 재활용할 수 있도록 같은 원료로 만들면 됩니다. 뚜껑에는 색깔을 입히고 페트병 몸체는 투명하기 때문에 함께 재활용이 안 되는 겁니다. 이것만 해결해도 분리배출 문제는 단번에 해결할 수 있습니다."

"플라스틱 감정사라는 직업을 만들어서 고용도 창출하고 올바른 분리배출이 이루어질 수 있도록 하는 것도 필요합니다. 재활용 쓰레기가 많이 배출되는 아파트 등에 플라스틱 감정사를 의무적으로 고용해서 재활용이 잘 이루어지게 하는 겁니다. 배출된 플라스틱은 저소음 분쇄기를 사용해서 아파트 차원에서 미리 부피를 줄이면 한 번에 많은 양의 플라스틱을 수거할 수 있으니 훨씬 효과적입니다. 이런 좋은 방법이 많이 있는데 시도조차 하지 않고 무조건 규제

당신이 있어 다행입니다

만 하는 현실이 안타까울 뿐입니다. 효과적인 재활용을 위해 저희에게 과제를 주세요. 환경을 위해 끊임없이 개발하고 발전하겠습니다.”

최형산 대표는 앞으로도 새로운 친환경 제품 개발을 위해 연구하고 또 연구할 것이라고 다짐했다. 우리 삶의 곳곳마다 그의 노고가 숨어 있다. 최형산 대표의 말처럼 무조건적인 규제는 오히려 올바른 재활용의 길을 막는다. 바르게 사용하고 바르게 재활용할 수 있도록 현실적이고 효과적인 방법을 모색해야 할 때이다.

“중생의 고통을 함께 나누는 도량”
정안, 심곡사 주지

지금은 돌아가고 안 계시는 친누이처럼 따르던 분께서 '너는 성직자로 살 운명'이라고 하셨다. 그 말씀을 따라 종교인의 길을 걷기로 결심하고 오늘에 이르렀다.

“불교는 부처님의 가르침을 통해 부처가 되는 길을 알려주는 종교입니다. 고통에서 벗어나는 법을 수행을 통해 깨달아가는 것이지요. 불교에서 가장 중요한 정신의 하나는 상구보리 하화중생입니다. 위로는 진리를 깨치고 도를 이루어 부처가 되려고 정진하며, 아래로는 중생을 교화하려고 노력한다는 뜻합니다. 이 정신이야말로 불교가 추구하는 바를 잘 담아내고 있습니다.”

“심곡사는 통일신라 때 무염대사가 창건한 사찰로 그 역사와 전통이 깊습니다. 무염대사는 전쟁이 끝난 뒤 흉흉한 민심을 달래기 위해 창건했다고 합니다. 수도할 장소를 찾던 중 미륵산 깊은 골짜기에 들어와 절을 세우고 심곡사(深谷寺)라 부르게 되었으며, 위령제를 올리고 전쟁으로 돌아가신 분들의 영혼을 달래기도 했답니다.

“심곡사는 시낭송회와 음악회 등 문화 행사가 많은 곳입니다. 예로부터 사

찰은 문화 예술의 중심이었습니다. 그러한 정신을 이어받아 심곡사에서는 정기적으로 음악회 등 문화 행사를 열고 있습니다. 문화가 살아야 사람이 온다는 생각으로 시민들이 불교와 문화에 더욱 가까워질 수 있도록 노력하고 있습니다."

"종교인으로 수행하면서 늘 지니고 있는 생각이 있습니다. 나부터 바르게 사는 것. 그것이 모든 일에 가장 기본이 되는 정신이라고 생각합니다. 자기 자신부터 바르게 살고 그 힘으로 남을 돕는 게 참된 종교인의 정신이 아닐까 합니다. 불교는 본인이 힘들 때 찾게 되는 종교입니다. 힘들지 않으면 불교를 찾아오지 않습니다. 각자의 마음 깊은 곳에 있는 고통과 두려움에서 벗어나고 싶기에 찾아오는 것이지요. 사람들의 고통을 함께 나누고 나아가 고통에서 벗어날 수 있게 하려면 저부터 바르게 살아야 하겠지요."

"삶은 그냥 살아가는 것이라고 생각합니다. 힘든 순간도 있고 기쁜 순간이 있겠지만 너무 기뻐하지도 너무 슬퍼하지도 말고 살아가야 합니다. 그런 마음이 있어야 어떤 상황이 와도 의연하게 대처할 수 있습니다. 순간순간의 감정에 치우치지 말고 흘러가는 대로 살아간다면 더욱 단단한 사람이 되겠지요."

전쟁이 끝난 뒤 민심을 달래기 위해 창건한 심곡사가 코로나19로 힘든 시기를 살아가는 이들을 달래주는 도량이 되기를 기대한다. 아울러 심곡사가 꽃 피우는 문화예술의 향연이 익산을 더욱 아름다운 고장으로 만들어가기를 바란다.

"기독교와 하나님은 생명이자 삶"
장덕순(70세) 이리 신광교회 목사

"믿음을 갖게 된 게 언제부터냐고 묻는다면, 어머니 태에 있을 때부터니까 70년 전이라고 해야 맞겠군요. 모태 신앙을 지니고 살아오다 42년 전에 부름을 받았어요. 그 길로 신학대학원에 입학해서 목회자 과정을 하나하나 거쳐 왔습니다. 신학대학원 3년을 마치고 약 2년간 준비한 다음 목사고시를 보았지요."

"기독교는 하나님이 천지를 창조하셨음을 믿고 예수 그리스도의 구원을 받아 세상을 책임지고 풍성하게 하는 종교입니다. 우리가 살다 보면 합리와 이성으로는 이해가 되지 않거나, 혹은 그런 모든 걸 넘어서는 신비한 순간을 맞이합니다. 그런 순간들이 제가 목회자의 길을 걷게 된 데 큰 영향을 미쳤습니다. 목사로 40년이 넘는 세월을 살아오면서 늘 행복했습니다. 하나님의 말씀을 전하고 교인들을 돌보는 그 순간순간이 감사했기 때문입니다. 제게 기독교가 갖는 의미를 묻는다면 제 생명이라고 답하고 싶습니다. 기독교를 떠나서는 살 수 없는 존재가 되었으니 말이죠. 기독교와 하나님은 제게 생명이자 삶입니다."

"우리 사회에 사랑이 메마른지 너무 오래되었어요. 삶이 힘들다보니 다들

날이 서 있고 비판적입니다. 우리 사회가, 우리의 삶이 좀 더 따뜻해졌으면 좋
겠어요. 그러려면 개인이 자신을 충분히 표현할 수 있도록 존중해주어야 합니
다. 국민 한 사람 한 사람의 의견과 뜻이 존중되고 표현하는 사회가 되어야 합
니다. 지금 우리 사회는 너무나 각박하고 공격적입니다. 이런 사회의 미래는
희미합니다. 개인이 좀 더 존중받고 서로가 서로를 더욱 사랑하는 사회가 되
어야 합니다."

"저는 12월 19일에 이리 신광교회 목사로서의 마지막 예배를 앞두고 있습
니다. 이 자리까지 무탈하게 잘 올 수 있었던 것은 하나님과 교인 여러분, 그
리고 우리 교회를 사랑해주신 익산시민 여러분들이 계셨기 때문입니다. 제가
이제 일흔이 되어 목사로서의 소임은 끝이 납니다. 앞으로 어떤 일을 하게 될
지 모르겠지만 지금까지 해온 만큼, 아니 그보다 더 의미 있는 일을 하고 싶습
니다. 그동안 목사로서의 삶은 더없이 행복했고 감사했습니다."

장덕순 목사님은 갈등 없이 상생하기 위해서는 서로를 인정하는 태도가 가
장 중요하다고 했다. 서로를 인정하는 태도를 가져야 우리 사회가 더 나은 사

당신이 있어 다행입니다

회로 나아갈 수 있을 것이다.

우리 사회는 모든 면에서 다양하고 역동적이다. 그 다양성과 역동성이 존중되는 사회, 사랑의 실천이라는 참된 종교적 가치가 보존되는 사회, 장덕순 목사님의 마지막 예배에서 나는 이것을 기도하고 싶다.

"울타리를 터야 더 행복해집니다"
허광영(70세) 원광학원 이사장

진로에 대해 고민하던 고등학교 때 우연히 친구들과 원불교 교당을 찾았다. 그곳에서 처음 접한 원불교는 외래 사상에 대한 거부감이 있던 그에게 운명이었다. 그날 이후 원불교의 길을 걷기로 결심했다.

"1916년에 소태산 박중빈 선생이 창시한 원불교는 우리나라에서 일어난 세계적 종교라는 점에서 그 의의가 큽니다. 원불교는 급격한 세상의 변화 속에서 물질로 잘 먹고 잘 사는 것을 넘어 문명으로 야기되는 다양한 문제에 대한 해답을 찾고, 나아가 인간 내면에 대한 이해를 추구하는 종교입니다. 물질이 개벽되니 정신을 개벽하자는 것이 원불교의 핵심 정신입니다. 원불교는 전남 영광에서 출발하여 변산반도에서 교리를 완성하고 이후 익산에 터를 잡았습니다."

문득 여러 지역 가운데 익산에 원불교가 뿌리를 내린 이유가 궁금했다.

"교리를 완성하기 위해 변산반도에 계실 때 함께 하셨던 분들 중에는 김제에서 오신 분, 원평에서 오신 분 등 다양한 지역에서 오신 분들이 있었다고 합니다. 많은 지역에서 많은 이들이 원불교와 뜻을 함께 하고자 왕래했는데 당시 변산반도의 교통이 너무 불편했습니다. 그래서 앞으로 원불교가 더욱 발전하려면 생산 시설과 교통의 편리함을 함께 갖춘 곳에 터를 잡아야겠다는 생각에서 익산에 자리를 잡으신 게 아닐까 합니다. 익산은 교통의 요지이기에 많은 이들이 모이기 쉬울 뿐만 아니라 무산자들이 자리를 잡고 살아가기도 더없이 좋은 곳이었습니다. 이러한 이유로 소태산 박중빈 선생께서는 익산에 자리를 잡으신 것으로 전해지고 있습니다."

"종교인의 삶을 살면서 참된 종교인이란 무엇인가에 대해 늘 생각해왔습니다. 제가 생각하는 참된 종교인이란, 불의에 타협하지 않고 성자들의 삶을 닮아가는 것입니다. 자신을 희생해서 세상의 빛과 소금이 되는 것, 자신과 남과 세상을 위하는 이가 되는 것이 참된 종교인이라 할 수 있습니다. 저는 평범하게 살아왔습니다. 종교인으로서 특별한 공을 세운 건 아니지만 가는 곳마다 맡은 바 소임을 위해 최선을 다했습니다. 성직자로서 긴 여정을 걸어오는 동안 한 치의 부끄러움도 없었습니다."

원광학원 이사장이자 종교인으로서 익산과의 상생을 위해 나아가야 할 방향에 대해 여쭈었다.

"원광학원, 나아가 원불교의 보이지 않는 울타리를 터야 합니다. 지난 100년 동안 원불교는 기본을 갈고닦기 위해 원불교 안에서의 수행을 주로 해왔기에 본의 아니게 울타리가 있는 상황이었습니다. 크게는 원불교와 세상이 울

타리로 나뉘었고, 내부에서는 출가교도와 재가교도 사이에 울타리가 있었습니다. 이제는 세계화를 위해서도 울타리를 터야 합니다. 초기에는 재가교도가 출가교도를 뒤따랐다면 이제는 재가교도와 출가교도가 함께 원불교와 세상의 울타리를 터야 합니다. 원광학원도 마찬가지입니다. 원광학원 내에 대학이 3개이고 병원은 익산에만 3개가 있습니다. 원광학원의 학생과 교직원은 4만 명 가까이 됩니다. 이들이 익산시에 끼치는 영향은 어마어마합니다. 그렇기에 원광학원 산하의 병원과 학교지만, 이것은 원광학원만의 것이 아니라 익산시민 모두의 것입니다. 익산시와 원광학원이 벽과 울타리를 터서 함께 상생하는 관계로 나아가야 우리 시가 더욱 발전하고 우리 시민이 더욱 행복해진다고 생각합니다. 원불교는 세계적인 종교로 발돋움하는 기로에 있습니다. 이는 가만히 앉아서 기다린다고 이루어지는 게 아닙니다. 우리가 함께 실천하고 나아가야 합니다."

종교의 울타리를 터서 익산과 화합하여 더 큰 길로 나아가자는 허광영 이사장님의 말씀은 깊은 울림을 주었다. 상생이 필요한 분야가 어디 한두 곳이겠는가. 정치, 경제, 사회, 문화 등 모든 분야에서 이런 정신을 가슴에 새겨야 할 것이다.

"가치 있는 사람이 되고 싶어요"
김장희(47세) 방역업체 공동 대표, 화물차 운송업자

"방역 일을 시작한 지 올해로 2년 되었습니다. 이전에는 화물차로 물류를 운송하는 일을 했는데, 코로나19로 인해 많은 사람들이 힘들어하는 모습을 보고 방역 일을 한번 해봐야겠다고 생각했어요. 낮에는 방역 일을 하고 방역 일정이 다 끝난 오후에는 화물차 운송업자로 일하고 있습니다. 투잡을 하면서 처음에는 많이 힘들었지만, 그만큼 보람을 느끼고 있기에 힘이 닿는 데까지 계속하려고 합니다. 요즘 투잡 하는 분들이 많습니다. 주 5일 하루 8시간 일해서는 생계유지가 어렵기 때문에 힘들어도 투잡 쓰리잡을 하시는 거죠. 그런 분들 볼 때면 동병상련을 느낍니다."

"처음 방역 일을 시작했을 때는 매출이 많이 올랐어요. 그런데 코로나 상황이 생각보다 길어지니까 점점 무뎌지더군요. 그래서 지원이 없으면 사비로 방역업체 부르는 걸 어려워하세요. 그런 모습들을 보면서 '내가 나서서 도와드려야겠다.'고 생각했어요. 그래서 방역에 취약한 곳으로 방역 봉사를 다니기 시작했습니다. 방역이 정말 필요한 상황인데 여건이 안 되어서 받지 못하는 분들도 많아요. 그런 분들께 조금이나마 도움이 되고자 먼저 찾아다니면서 방역을 해드리고 있습니다. 그렇게 방역을 해드리면 정말 고맙다고 하십니다. 그럴 때마다 이 일을 하길 참 잘했다는 생각이 듭니다."

"제 신념은 가치 있는 사람이 되자는 겁니다. 아인슈타인이 그런 말을 했더군요. 가치 있는 사람이 되라고. 한 번 살다가는 인생인데 무의미하게 살지 말고 어디에든 필요한 사람, 가치 있는 사람이 되고 싶어요. 방역 일도 그런 사

당신이 있어 다행입니다

람이 되고 싶어 시작한 것 중 하나입니다. 제가 하는 이 작은 일이 이웃에게 작은 도움이 된다면 그게 바로 가치 있는 사람이 되는 거라고 생각합니다."

"방역 일은 어찌 보면 사람을 살리는 일이에요. 예방을 목적으로 위험 요소를 차단하는 것이니까요. 그런 생각에 방역 일을 할 때는 더 꼼꼼하게 신경 쓰면서 하고 있습니다. 인체에 무해한 약품으로 구석구석 신경 써서 방역을 합니다. 그렇게 방역을 마치고 나면 정말 뿌듯해요. 내가 이 공간을 안전하게 만들었구나, 하는 생각이 들면서 보람을 느끼곤 합니다."

"방역복은 정말 덥습니다. 이 옷을 입고 방역 일을 하면서 코로나의 최전선에서 일하시는 의료진분들께 다시 한 번 감사한 마음이 들었어요. 그 감사한 마음을 말로는 다 표현할 수 없지만, 그래도 이렇게 힘든 상황에서 늘 국민을 위해 일해주시는 게 너무나 감사하다는 말씀을 꼭 전하고 싶습니다."

"앞으로도 제 힘이 닿는 데까지 좋은 일을 하고 싶어요. 현재 봉사단체에서 활동하고 있는데, 이분들과 함께 우리 사회 곳곳에 도움이 필요한 분들을 돕는 일을 하고 싶습니다. 저는 제 몸이 힘든 것보다 다른 분들 힘든 모습을 보는 게 더 견디기 어렵더군요. 제가 잠을 조금 줄이더라도 누군가 저로 인해 조금이나마 행복해진다면 더없이 기쁜 마음입니다."

김장희 대표의 하루는 오전 6시부터 시작된다. 방역 일을 마친 뒤 오후 5시부터 2시간가량 눈을 붙인다. 그리고 두 번째 하루를 시작한다. 방역복을 벗고 화물차를 몰고 또 다른 생업의 현장으로 뛰어든다. 그렇게 오후 7시부터 오전 4시까지 일을 하면 하루가 끝난다.

하루에 4시간, 쪽잠밖에 못 자도 행복하다는 그. 제 몸보다 남을 먼저 돌아보는 살피는 그. 김장희 대표의 그런 숭고한 희생이 우리 익산을 재난으로부터 지켜주고 있다.

"익산 시민의 발이 되어준 40년 세월"

최창례(69세) 익산 최고참 여성 택시 기사

조용식 택시 일을 처음 시작하게 된 계기는 무엇인가요?

최창례 처음 운전대를 잡은 건 1975년이에요. 운전면허를 딸 수 있는 나이가 되자마자 바로 면허를 땄죠. 이상하게 운전이 재미있었어요. 제 입으로 말하기는 조금 거시기 하지만 운전을 잘했어요. 그러다 1988년 익산에서 개인택시 면허를 따고 운행을 시작했죠.

조용식 지금도 여성 기사님들이 많이 없는데, 당시는 더욱 찾아보기 힘들지 않았습니까. 그런 상황에서 운행하는 데 어려움은 없으셨어요?

최창례 왜 없었겠어요. 애로사항이 한둘이 아니었어요. 지금은 여성 기사님을 종종 찾아볼 수 있지만, 제가 개인택시를 하던 초창기에는 여성 기사님이 거의 없었어요. 가장 힘든 건 술에 취한 손님들 상대하는 일이었어요. 택시요금 안 내고 도망가는 손님도 많았죠. 지금은 블랙박스가 있고 인식도 많이

당신이 있어 다행입니다

개선되어 그런 일은 없어졌어요.

조용식 그런 어려움 속에서도 아직 핸들을 놓지 않고 일하고 계신다는 게 존경스럽습니다. 힘든 순간들을 견디며 지금까지 계속 일해 온 원동력은 무엇이었나요?

최창례 가족이죠. 40년을 넘게 도로를 누비면서 1남 2녀를 착실하고 건강하게 키워냈으니 그 보람은 뭐라 표현하기 어려워요. 힘든 순간이 있어도 우리 아이들 생각하면 그만둘 수가 없었어요. 지금은 아이들이 일 그만두고 편히 쉬라고 성화지만 여전히 이 일이 고맙고 행복해서 쉽게 놓을 수가 없네요.

조용식 현재 익산에서 현역 최고참 여성 기사님이라고 들었습니다. 후배들이 정말 많이 믿고 의지할 것 같습니다. 후배들에게는 주로 어떤 이야기를 해주시나요?

최창례 어느새 제가 최고참이 되었네요. 익산에서 여성 택시 운전은 제가 3호이지만 위의 두 분은 현재 그만두셔서 제가 맏언니가 되었어요. 택시 일은 건장한 남성도 힘든 일이에요. 체력적으로도 그렇고 정신적으로도 그렇죠. 그런 부분에 대한 조언을 많이 합니다. 사실은 제가 뭐라고 조언해주기보다는 후배들 이야기에 귀 기울여주고 공감해주고 격려해주고 있어요.

조용식 후배들 입장에서는 최창례 기사님의 존재만으로 더없이 든든하지 않을까 싶습니다. 요즘 택시업계 상황은 어떤가요?

최창례 너무 어려워요. 안 그래도 택시업계가 오래 전부터 불황이었는데 코로나 이후로 더 힘들어졌어요. 손님들이 없어요. 몇 시간씩 대기하는 일은 다반사고 하루 10명을 못 태우는 날도 많아요. 그래도 인생의 대부분을 이 도로 위를 누비며 살아왔으니 오늘도 차를 몰고 나왔어요. 내일도 모레도 그럴 겁니다.

40년 넘는 세월 동안 우리 이웃의 삶을 누구보다 가까이에서 지켜본 최창례 기사님. 앞으로도 건강하고 안전하게 익산 시민들의 발이 되어주기를 기원한다.

"철도는 제게 인생 그 자체예요"

최중호(79세) 퇴직 철도 공무원

최중호 선생은 1964년 이리역 기관차 사무소에 입사하여 1999년에 퇴직했다. 35년 동안 오롯이 철도공무원으로 일하면서 수많은 일을 겪었다. 철로에서 사고로 목숨을 잃은 동료도 보았고 위급한 산모의 생명을 구하기도 했다. 철도는 그에게 인생 그 자체였다.

"춘포는 원래 '봄개'라는 곳이었어요. 1914년 11월 17일 대장역으로 영업을 시작해서 1996년 6월 1일 춘포역으로 이름이 바뀌었어요. 춘포역은 우리나라에서 현존하는 가장 오래된 간이역이에요. 예전에는 교통수단이 기차뿐이었으니 무임승차하는 사람도 있고 재미있는 일이 많았죠. 춘포역 광장은 벚나무가 무성해서 청춘남녀 데이트 장소였어요. 그런데 이렇게 아름다운 춘포역이 지금은 철로를 다 걷어내서 하나도 없어요. 춘포역은 역사적 문화적으로 매우 중요한 문화재입니다. 춘포역을 관광지로 개발해야 합니다. 동익산역에서 춘포역까지 꼬마 기차나 레일바이크로 이동할 수 있도록 해서 만경강과 벚꽃 터널을 달릴 수 있게 하면 좋겠어요."

최중호 선생은 익산이 철도 중심지 역할을 하고 있으므로 춘포역을 곡성처럼 기차 마을로 조성하자고 했다. 선생의 아이디어가 마음 깊이 와 닿았다. 폐역을 힐링 체험공간으로 재탄생시키고, 그 힐링 체험을 익산의 이미지로 연결할 수 있기 때문이다. 원주 레일바이크도 폐역인 간현역을 살려서 운영하고 있는데 젊은이들 SNS에 자주 오르내린다. 현재 동익산역에서 춘포역까지 구선로 토지는 익산시가 관광지구로 묶어놓았다. 구선로 땅을 구입하려면 예산이 많이 필요하지만, 토지 문제만 해결되면 철로는 C급 철로나 침목만 확보하면 된다. 현장에 보관 중인 철로를 기증받는 방법도 있다고 한다.

"우리 익산은 교통의 도시잖아요. 6.25 이후에 철도가 많이 발전했어요. 지금은 KTX도 있고 SRT도 있잖아요. 그런데 KTX 타고 익산에서 내리면 볼거

리가 없어요. 익산역 앞에 문화의 거리를 조성하면 좋겠어요. 익산하면 떠오르는 '하림닭'으로 만든 닭백숙, 닭튀김, 닭 정식, 기타 닭 부위별 음식과 익산 특산물인 고구마로 만든 고구마전, 고구마튀김, 고구마 음료 등등 이런 먹을 거리를 개발해서 음식거리를 조성하면 익산이 살아날 수 있어요. 익산은 귀금속도 유명하지 않습니까? 귀금속으로 기념 팔찌, 기념 반지 등을 14K로 부담 없이 제작해서 판매하면 사람들이 익산을 더 많이 찾아올 겁니다."

최중호 선생은 종이 가득 익산역과 춘포역의 역사와 발전 방향을 적어왔다. 흰 종이를 꽉 채운 그의 정성스러운 글씨에서 익산을 사랑하는 그의 마음이 전해졌다.

"익산역은 전라선과 호남선이 교차하는 교통의 요지입니다. 예전에 비하면 많이 좋아졌지만, 아직도 아쉬운 게 있어요. 익산역이 지어진지 얼마 되지 않았지만, 편리성이나 역 규모면에서 명성에 비해 조금 부족합니다. 주차 문제와 관광 문제 등 여러 문제가 있어요. 이런 것을 해결하려면 추진력 있는 사람이 필요합니다. 추진력이 있어야 일이 진행되고 성사됩니다. 추진력 있는 사람이 중심이 되어 익산시를 새롭게 재편해서 인구도 늘리고 젊은이들 직장도 많이 만들고 육아도 편히 할 수 있는 고장이 되었으면 좋겠어요."

익산의 미래에 대해 열변을 토하는 최중호 선생을 보자 마음 한구석이 따뜻해지면서 동시에 아려왔다. 시민이 나서서 익산의 미래를 염려하는 모습에서 다시 한 번 익산이 가야 할 길을 생각해보았다.

최중호 선생은 우리 철도와 익산 역사의 산증인이다. 익산이 호남 3대 도시의 명성을 잃은 지금, 선생과 같은 마음들이 모여든다면 익산은 다시 예전의 영광을 되찾을 수 있을 것이다. 철로에 인생을 바친 최중호 선생이 제안한 아이디어를 구체화할 수 있는 방안을 고민해봐야 할 시간이다.

"오늘도 안전하게 손님을 모십니다"
박일배(65세) 익산여객 버스 기사

박일배 기사님은 완주군 봉동이 고향이다. 버스 기사가 되기 전에는 중장비 일을 했다. 세상살이는 늘 마음처럼 되지는 않는 것. 중장비 일이 잘 되지 않아서 접고 버스 기사로 제2의 삶을 시작했다. 지금은 버스 운전하는 시간이 하루 중 가장 행복하다.

"아침에 일 나올 때가 가장 행복합니다. 누군가는 의아해할 수도 있겠지만 매일 아침 눈을 뜨고 일할 수 있다는 게 얼마나 행복한 일입니까. 그래서 출근 시간이 더욱 소중하고 행복합니다. 오전 4시 30분에 일어나서 5시가 조금 넘으면 회사에 도착합니다. 동료들과 간단히 식사를 마치고 각 기점으로 가서 운행을 시작하죠. 보통 오후 11시에서 12시 사이에 일이 끝납니다. 12시간이 훌쩍 넘는 시간 동안 운전대를 잡는다는 게 결코 쉬운 일은 아니지만, 하루 일하면 다음 날은 온전히 쉬기 때문에 오히려 이것만큼 좋은 직업이 없다고 느낄 때가 많아요."

당신이 있어 다행입니다

"저는 버스 기사가 천직인가 싶을 정도로 운전할 때가 행복합니다. 버스에 있다 보면 학생부터 직장인, 노인 분들까지 모두 계시니 세상 돌아가는 일을 누구보다 먼저 알 수 있어요. 큰 버스를 몰고 시내 구석구석 손님들을 태우고 다니면서 사람 사는 모습을 보고 듣는 게 낙이죠. 저는 이 일이 즐겁습니다. 힘든 점을 굳이 뽑아보자면 촉박한 식사시간이에요. 버스 기사들 식사시간은 예전에 버스가 많이 없을 때 정해 놓은 시간이에요. 아직도 그 시간에 맞추어 식사를 하고 있어요. 요즘은 버스를 이용하는 손님은 적은데 버스는 많습니다. 그래서 식사시간을 조금 늘려도 될 것 같은데 아직도 예전 시간에 맞추어 식사하는 게 조금 힘듭니다. 숟가락을 놓자마자 바로 운전대를 잡아야 하니 늘 식사는 급하게 하고 제대로 소화를 못 시켜서 피로할 때가 많습니다."

"익산여객에서 102번 버스만 18년가량 운행했습니다. 동산동부터 부송동까지의 노선이었죠. 그리고 정년퇴직을 하고 얼마 후 계약직으로 다시 운행을 시작했어요. 그런데 참 신기한 게 저를 기억해주시는 손님들이 계시더라고요. '아이고, 기사님 그만두신 줄 알았는데 계셨네요. 너무 반가워요.' 이렇게 알아봐주시니까 순간 울컥했습니다. 내가 그래도 나쁜 기사는 아니었구나. 욕먹지 않게 열심히 했구나. 그런 생각이 들어서 참으로 감사했습니다. 버스 기사 하면서 감동할 때가 종종 있어요. 기사님! 하고 불러서 돌아봤더니 주머니에서 작은 사탕을 하나 꺼내주시는 분도 있고. 오며 가며 늘 감사합니다, 수고하세요, 하고 인사해주시는 분도 있고. 김장철에 종점에서 쉬고 있으면 배추 몇 포기 주시는 분도 계세요. 그럴 때면 세상이 아직은 참 따뜻하구나, 하는 생각이 듭니다. 내가 더 열심히 더 안전하게 우리 손님들을 모셔야겠다는 다짐도 하게 되죠.”

“제가 처음 버스 핸들을 잡았던 시절만 해도 매일 매시간 버스는 만원이었어요. 콩나물시루마냥 빼곡히 손님들을 태우고 다녔어요. 그런데 지금은 손님이 없어요. 제 잘못도 아닌데 미안한 마음이 들 정도로 손님이 없습니다. 기름값도 못 채우고 하루를 마칠 때가 대부분이에요. 그래서 버스도 준공영제로 나아가야 한다는 생각을 늘 합니다. 버스는 시민의 발인데, 버스를 이용하는 손님이 줄어서 회사가 어려워지면 버스 운행 노선이나 버스 대수도 점차 줄어들게 됩니다. 결국 버스를 꼭 이용해야 하는 학생이나 노인 분들이 줄어든 버스로 인해 불편을 겪는 상황이 올 수 있습니다. 우리 모두가 함께 행복할 수 있는 길은 준공영제가 아닐까 합니다.”

23년 동안 익산 곳곳을 누비며 시민들의 발이 되어주었던 그는 건강이 허락할 때까지 핸들을 놓지 않을 거라고 한다. 자기 일을 누구보다 사랑하는 박일배 기사님은 누구보다 행복한 버스 기사가 아닐까. 그의 행복과 익산시민의 행복을 위해 버스 준공영제를 진지하게 고민해봐야겠다는 생각을 해본다.

“나에게 잘 듣는 약이 좋은 약이죠”
이지향(51세) 약사

“약사이자 국민의 한 사람으로서 코로나19 상황은 정말 가슴 아픕니다. 평범한 일상은 잃어버린 지 오래고, 약국도 자영업의 일종이기에 코로나의 타격에서 자유로울 수 없었습니다. 소아과나 산부인과 같은 병원도 잘 되지 않으니 약국도 영향을 받았어요. 하지만 이런 것보다도 약국의 고객이셨던 환자분들이 코로나로 인해 많이 힘들어하시는 모습을 보는 게 무엇보다 힘들었습니다."

"코로나가 오래 지속되다 보니 코로나 블루를 겪는 분들도 많습니다. 바이러스의 진화 속도는 인간이 절대 따라갈 수가 없어요. 그럼 이 바이러스에 어떻게 맞서야 하느냐. 우리 자체적으로 힘을 키워야 합니다. 스스로 자신을 돌볼 수 있는 능력이 필요합니다. 개개인의 면역을 키우고 건강한 상태를 유지하면 충분히 바이러스를 극복할 수 있어요. 너무나 뻔한 말이지만 건강한 신체에 건강한 정신이 깃들고, 마찬가지로 건강한 정신이 있어야 우리 신체도 건강해질 수 있습니다."

"저는 약사지만 약에 집중하지 않습니다. 그게 무슨 말이냐고 의아해하시는 분들도 있겠는데, 저는 약이 아니라 사람에 집중합니다. 그게 어떤 상황이든지요. 좋은 약이라는 건 그 사람에게 잘 맞는 약입니다. 약의 성분이 아무리

part 3

좋아도 그 사람에게 맞지 않는다면 소용이 없습니다. 약은 물질이에요. 물질은 그 자체로 좋다, 나쁘다를 규정할 수가 없어요. 저는 약사지만 약을 맹신하지 않습니다. 약은 필요할 때만 써야 해요."

"약사는 대중들이 1차적으로 만나는 전문가입니다. 약사가 약을 처방하는 일만 한다고 생각하실 수 있지만, 어느 병원을 가야 하는지부터 복약지도, 의약품 관련 상담, 심리 상담까지 다양한 일을 합니다. 약사들이 국민과 가까워질수록 의료비가 절감되고 국민의 삶의 질이 올라간다고 생각해요. 그래서 더 소통하려고 노력합니다."

"저는 약으로 먹고 사는 사람이지만 절대로 돈을 벌기 위해 약을 권하지는 않습니다. 꼭 필요하다고 생각하는 분에게만 필요한 약을 권하는데 가끔 저의 진심이 왜곡될 때는 정말 속상해요. 속된 말로 약장수 취급을 받는 기분이에요. 반대로 제 진심을 알아주실 때면 '내가 정말 이 일을 잘 선택했구나' '내가 정말 필요한 사람이구나' 하는 생각이 듭니다. 저를 만나서 우울증이나 성인병 등 질병에서 벗어나게 되었다는 말을 들을 때면 큰 보람을 느낍니다."

"2011년부터 '모악산의 아침'이라는 이름으로 하루에 하나씩 약에 대한 정보를 쉽게 이해할 수 있도록 블로그에 올리기 시작했어요. 글이 쌓이다 보니 방송가에도 소문이 났는지 방송 제의가 왔어요. 처음에는 고민 많이 했어요. 약국 일을 하면서 방송 일을 하면 힘이 드니까요. 방송을 하러 약국을 비우면 그날은 약국을 쉬어야 하거든요. 그래서 정말 고민을 많이 하다가 결심을 했죠. 나가봐야겠다. 약국에만 있으면 약사라는 직능에 매몰될 수밖에 없어요. 그런데 방송에 나가면 다양한 직종의 분들을 만나고 소통할 수 있어요. 뿐만 아니라 제가 방송에 출연하기 전까지는 약사 분들을 방송에서 보기가 어려웠어요. 약에 대한 설명도 대부분 의사 분들이 해주셨죠. 방송은 영향력이 크기 때문에 공익적인 면에서 약사라는 직능에 대한 정보와 약에 대한 올바른 정보를 제공하고 싶었어요. 그와 함께 전문가로서 약사의 위상과 역할도 함께 알리고 싶었습니다."

"약사를 꿈꾸는 후배들에게 이야기해주고 싶은 게 있어요. 약이 존재하는 이유는 결국 사람이에요. 약에 대한 지식뿐만 아니라 사람에 대한 이해와 사랑이 없으면 이 직업을 갖기 힘들어요. 저는 약사는 인간에 대한 사랑이 꼭 있어야 한다고 생각해요. 사람을 사랑하고 자신을 많이 사랑해주세요. 그러면 훌륭한 약사가 될 수 있습니다."

"저에게 봉사는 생활이자 삶의 완성"
이창구(65세) 아름다운 봉사단 단장

오랫동안 해외에서 건설 일에 종사했다. 머나먼 타지에서 지낼 때 고국에 대한 향수는 견디기 힘든 일이었다. 그때 다짐했다. 이토록 소중한 나의 고국을 위해 봉사하리라. 그 다짐대로 1999년 아름다운 봉사단 단장이 되어 올해로 23년째 봉사 활동을 하고 있다.

이창구 단장에게 봉사는 생활이자 삶의 완성이다. 어쩌다 마음먹어야 하는 일이 아니라 일상이다. 이창구 단장에게 봉사는 밥을 먹고 잠을 자듯이 일상 속에서 하는 일이다. 봉사를 하면서 더불어 사는 것을 배우고, 사회 구성원으로서 조금이나마 도움이 될 수 있다는 게 행복하고 감사하다.

그가 주로 하는 일은 한 달에 한 번 사회 시설을 방문해서 짜장면을 만들어 대접하는 것. 그래서인지 익산시 고봉로 18길 83-3 아름다운 자원봉사단을 찾으면 맛있는 냄새가 가득하다.

그 외에도 도움이 필요한 곳이면 어디든 누구보다 빠르게 가서 자신의 능력껏, 아니 그 이상으로 도움을 준다. 수해 지역에는 항상 이창구 단장이 있다. 늘 먼저 나서서 그들의 아픔을 어루만져 준다.

20년 넘게 봉사 활동을 하고 있는 그가 대단함을 넘어 숭고하다고 느껴졌다. 하지만 이창구 단장은 연신 고개를 내저었다. 자신은 그저 하고 싶은 일을

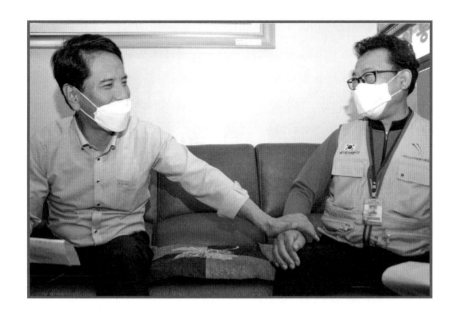

하는 것뿐. 자신은 선한 사람이나 대단한 사람이 아니라, 그저 실천력이 있는 사람일 뿐이라고 한다. 이창구 단장은 이타심의 힘을 믿는다. 누구나 남을 돕고 싶어 하는 이타심이 있다. 곤경에 빠진 사람을 보면 손을 내밀고 싶고 가슴 아파한다.

가장 보람을 느끼는 순간이 언제냐는 물음에 매 순간이 행복이고 보람이라고 답한다. 자신이 대접하는 식사를 맛있게 드실 때면 뭐라고 표현할 수 없을 정도로 기쁘단다. 맛있다, 감사하다는 말씀 한마디가 20년 넘게 봉사 활동을 하는 원동력이다.

2000년 초반 익산에 있는 한 보육원에 매년 짜장면을 제공했는데, 어느 날 봉사단 앞으로 한 통의 편지가 도착했다. 보육원에서 자란 한 아이가 그 때의 감사한 마음을 빼곡히 담아 보내온 것이었다. 그 편지는 이창구 단장이 기억하지 못하는 소소한 일들까지 회상하며 그의 젊은 시절을 추억하게 만들었다. 그 편지를 받았을 때의 감동은 아직도 가슴 깊이 남아있다. 최근에는 이창구 단장의 가족이 봉사 활동에 함께 하기 시작하면서 보람이 배가 되었다. 가족과 함께 하는 봉사 활동이라니, 이보다 더 보람찬 일이 있을까.

아름다운 봉사단의 단원들도 20년을 함께 해왔다. 20년이라는 시간이 지나자 봉사 단원들의 나이도 그만큼 고령화되었다. 봉사에 뜻이 있는 젊은이들이 함께하면 더 많은 이들에게 따뜻한 마음을 베풀 수 있을 거라고 생각한다. 그래서 더 많은 이들이 함께했으면 좋겠다는 바람이 있다. 이창구 단장은 아직도 사회적 약자를 바라보는 시선이 많이 왜곡되어 있다면서, 봉사 활동을 통해 그들과 소통하고 가까이에서 그들의 이야기를 들어주면 좋겠다고 생각한다. 그러기 위해서는 더 많은 이들이 함께해야 한다는 것이다.

이창구 단장의 최종 목표는 '가족 봉사단'이다. 나이가 들어 아름다운 봉사단이라는 이름으로 활동하지 못하는 때가 와도 가족과 함께 봉사 활동을 하면서 아이들과 손주들에게 봉사의 기쁨과 보람을 느끼게 해주고 싶다.

나 하나 온전히 보살피기도 힘든 현실 속에서 20년 넘게 타인을 위해 봉사하고 있는 이창구 단장. 그는 오늘도 아름다운 봉사단의 일원으로 세상을 아름답게 가꾸고 있다. 봉사는 나의 마음과 시간을 타인을 위해 기꺼이 사용하는 것이다. 나는 너무 나만을 위해 살고 있지 않았는지, 스스로에게 묻게 되는 시간이었다.

"병의 근본을 찾아서 해결합니다"
장현순(82세) 곰개한약방 한약업사

조용식 한약업사 일은 어떻게 시작하셨나요?

장현순 6.25 때였어요. 먹고살 게 없으니 뭘 해야 하나 생각하던 차에 고향의 친한 선배께서 한약 일을 배워보면 어떻겠냐고 하셨습니다. 그때부터 한의원 하시던 분 밑에 들어가 하나하나 배우기 시작했죠. 그렇게 열심히 공부해서 정식으로 한약업사 시험에 합격한 건 1967년입니다. 어느새 54년이나 되었군요. 당시 이리, 지금의 익산에 한의사가 딱 두 분 계셨어요. 그 중 한 분이 저의 스승님이셨죠. 그때는 일이 참 많았어요. 한약 짓는 일뿐만이 아니라, 사고가 났을 때 시체 검안하는 일도 저희가 했습니다.

조용식 한방의 살아있는 역사라고 해도 과언이 아닐 것 같습니다. 한약업사 자격을 받은 게 54년 전이라니, 그 세월과 경험을 제가 감히 짐작하기도 어렵습니다. 요즘 한약방 상황은 어떤가요?

장현순 요즘은 좋은 약들이 너무 많아서 한약을 잘 안 찾아요. 손님이 줄어든 지 오래되었어요. 예전에는 아침부터 손님들이 줄을 섰어요. 밥 한 끼 제대로 먹을 시간이 없을 정도로 바빠서 직원도 여럿 두었죠. 지금은 하루에 손님 한 분 보기가 힘든 상황이에요. 보약 짓는 손님은 꽤 있었는데, 그마저도 코로나 때문에 경제적으로 어려우니 발길이 끊어졌어요.

조용식 경제적으로 어려워서 건강을 돌볼 여력이 없어진 상황이 참으로 안타깝습니다. 요즘은 아프면 바로 병원을 찾으니 더더욱 한약방의 상황이 어렵겠습니다. 그래도 한약만이 갖는 장점이 있다면 무엇일까요?

당신이 있어 다행입니다

장현순　한약은 효력이 오래 지속된다는 게 장점이지요. 한약은 아픈 곳 한 곳만 치료하는 게 목적이 아닙니다. 병의 근본을 찾아 해결하는 약을 씁니다. 그렇다 보니 약을 한 번 지어 먹으면 효과가 양약에 비해 오래 지속되지요. 약을 오래 먹으면 몸에 내성이 쌓이는 게 아니라 병의 근본을 치료해나가는 과정이라는 것 또한 한약의 장점이지요.

조용식　곰개한약방만의 장점은 무엇이라고 할 수 있을까요?

장현순　우리 한약방의 장점을 제 입으로 말한다는 게 참 쑥스럽네요. 그래도 몇 마디 한다면, 세월입니다. 한방은 많은 경험이 쌓여야 합니다. 그 과정에서 더 좋은 약을 우려낼 수 있어요. 어깨너머로 배운 시간부터 내 손으로 약을 지은 지가 60년이 훌쩍 넘었으니 그 세월과 경험이 우리 한약방의 장점이라고 할 수 있습니다.

　60년이 넘는 세월 동안 장현순 한약업사는 수많은 약재를 정성을 다해 짓고 또 지었다. 그 세월을 함께 해온 흐릿한 간판 위로 아픈 이들을 향한 그의 진심이 빛나고 있었다. 첩첩이 쌓인 한약과 그 진한 향기로 가득한 이곳에서 오래오래 익산시민의 건강을 돌봐주시기를 바라고 또 바란다.

"아파트 지킴이, 입주민 해결사"
석주현(57세) 아파트 관리소장

　"아파트 관리소장이 되기 전에는 이 일 저 일 많이 했습니다. 안 해본 일을 말하는 게 더 빠를 것 같네요. 다 먹고 살려고 했죠. 아파트 관리소장이 왜 되었냐면 현실적 이유 때문이라는 게 솔직한 답변인 거 같아요. 막상 일을 시작하고 보니 생각보다 힘들다는 걸 느꼈습니다. 몸이 힘든 것보다 마음이 힘들더군요. 아파트 관리소장의 일 중 가장 많은 부분을 차지하고 가장 중요한 부

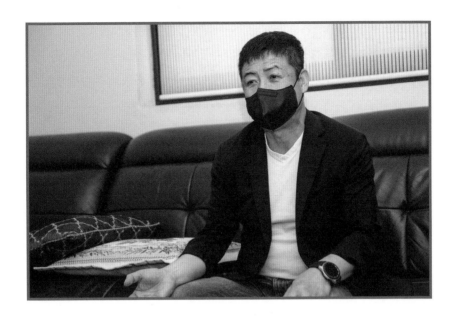

분을 차지하는 게 입주민들 사이의 갈등 중재입니다. 중간에서 타협점을 찾아 갈등을 원만히 해결해야 하는데, 이게 보통 어려운 일이 아닙니다. 가장 곤란한 상황은 상대방에게 익명으로 민원을 전해 달라고 하시는데, 그 민원을 들으신 분은 누가 민원을 넣었는지 알려달라고 하세요. 그래서 제가 중간에서 참 난처합니다. 물론 이런 상황조차 현명히 대처해야 하는 게 제 일인지라 지금은 요령이 생겨서 능글맞게 넘어가곤 합니다."

"제가 지금 있는 아파트는 179세대가 입주해 있습니다. 한 가구당 4명씩 있다고 치면 700명이 넘게 거주하고 있으니 작은 마을입니다. 입주민 분들께서 무슨 일이 생길 때마다 제일 먼저 찾는 사람이 접니다. 가장 많은 민원은 층간소음입니다. 대부분의 층간소음 민원은 주의를 드리는 것 말고는 해결할 방법이 없으니 참 곤란합니다. 하나의 공동체를 이루며 살아가는 만큼 서로 조금씩 배려하고 조심하는 게 제일 좋은 해결 방법이죠. 작은 민원 해결부터 화재사고 피해 수습까지 다양한 일을 합니다. 아파트에서 일어나는 일은 하나부터 열까지 모두 제 손을 거쳐 간다고 보시면 됩니다. 저로 인해 생활이 조금 더 편안해지셨을 때, 이 아파트에서 살맛난다고 하셨을 때가 가장 보람을 느낍니다."

"주택관리사 자격증을 획득하기 전에 무자격자로 일할 수 있는 곳에서 처음 아파트 관리소장 일을 시작했어요. 그때 해당 아파트에서 조합 정산이 안 되고 관리비 연체 등 문제가 많아서 입주민들이 꽤 곤란을 겪었습니다. 제가 한 달 정도 있으면서 그 문제들을 하나씩 다 해결해드렸어요. 그렇게 해결하고 저는 다른 아파트 관리소장으로 갔는데, 어느 날 그 아파트 주민 한분이 감사 인사를 하러 찾아오셨어요. 나이가 지긋하신 분이셨는데, 멀리서 버스까지 타고 오셨으니 어찌나 감사하고 행복하던지…… 그 기억 덕분에 더욱 막중한 책임감을 느끼며 일하고 있습니다."

"아파트 관리소장은 직업 만족도가 낮은 직업 중 하나입니다. 인식이 많이 나아졌다고는 하지만 여전히 일부 사람들에게는 아파트 관리소장은 부리는 사람이라는 인식이 남아있어요. 입주민들의 편의를 위해 늘 최선을 다하고 있지만, 그런 시선을 마주할 때의 심정은 말로 표현하기 힘듭니다. 그래도 제가 선택한 일이고, 오며 가며 따뜻한 말 한마디 건네주시는 분들 덕에 이 일을 계속하는 것 같습니다."

입주민들의 편리와 안전을 위해 관리소장은 꼭 필요한 존재다. 주민들을 위해 불철주야 애쓰는 석주현 소장은 누구보다 따뜻하고 인간적인 사람이었다. 오늘도 그가 있기에 입주민들은 안심하고 행복한 가정을 꾸려갈 수 있는 것이리라.

"이 나이에도 일할 수 있어서 행복해요"

김명수(90세) 익산 최고령 이발사

한흥이용원은 익산에서 가장 오래된 이발소이다. 멀리서도 아득한 세월이 느껴지는 간판이 눈길을 끌었다. 이발소 문을 열자 단골손님 한 분이 이발을

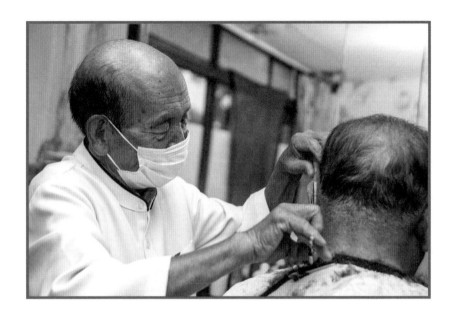

받고 계셨다. 그분은 집이 구시장 쪽인데 늘 남중동에 위치한 한흥이용원을 찾는다고 한다. 집 근처에도 많을 텐데 이곳을 찾는 이유를 여쭈었더니 김명수 이발사에게 한번 머리를 맡기면 다른 곳은 갈 수가 없다고 하신다. 그래서인지 한번 이곳에서 이발을 받은 손님들은 어김없이 단골이 된다고 한다.

"열여덟 살 때 처음 이발을 시작했어요. 당시 농촌 일해서는 먹고 살기 힘드니 형님이 먼저 이발을 배웠어요. 형님 밑에서 하나씩 배운 기술로 지금까지 일하게 될 줄 누가 알았겠어요. 그렇게 배운 이발 기술로 고향 서천을 떠나 익산에 자리 잡았습니다. 서른세 살 때 한흥 이용원을 인수해서 지금까지 이어지고 있으니, 익산에 온 지도 57년이나 되었군요."

"이 나이에 일하는 게 힘들지 않으냐고 많이들 물으셔요. 힘들지 않다면 거짓말이겠지만, 힘들다는 생각보다는 매일 출근할 수 있어서 감사한 마음이 더 큽니다. 이 나이에도 내가 좋아하는 일을 할 수 있다는 게 얼마나 큰 축복입니까. 손님이 없는 게 아쉬울 따름이죠. 하루에 4~5명이면 많이 오시는 겁니다. 한 분도 안 오실 때도 있어요. 그래도 늘 손님 맞을 준비를 합니다. 한 분도 못

뵙고 하루를 마무리할 때면 마음이 쓰리지만 그래도 늘 찾아주시는 손님들이 계시니 이 일을 놓을 수가 없어요."

이용원은 자꾸만 설 자리를 잃어가고 있다. 예전에는 이용원을 드나들던 분들도 요즘은 미용실을 많이 찾는다고 한다. 한창 손님이 많았을 때는 종업원을 2명이나 두고도 눈코 뜰 새 없이 바빴지만, 지금은 하루에 한 명의 손님도 보기 힘든 현실이 김명수 이발사에게는 가장 가슴 아픈 일이다.

"단골손님도 많았는데 갈수록 줄어듭니다. 내가 이 자리에서 57년간 있었으니 단골손님들 나이도 많이 들었죠. 노환으로 돌아가시기도 하고 병이 깊어져서 이용원을 못 오시는 경우도 많습니다. 그러니 늘 보이던 손님이 보이지 않으면 불안해지곤 합니다. 다들 건강히 오래오래 봤으면 하는 마음이 가장 크지요. 그게 바람입니다. 이 나이 되고 보니 건강한 것만큼 감사한 게 없어요. 건강이 허락하는 한 이 자리를 계속 지킬 겁니다. 우리 손님들도 다들 건강하게 오래오래 뵈었으면 좋겠어요."

72년의 세월 동안 김명수 이발사는 셀 수 없을 만큼 가위질을 해왔다. 90세라는 나이가 믿어지지 않을 만큼 섬세하고 과감한 가위질은 지난 시간을 압축해서 보여주는 듯했다.

한흥이용원의 이발비는 10,000원. 2002년에 책정한 가격을 20년째 그대로 받고 있다. 시간이 흘러도 변하지 않는 가격처럼 손님을 향한 김명수 이발사의 진심은 이 자리를 꿋꿋이 지켜나갈 것이다.

"진심이 기적을 만들었어요"
조만석(88세) 영생당한의원 원장

어린 시절 어머니와 아버지께서 제대로 된 약 한 첩 못 드시고 치료 한 번 제대로 받지 못하시고 돌아가신 게 한이 되어 병을 치료하는 사람이 되어야겠다고 마음먹었다. 초등학교만 나온 그에게 한약업사 시험은 중고등학교 과정을 거쳐야 하는 힘든 길이었지만 결국 이뤄냈다.

조용식 처음에는 한약방을 하셨다고 들었습니다. 한의원은 어떻게 개원하셨나요?

조만석 한약업사 시험을 보기 전에 유명한 한의원의 문하생이 되어 낮에는 일을 돕고 밤에는 코피를 쏟아가며 공부했습니다. 그렇게 어깨 너머로 보고 배워서 한약업사 시험에 합격했어요. 한약방은 30세 때부터 운영을 했으니 58년 전이네요. 한약방을 열고 정성으로 한약을 달여 내자 손님들이 몰려오더군요. 우리 집 한약을 먹고 병이 나았다는 분들의 발길이 끊이지 않았어요. 그러다 더 많은 이들의 건강을 돌봐드리고 싶다는 생각으로 2005년에 한의원을 개원했어요. 저는 한약업사이니 한의사를 고용해서 한의원을 운영하기 시작했죠.

조용식 영생당한의원을 찾는 환자분들이 끊이지 않았던 이유는 무엇일까요?

당신이 있어 다행입니다

조만석 소아마비 환자가 온 적이 있어요. 제대로 걸을 수도 없는 환자였죠. 안타까운 마음에 정말 진심을 다해 치료했고 늘 기도했습니다. 그렇게 우리 한의원에서 꾸준히 치료를 받다가 어느 순간 걷기 시작했습니다. 기적 같은 일이었죠. 소아마비 환자가 제대로 걷기 시작했다는 소문이 나자 환자분들이 몰려왔어요. 화장실 갈 틈도 없을 정도로 환자들이 몰려왔죠. 소문을 듣고 딸을 업고 온 어머니 한 분이 계셨어요. 소아마비 환자가 나았다는 이야기를 듣고 왔다면서 우리 딸아이가 걸을 수 있게 도와달라고 눈물로 호소하셨어요. 자식을 향한 부모 마음을 어찌 모르겠습니까. 다시 기적을 이뤄보고자 정성으로 치료하고 꾸준히 좋은 약을 쓰면서 지켜봤지요. 어느 정도 시간이 지나자 점점 나아지더군요. 나중에는 거의 다 완치되어 퇴원하셨어요. 제게 연신 감사하다고 눈물 흘리시던 모습이 아직도 마음속에 남아있어요. 제가 한 게 뭐가 있겠어요. 진심이 기적을 만든 것이죠.

환자들의 병이 말끔히 나을 때 조만석 원장은 살아 있음을 느낀다. 많은 사람을 치유하고 싶었고, 많은 사람에게 자신이 받은 사랑을 베풀고 싶었다. 그래서 좋은 일에는 누구보다 앞장서 왔다. 기부도 많이 했고 교회도 지었다. 최선을 다해 사회에 환원하는 것이 자신을 사랑해준 분들에게 보답하는 방법이라고 말하는 조만석 원장. 나는 감히 그를 우리 익산의 기적이라고 부르고 싶다.

"공인중개사는 재산을 지키는 전문직"
양기만(65세) 한국공인중개사협회 전북도지부 자문위원회위원장

"자본주의 체제를 이끄는 양대 수레바퀴 중 하나는 금융이고, 하나는 부동산이라는 생각으로 금융기관 투자 부문에 25년 근무하다 퇴직하고 부동산 일에 뛰어들었어요. 부동산 일을 한 지도 17년이나 되었네요. 이제는 부동산 시장의 흐름이 어느 정도 눈에 보이는 것도 같습니다."

"처음 부동산 일에 뛰어들었을 때 가장 힘들었던 건 사람들의 인식이었어요. 시민들뿐만 아니라 정부에서도 공인중개사를 전문인이라는 인식보다는 '복덕방 할아버지'라는 시각으로 바라보는 현실이 힘들더군요. 재산권이 걸려 있는 매매에서 전문 지식이 없는 당사자 간의 거래는 불공정거래, 소유권, 공법적인 측면 등 많은 문제를 야기합니다. 이런 경우 잘못된 판단으로 소송까지 가는 경우가 많으므로 공인중개사는 반드시 필요한 전문 직종입니다. 그런데 아직도 공인중개사라고 하면 복덕방 할아버지를 떠올리는 게 참 안타까웠어요."

"사람이 사치 좀 한다고 망하지는 않습니다. 그런데 계약을 잘못해서, 즉 도장 한 번 잘못 찍어서 전 재산을 잃는 경우는 많습니다. 제가 공인중개사로 가장 보람을 느끼고 자부심을 느끼는 순간이 그런 때입니다. 저로 인해 계약을 안전하고 합리적으로 체결했을 때 보람을 느끼고 행복합니다. 부동산은 가격을 떠나서 서민이 가진 재산의 전부 아니겠습니까. 그런 재산을 최대한 지켜 드릴 수 있게 하는 것 역시 저의 사명이라 생각하고 일해 왔습니다. 실제로 모현아파트 재건축 당시 시민들이 재건축에 대한 내용을 정확히 파악하지 못해서 개발 이익이 외부인들에게 넘어갈 뻔한 상황이 있었습니다. 그때 시민 분들께 당시 상황을 자세히 설명해 드리고 설득을 시켜서 개발 이익의 외부 유출을 막았습니다."

"중개 수수료 하향 조정에 대해 말들이 많습니다. 시민들 입장에서는 여전히 수수료에 대한 불만이 있을 수 있습니다. 하지만 실상을 들여다보면 우리나라만큼 부동산 중개 수수료가 적은 나라도 없어요. 우리나라는 현재 중개보수 부담 주체가 매도인, 매수인 각각 0.6~0.7% 정도입니다. 중국 2.5~2.8%, 독일 3.33%에 비해 아주 낮은 수준입니다. 중개사들은 매일 중개를 성사시켜서 계약서를 쓰는 게 아니고, 적게는 한두 달 길게는 몇 년에 걸쳐 계약을 성사

시킵니다. 결국 중개 수수료 문제는 우리가 함께 풀어나가야 할 숙제라고 생각합니다. 부동산 거래의 모든 계약서를 정부에서 검인 후 공인중개사가 작성하는 것을 의무화한다면 중개 수수료의 안정은 물론 거래의 투명성, 공정성, 거래사고 방지를 담보할 수 있게 됩니다. 또한 정부 차원에서는 부동산 거래의 세원확보와 부동산 가격 안정 등 효율적인 정책 효과를 거둘 수 있습니다."

"요즘 집값이 너무 올랐어요. 청년들에게 미안할 정도예요. 매년 원자재 가격 상승, 지가 상등, 인플레이션 등 금융비용이 상승함에 따라 집값은 함께 올라갑니다. 정부에서 인위적으로 규제를 가하는 건 이러한 현상의 근본적 해결을 오히려 저해하는 겁니다. 과도한 규제는 부동산 가격을 폭등시킵니다. 세금 올려서 집값 안정시키겠다는 발상 역시 어불성설입니다. 세금을 올리면 그 세금이 집값에 반영되어 결국 가격을 상승시키는 역효과로 돌아옵니다. 내 집 마련이 꿈이 아니라 현실인 사회가 되어야 합니다. 젊은이들이 사회적, 경제적 기반을 잡을 때까지 일정 기간 저렴하게 공공 임대주택을 공급하는 등 정책을 더욱 확대해야 합니다. 우리나라는 시장경제를 원칙으로 하는 국가로 경제도 웬만큼 발전했습니다. 그러므로 법과 시스템으로는 최소한의 가이드라인만 정하고 경제 활동에 필요한 인허가 등 비합리적인 규제는 풀어서 열린 행정으로 나아가야 합니다."

공인중개사가 하는 일이 시민의 재산을 지키는 일이라는 양기만 중개사의 말은 부동산이 투기의 대상이 된 시대에 그 의미를 되새기게 한다. 누구나 안정된 삶의 보금자리를 가질 수 있는 익산이 되기를 그와 함께 꿈꿔본다.

"환자는 제게 인생의 교훈을 줍니다"
이진탁(67세) 피부과 의사, 전 의사협회 회장

조용식 1981년에 의사가 되셨다고 들었습니다. 여러 전공 중 피부과를 택한 이유는 무엇이었습니까?

이진탁 저희 어머님 영향이 컸습니다. 저희 아버지께서 산부인과 의사셨어요. 어머님이 평생을 옆에서 아버님이 힘들게 일하시는 모습을 보시고, 너는 절대 산부인과는 가지 마라는 당부를 거듭하셨어요. 아들이 조금이라도 쉬운 길을 걸었으면 하는 게 부모 마음 아니겠습니까. 다른 전공을 고르던 차에 피부과가 어떨까 생각했죠. 이왕이면 다른 사람들이 많이 택하지 않는 걸 하고 싶었거든요. 제가 의사 면허를 받았을 때만 해도 피부과라는 개념은 생소했어요. 피부과 자체도 많이 없었고요. 병원이 많이 없고 전공의가 많이 없다는 건 그만큼 피부 질환을 겪는 환자분들에게 선택지가 별로 없다는 뜻이잖아요. 제가 피부과 의사가 됨으로써 좀 더 많은 환자분들께 도움이 되고 싶었습니다.

조용식 환자를 생각하는 원장님의 진정성이 느껴집니다. 의사의 눈으로 바라본 코로나19에 대해 여쭤보고 싶습니다.

이진탁 코로나19는 예기치 않게 닥친 바이러스입니다. 코로나19가 장기화됨에 따라 우리의 경험도 점점 축적되고 있어요. 초기에는 경험한 적이 없는

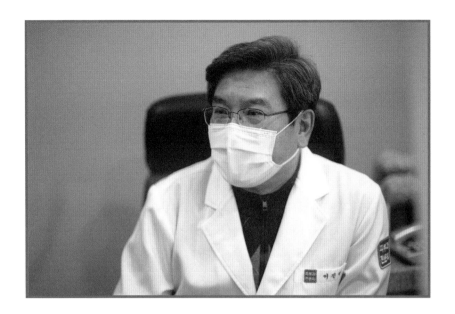

일이니 당황스럽고 두려웠지만 지금은 모두가 인내하며 점차 코로나에 대한 대처도 익숙해졌죠. 코로나19 이후 정말 많은 게 바뀌었어요. 평범한 일상이 특별해졌고, 위생 관념도 이전에는 볼 수 없던 정도로 향상되었죠. 현재는 돌파 감염 및 변이 바이러스가 다시금 문제가 되고 있지만 각자 자신의 위치에서 맡은 바를 묵묵히 하다 보면 늘 그래왔듯이 이 위기도 벗어날 수 있을 것이라 믿습니다.

조용식 원장님의 말씀이 큰 힘이 됩니다. 의사 생활을 하며 많은 환자를 만나셨을 텐데 특별히 기억에 남는 분이 계신가요?

이진탁 한 할머님께서 대상포진이 심해서 생명이 위독할 정도셨어요. 다행히 꾸준히 잘 치료를 받으시고 점점 호전되어 완치하셨죠. 그렇게 치료가 다 끝났는데 같이 오신 할아버님께서 제게 뭔가를 주셨어요. 라면 봉지에 볶은 땅콩을 한가득 담아 오셨더군요. 너무 감사한데 드릴 게 이것밖에 없다면서 미안하다고 하셨습니다. 그때 다시 한 번 내가 의사가 되길 참 잘했다는 생각을 했죠. 세월이 많이 흘렀지만 지금도 그 할아버님은 기억이 생생합니다.

조용식 원장님께 환자는 어떤 의미일까요?

이진탁 제 나이 예순일곱이 된 지금까지 매일 인생의 교훈을 주는 존재입니다. 저는 환자를 치료하는 사람이지만 환자를 보면서 배우는 게 더 많아요. 저는 의사가 환자를 치료하는 역할만 한다고 보지 않습니다. 물론 치료도 중요하지만 재발하지 않도록 예방하는 것 또한 치료 못지않게 중요한 부분이에요. 그래서 의사를 꿈꾸는 후배들에게 꼭 해주고 싶은 말이 있습니다. '절대 돈만 보고는 의사를 할 수 없다. 환자를 봐야 한다.' 의사라는 직업이 겉으로는 그럴듯해 보이지만 경쟁도 심하고 정작 자신을 돌볼 시간이 없어요. 그러니 돈만 보고 의사 일에 뛰어든다면 버틸 수 없습니다. 돈이 아니라 환자를 보는 의사가 되면 환자도 그 진심에 반드시 응답할 것이고 삶이 충만해질 겁니다.

조용식 앞으로의 계획은 무엇인가요?

이진탁 제가 언제까지 의사 생활을 더 할 수 있을지 모르겠지만, 의사 일이 끝나고 나면 약사인 아내와 함께 봉사 활동을 하며 소박하게 살고 싶어요. 제가 받은 만큼 세상에 돌려주면서요.

땅콩 한 봉지에 감격하는 의사, 돈이 아니라 사람을 보는 의사, 의술과 더불어 인술을 베푸는 그가 있어서 익산의 시민들이 건강해질 수 있는 것이리라.

"수고했다, 감사하다, 그 한마디"
김혜경(35세) 간호사

코로나19로 인해 누구보다 바쁜 사람들이 있다. 바로 의료진이다. 보이지 않는 곳에서 늘 병마와 싸우며 안전하고 건강한 사회를 위해 밥 먹는 시간과 잠자는 시간까지 줄여가며 일하는 김혜경 간호사를 만났다.

"코로나19는 재난이라고밖에 설명할 수가 없어요. 많은 의료진이 투입되어

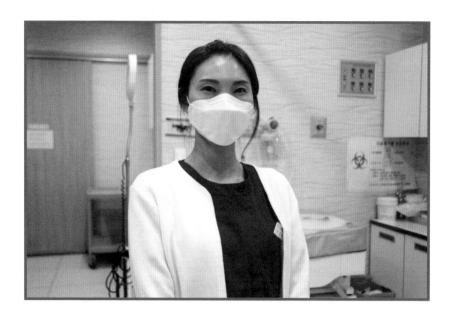

2년 넘게 노력하고 계시는데, 여전히 일상을 되찾지 못하는 게 가슴 아픕니다. 계절이 여러 번 바뀌는 동안에도 늘 마스크와 함께해야 했고, 지금도 맑은 공기를 마음껏 들이쉴 수 없다는 게 너무 속상해요. 코로나19 현장의 의료진 분들은 두꺼운 방호복과 숨도 잘 쉴 수 없는 마스크 탓에 얼굴이 패이고 짓무르는 일이 다반사입니다."

어릴 때 외할머니께서 오래 병원에 입원해 계시는 동안 늘 그 곁을 지키던 간호사를 보았다. 할머니에게 따뜻한 말을 건네던 그분의 모습에 반해 간호사의 꿈을 키웠다. 그 아이가 자라 어느덧 13년 차 간호사로 일하고 있다.

"마스크와 손 소독제 사용이 가장 큰 변화입니다. 병원에 10년 넘게 근무했지만 마스크와 손 소독제 사용이 이렇게까지 우리 삶에 녹아든 건 처음 봅니다. 그만큼 다들 개인위생과 방역에 철저해졌어요. 안타까운 건 코로나로 인해 사람들이 각박해졌다는 겁니다. 어쩔 수 없는 일이겠지만, 감기 환자여도 일단 의심부터 해야 하고 작은 기침 소리에도 다들 예민해졌어요."

코로나로 인해 우리의 삶은 송두리째 바뀌었다. 1년에 몇 번 쓸까 말까 했던 마스크를 이제는 매일 쓰고 있고 사람이 사람 만나는 걸 꺼리게 되었다.

"코로나19가 오래 지속되다 보니 코로나 블루를 겪는 분들도 많습니다. 그럴수록 기본에 충실해야 합니다. 집 안에만 있지 말고 사람 없는 한적한 곳에 가서 맑은 공기도 마음껏 들이마시고 따뜻한 햇볕도 충분히 느껴보시면 좋겠어요. 차도 한잔하고 음악도 들으면서 차근차근 나의 일상을 되찾아보는 거죠. 나만 겪는 일이라 생각하지 말고 힘들면 병원을 찾아 상담도 받아보시라고 권하고 싶어요. 코로나 블루는 누구든 겪을 수 있는 일입니다."

매일 아픈 사람을 마주하는 건 엄청난 스트레스를 동반하는 일이다. 그럼에도 간호사 일을 놓지 않는 이유는 무엇일까.

"간호사 일이 정말 쉽지 않아요. 남을 돌보는 일이면서 정작 자신은 돌볼 수 없는 직업이죠. 매일 환자분들을 만나야 하는데, 그분들은 몸이 아프고 힘들기 때문에 예민한 상태일 때가 많아요. 그래서 환자분들과 마찰이 생길 때가 가장 힘듭니다. 아무리 잘 설명해드려도 받아들이지 못하시거나, 혹은 본인 생각대로 고집을 부리실 때도 많습니다. 그럴 때면 정말 어떻게 해야 하나 싶어요. 그런데 그러셨던 분들이 치료 마치고 나가실 때 미안했다고 한마디 해주시면 그게 또 그렇게 감사해요. 언제 그랬냐는 듯 다시 일할 수 있는 힘이 됩니다."

"한번은 아주 어린아이였는데 전신에 화상을 입어서 오랫동안 치료를 받아야 했어요. 낯가림이 심해서 치료할 때마다 애를 먹었는데, 마지막 치료를 하던 날 선생님! 하면서 절 불렀어요. 그러더니 그 고사리 손으로 색종이를 하트 모양으로 접은 편지를 전해줬어요. 그동안 정말 감사했다는 말을 삐뚤빼뚤한 글씨로 가득 채웠더군요. 그 모습이 너무나 예쁘고 고마워서 눈물이 났어요. 이런 일들이 간호사 일을 계속하는 힘이 되어주는 것 같아요."

어려움 속에서도 희망을 이야기할 수 있는 건 김혜경 간호사 같은 분들 덕분이다. 전쟁과도 같은 코로나19의 현장에서 자신은 돌보지 않은 채 환자를 돌보는 일에 헌신하고 있는 의료진분들께 다시 한 번 깊은 감사와 존경의 박수를 보낸다.

"지역 주민을 주인으로 모시겠습니다"

김진성(65세) 중앙새마을금고 이사장

김진성 이사장은 2012년 새마을금고 이사 4년의 임기를 마치고 침체된 소형금고를 발전시키기 위해 이사장이 되기로 했다. 그해 3월 23일 이사장이 되어 지금까지 10여 년 동안 지역 주민을 주인으로 모시면서 새마을금고를 가꾸어나가고 있다.

"익산 중앙새마을금고는 1981년 9월 18일부터 정식으로 영업을 시작했습니다. 중앙새마을금고 이사장으로서 저의 가장 중요한 역할은 금고를 대표하는 것입니다. 그 밖에도 총회와 이사회 의장을 맡고 금고 운영 전반을 총괄하고 있습니다."

"새마을금고 이사장 직선제법이 국회를 통과했습니다. 직선제법이 국회를 통과하기 이전에는 이사장이 되는 방법이 크게 두 가지였어요. 간선제와 직선제. 저는 2020년 3월 직선제를 통해 다시금 이사장이 되었습니다. 새마을금고 이사장은 회원들의 재무 관리를 총괄합니다. 이사장을 간선제로 선출하

면 새마을금고의 진정한 주인인 회원들의 의사 표시가 불가능합니다. 때문에 국회가 법을 제정하기 이전에 저희는 회원들에게 공정한 선택의 기회를 주기 위해 직선제를 선택한 겁니다."

"제가 취임할 당시에는 500억 원의 소형금고였는데 현재는 2,015억 원의 중대형 금고로 성장했습니다. 이에 만족하지 않고 남은 임기 동안 자산 3,000억 원 목표를 달성하려고 합니다. 이를 위해 늘 최선을 다하는 우리 직원들의 복지를 향상시키려고 노력하고 있습니다. 나아가 임직원은 물론이고 모든 거래자와 지역경제의 활성화를 위해 더욱 낮은 자세로 새마을금고의 발전을 도모하려고 합니다."

"갈수록 예대 마진폭이 줄어드는 상황에서 익산도 동종 업종 간에 치열한 금리경쟁으로 마진폭은 더욱 감소하고 상호 갈등의 어려움을 겪고 있습니다. 새마을금고는 전국을 9개 권역으로 나누어 대출 취급을 제한하고 있는데, 전라북도는 타 시도에 비해 환경이 열악해서 수익성에 어려움이 많습니다. 서울·인천·경기가 1권역, 부산·울산·경남이 2권역, 대구·경북이 3권역, 광주·전남이 4권역 대전·세종·충남이 5권역, 강원이 6권역, 충북이 7권역, 전북이 8권역, 제주가 9권역. 이렇게 권역을 지정해놓고 권역 외의 대출은 불가하기에 인구 및 환경에서 다른 권역에 비해 열악한 전북은 많은 어려움이 따릅니다. 상대적으로 소외되고 인구가 적은 전북을 광주·전남·제주에 포함시킨다면 형평성과 수익성 면에서 큰 도움이 될 거라고 봅니다."

새마을금고의 기본 정신은 우리 민족의 상부상조 정신과 맞닿아 있다. 다른 사람의 어려움을 보면 그냥 지나치지 않는 우리 민족. 타인의 어려움을 나의 어려움처럼, 이웃을 내 가족처럼 생각하며 두레와 품앗이 등으로 서로를 도왔다. 회원 분들이 맡겨주신 자금으로 어려움이 생긴 이웃을 돕는 새마을금고의 상부상조의 정신. 이러한 공동체 정신을 바탕으로 김진성 이사장은 내수경제 활성화에 기여하는 한편 금고 주변 전통시장 상인 및 주변 상가의 회원들을 위해 오늘도 열심히 일하고 있다.

"환경미화원 여러분, 수고 많으십니다"
서일석(59세) 금강공사 현장감독

우리가 매일 만나는 깨끗한 길거리는 남들보다 일찍 하루를 시작한 누군가의 땀방울로 일궈진 것이다. 그들은 바로 환경미화원이다. 오늘은 13년 차 환경미화원이자 환경미화원 현장감독으로 금강공사에서 일하고 있는 서일석 씨를 만났다.

"지인 소개로 이 일을 시작했어요. 먹고 살아야 해서 시작한 일이지만, 내 손으로 깨끗해진 길을 볼 때의 보람은 말할 수 없을 정도로 큽니다. 방 청소만 깨끗이 해도 기분이 상쾌해지지 않습니까. 나로 인해 우리 마을이, 내가 사는 지역이 깨끗해진다는 건 엄청난 성취감을 주는 일이죠. 깨끗한 길 위를 오가실 시민 분들을 생각하면 아무리 힘들어도 다시 일할 수 있는 힘이 생깁니다."

금강공사의 직원은 모두 177명. 많은 인원인 것 같지만 현장에서 일을 하다보면 턱없이 부족한 인력이라는 걸 느낀다.

"정말 인원이 부족해요. 지원은 턱없이 적은데 비해 생활 쓰레기는 넘쳐납

니다. 부족한 인원 탓에 출근일이 아닌데도 나와서 일하는 경우도 많아요. 가장 힘든 건 분리수거가 되지 않은 쓰레기와 배출 시간을 지키지 않는 쓰레기들입니다. 많은 분들이 아직도 쓰레기 배출 시간이 있다는 걸 모르고 계세요. 저녁 8시부터 아침까지가 배출 시간이고, 그 이후에 저희가 쓰레기를 수거해 갑니다. 그런데 배출 시간을 지키지 않으니, 저희가 쓰레기를 수거하고 배출 장소를 깨끗이 치우고 가도 다시 쓰레기가 쌓이는 겁니다. 제대로 분리 배출되지 않은 쓰레기 탓에 베이고 넘어지는 건 비일비재해요. 일하는 환경도 너무 열악합니다. 차도의 쓰레기도 치워야 하니 위험에 늘 노출되어 있어요."

환경미화원들은 우리가 생각지도 못한 많은 위험에 시달린다. 날카로운 쓰레기에 상처를 입기도 하고, 쓰레기차에 무거운 쓰레기를 싣다가 넘어지고, 도로 위의 쓰레기를 치우다 씽씽 달리는 차에 위협을 느끼는 건 매일 있는 일이다. 우리가 기본만 잘 지키면 환경미화원들이 좀 더 나은 환경에서 일할 수 있다. 원칙을 지키는 것. 제시간에 배출하고 분리수거를 잘 지키는 것. 그것이 더불어 사는 사회의 첫걸음이다.

서일석 감독의 사무실에 붙어 있는 메모가 눈에 띄었다. '전 직원 낙엽철에 고생 많으셨습니다.' 정성스레 한 자 한 자 눌러쓴 그 글자에서 직원들의 노고를 생각하는 감독님의 마음이 느껴졌다. 아무리 치우고 치워도 10분이면 다시 수북이 쌓이는 낙엽 탓에 낙엽철이면 홍역을 앓는다는 환경미화원들의 고충에 마음이 쓰려오기도 했다. 다시 한 번 그들의 노고에 깊은 감사를 드린다.

"인권이 존중받는 세상을 위하여"
전완수(54세) 변호사

전완수 변호사는 서울대학교 법대를 졸업하고 2001년부터 익산에서 변호사 활동을 하고 있다. 그동안 지역사회의 법 질서를 위해 이바지하고, 억울한

사람이 없도록 하겠다는 생각으로 열심히 일해 왔다.

조용식 변호사 활동을 하신지 20년이 넘었다고 들었습니다. 변호사가 되신 계기는 무엇인지요?

전완수 굉장히 자연스러운 순리였어요. 법을 좋아했고 법대를 나왔으니 변호사를 해야겠다고 생각했죠. 학창 시절에 제가 보았던 변호사들의 영향도 컸어요. 인권이 존중받는 세상이 되기를 원했고, 그 세상에 제가 조금이나마 도움이 되고 싶었습니다.

조용식 변호사를 하시면서 담당했던 사건들이 많았을 텐데, 특별히 기억에 남는 사건이 있다면 무엇일까요?

전완수 가장 최근에 담당한 사건이 있어요. 아직 끝나지 않은 사건인데, 당사자가 술을 마시고 가벼운 교통사고가 났어요. 사고를 처리하는 과정에서 배가 너무 아파서 부인을 불러 뒷수습을 부탁하고 화장실을 찾다가 택시를 타고 집으로 가셨답니다. 이후 경찰이 와서 조사를 하는데 당사자가 없으니, 술집에 가서 CCTV를 확인해서 음주량을 계산했어요. 이걸 위드마크 공식이라고 하는데,

음주운전 당시의 혈중알코올농도를 역으로 계산하는 방법입니다. 음주운전 사고 발생 뒤 시간이 많이 경과되어 운전자가 술이 깨었거나, 한계 수치 이하인 경우 등에 음주운전 당시의 혈중알코올농도를 계산하는 기법입니다. 그렇게 계산을 해봤더니 혈중알코올농도가 0.038이 나와서 음주운전으로 기소되었습니다. 그런데 이 위드마크 공식이라는 게 절차상의 문제가 있고 불안정합니다. 당사자에게 가장 유리한 수치로 적용해야 하는데 그렇지가 않은 겁니다. 이점을 들어 1심은 무죄를 받아냈는데, 여전히 진행 중인 사건이라서 가장 기억에 남습니다.

조용식 가장 보람을 느끼는 순간은 아무래도 승소했을 때일까요?

전완수 그렇죠. 그런데 승소했다고 해서 마냥 기뻐할 수만도 없어요. 물론 당사자분들이 소송 결과에 만족하고 고마워하실 때가 가장 행복하지만, 형사 사건이든 민사 사건이든 100대 0의 사건은 잘 없거든요. 내가 승소를 했다는 건 상대가 패소를 했다는 것이니 마냥 즐거워 할 일만은 아닌 것 같습니다. 반대로 사실관계에 따라 반드시 승소해야 하는 사건인데 증거 부족으로 패소하면 그게 가장 힘듭니다.

조용식 변호사라는 직업의 장점과 단점은 무엇일까요?

전완수 변호사는 우리나라 헌법에 일반 직업으로 명시된 유일한 직업입니다. 헌법에 변호사의 조력을 받을 권리가 명시되어 있지 않습니까. 그만큼 변호사는 국가 질서에서 중요한 역할을 하는 직업이라는 것이죠. 한편으로는 갈수록 경쟁이 심해지는 직업이에요. 변호사 시장은 포화 상태입니다. 그럼에도 누군가의 인권을 지킬 수 있다는 점에서 장점이 더 큰 직업인 것 같습니다.

"부모님께 받은 사랑을 돌려드립니다"
최민용(50세) 노아의 집 법인대표

익산·김제 노아의 집 최민용 대표는 익산시 장기요양기관협회 부회장도

맡고 있다. 장기요양기관협회는 방문 요양, 방문 목욕, 주야간보호를 서비스하는 업체로 도움이 필요한 노인들의 복지를 책임지고 있다.

조용식 어떤 계기로 노인 요양센터를 설립하게 되셨나요?

최민용 직장을 다니다 쳇바퀴처럼 굴러가는 업무와 일상에 회의감이 들어서 어릴 적 꿈이 무엇이었는지 생각해보았습니다. 제 어릴 적 꿈은 사회복지사였어요. 그래서 전직을 결심하고 사회복지 자격증을 취득하고 활동하게 되었습니다. 사회복지 활동을 하면서 몸이 불편하신 장애인 분도 만나고 노인분도 만나본 결과 제 적성에는 노인분이 잘 맞는다고 느껴서 노아의 집을 시작했습니다.

조용식 노아의 집이라는 이름이 참 인상 깊습니다. 특별한 뜻이 있나요?

최민용 노인 요양센터를 설립하면서 어떤 이름이 의미가 있을까 고민을 많이 했습니다. 고민 끝에 아주 큰 홍수가 났을 때 신의 계시로 일가족과 동물들을 안전하게 지켜주었던 노아의 방주에서 감명을 받아 노아의 집이라고 작명했습니다. 노아의 방주처럼 노아의 집에서 어르신들이 안전하고 행복하게 생활하셨으면 좋겠습니다.

조용식 대표님의 마음가짐을 들어보니 센터에 계시는 분들이 행복하실 것 같습니다. 센터를 운영하는 동안 기억에 남는 분이 계시는지요?

최민용 한글을 전혀 모르는 어르신이 계셨어요. 자식들 손주들과 연락을 하고 싶어 하셨는데 한글을 모르시니까 먼저 문자나 전화를 할 수가 없고 걸려오는 전화만 받으실 수 있었죠. 그 모습이 너무 안타까워서 숫자도 가르쳐드리고 한글도 가르쳐드렸어요. 나중에 어르신께서 스스로 가족들에게 전화도 하시고 문자도 하시면서 우는 모습을 봤습니다. 그 모습을 보고 이 일을 시작하길 너무 잘했다고 생각하면서 남몰래 눈물을 훔치기도 했어요.

조용식 노인 요양센터를 운영하시면서 어려웠던 점이나 개선할 점은 무엇이라고 생각하시나요?

최민용 아직도 우리나라의 사회복지 분야는 너무 열악합니다. OECD 국가 중 사회복지 순위가 최하위입니다. 환경이 열악하다 보니 직원들이 자주 바뀝니다. 당장 처우개선부터 필요합니다. 정신적 육체적으로 무척 힘든 일인데 임금은 턱없이 낮은 수준이에요. 시민들의 더 많은 관심과 의식 개선도 필요합니다. 우리나라 국민 중에는 사회복지를 포퓰리즘이라고 생각하시는 분들이 많은데, 복지는 나와 내 가족이 누릴 수도 있는 것입니다. 포퓰리즘이 아니라 우리 사회의 발전을 위해 꼭 필요한 제도라는 걸 알아주셨으면 좋겠어요. 어르신들에게 어떤 게 필요한지도 지자체나 시민들이 더 많은 관심을 가지고 지원해주셨으면 합니다.

조용식 앞으로의 계획은 무엇인가요?

최민용 제가 언제까지 사회복지사로 활동할지 모르겠지만, 부모님께 받은 사랑을 돌려드린다는 마음으로 끝까지 어르신들께 최선을 다하겠습니다. 제가 활동을 그만둔 뒤에도 후배들은 더 좋은 환경에서 근무할 수 있도록 만들고 싶습니다.

"우리 지역의 파수꾼, 자율방범대"
정진정(60세) 자율방범대연합회 사무처장

"내 손으로 내 지역을 지킨다는 것, 정말 멋지지 않습니까. 그 생각을 실천에 옮기기까지 오랜 시간이 걸리진 않았습니다. 주변에서 권유도 많았고요. 1995년 처음 자율방범대원이 됐으니 어느새 25년이 넘었네요. 자율방범대의 주 업무는 야간 순찰입니다. 익산시에서 일어나는 범죄의 예방을 위해 밤 10시부터 새벽 2시까지 순찰을 합니다. 매번 같은 시간 정해진 구역을 순찰하다 보니 어떤 차종이 어디에 몇 시까지 주차하는지도 다 알죠. 그래서 낯선 차량이 주차되어 있으면 꼭 확인해봅니다. 이런 세심함이 범죄로부터 안전한 익산을 만든다고 생각합니다."

"순찰을 하면서 가장 많이 하는 일은 청소년 선도입니다. 순찰을 하다 보면 청소년들을 정말 많이 만납니다. 시간이 늦었으니 이제 귀가하라고 해도 아이들이 잘 듣지 않아요. 몰려 있는 아이들은 대답만 하지 절대 집으로 가지 않아요. 그래서 아이들 한 명 한 명 분산시켜서 집으로 가는지 꼭 확인합니다. 이런 게 어른이, 그리고 사회가 해야 할 일이라 생각해요. 방황하는 아이들을 보면 다그치는 게 아니라 왜 그러는지를 들어보고 안전하게 가정으로 돌려보내야 합니다."

"치매 노인분도 많이 만납니다. 추운 날 길을 헤매는 어르신을 보면 내 부모님 같아서 얼른 손을 붙들고 집을 찾아드립니다. 자율방범대원이 아니더라도 일상 속에서 청소년과 치매 노인, 혹은 위험에 빠진 누군가를 보면 주저 없이 도움을 주는 사회가 되었으면 좋겠어요. 우리 모두에게는 선한 마음이 있잖아요."

"저는 자율방범대 활동을 하는 시간이 참 행복해요. 25년 넘게 자율방범대 활동을 했지만 매일 그 시간이 기다려집니다. 나로 인해 우리 동네와 우리 사회가 조금이나마 안전해졌다는 생각에 참으로 감사합니다. 제가 자율방범대

대장으로 있던 5년 동안 매일 하루도 빠지지 않고 정해진 시간에 순찰을 했습니다. 아버님 제사가 있는 날에는 제사를 일찍 지내고 순찰을 했어요. 제게 순찰 시간은 그 무엇과도 바꿀 수 없는 소중한 시간입니다. 체력이 허락할 때까지 계속하고 싶어요."

"하소연할 거야 많지만 자율방범대는 말 그대로 '자율'로 하는 거잖아요. 무언가를 기대해서는 안 된다고 생각해요. 지역사회의 안전을 위해 자율적으로 모였으니 아무것도 바라지 않고 묵묵히 해나가고 있습니다. 가끔 전화로 자율 방범대 활동을 하고 싶다고 하시는 분들이 계세요. 반가운 마음으로 답변해드리다 보면 월급을 얼마 주냐고 여쭤보세요. 그럴 때면 정말 당혹스럽죠. 자율 방범대원이 월급을 받고 일한다고 생각하시는 분들이 계신다는 게 놀라웠어요. 그런 질문에는 저희가 월급은 따로 못 드리지만 함께 자율방범대원으로 활동하시면 월급 이상의 보람을 느끼실 수 있을 겁니다, 라고 말씀드려요."

"지금 자율방범대 법령에 관한 이야기가 있습니다. 그 법령만큼은 꼭 통과되었으면 좋겠어요. 그래야 순찰에 필요한 예산도 편성 받을 수 있고, 더 많은 사람들이 함께할 수 있습니다. 현재는 자율방범대원 자체적으로 회비를 걷어서 운영하고 있어요. 자율방범대 법령 제정은 안전한 사회로의 발돋움을 위한 첫걸음이라고 생각합니다."

경찰 출신인 나에게 자율방범대는 남다른 의미를 지닌다. 늘 함께한 존재였고 식구였다. 더구나 정진정 사무처장은 내가 경찰 시절 자율방범대원으로 만난 인연이 있다. 이제 내가 경찰 정복을 벗고 민간인 신분이 되어 만난 자율방범대 정진정 사무처장은 더없이 듬직하고 든든했다. 자율방범대! 그들은 경찰의 눈이고 지역의 파수꾼이다.

"고객에게 꼭 필요한 보험을 설계해드려요"
김영순(52) 보험설계사

화장품 회사에서도 일했고 가게를 운영하기도 했다. 서비스업이라면 자신 있던 그녀에게 어느 날 지인이 보험설계사를 권유했다. 내가 알아야 좋은 보험을 들 수 있겠다는 생각으로 보험 일을 시작했다. 서비스업으로 다져진 특유의 친절함으로 열심히 일한 덕분인지 여러 회사에서 스카우트 제의가 끊이지 않는다.

김영순 설계사가 생각하는 보험의 의미는 제2의 아들이다. 표현이 재밌어서 그 의미를 물으니 아들이 못하는 걸 대신해줄 수 있기 때문이란다. 공감이 가는 말이었다.

예기치 않은 사고나 병은 재앙이다. 이를 해결하고 치료하다가 한 가정이 송두리째 흔들릴 수도 있다. 그래서 사람은 대비를 해야 하고 그럴 때 큰 힘이 되는 게 보험이다. 보험은 나를 위한 것이기도 하지만 우리 가족 모두를 위한 것이라는 게 김영순 설계사의 생각이다.

코로나19로 경제가 악화되고 생활이 힘들어지자 사람들이 가장 먼저 하는

일이 보험 해지라고 한다. 당장 필요한 게 아니라는 생각으로 보험부터 해지하는 것이다.

코로나19 이후 보험 해약률은 20%를 훌쩍 넘었고, 지금도 꾸준히 해약 신청들이 들어온다고 한다. 정말 보험이 필요한 분인데도 보험료를 낼 형편이 안 되어 해지할 수밖에 없는 상황이 그녀의 마음을 아프게 한다.

4개월 전에 있었던 일이다. 평소에 알고 지내던 지인이 문득 연락을 해서 "언니, 제가 보험 하나 들어줄게요."라고 했다. 그리고 3개월쯤 지났을 때, 그 지인이 암 진단을 받았다. 보험을 들 당시에는 건강했던 지인이었는데, 보험을 들고 3개월이 지나서 암을 발견한 것이었다.

그 소식을 듣고 놀란 김영순 설계사는 황급히 지인의 보험 가입 날짜와 납부 기간을 확인했다. 99일째였다. 보험을 들고 90일이 지난 시점부터 50%의 보험금을 받을 수 있다. 지인은 보험금을 납부한지 99일이 되어 50%의 보험금을 지급받을 수 있었다. 지인은 '언니가 생명의 은인'이라고 하면서 연신 감사의 인사를 했다고 한다.

보험을 영업이라고 여기는 사람도 있지만 김영순 설계사의 생각은 조금 다르다. 보험설계사는 보험을 판매하는 사람도 아니고 영업하는 사람도 아니고 미래를 설계해주는 사람이다. 고객을 한 명이라도 더 유치하기 위해 아쉬운 소리를 하는 게 아니라 진심으로 그 사람에게 꼭 맞는, 꼭 필요한 보험을 설계하는 게 보험설계사가 하는 일이라고 생각한다. 그러기 위해서 진심은 필수다.

김영순 설계사는 내 가족에게 필요한 보험을 고르는 것처럼 모든 고객에게 진심을 다해 꼭 맞는 보험을 설계한다. 좋은 보험이란 남들이 많이 드는 보험이 아니라 나에게 맞는 보험이다. 그 말에는 김영순 설계사의 진심이 담겨 있다.

얼마 전에 『보험에서 인문학을 읽다』라는 책을 읽었다. 보험업에 종사하시는 분이 쓴 에세이인데, 보험이 어떻게 인문학과 관련되는지를 설명하는 내용이었다. 김영순 설계사와 이야기를 나누면서, 그 책에서는 미처 느끼지 못했던 보험이 어떻게 '사람'을 살릴 수 있는지에 관한 생생한 강의(?)를 들을 수 있어서 정말 유익했다.

"헌혈은 생명을 살리는 일!"

노규동(61세) 헌혈왕

노규동 씨는 어렵게 성장기를 보냈다. 중학교 1학년 때 아버지가 돌아가셔서 당장 생계가 힘든 상황에 처했다. 집안 형편 탓에 그에게 고등학교 진학은 사치였다. 그런데 안양에서 세탁 공장을 하던 사촌 형이 고등학교 학비를 대줄 테니 오라고 했다. 고등학교에 다닐 수 있다는 말에 기쁜 마음으로 안양으로 갔다.

그러던 어느 날, 서울 명동성당에서 사람을 만나기로 했는데 아무리 기다려도 오지 않았다. 핸드폰이 없던 그 시절, 그가 할 수 있는 일이라고는 하염

없이 기다리는 것뿐이었다.

　기다림에 지쳐갈 무렵 주변을 둘러보다 '헌혈'이라는 두 글자를 발견했다. 무언가에 홀린 듯 그곳으로 가서 '나도 헌혈을 할 수 있느냐'고 물었다. 그게 첫 헌혈이었다.

　노규동 씨는 전라북도 헌혈왕이다. 첫 헌혈 이후, 피가 부족해서 수입한다는 이야기를 듣고 나라도 도와야겠다는 생각으로 14일에 한 번씩 꾸준히 헌혈을 해왔다. 지금까지 무려 563번이나 헌혈을 했는데 14일 뒤에는 또 헌혈을 할 것이다.

　그는 거듭 강조했다. 헌혈은 건강할 때 할 수 있는 일이며, 소중한 생명을 살리는 숭고한 일이므로 할 수 있을 때 많이 하라고.

　노규동 씨가 생각하는 헌혈은 사랑이다. 그런 생각으로 헌혈을 하는 짧은 시간에 늘 기도를 한다. 내 피를 전달받은 이들이 모두 건강하기를 바라는 간절한 마음을 담은 기도.

　노규동 씨는 자신이 워낙 가난하고 힘들게 자라서 어려운 이들을 보면 가슴이 아프다. 모두가 행복하게 사는 세상이 된다면 더 바랄 게 없다. 그래서 봉사 활동도 많이 하고 헌혈도 꾸준히 하는 것이다.

노규동 씨의 훌륭한 뜻에 동참하기 위해 나도 헌혈을 했다. 앞으로도 기회가 닿는 대로 헌혈을 할 계획이다.

우리나라에는 헌혈 권장 조례가 있긴 하지만 조례대로 잘 이루어지지 않고 있다. 익산시에서는 헌혈의 집을 더욱 활성화시키고 헌혈의 집 표창 등을 통해 생명을 살리는 일에 적극적으로 나서면 좋겠다. 우리 모두 건강할 때 헌혈합시다!

PART 04

조용식의 꿈,
내일이 더 기대되는 익산

오늘보다 더 나은 내일을 위해!

정든 고향을 떠나는 이들의 마음을 헤아려본다. 일자리가 없고 발전이 없고 그리하여 미래를 기대하기 어렵기 때문에 지난 날의 추억들을 고향에 두고 떠날 수밖에 없는 이들의 마음……. 오랜 시간 어려운 상황이 지속되며 사람들이 바라는 것은 다름 아닌 평범한 오늘, 흔들리지 않는 내일에 대한 희망을 되찾는 일이 되었다. 다름 아닌 내 고향, 내 땅이 그러한 일상을 지킬 수 있도록 하고 싶다.

우리 시민이 살기 좋은 도시, 살고 싶은 도시는 어떤 도시일까. 안전하고 편안하고 자유로운 도시, 그리고 누구도 소외되지 않는 도시가 그런 도시가 아닐까 생각한다. 낮에도 밤에도 거리를 걷는 게 두렵지 않은, 고된 일과를 마치고 돌아와 근심 없이 쉴 수 있는, 내일을 떠올릴 때 불안과 염려가 아니라 부푼 기대가 가슴 속에 가득 차는 도시, 바로 오늘의 우리가 행복해지는 도시 말이다.

아흔아홉 명의 시민을 만나 그들 한 명 한 명의 손을 잡고 목소리를 들으며 자신의 자리에서 최선을 다해 살아가고 있음을 새삼 실감했다. 오늘을 열심히 산다는 것은 어떤 의미인가. 작은 나무 큰 나무가 한 그루 한 그루 모여 토사가 무너지지 않게 움켜쥐고 큰 산과 언덕을 지탱하는 힘이 되듯이, 오늘도 각자의 자리를 견고히 지키고 있는 이들이 있어 익산이 바로 서 있는 것이다.

우리는 지금 비바람이 몰아치는 한가운데 서 있다. 장기화되는 코로나19로 모든 이들의 몸과 마음이 지치고 꺾여간다. 그러니 이렇게 비바람이 몰아치는 와중에도 묵묵히 제 자리를 지켜내고 있는 이들은 얼마나 고될 것인가. 한계치까지 견디고 있는 그들에게 기한도 없이 계속 견디라는 격려는 응원이 될 수 없다. 이제는 묵묵히 바라보기보단 등을 내어주고 어깨를 내어주며 함께 기대어 설 때이다. 더 이상 개인이 어려움을 홀로 감내하게 해서는 안 된다.

얼마 전에 만난 한 청년은 '지금 견디는 이 시간이 꿈에 가까워지는 시간'이라고 했다. 그렇다. 나에게도 깊은 어둠 속에 침잠해 있는 것 같은 시간이 있었다. 그러나 돌이켜보면 그 시간은 가장 밝게 빛나기 전, 순간의 어두움이었다. 남들보다 늦은 시작으로 뒤처지고 있다고 불안히 여겼지만 그 순간마저도 끝없이 나아가는 중이었던 것을 시간이 지나서야 알았다.

그렇기에 생각한다. 지금 이 순간도 그런 어둠 속에 숨죽이고 있을 우리의 가족, 친구, 이웃들에게 필요한 건 실패하지 않을 것이라는 응원이 아니라 한 번쯤 실패해도 괜찮다는 위로가 아닐까.

온 힘을 다해 오늘을 살아가고 있는 이들이 있다. 그들이 조금 덜 지칠 수 있도록, 조금 덜 막막할 수 있도록, 설령 한 번쯤 실패하더라도 다시 일어설 수 있도록 뒤를 든든히 받쳐줄 수 있는 고향, 실패를 두려워하지 않아도 되는 고향이 우리 익산이기를 바란다. 그래서 더는 고향을 떠나는 이들이 없기를 바라는 마음이다.

그렇기에 익산은 더 든든하고 분명하며 흔들림이 없어야 한다. 한 번쯤 실패해도 다시 재기할 수 있다는 희망을 갖기 위해서는 다양한 선택지와 충분한 가능성이 제시되어야 한다. 이를 위해 필요한 것이 안정적인 일자리이다. 기존 산업은 더 든든하게 받쳐주고 새로운 산업을 분명하게 제시해야 한다. 희망이 있는 내일은 오늘보다 더 나은 내일이다. 우리 익산이 한발 더 나아가기 위해 이제는 새로운 바람이 필요하다. 가장 익산다운 방법으로 해결책을 찾아야 할 때이다.

가장 익산다운 익산, 익산의 과거와 현재를 어디에서 찾을 수 있을까.

우리 익산은 경주, 공주, 부여와 더불어 대한민국을 대표하는 천년고도이다. 익산의 역사를 거슬러 올라가면 고조선의 첫 꿈이 보이고 백제의 첫 발자욱이 보인다. 고조선 준왕에게 익산은 재기의 땅이었으며 백제 무왕에게는 도약의 땅이었다. 그뿐인가, 백제와 고구려의 패망 이후에도 보덕국을 세운 고구려 유민이 있었고 후백제의 견훤이 부흥을 꿈꾼 곳도 익산이 아니었던가!

　　『삼국사기』에 나오는 견훤의 말을 빌리자면 다음과 같다.

> 　　"내가 삼국의 시초를 상고하여 보았더니, 마한이 먼저 일어나고 후에 혁거세가 일어났으며, 진한과 변한이 그 뒤를 따라 일어났다. 백제는 금마산에서 개국하여 육백 년이 되었는데, 당 고종이 신라의 요청에 수군을 거느리고 바다를 건너왔다. 신라의 김유신이 황산을 지나 사비에 이르러 마침내 당나라 군사와 합세하여 백제를 공격해 멸망시켰다. 이제 내가 완산에 도읍하였으니 어찌 의자왕의 오래된 울분을 갚지 않겠는가?"

　　견훤의 이와 같은 발언은 '삼한정통설(三韓正統說)'의 단초가 되는 것으로 대한민국의 국호도 삼한으로부터 기인했다. 그러니 익산에서 우리 역사의 시작을 찾는 것은 지극히 타당하고 마땅하게 느껴진다.

　　그뿐만이 아니다. 익산이 품은 우수한 석재 자원은 역사에 남은 위대한 장인들을 낳았다. 백제와 신라의 지난한 전쟁 중에도 황룡사 9층 탑을 세우기 위해 신라로 떠났던 장인 아비지, 무영탑의 전설로도 유명한 장인 아사달이 모두 백제의 아들, 익산의 아들이었다. 이처럼 익산은 오래 전부터 장인의 고장이었다.

　　역사의 땅이라고 하여 과거의 영광만 있겠는가. 오늘날에도 전국 각지의 사찰에서는 주춧돌로 익산의 황등석을 1순위로 꼽는다. 120여 년 만에 제 모습을 되찾은 전라 감영의 주춧돌도 황등석이 장식했고 청와대 초석도 황등석이다. 우리 익산은 명품 석재의 고장으로서 예로부터의 명맥을 훌륭히 계승해오고 있는 것이다. 익산을 지켜오는 장인들의 정신이 대를 이어 살아 숨 쉬고 있는 까닭이다.

그렇다면 우리가 익산다운 익산을 위해 지금 할 수 있는 일은 무엇일까. 천 년의 역사가 과거의 뒤안길로 사라지지 않도록 잊지 않고 보존하는 것, 우리가 물려받은 이 땅을 가장 익산다운 모습으로 지켜나가는 것이 아닐까. 오래도록 그 모습이 변치 않는 석재가 익산의 상징으로서 익산의 정신을 보여주듯, 천 년 역사가 살아 숨 쉬는 장인의 땅, 재기의 땅, 도약의 땅, 그리고 부흥의 땅으로서의 우리 익산의 진정한 모습을 세상에 선보이고 싶다.

오늘보다 내일이 더 기대되는 익산을 만들기 위해, 시민들과 머리를 맞대고 생각해 본 익산의 발전 방향에 대한 청사진을 몇 가지 제시하고자 한다.

1. 자치경찰제 시행, 익산 맞춤형 치안서비스 제공

시민 곁의 경찰, 시민을 위한 경찰. 경찰의 사명이자 존재 이유는 바로 시민에게 있다는 생각을 오랜 세월 마음에 품어왔다. 이러한 마음가짐으로 불철주야 시민의 곁에서 노력해왔음에도 불구하고 경찰 조직의 체제상 행정과의 연계에 어려움이 있을 수밖에 없음을 아쉽게 생각해왔다.

깨진 유리창을 방치하는 것만으로도 경범죄가 강력범죄로 발생할 가능성을 높일 수 있다는 '깨진 유리창' 이론은 널리 알려진 심리학 이론 중 하나이다. 1994년 뉴욕시장으로 선출된 루돌프 줄리아니는 이 이론을 실제 행정에 적용하여 뉴욕의 범죄율을 크게 낮추는 결과를 얻기도 했다. 최근 주목받고 있는 범죄예방설계 셉테드(CEPTED)도 이 깨진 유리창 이론과 궤를 같이한다.

셉테드는 선제적 범죄 예방을 위한 도시 구조화를 의미한다. 범죄 발생 소지가 있는 지역을 쾌적하고 심미적인 환경으로 변화시키는 능동적 치안 행정으로 범죄의 발생 자체를 사전에 차단하는 데 목적이 있다. 도시 구획이나 건축물 설계 단계에서부터 시야를 가리는 구조물을 없애 공공장소에서 범죄에 대한 자연적 감시가 이뤄질 수 있게 하고, 공적인 장소임을 표시하여 경각심을 일깨우며, 이용자의 동선이 일정하게 유지되도록 유도해 어떠한 일탈적 접근도 거부할 수 있도록 하는 것이다.*

즉, 범죄예방은 먼 곳이 아닌 바로 우리 곁에서부터 시작해야 한다는 것이다.

작년 7월부터 자치경찰제가 시행되면서 한국의 경찰은 국가수사본부, 광역경찰청, 자치경찰 등으로 역할이 세분화되었다. 자치경찰은 민생 행정력과의 긴밀한 협조가 필요하다. 앞으로 지방자치단체장에게는 이와 같은 자치경찰제의 이해와 범죄 예방을 위한 도시 계획 등에 관한 폭넓은 지식과 깊이 있는 이해가 필수적으로 요구될 것이다.

특히, 자치경찰제에 대한 이해가 중요한데 자치경찰제는 지금까지의 중앙 위주 국가경찰 체제로는 한계가 있었던 지역 단위의 치안 수요에 대응하기 위해 새롭게 실시되는 지역특화형 경찰 운용을 전제로 한 것이다. 지역 사정을 잘 알고 있는 경찰이 위험 요소를 사전에 파악하여 사회적 약자, 이를테면 여성 및 청소년 등에 대한 보호를 강화할 수 있고 더불어 지역의 교통 관리 및 지역 내의 다중운집 행사 등에서도 안전한 대응을 더욱 치밀하게 설계할 수 있다. 자치경찰제는 주민의 요구를 반영한 지역 맞춤형 서비스를 제공하겠다는 목적에서 출발했다. CCTV·신호기의 개선 및 범죄 피해자 지원 등 지방행정과 치안행정의 연계에 힘쓴다면 지역사회에서도 자치경찰제로

---

* 『시사상식사전』(pmg 지식엔진연구소) 참고.

인한 변화를 실질적으로 체감할 수 있을 것이다.

자치경찰제가 도입되어 운영되면 실질적으로 지역주민의 의견이 활성화될 수 있다. 따라서 지방자치의 완성도와 자치단체의 종합행정력이 높아질 것으로 기대된다. 각 자치단체별로 자치경찰 운영에 대한 주민들의 의견 개진과 요구사항 반영 등도 활성화되어 주민의 눈높이와 지역별 특성에 맞는 맞춤형 치안서비스를 제공할 수 있다는 점이 자치경찰제의 가장 큰 기대효과이다.

현실적으로 자치경찰제의 도입 이후 시민의 피부에 와 닿을 체감효과는 치안서비스의 질 향상일 것이다. 학교폭력, 치매노인 실종, 자살위험 신고 등 위급상황이 발생할 경우 이러한 사건 처리가 이루어짐과 동시에 피해자에 대한 복지행정과 연계된 지원서비스가 진행될 수 있다.

물론, 자치경찰제 시행에 대한 우려가 있는 것도 사실이다. 이를테면 자치경찰이 지역 권력과 유착할 가능성이나 자치단체의 재정 여건에 따라 지역 간의 치안 불균형이 심화될 수 있다는 것이다. 이러한 우려를 막기 위해 자치경찰은 시·도지사가 아닌 시·도경찰위원회의 관리와 감독을 받는다. 이때 시·도경찰위원회는 시·도지사로부터 독립된 합의제 행정기관이다. 따라서 시·도지사가 자치경찰을 직접 통솔할 수 없고 개입하는 것도 불가능하다. 더불어 정부에서는 자치경찰이 공무를 원활히 수행할 수 있도록 업무 수행 비용에 대한 소요 재원을 국가에서 자치단체로 이관하여 지원한다. 자치단체 차원의 재원확보 또한 이루어질 예정이다.

새로이 실시되는 자치경찰제를 통해 경찰은 지금보다 더 가까이 시민들에게 다가가게 될 것이다. 이러한 제도적 변화를 우리 생활의 실질적인 변화로 견인하는 것이 새로운 리더십의 조건이다.

2. 안전 행정, 고층 화재 진압 소방장비 확충

지난해 국가정보 화재시스템 통계에 의하면 전북 지역의 공동주택 화재는 총 143건(사망 1명, 부상 21명)이었다. 아파트 111건(사망 1명, 부상 20명), 주상복합 2건, 다세대주택 14건(부상 1명), 기숙사 1건, 기타 공동주택 7건이 발생했다. 이중 익산의 공동주택 화재는 17건(사망 1명), 아파트 11건(사망 1명), 주상복합아파트 1건, 연립주택 1건, 다세대주택 2건, 기타 공동주택 2건이 발생했다. 공동주택의 경우 주거 밀집도 및 고층 구조 특성상 일반 건축물에 비해 큰 인명피해로 발전할 가능성이 높아 정기적으로 안전시설 유지관리에 대한 실태 조사 및 점검이 매우 중요하다.

어린이집, 의료시설, 지역아동센터 등 화재 발생 시 대형 인명피해가 우려되는 피난약자시설에 대해서는 화재 취약 건물로 특별한 주의가 요구된다. 현재 전북 도내의 고층 건물에서 화재가 발생할 경우 사용할 수 있는 소방장비는 거의 없다고 봐도 무방하다. 고층 건물은 날이 갈수록 늘어가는 반면, 이에 대한 안전대책은 극히 미흡해서 자칫 화재가 발생한다면 대형 사고로 이어질 가능성이 높다.

현재 익산의 경우 고층 건축물 화재 진압과 인명 구조를 위해 최대 47m까지 전개 가능한 굴절사다리차와 고가사다리차를 운용하고 있다. 그러나 이는 20층 이하 높이의 건물에 사용 가능한 정도로 최근 익산에 47층의 고층 아파트가 분양된 상황에서 큰 효용을 기대하기 어렵다.

이뿐만 아니라 완공된 지 30년이 지난 노후 아파트에 대한 대책 마련도 필요하다. 정부는 1992년에 16층 이상 아파트에 대한 소방안전을 위해 스프링클러 설치를 의무화했으나 정책 발효 이전에 지어진 아파트 대부분은 이러한 설비가 없어서 자칫하면 대형 참사로 이어질 수 있다. 시민들이 안심하고 지낼 수 있는 도시, 안전한 도시를 만들기 위해 보다 적극적인 대책이 필요하다.

3. 더블 포스트 발전 전략

익산시에서는 이미 국가식품클러스터 복합문화센터 건립을 통해 식품산업 혁신성장을 추구해 왔다. 그러나 교통과 물류, 기반 시설 등이 부족해 기업활동에 어려움을 겪는다는 평가를 받고 있다. 교통망 및 주변 환경이 열악하여 인력 수급에도 차질을 빚고 있어서 이에 대한 개선이 필요한 실정이다.

우리 익산시가 도시 발전을 위해 지향할 방향은 '연계'에 있다. KTX 익산역과 국가식품클러스터를 연계한 더블 포스트를 위시하여 KTX 익산역 활성화를 기반으로 한 원도심과의 연계, 국가식품클러스터와 공공기관과의 연계를 들 수 있다. 이에 아래와 같은 전략이 필요하다고 판단된다.

더블 포스트: KTX 익산역과 국가식품클러스터를 연계한다

KTX 익산역은 연결과 재생의 창의번영권이다. 익산시가 KTX 익산역이 지닌 접근성을 활용하여 광역복합환승역으로서 전국 교통 허브의 위치를 단단히 다진다면 신산업 번영권인 국가식품클러스터와의 연계를 통해 익산 혁신성장의 새 동력이 될 것이 자명하다.

KTX 익산역을 기반으로 교통 허브로 도약한다

KTX 광역복합환승센터를 활용하여 호남권 광역 환승 체계를 구축하고 지역 간 연결시스템 도입을 검토한다. 나아가 익산시 내의 주요 거점 및 주요 도시를 연결하는 광역교통망을 통해 익산을 교통 물류 허브로 만들고 사통팔달의 도시 익산의 위치를 공고히 한다. 역세권과 연계한 원도심 인근에 익산 지역 청년을 위한 복합 커뮤니티단지(창업공간, 공유공간, 청년점포 등)를 조성한다면 젊음의 활기가 넘치는 도시 재생을 이룰 수 있을 것이다.

국가식품클러스터의 기능 보강 및 식품클러스터 2단계를 추진한다

국가식품클러스터의 활성화를 위해서는 이와 연계 가능한 공공기관을 유치하는 것이 우선되어야 한다. 익산시에서는 공공기관과 연계되는 연구기능을 강화하고, 클러스터 내의 기업과 공공기관 지원을 위한 업무센터를 설립하여 업무 환경을 조성해야 한다. 전문화된 교육기관을 유치하는 것도 필요하다.

제2 혁신도시 익산 조성 및 농기계 특화산업단지의 조성, 국가산단스마트화, 국립치유농업확산센터 유치를 기반으로 하여 익산 국가식품클러스터 2단계를 추진한다면 농생명분야 부가가치 창출과 함께 농기계 메카 익산시로의 도약이 가능할 것이다.

익산이 처한 어려움을 극복하고 대도약의 발판을 마련하기 위해 더블 포스트 전략을 성공적으로 수행하여 공생하는 익산, 발전하는 익산, 그리하여 성장하는 익산으로의 길을 펼치고 싶다.

4. 전북 제2 혁신도시 유치

혁신도시란 공공기관·기업·대학·연구소 등의 기관이 서로 긴밀하게 협력해서 수준 높은 주거·교육·문화 등의 정주 환경을 갖춘 미래형 도시를 의미한다. 전북 지역의 경우 도청소재지 전주가 제1 혁신도시를 유치했는데 이는 타 지역의 경우와 비교해 보았을 때 특수한 경우라고 할 수 있다. 익산을 비롯한 전북의 다른 시군이 전주의 발전을 위해 대승적으로 양보를 했던 것이다.

전국의 혁신도시는 2019년 말 기준 153개의 공공기관이 이전을 마친 상태이다. 그런데 국가 균형발전을 위해 제시된 혁신도시 정책은 당초 목적과는 달리 반쪽짜리 성공에 그친듯하다. 지역 균형발전을 이끌지 못하고 오히려 지방으로 이전한 공공기관 부지에 개발이 이루어지면서 수도권 인구 집중이 더욱 심화되는 결과를 초래했다. 또한 지역 인재 활용 및 도시 활성화와의 연계가 원활하지 못해 도심의 공동화를 초래하고 중소도시의 균형적 성장에 방해가 되기도 했다.

이러한 점을 충분히 참고하여 2기 혁신도시는 보다 완성된 모습으로 이루어져야 한다. 1기 혁신도시 정책의 문제점을 보완하여 본래의 목적대로 지역발전에 이바지할 수 있는 방향성을 찾아야 할 것이다. 이를 위해 익산에 필요한 전략은 다음과 같다.

지역 내 균형발전에 기여할 중소도시에 제2 혁신도시가 배치되어야 한다

전북 제1 혁신도시인 전주-완주 혁신도시가 기존의 대도시형, 신시가지 개발형 혁신도시라면 향후의 혁신도시 정책은 중소도시를 중심으로 이루어져야 한다. 기존 혁신도시의 문제점에서도 나타났듯이 외곽의 신도시 형태의 혁신도시는 기존 도시의 인구유출을 유도하고 환경 훼손과 투기세력의 집결 등 부작용이 나타나므로 이에 대한 대비가 요구된다.

정주 환경을 위한 인프라를 구축해야 한다

혁신도시로의 이주여건을 제대로 갖추려면 가족 단위의 정주 정책이 필수적이다. 자녀의 교육환경과 교육기반 육성은 물론이고 공공기관 근무자 이외에 가족의 일자리 확충을 위한 지원 및 교육 등을 마련해야 한다. 각종 생활 인프라 구축과 문화활동 지원도 함께해야 한다.

쾌적한 생활환경과 편리한 교통여건을 조성해야 한다

혁신도시 내 입지하는 공공기관 근무환경의 쾌적함을 위한 인프라 마련과 함께 혁신도시 간, 대도시와 혁신도시 간의 연결성을 높일 필요가 있다. 우리 익산은 교통의 요지로서 다른 지역과의 연결성을 특히 강조해 왔으므로, 이를 잘 활용하여 KTX 및 항공 등과의 접근성을 향상시키는 입지와 시설을 마련해야 한다.

제2 혁신도시는 기존 제1 혁신도시를 강화하는 정책에 중점을 맞추게 될 가능성이 높지만, 지역 균형발전이라는 개념 안에서 추가적 공공기관 이전 정책은 계속될 전망이다. 따라서 익산시는 제2 혁신도시 유치를 위해 정부의 지역 균형발전 정책 기조에 맞게 전략을 세우고 적극적으로 대응할 필요가 있다. 장기적으로 중소도시 균형성장을 위한 전략을 세워야 할 때이다.

5. 익산 싱크탱크와 민관 협치

시민의 문제는 시민과 상의해야 한다. 청년의 문제는 청년과 상의하고, 어르신의 문제는 어르신과 상의해야 한다.

혼자 책상 앞에서 궁리만 하면 탁상공론에 그칠 수 있다. 한정된 생각에 갇히지 않도록 현장의 목소리와 현실의 목소리를 들어야 한다. 이를 위해 익산 싱크탱크 연구단(익산 시정연구단)을 설립하여 우리 익산이 미래로 도약하고 전통과 현대, 농촌과 도시가 어우러진 정체성을 공고히 할 수 있도록 하겠다.

싱크탱크란 본디 전문가들이 각자의 전문분야에 특화된 두뇌를 모아 조사·분석·연구를 행하고 그 성과를 공유하기 위해 설립하는 기관이다. 전문가라고 하면 흔히 이를 업으로 삼는 이를 떠올리기 쉽다. 그러나 우리 익산의 전문가는 다른 누구도 아닌 바로 익산의 현재를 사는 시민이라는 생각으로, 익산의 현안을 논의하는 데 있어 익산 시민의 의견을 최우선 사항으로 여기는 시정을 펼치고 싶다. 이미 우리 시대의 발전 방향은 민관협치의 거버넌스를 향하고 있지 않은가!

지역의 문제도 지역에서 해결해야 하고, 지역의 살길도 지역 스스로 설계해야 한다. 시민들의 집단지성이 충분히 발현되어 보다 생산성 높은 지역 문제 해결 방안들이 나와야 한다.

이미 미국과 독일을 비롯한 정치 선진국은 물론 우리 정부와 국내 정당 등에서도 싱크탱크를 통해 정책을 제안받고 함께 논의하는 과정을 거치고 있다. 위정자들이 그들만의 정치를 하는 시대는 끝났다. 이제는 시민 한 명 한 명의 목소리와 생각이 담겨야 한다.

싱크탱크의 맹점으로 각자의 이익만을 대변하는 이익집단으로의 변질 가능성이 언급된다. 이를 막기 위해 참여인의 소속을 다변화하고 선발 과정을 투명하게 공개하며 정기회의 및 결산 내역을 모든 시민이 알 수 있도록 홍보하는 과정을 함께하면 된다.

듣고 싶은 말만 듣고 익숙한 이야기만 듣다 보면 정체되어 썩기 마련이다. 항상 새로운 의견, 새로운 시각, 새로운 관점에서 편향된 사고를 지양하고 다양성을 존중하며 변화하는 익산을 위해 시민과 손잡고 함께 나아가고 싶다.

6. 농기계 특화산업단지 조성

농업기술실용화재단이 국가균형발전특별법에 따라 2017년 익산시로 이전해 온 이후, 전국 각지의 농업 기술력이 익산시로 모여들고 있다.

이제 우리 농업은 디지털 농산업으로의 전환을 위해 디지털 농업기술의 실용화 및 성과 확산, 디지털 농산업 기반 강화를 모색하는 단계에 있다. 더불어 농산업이 미래에도 지속 가능한 산업이 될 수 있도록 우수 신품종 보급 및 종자산업 경쟁력 강화, 농산

업 분야 기후변화 대응 강화에 대한 꾸준한 노력이 이루어지고 있다. 우리 익산시가 농생명 스마트시티 및 농식품산업 육성의 선두주자로 앞장서 나아가야 할 시점인 것이다.

농업기술실용화재단이 익산시에 위치함에 따라 농기계의 검증·인증을 위해 수도권을 비롯하여 타 도시권역 소재의 기업들도 반드시 익산을 찾아야만 한다. 이에 많은 기업들에게 익산 인근의 농기계 특화산업단지 조성에 대한 요구가 높아지고 있다. 지역적, 물리적 거리에 따른 손실 감소를 목적으로 하는 것이다.

이러한 수요에 대응하여 우리 익산시에서 농기계 특화산업단지를 조성한다면 익산을 찾는 기업들의 비용 절감은 물론 익산 지역 내에서도 일자리 창출과 그로 인한 경제 활성화 등 상호 긍정적인 효과를 기대할 수 있다.

농업기술실용화재단 일대 10만 평 이상의 택지를 대상으로 농기계 특화산업단지를 조성한다면 농기계 설비의 생산 및 검증·인증까지 소요되는 시간 단축과 함께 운송비 절감 등의 효과를 얻을 수 있다. 산업단지의 조성으로 시외 유입 인구가 3,500명 정도 증가할 것으로 예상되며, 40개 기업이 익산시 농기계 특화산업단지에 입주를 희망함으로써 1,200명 이상의 고용효과도 기대할 수 있다.

이러한 사업 진행을 위해 약 500억 원의 시비가 소요되겠으나, 이는 이후 토지분양으로 환수가 가능할 것으로 예상되므로 장기적 관점에서 보면 익산의 경제 발전에 보탬이 되는 투자인 것이다.

우리 익산은 전라선과 호남선이 교차하는 교통 특화 도시로 자타가 공인하는 교통의 요지이다. 나아가 국가식품클러스터를 기반으로 농생명·식품 분야 선두주자로 도약하기 위한 발판으로 농기계 특화산업단지 조성을 포함한 더블 포스트 전략이 성공적으로 시행되어 우리 익산에 순풍이 불어올 날을 고대한다.

7. 익산 신축 아파트 분양가 평당 1,000만원대 안정화

2022년 벽두부터 익산의 아파트 분양가가 심상찮게 널뛰고 있다. 아파트 분양가가 평당 1,100만원을 훌쩍 넘어서 1채에 8억 원 이상의 아파트가 등장하고 있다. 이러한 고가의 아파트 분양가는 전북 내 최고 수준일뿐더러, 수도권 아파트 분양가에 육박하

는 것이다. 시민들은 이해하기 힘든 고분양가로 인해 익산이 떴다방 투기꾼들의 놀이터로 전락하는 것은 아닌지 염려하고 있다. 상대적 박탈감이나 위화감을 느끼는 일도 많아지고 있다.

적정한 분양가를 결정하여 공급하기 위해서는 분양 원가를 공개하고 수도권에서 시

행하고 있는 아파트 분양가 상한제를 실시해야 한다.

익산 아파트 분양가가 높은 이유는 그동안 익산시가 아파트 신축을 위한 택지개발을 하지 않아서 시에서 공급하는 저렴한 아파트 신축 부지가 없었기 때문이다. 이에 익산시는 공원지역을 아파트 신축 부지로 해체해 주면서 사업자에게 공원 면적을 구입하여 아파트를 신축하고 나머지 공원 부지는 익산시에 기부하는 조건으로 허가를 내주고 있다.

공원은 시민의 공공 자산인데, 이처럼 특정 기업들에게 불하를 해도 되는 것인지 원점에서부터 다시 살펴봐야 한다.

현재 익산시는 2026년까지 29,000세대의 아파트 허가를 계획하고 있다. 장기적으로 아파트 분양가를 낮추기 위해서는 지금이라도 계 단위의 공영개발사업단을 국 단위로 만들어 택지개발을 해야 한다. 익산시 인근 지역에 정주여건과 편의시설을 갖춘 택지를 개발하여 보다 저렴한 가격으로 택지를 공급하고 분양가를 낮추어야 한다.

이때 주변 시세보다 분양가가 저렴할 경우 발생할 수 있는 투기세력의 개입을 사전에 차단하여 실수요자를 위한 안전장치를 마련할 필요가 있다. 전주 효천지구 등의 경우(아파트 가격이 분양가의 두 배 안팎으로 상승해서 실수요자 부담이 커짐)처럼 실수요자가 아닌 투기세력이 관여하지 못하도록 제도적 개선이 뒷받침되어야 한다.

이를 위해 익산시는 지금 당장이라도 투명하고 적정한 분양가 산정이 이루어질 수 있도록 교수·전문가·사업자·시민단체가 참여하는 아파트 분양가 심의위원회를 구성하여 아파트 가격 조정에 나서야 할 것이다.

8. 치매안심병원 확보

2016년 전국 치매 역학조사 및 인구 통계에 근거하여 현재 전라북도 지역의 추정 치매환자 수는 4만3천여 명에 이른다. 이중 익산의 치매환자 수는 약 6,087명에 달한다.

65세 이상 노인 인구는 점차 증가 추세이고 그에 따라 노인성 질환인 치매환자도 빠르게 증가하고 있다. 이제 치매는 우리 사회의 모든 구성원이 함께 고민해야 할 사회적 질환이 되었으며 이에 '치매 국가책임제'가 출범했다.

'치매 국가책임제'란 치매로 인한 고통과 부담을 개인이 온전히 부담하지 않도록 국가가 책임지는 '문재인 케어'의 대표적 복지정책이다. 이에 2017년부터 국가 치매 관리 인프라 및 서비스 개선, 장기요양 서비스 대상 및 혜택의 확대, 의료비 부담 완화 및 지원 강화 등 다방면에서 치매 지원정책을 시행해 왔으나 여전히 치매에 대한 사각지대가 존재하는 것으로 보인다.

치매가 진행되면 절반가량의 환자에게서 통제 불가능한 이상행동 증상이 발생한다. 그중에서도 증상이 심한 10%는 지역사회에서도 수용이 어렵기 때문에 치매안심병원 등 전문기관에서 즉각적인 보호 및 특수 약물치료와 원인 파악을 위한 진단검사를 실시해야 한다. 이에 따라 정부에서는 공립요양병원을 중심으로 치매전문병동을 설치하고 그중 5개 병원을 치매안심병원으로 지정해 운영하고 있다.

그러나 현재 치매안심병원은 일부 지역에 지나치게 편중되어 있다. 경북 3곳, 대전 1곳, 충북 1곳까지 감안하면 전라도 지역에는 전무한 실정이다. 이에 우리 전라도 지역에도 보다 전문적이고 체계적인 시설을 갖춘 치매치료병원이 시급하다.

대구와 부산은 선진 의료 기술을 전면에 내세우는 성공적인 의료 관광 마케팅으로 국내·외 관광객을 유치하여 지역 경제 활성화를 도모하고 있다. 교통의 요지 익산에 치매치료 전문성을 갖춘 치매안삼병원을 확보한다면, 우리 익산시는 명품 의료도시로 자리매김함과 동시에 전라도 권역 전체를 아우르는 복지 도시로 나아가는 기반을 다질 수 있을 것이다.

우리 모두가 치매 걱정 없는 건강한 노년을 누리고, 그 일익을 우리 익산이 담당해서 더욱 살기 좋은 사회를 만들 수 있도록 지속적인 관심과 지원이 필요한 때이다.

9. 75세 이상 시내버스 요금 전액 지원

익산시민 약 28만 명 중 만 65세 이상의 노인 인구는 약 5만7천 명으로 인구 대비 20%에 달한다. 전체 인구 중 노인 인구가 차지하는 비율이 7% 이상이면 고령화사회, 14% 이상이면 고령사회, 20% 이상이면 초고령사회로 분류한다. 이 기준에 의하면 익산시는 이미 초고령사회에 진입했다. 따라서 교통 복지의 일환으로 고령 교통 취약 계층의 자유로운 이동을 위한 지원이 필요하다.

2021년 7월부터 전북 지역 버스 요금이 일괄 인상됨에 따라 버스를 주로 이용하는 저소득 계층의 부담이 늘어났다. 특히 거동이 불편한 고령층의 경우 짧은 거리도 도보 이동에 어려움을 느끼는 경우가 많다. 병원 진료 등 필수적인 외출을 위한 교통비가 부담으로 작용해서 사회 활동이 위축될 수 있다. 이에 저소득 고령 인구의 이동권을 보장하기 위한 교통비 지원정책을 마련해야 한다.

타 지역에서는 이미 고령 인구를 위한 교통비 지원정책을 시행하고 있다.

서울시는 만 65세 이상 경로 우대자를 대상으로 수도권 도시철도에서 무제한으로 사용할 수 있는 '어르신 교통카드'를 지원한다. 주민등록상 주소지가 서울이면 누구나 지원받을 수 있다. 그러나 시내버스는 이용이 불가능해서 혼란을 겪는 경우가 많다.

충청남도는 만 75세 이상의 도민이라면 누구나 지원 대상이 되는 충남 통합형 교통

카드 사업을 시행하고 있다. 충남 도내의 시내·농어촌 버스를 횟수 제한 없이 무제한으로 이용할 수 있어서 2019년 7월 첫 시행 이후 큰 호응을 얻고 있다.

진안군에서는 관내에 주소지가 있는 만 70세 이상 어르신에게 농어촌버스 이용요금을 지원한다. 무주·진안·장수를 오가는 농어촌버스에서 사용 가능하며 1인당 월 24회의 제한이 있으나 진안군 관내를 운행하는 농어촌버스 전체에 대해 단일요금제를 시행하여 교통약자들의 부담을 줄여주고 있다.

좋은 제도는 조속히 도입해야 한다. 우리 익산시에 주소지를 둔 75세 이상의 어르신을 대상으로 교통 바우처를 지급해서 교통비 부담을 줄일 수 있도록 지원하는 정책이 필요하다. 이를 통해 체력적 경제적 이유로 바깥 활동이 줄어든 어르신들의 활동량이 증가하면 더욱 활기 넘치고 건강한 익산이 될 것이다.

10. '청년정책과' 신설, 지속가능한 미래 도약

청년 문제는 현재 우리 사회의 가장 뜨거운 이슈 중 하나다. 청년의 미래가 곧 국가의 미래라는 점에서 청년 정책은 대한민국의 장기 발전 과제라고 할 수 있다. 이런 면에서 익산의 청년 문제는 익산의 미래 문제라는 관점으로 접근해야 한다.

익산은 최근 인구 감소가 심각한 단계에 접어들면서 도시의 위상이 추락해가는 상황이다. 미래유지가능성에 대해서도 시민들의 염려가 점점 커지고 있다. 특히 20~30대 인구 유출이 전북에서 가장 높다는 점은 이러한 우려를 더욱 키우고 있다.

이미 문제가 발생했고, 그 문제가 도시의 존립 여부에까지 영향을 미치는 것이 충분히 예상되는 상황인데 손을 놓고 있어서는 안 된다. 행정력이 적극적으로 개입해서 일자리 창출, 주거 여건, 육아 여건, 교육 여건 등을 통합적으로 처리해야 한다.

가장 현실적인 방안으로는 시청 행정조직에 정식으로 '청년정책과'를 신설하는 것이다. 이를 통해 각 부서에 흩어져 있는 청년 관련 업무를 종합적으로 다루고, 세부적이고 치밀한 정책을 수립해야 한다. 이 과정에서 청년세대의 목소리를 경청하는 것은 필수이다. 시장과 관련 부서 공무원들이 정례적으로 '청년들과의 대화'에 나서야 하며, 그 자리에서 개진된 창의적이고 생산적인 의견은 즉각 정책에 반영하는 '젊은 행정'이 뒤따라야 한다.

익산 출신 대학생이 익산 기업에 취업할 수 있도록 '내일로 가는 다리(bridge)'와 쌍방향 플랫폼을 시청에서 주도적으로 가설해야 한다. 기업에는 그만한 인센티브가 주어져야 하며, 장기적으로는 기업이 우수 학생에게 장학금을 지급하고 방학 중에는 현장 실습 등을 통해 서로 신뢰를 쌓아가는 제도가 정착되도록 유도해야 한다. 이것이 상생의 방식이며, 미래를 함께 건설해나가는 방식인 것이다.

파격적인 조건의 청년 임대아파트 정책도 정교하게 설계되어야 하며, 신혼부부들의 출산과 육아에 대해 전국 최고 수준의 지원책을 마련해야 한다.

'아이 하나를 키우려면 온 마을 전체의 힘이 필요하다'는 말이 있다. 이러한 공동체의 전통을 보다 현대적으로 수용하여, 익산의 유아 및 청소년을 우리 모두의 자녀로 여기고 키우는 '익산형 보육과 교육 정책'을 익산의 젊은 부부들과 머리를 맞대고 도출해내야 한다.

어떤 도시든, 자신의 현재 삶을 키워나가고 미래를 꿈꾸는 젊은이들이 많아야 그 도시의 미래를 설계하고 예측할 수 있다.

내일이 더 기대되는 도시, 익산! 이런 말을 우리 청년들의 가슴 속에 심어줘야 한다.

11. 미륵사지 완전 복원과 익산 백제 재현

미륵사지는 우리 익산이 자랑하는 최고의 문화유산 중 하나이다. 백제역사문화지구의 중심축으로 세계문화유산에도 등재되어 있다. 우리 익산의 천 년 역사를 지키는 한 방법으로 우선 미륵사지의 완전 복원을 보다 빠르게 추진하고자 한다.

이는 미륵사지와 익산 왕궁리 및 동고도리 일대에 잠들어있는 찬란한 백제의 역사를 다시 펼치기 위한 첫걸음이다.

2003년 유네스코가 디지털 헤리티지(Digital Heritage) 보존에 관한 헌장을 발표한 이후 20여 년이 지났다. 과거 문화재에 대한 이해가 부족했던 시절에는 무분별한 복원으로 오히려 유물의 가치를 훼손하는 안타까운 사고가 종종 발생했으나, 오늘날에는 디지털 복원 기술의 발달로 소실 정도가 심각한 유물도 완전 복원이 가능해졌다.

문화재를 가상의 공간에서 디지털 기술로 복원해서 재현하는 가상유산(Virtual Heritage)는 최근 각광받는 복원 기술 중 하나이다. 이전에 비해 컴퓨터 그래픽 기술과 가상현실 기술이 발전하면서 보다 세밀하고 정교한 재현이 가능해진 것이다. 국내에서 문화재를 디지털로 복원한 대표적 사례는 2019년 서울시의 '돈의문(敦義門)'과 2020년 경주시의 '황룡사(皇龍寺)'를 꼽을 수 있다.

서울시는 일제가 강제로 철거해서 현재 원형이 남아있지 않은 돈의문을 디지털 가상현실로 복원했다. AR과 VR 기술을 활용하여 돈의문 주변을 둘러보거나 성곽에 오르는 체험을 할 수 있도록 해서 과거의 역사를 생생하게 만나볼 수 있게 했다.

경주시는 신라시대의 최대 사찰이지만 현재는 터만 남아있는 황룡사를 디지털 기술을 활용하여 복원했다. 서울의 돈의문 복원보다 진일보한 기술로 문화재의 세부를 자세히 구현하고 내부까지 체험할 수 있도록 증강현실 기술을 적용했다.

기존의 가상현실 콘텐츠들이 다소 제한적인 체험 공간을 제공하여 가상공간의 메리트를 충분히 활용하지 못했다면, 미륵사지 복원에는 이용자들의 자유로운 움직임을 보장할 수 있도록 해야 할 것이다.

현재 미륵사지와 익산 왕궁리 및 동고도리 일대는 제각기 백제역사문화지구의 중심축을 담당하고 있으면서도 그 연계에는 미흡함을 가지고 있다. 미륵사지와 익산 왕궁리 사이 약 5km의 거리는 역사와 역사, 유물과 유물이 이어져야 하는 공간인데 현재는 텅 빈 상태로 방치되고 있다. 물론, 긍정적으로 생각하면 찬란했던 백제의 이야기를 지금 우리 익산의 이야기로 다시 풀어나갈 여지가 충분하다는 뜻이다.

익산이 지닌 위대한 문화유산을 우리가 충분히 활용하지 못하고 있는 것에 안타까움을 금할 수가 없다. 아직 우리 익산의 이야기는 그 일부밖에 세상에 선보여지지 않았다. 그만큼 앞으로 개발할 여지가 무궁무진하다고 볼 수 있다.

익산 백제의 재현, 그 첫 걸음으로 천년고도 익산시의 대표적 문화유산인 미륵사지를 완전 복원하고 가상현실로 구현해서 익산만의 문화 체험·학습 상품을 개발해야 한다. 그리하여 익산시민의 문화적 자긍심을 고취하고 아울러 문화 관광도시로서 익산의 위치를 공고히 할 때이다.

12. 한국 고대역사문화 테마파크 조성

경주와 고령 등에서는 이미 역사문화 테마파크가 조성되어 지역 특색을 살린 관광기반으로 활용하고 있다. 우리 익산도 익산이 가진 고대 왕도의 이야기를 현대적으로 재해석한 역사문화 테마파크를 조성하여 운영하면 지역 정체성을 살린 관광 자원이 될 수 있다.

주민들이 먼저 찾는 곳을 관광객도 찾는다. 경주의 '신라밀레니엄테마파크'는 민간자본이 투입되어 초기에는 호평을 받았지만 여러 악재 끝에 찾는 이가 줄어서 사실상 방치되었다. 지역민이 꾸준히 찾을 수 있는 콘텐츠 개발이 이루어지지 않았던 것이 그러한 결과를 낳은 원인으로 보인다. 전국의 지자체에서 각종 테마파크를 조성했지만 성공한 사례는 극히 드물다.

우리 익산도 거시적인 시각과 장기적 관점으로 익산을 견인해나갈 자원이 무엇일지 고민해야 한다. 고령의 대가야역사테마파크의 경우는 참고할 만하다. 대가야를 테마로 한 국내 유일의 테마파크로 고령군의 랜드마크로 자리 잡아 지역경제를 견인하고 있다. 고령의 성공은 지역주민과 관광객을 모두 만족시키는 관광지를 지향한 것이 원인이라고 평가된다. 실제로 테마파크가 위치적으로 고령군 시내에서 멀지 않고, 테마파크 내에는 군내 유일한 영화관이 있어서 군민들의 문화 공간으로 찾는 이가 많다. 지역 외 관광객뿐만 아니라 지역주민까지 한데 사로잡는 것이 정답임을 알 수 있는 부분이다.

우리 익산의 '왕궁리' 지명의 '왕궁'은 고대 왕가의 왕도였던 역사에서 기인한 것이다. 국내의 지명을 살펴보면 왕궁을 지명으로 한 곳은 우리 익산의 왕궁리가 유일하다. 이러한 상징성이 있음에도 우리 익산 시민들은 왕궁리라고 하면 '악취'를 먼저 떠올렸다. 악취 발생의 주요 원인으로 분석되는 축사가 있어서 시민들이 불편을 겪어온 탓이다. 천년고도의 역사를 지닌 왕도의 땅이 악취 이미지로 덧입혀진 것에 안타까움을 금할 수가 없다.

익산시는 고질적인 악취 문제 해결을 위해 왕궁축산단지의 축사를 매입해서 시유지화하는 사업을 시행했다. 따라서 미륵사지와 함께 백제문화역사지구의 중심축을 이루는 왕궁리 일대가 익산시 고대역사문화 테마파크 조성에 가장 적절하다고 본다.

이제 왕궁리 일대는 악취 근원지라는 오명의 묵은 때를 말끔히 벗기고 닦아내어 그 아래 잠들어있는 위대한 역사와 마주해야 한다. 고대역사문화 테마파크는 익산시에게 재도약의 기회가 될 것이다.

13. 익산학 연구 본격 활성화

지역이 정체성을 잃지 않으려면 무엇을 해야 할까. 여러 가지 방법이 있겠지만, 그 가운데 하나는 우리 지역만의 특색, 우리 지역만의 이야기를 발굴해서 알리는 것이다. 그것이 천 년의 역사라면 더할 나위 없이 좋지 아니한가.

우리의 역사는 지난 천 년의 것만을 의미하지는 않는다. 우리가 살고있는 바로 현재가 미래의 역사임을 알고 천 년 역사의 한 축으로서 현대 익산의 모습들을 아카이빙하는 것이 익산학 연구의 주요한 축이 되어야 한다. 이에 익산학을 보존하고 연구하는 지역 전문가에게 연구 재정을 지원하고자 한다.

우리 익산의 이야기를 재해석할 수 있는 지역 전문가가 있어야 한다. 익산만이 가진 고유한 콘텐츠를 지역의 역사(구술사 포함)를 바탕으로 한 스토리텔링으로 개발하면 우리 지역의 특색을 분명히 할 수 있다. 이러한 스토리텔링을 통해 익산 지역의 전통 및 현대 문화와 기술 및 장르를 융복합한 새로운 콘텐츠(국악, 농악, 판소리, 기악 등을 고조선, 마한, 백제, 고구려 등으로 시대별로 확장, 다양한 목적의 문화콘텐츠 포함)를 개발하고 관광 자원으로 활용할 수 있는 방안을 고안하면 금상첨화이다.

이러한 스토리텔링에 가장 적합한 인재는 지역 예술인이다. 코로나19로 경제적 타격을 입어 생계 및 작품 활동에 곤란을 겪고 있는 문화 예술인들에게 시 차원에서의 재정 지원이 필요한 시점이다. 이에 장기프로젝트로 지역 문화 전문가의 자격을 갖춘 예술인들을 대상으로 공모사업을 추진하면, 선정된 예술인들에게 경제적으로도 뒷받침이 되어 안정적으로 예술활동을 하는 데 도움이 될 것이다. 이렇게 예술인들과 협력하여 익산의 문화콘텐츠를 관광 자원으로 개발함으로써 지역과 예술인이 상생하는 길을 열어가고자 한다.

14. 국립 치유농업확산센터 유치

코로나19가 예상보다 장기화되면서 많은 이들의 몸과 마음이 지쳐있다. 날로 쌓여만 가는 피로감을 해소하기 위해 힐링이 필요한 이때, 농촌과 자연을 하나의 선택지로 제안할 수는 없을까.

'치유(힐링) 농촌체험·관광'은 원예·축산·산림 등 농업·농촌 자원을 이용한 다양한 치유 프로그램을 정기적으로 제공하여 국민의 건강증진을 도모하는 사회적·경제적 부가가치 창출 산업이다.

2017년부터 현재까지 국내에서 조성·운영되고 있는 치유농장은 총 234개소이다. 충남이 43개로 가장 많고 경기(40개), 강원(36개), 전북(29개), 전남(29개), 경남(27개)의 순으로 많았다. 익산에서도 삼기면 소재의 '미륵산 늘품치유농장' 등을 통해 치유농업을 육성하고 지원해 온 바 있다.

최근 경남 김해시는 농촌진흥청에서 추진한 '국립 치유농업 확산센터' 공모사업에 최종 선정되어 '국립 치유농업 확산센터'를 유치함으로써 농업·농촌의 신성장동력 창출 및 치유농업 연구개발·산업화를 추진할 것을 밝혔다.

포스트코로나 시대에는 국민의 여가활동 수요가 '마음의 안전과 휴식'으로 증가하는 추세를 보이며 치유 농촌체험·관광이 보다 활성화될 것이라고 많은 전문가들이 전망하고 있다. 치유농업이 질병 예방 및 회복, 복지 및 의료비용 등 사회적 비용을 절감

하는 동시에, 농업자원을 활용해 국민건강증진이라는 사회적 기여뿐만 아니라 농촌의
새로운 활로 및 소득 창출원으로 기대되고 있다.

이에 익산시도 치유농장의 확대를 위해 확산센터 설립을 적극적으로 추진할 필요가
있다.

15. 지역 농가 계약재배 추진

오래도록 우리 사회의 근간을 이루었던 농업이 위기에 처했다. 현대의 농업은 열심
히, 끈기 있게, 잘 키워내는 것만으로는 그 결과를 장담하기가 어렵다. 생산지에서 식
탁에 오르기까지의 변수가 너무나 많아졌기 때문이다. 이러한 불안정성이 우리 농가
를 위축시키고 농업의 지속을 버겁게 한다. 우리 농가를 지키기 위해 시에서 발 벗고
나서야 할 때이다.

계약재배란 농가와 기업이 작물의 생산 전에 사전 계약을 통해 농작물을 안정적으
로 판매-수급할 수 있도록 하는 것이다. 재배농가는 경영 위험을 낮추고 소득을 안정
적으로 확보할 수 있고, 기업은 채소 작물을 원료로 하는 산업의 부가가치 창출을 꾀

할 수 있는 농가와 기업의 상생 방안이다. 미국과 일본 등 선진국에서는 이미 규모를 갖추고 시행되고 있으며 국내에서도 점점 활성화되고 있다.

기업과 지역 농가의 상생 협력 사례로 안동 콩과 횡성 배추, 충남 서산의 양파 농가와 CJ의 경우를 들 수 있다.

안동 지역에서는 2009년 안동생명콩 두부공장을 건립하여 안동농협 조합원과 100% 계약재배를 실시하여 정부 수매 가격보다 높은 단가 책정과 영농자재 및 퇴비 등을 농가에 지원한다. 안동생명콩 두부공장에서 만들어진 두부는 전국 학교에 급식으로 납품되며 전국 대형 매장에서도 판매되고 있다.

횡성군의 경우, 배추 재배 농가와 신선식품 및 가정 간편식 등을 생산하는 식품 전문 브랜드 종가집이 계약재배를 통한 공급계약을 체결했다. 이로 인해 농가는 안정적인 수취 가격을 보장받고 기업에서는 안전한 공급처를 확보할 수 있어서 신뢰를 바탕으로 한 상생의 기틀을 마련했다.

서산시와 CJ프레시웨이는 농가-기업 간 생산원가 이상 수준의 고정 가격에 농산물을 판매하는 계약재배를 추진하여 시장이 하락세일 때도 시세 차의 발생으로 인한 농가의 피해를 최소화하고 기업에게는 양질의 농산물을 공급하는 선순환을 이루고 있다.

이에 익산에서도 식품공장에 필요한 농산물을 우리 지역 농업작목반과 계약재배한다면 지역 농업인이 식품공장에 안정적으로 농산물을 공급하여 농가소득을 증대시킬 수 있을 것이다.

이를 위해 농업인, 농협, 기업인은 협의체를 구성해서 계약을 체결하고 연중 생산공급체계를 구축하여 생산, 유통, 가격 등을 협의 결정한다. 계약재배 농가에 추진 계획을 설명하고 재배기술교육도 함께 이루어져야 한다. 원료수급을 파악하여 품목별 생산계획을 수립하고 농산물 물류센터를 구축하여 농산물을 수집, 분류한다면 계획적인 공급이 가능할 것이다. 이때 농산물 보관을 위해 저온저장 창고를 신축하여 농산물의 신선도를 유지하고 더 좋은 품질의 농산물을 공급할 수 있도록 하면 익산 농산물의 경쟁력을 더욱 높일 수 있을 것이다.

위와 같은 정책은 기업 맞춤형 계획생산으로 농업인이 안정적 판로를 확보하여 스스로 자립기반을 구축하고 소득을 높일 수 있게 한다. 더불어 지역기업과의 상생 협력을 통해 지역경제를 활성화시킬 수 있으니 일거양득의 결과를 얻을 것으로 기대된다.

16. 외국인 농촌 근로자 생활시설 지원

코로나19로 인해 현재 전국 농가에는 비상이 걸렸다. 해외 입출국에 제한이 걸리면서 국내 외국인 노동자의 수가 급격히 줄었기 때문에 당장 노동력 수급이 어려운 상황이다.

정부는 올해부터 국내 체류 중인 외국인들을 대상으로 일시적으로 운영했던 계절근로제도를 상시화하기로 했다. 이는 코로나19로 인한 농촌의 인력 수급난을 감안한 조치로서 1월 1일부터 시행되고 있다.

그럼에도 외국인 노동자에 대한 시선은 여전히 차갑다. 외국인 노동자 집단시설 및 다중이용시설에서 연이어 코로나 확진자가 발생하면서 은연중 그들을 꺼리는 분위기가 형성된 것이다. 부족한 노동력을 외국인 노동자에게 의지해 해결해왔던 농가에는 진퇴양난의 상황이 아닐 수 없다. 우리 익산도 이러한 어려움에서 예외가 아니다.

그런데 외국인 노동자들 사이에서 코로나 확진자가 다수 발생하는 게 그들 개인의 문제일까? 적절하지 못한 시설, 즉 생활시설 및 숙박시설의 환경이 제대로 갖춰지지 못한 것도 영향이 있을 것으로 본다. 이에 외국인 농촌 근로자의 생활시설 지원에 대한 정책이 시급한 실정이다.

2020년 말, 외국인 노동자가 비닐하우스 숙소에서 사망한 사건을 계기로 외국인 노동자의 주거 환경 개선에 대한 목소리가 높아졌다. 정부에서는 농축산업 외국인 노동자의 주거시설 개선을 위해 2021년부터 고용 허가 신청 시 비닐하우스 내 컨테이너·조립식 패널 등을 숙소로 제공하는 경우에는 고용 허가를 불허했다.

외국인 노동자 주거시설의 조건 또한 노동자들의 최소 주거 요건을 만족해야 한다. 따라서 1인당 2.5㎡ 이상의 침실과 세면시설, 적절한 채광·환기 및 냉난방·화재안전설비를 갖추고 소음, 자연재해, 침수, 오염의 우려가 없는 안전한 장소가 제공되어야 한다. 이때 숙소는 반드시 대지에 지어진 주거 목적의 건축물로 제공해야 하며 농지에 임시 가설건축물로 숙소를 제공하는 일은 없어야 한다.

노동자의 기본적 생존권을 보장하기 위해 주거 기준을 마련하는 것은 꼭 필요한 일이지만, 현실적으로 농가의 부담이 가중되는 것도 사실이다. 이에 따라 농가의 부담을 줄이고 외국인 근로자의 안전을 보장할 수 있도록 정부 및 지자체 차원의 지원이 필요하다. 농가당 일정 금액을 지원하여 개인의 부담을 줄이고 노동자의 안전이 보장받는 선순환 구조를 마련해야 한다.

17. 악취 발생 100% 억제 대책 추진

익산시의 고질적 문제 중 하나는 악취 발생이다. 이에 대한 강력한 대책이 필요하다. 국가 악취법 제3조에 의해 지방자치단체는 관할구역의 자연적·사회적 특성을 고려한 악취방지시책을 수립·시행해야 한다. 아울러 악취방지를 위해 노력하는 주민에게는 재정적·기술적 지원을 해야 하고 이를 위해 필요한 정보를 제공해야 할 의무가 있다.

지난 20년간 악취 관련 민원이 지속적으로 발생해 왔음에도 익산시의 악취 문제는 여전히 현재 진행형이다. 익산시의 악취는 크게 가축 분변류 악취와 공장의 화학약품류 악취로 나눌 수 있다. 현재 발생하는 악취의 70%는 가축 분변에서 기인하는 것으로 조사되었다. 타 지역에 비해 익산시에서 악취 민원이 유독 자주 발생하는 이유는 악취를 유발하는 축사가 도심 근교에 있어서 시민들이 악취를 체감하기가 쉽기 때문이다. 따라서 이를 근본적으로 해결하기 위해서는 지자체와 축사가 함께 힘을 합칠 필요가 있다.

공장 악취, 즉 화학약품류의 악취 민원 또한 공단이 인구 밀집 지역과 근거리에 있어서 시민들의 악취 체감이 높을 수밖에 없음에 기인한다. 현재 익산시에서는 악취 발생 지역 모니터링을 위해 측정장치 10개소를 운영하고 있으나, 악취 민원이 꾸준히 발

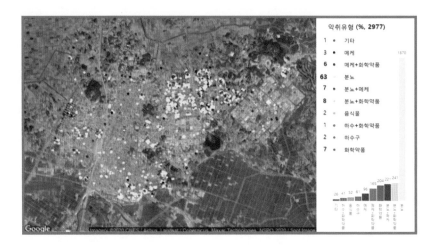

악취유형 (%, 2977)

1	기타
3	메케
6	메케+화학약품
63	분뇨
7	분뇨+메케
8	분뇨+화학약품
2	음식물
1	하수+화학약품
2	하수구
7	화학약품

생하는 것으로 보아 그 수요를 감당하지 못하고 있는 것이다.

최근 몇 년간 익산시가 악취 문제에 적극적으로 대응한 결과 민원이 크게 감소했다고 발표했다. 그러나 실제 시민들 사이에서는 아직도 악취가 심하다는 의견이 많다. 화학약품류의 일부 악취는 줄었으나 분변류의 악취는 여전하다는 반응이 대부분이다. 이와 같은 불편은 시민들 삶의 질에 크게 영향을 미치는 사안인 만큼 보다 신속하게 악취의 근원을 차단할 필요가 있다.

현재 익산시에서는 '악취24' 사이트를 활용하여 지속적으로 시민들의 불만을 모니터링하고 있으나 다소 미비하다고 느껴진다. 이에 익산시의 악취를 완전히 절감하기 위해서는 현재 운영되고 있는 측정장치 10개소에서 악취측정 모니터링을 추가 확대하여 더욱 정밀한 측정이 이루어져야 한다. 더불어 공장이나 축사 등 악취가 발생하기 쉬운 사업장은 집중적으로 관리하고 악취 포집기를 추가로 설치하여 정보 수집을 보다 면밀하게 할 필요가 있다.

모니터링이 중요하지만 그것만 잘한다고 악취 저감의 근본적 해결법을 찾아낼 수는 없다. 원인을 정확하게 파악했으면 이를 단호하게 뿌리 뽑을 결단력과 실행력이 필요하다. 악취가 발생한 후의 사후 관리에 힘쓰는 것은 물론이고 악취의 발생 자체를 막을 수 있도록 주의를 기울여야 할 것이다.

악취 대책의 하나로 친환경 발효제 활용이 있다. 일부 축사에서 발효제를 사용하여 악취 저감을 위해 힘쓰고 있으나 악취 민원은 여전하다. 발효제의 공급량을 늘리고 지원 대상 축사를 확대하여 제대로 자리 잡게 할 필요가 있다.

도심 근교의 축사를 도시 외곽으로 이전하는 것이 시민들의 악취 체감을 낮추는 가장 현실적이고 효율적인 방안이라고 할 수 있다. 이를 위해 시에서는 축사 이전을 위한 택지를 개발하고 공급하여 이전을 도울 수 있을 것이다. 이러한 방안이 성공적으로 이루어진다면 악취의 해결은 물론 도시 경관의 개선도 가능하다.

현재 익산시 내의 대형 공장은 악취 저감 장비를 대부분 갖추고 있으나 소규모 공장은 설치와 운용에 부담을 느끼고 있다. 이는 악취 발생의 근본적 해결에 걸림돌이 되고 있으므로 시 차원의 재정적 행정적 지원이 필요하다.

시민들의 보다 쾌적한 생활을 위해 악취를 100% 근절하는 정책이 조속히 시행되어야 한다. 익산시의 악취 발생, 이제는 개인과 지자체가 긴밀히 협력하여 완전히 뿌리 뽑을 때이다.

18. 주민참여형 신재생 에너지 농촌 마을 조성

익산을 보다 익산답게, 시민을 위한 익산을 만들기 위해 시민 참여형 사업을 적극 유치할 필요가 있다. 익산을 가장 익산답게 하는 것은 바로 시민들이다. 주민들이 직접 참여하는 신재생 에너지 사업이 그 한 가지 방안이 될 수 있다.

신재생 발전사업 추진 시 가장 어려움을 겪는 요인으로는 주민 의견수렴 미흡, 마을 경관 훼손, 토사 유출 우려 등 주민들의 민원이 대부분을 차지한다. 이러한 민원 문제를 해결하기 위해 도입된 것이 주민참여형 사업이다. 주민들이 투자자가 되어 사업에 참여해서 투자한 만큼의 수익을 얻게 되는 구조로 사업을 진행하기 때문에 주민들의 참여도 및 만족도가 높아지는 것이다.

재생에너지 사업 주민참여제도는 이미 여러 선진국에서 활발히 추진 중이다. 덴마

크의 삼소(Samso)섬은 본받을 만한 성공적 선례이다. 간단히 말하면, 노인 인구가 전체 인구의 약 20%를 차지하는 약 4,000명 인구의 섬에서 적극적이고 과감한 투자를 통해 에너지를 자급자족하는 성공신화를 이룩한 것이다. 삼소섬의 경우 육상 풍력 발전 터빈과 해상 풍력 발전 터빈을 이용해 전력을 생산해낸다. 바람이 많은 지역의 기후 특성을 활용하여 섬 자체의 전력 수요를 충당하는 것은 물론이고 잉여 전력의 수출을 통해 지역 경제를 이끌어가고 있다.

국내에서도 2017년 1월 주민참여형 발전사업을 도입한 바 있다. 첫 도입 이후 2018년 1개소, 2019년 6개소로 점차 수요가 확대되고 있으며 앞으로 강월 영월군, 경북 봉화군, 전남 신안군, 경북 영양군 등에 추가로 준공될 예정이다. 주민참여형 풍력발전 사업은 활발하게 추진 중으로 앞으로도 이와 같은 제도는 더욱 활성화될 것으로 보인다.

우리나라의 신재생 에너지에 대한 주민참여는 주로 대상 지역 거주민에 대한 피해 보상의 관점에서 이루어져 왔다. 그러나 신재생 에너지를 적극적으로 활용하기 위해서는 정부와 지자체가 주민에게 참여 기회와 가치를 적극적으로 공유할 필요가 있다.

주민참여형 발전사업의 장점은 첫째, 지역주민에게 발전소 이익을 바로 공유할 수 있고 둘째, 발전소 건설 및 운영에 발생하는 일자리를 새로이 창출할 수 있으며 셋째, 사업 진행 과정에 투자자인 주민들과 충분히 소통할 수 있다는 것이다. 주민참여형 발전사업이 우리 익산을 살고 싶은 도시, 살기 좋은 도시로 만들 하나의 대안이 되기를 소망한다.

19. 호남권 관광출발 거점도시 추진

가장 익산다운 익산이 되기 위해, 지역이 지역성을 잃지 않기 위해서 지양해야 할 것은 '각자도생'의 생존 방식이다. 전북 내의 14개 시군이 함께 힘을 합쳐 살아남을 방안을 모색해야 한다. 이에 익산시를 호남권 관광출발 거점도시로 추진하는 안이 전북을 위한 하나의 공생방안이자 14개 시군이 협력하여 상생하는 윈윈(win-win) 전략이 될 수 있다.

우리 익산은 KTX 익산역을 기반으로 한 교통의 요지이다. 전라선과 호남선이 한데 지나는 거점 역으로 호남권 KTX 익산역 관광버스를 운행하여 익산을 경유하는 관광노선을 개설한다면 주요 역이 없어 관광객 유치에 어려움을 겪고 있는 다수 시·군·읍과의 공생을 도모할 수 있다. 더불어 익산시와 관광회사가 협약을 맺어 전북권역을 넘어서는 전국 단위의 관광객을 모집하는 일도 충분히 가능하다.

관광도시 익산을 만들기 위해 우리가 유의해야 할 방향은 관광객들의 익산 방문이 일회성에 그쳐서는 안 된다는 것이다. 익산역을 출발하는 무료 시티투어 버스를 운행하여 익산시 홍보 관광과 연계하고, 자가용 없이 익산을 찾는 '뚜벅이 관광객'들에게는 대중교통만으로도 편안하고 즐겁게 여행할 수 있는 관광 루트를 제공하자. 이렇게 익산을 찾은 관광객들에게 '다시 오고 싶은 익산'의 이미지를 심어 장기적으로 익산을 두 번, 세 번 찾는 재방문 관광객이 늘어나도록 해야 할 것이다.

20. 운수종사자 및 개인택시 면허취득 교육기관 건립

2021년부터 개인택시 양수 교육 인원이 대폭 확대되었다. 그동안에는 수요에 비해 극히 제한된 인원만 교육을 받을 수 있어서 지속적으로 인원 증가 요구가 있었다. 이에 기존 3천 명이었던 인원을 1만 명까지 확대하여 3배 가까이 늘린 것이다. 현행법상 개인택시 운송사업 자격을 얻기 위해서는 한국교통안전공단에서 실시하는 양수교육을 필수적으로 수료해야 한다.

코로나19의 영향으로 택시업계 수요가 급격히 증가했다. 그런데 개인택시 면허를 얻으려면 반드시 양수교육을 이수해야 한다. 현재 이를 위한 교육센터는 경기도 화성과 경북 상주 단 두 곳뿐이고 호남권은 전무하다.

대중교통 수요가 꾸준히 증가하는 가운데 주 52시간 근무제 시행에 다른 근무시간 단축의 영향으로 버스운전사 등 운수종사자가 부족해짐에 따라 신규 운수종사자에 대

한 수요도 높아지고 있다. 따라서 운수종사자 및 개인택시 면허취득 교육기관이 현재
보다 확대될 필요가 있다.

개인택시 양수교육을 수료하려면 약 4주간의 교육을 받아야 하는데 대부분의 교육
생들은 교육기간 동안 해당 지역에 체류하면서 교육과정을 이수한다. 교육기관 건립
을 하면 교육기간 만큼 외부인의 지역 유입 효과가 발생하는 것이다.

우리 익산시에서 운수종사 및 개인택시 면허취득 교육시설 유치를 추진하면 타 지
역 교육생 유치로 인한 지역경제 활성화를 기대할 수 있다. 이를 위해 익산시에서는
사업비 약 20억 원과 약 200평의 부지를 확보하여 사무실과 교육장 및 각종 편익시
설 등을 제공하면 된다.

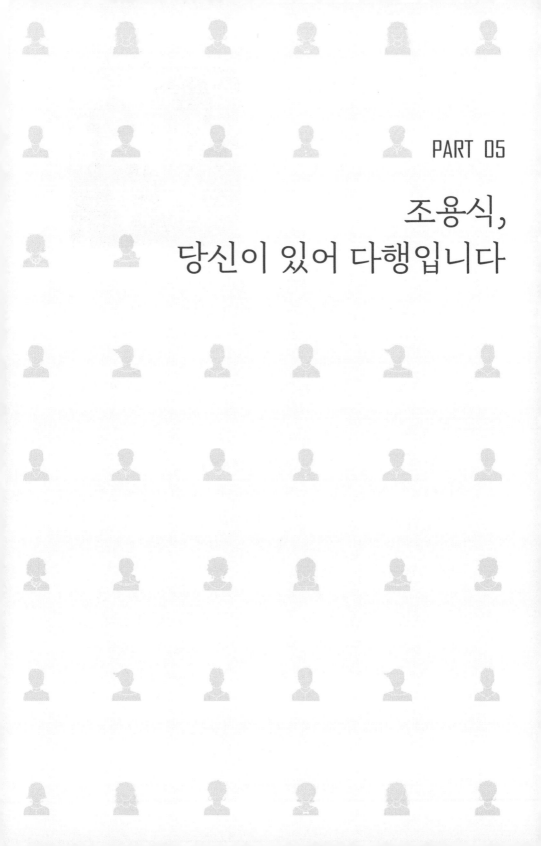

PART 05

조용식,
당신이 있어 다행입니다

순정한 애향심과
추진력의 화신

정세균(전 국회의장, 전 국무총리)

이번에 출간하게 되는 조용식 대표의 『당신이 있어 다행입니다』 초고를 읽어보았습니다. 전북경찰청장을 그만 둔 뒤 익산에서 시민들과 함께 시민 포럼 활동을 열심히 한다는 이야기를 전해 듣고 있었는데, 언제 이렇게 두꺼운 책 한 권을 만들었나 놀랍기도 했습니다. 한 페이지 한 페이지, 담담하게 자신의 성장기와 그 과정에서 얻게 된 깨달음을 이야기하고 자신의 꿈을 차분하게 이야기하는 글을 읽자니, 마치 조용식 대표가 바로 내 앞에 앉아 조근 조근 이야기를 하는 것 같은 느낌이 들어서 더욱 그리워졌습니다.

저와 조용식 대표의 인연은 참 오래 되었습니다. 김대중 대통령 당선인 시절 처음 만나 인사를 할 때부터 시원시원한 태도와 훤칠한 외모가 눈에 띄었습니다. 이야기를 나누다 보니 전북에 대한 애향심이 투철해 또 한 번 놀랐던 기억이 생생합니다.

어느 순간부터 우리의 고향 전라북도는 도세가 약해져서 지자체 간 순위 경쟁에서 뒤로 밀리는 일이 많아졌습니다. 이로 인해 전북에 연고를 둔 많은 중앙부처 공직자들도 은연중 위축된 모습을 보일 때가 있는데, 조용식 대표는 언제나 당당한 모습이어서 제가 더욱 아끼는 후배가 되었습니다. 전라도 사내답게 문화예술에 대한 식견도 높고 너른 인맥을 갖추고 있어 누구에게든 더욱 자랑스럽게 소개할 수 있는 후배였습니다. 마침 이 책의 제목이 '당신이 있어 다행입니다'이던데, 그는 보면 볼수록 내가 저 사람을 알게 되어 행복하다는 느낌을 주는 인물입니다.

인천국제공항경찰단장 시절을 비롯해 서울경찰청 차장으로 근무할 때는 더욱 지근거리에서 자주 만날 수 있었는데, 경찰 선후배들의 신망은 물론 함께 협업해본 다른 기관 임직원이나 예술가들까지 모두 조용식처럼 유능한 공무원은 처음 봤다고 감탄할 때는 마치 제가 칭찬받는 것처럼 기뻤던 기억도 새롭습니다.

조용식 대표에게는 선비의 면모가 있습니다. 이게 옳은 일이라고 판단이 되면 어떤 난관이 있어도 관철시키려는 의지와 추진력이 있고, 다른 의견을 가진 상대방의 의견을 경청하며 설득할 줄 아는 매너 좋은 신사의 풍모도 함께 갖추고 있습니다.

조용식 대표에게는 지금 새로운 꿈, 새로운 도전이 앞에 자리하고 있다는 것을 잘 알고 있습니다. 응원합니다. 그리고 기대합니다!

저는 익산에 조용식이란 인재가 보태지면 더욱 큰 시너지 효과가 발생할 거라 믿습니다. 그는 익산과 전북을 자신의 몸이나 가족만큼, 아니 그 이상으로 사랑하는 사람입니다. 이렇게 순정한 애향심을 가진 인재가 판단력과 추진력, 소통 능력과 공감 능력까지 갖추고 있으니 익산시민들에겐 정말 다행입니다.

큰 인재가 크게 쓰이길 바랍니다.

큰 사람이 큰 일을 합니다!

그가 자랑스럽습니다

강광(전 정읍시장)

출처·전민일보

경찰 출신 후배가 이토록 멋진 도전을 한다는 게 누구보다 기쁘고 자랑스럽습니다. 저 역시 경찰 출신으로 6.25전쟁 후 학사 경찰로 입문하여 서울에서 국민의 생명과 재산 및 사회 질서를 지키기 위해 민생치안에 힘썼습니다. 파란만장한 세월을 보내고 고향 정읍과 전북의 수도 전주에서 경찰서장을 끝으로 저의 경찰 인생을 잘 마무리했습니다. 마지막으로 내 고향 정읍을 위해 다시금 달려보자는 생각으로 정읍시장에 도전해서 민선 4기 정읍시장을 역임했으며, 팔순이 지난 지금도 정읍시체육회장으로 고향을 위해 봉사하고 있습니다.

경찰 생활을 잘 봉직하고 내 고향에서 시민을 위해 발로 뛰는 것만큼 가슴 벅찬 일이 또 있을까요?

조용식 전 청장은 제가 누구보다도 아끼고 자랑스러워하는 후배입니다. 그는 전북경찰청장으로 재직하던 시절 '만四형통' 치안을 강조했습니다. 만사가 형통하는 치안이란 무엇일까? 오랜 경험을 바탕으로 고향 전북에 내려와 구상한 그의 '만四형통' 치안이 궁금했습니다. 정성, 정의, 정감, 정진하는 전북 경찰이 되겠다는 각오가 '만四형통' 치안 속에 담겨 있었습니다. 만사가 형통한 치안은 경찰이라면 누구나 이루고 싶은 세상일 것입니다.

그의 신념을, 그의 생각을 알아가면 알아갈수록 그가 저의 경찰 후배라는 사실이 더없이 자랑스러웠습니다. 경찰 생활을 끝으로 그가 학창 시절을 보낸 제2의 고향 익산에서 다시금 시민을 위해 뛰겠노라는 다짐을 힘차게 응원합니다.

그는 훌륭한 경찰이었고, 뛰어난 지도자이자, 익산을 위해 준비된 인재입니다. 그는 전북경찰 시절 항상 도민의 곁에서 함께하고 신뢰받는 경찰이었습니다.

저는 사실 조용식 후배가 전북경찰청장을 퇴임할 무렵, 도지사 직에 도전해보는 게 어떻겠느냐고 권유한 적도 있습니다. 제가 보는 조용식 후배의 그릇이 그만큼 크다고 생각했기 때문입니다. 하지만 조 후배가 자신은 익산을 위해 할 일이 더 많다고 이야기를 하는 것을 듣고 정말 단단한 후배구나, 라고 다시 보게 되었습니다.

일 잘하는 조용식, 익산의 큰 동량으로 쓰이길 기대하고 지지합니다.

탤런트보다
더 탤런트 같은 사람

김성환(배우)

처음 조용식 전 청장을 만났을 때가 떠오릅니다.

20여 년 전 재경향우회 모임에서 처음 만났는데, 어찌나 훤칠하고 잘 생겼던지 배우인 저보다도 더 많은 사람들의 눈길을 잡아끌었습니다. 그때부터 지금까지 조용식 전 청장과는 10년의 나이 차를 잊고 망년지교의 예로 사귀어 왔습니다. 마침 조용식 전 청장의 고향이 제 고향 군산과 가까운 것도 친밀함을 더하는데 일조했습니다.

첫 만남이 이토록 강하게 뇌리에 박힌 것은 비단 잘생긴 얼굴 때문만은 아니었습니다. 경찰 제복을 입고 있었지만 마치 오래 알았던 동생 같은 친근한 모습을 만났기 때문입니다.

우리가 보통 '경찰'이라고 하면 떠오르는 이미지가 있지 않습니까. 왠지 모르게 무서울 것 같고, 농담도 하지 않을 것만 같은 그런 이미지. 그런데 이게 웬걸, 말 몇 마디 나누자마자 이 사람 정말 유쾌한 사람이라는 게 느껴졌습니다. 농담도 잘하고 붙임성은 또 얼마나 좋은지 제가 갖고 있던 '경찰'의 이미지는 잘못된 선입견이었다는 게 부끄러워지기도 했습니다. 언젠가 사적인 자리에서 이런 제 느낌을 이야기한 적이 있습니다.

그로부터 며칠 뒤, 전화를 받았습니다. 요지는 "형님이 경찰에 대해 하신 말씀을 듣고 곰곰이 생각해봤는데 경찰의 이미지 개선을 위해, 그리고 애쓰는 경찰들의 노고를 알리는 일에 형님과 같은 잘 알려진 분들이 앞장서주면 좋겠다."고 하면서 저를 명예 경찰관으로 추천했다는 것입니다.

정말 감격스러웠습니다. 제 말을 그렇게 깊이 새기다니. 아마 그때 제가 우리 집에 형제자매가 엄청 많은데 공무원이 하나도 없다는 푸념 아닌 푸념을 했었는데 이것도 조용식 전 청장이 귀담아 들었던 모양입니다.

저는 이렇게 명예 경찰관에 임명되었는데, 그때 경정으로 임명되었고 지금은 승진하여 명예 총경으로 대한민국 경찰의 이미지 제고하는 일에 힘을 보태고 있습니다. 참고로「수사반장」의 최불암 선배께서도 당시 명예 경찰관으로 임명되어 승진에 승진을 거듭, 현재는 명예 치안감까지 올랐습니다. 저도 최불암 선배처럼 오랫동안 대한민국 경찰의 친근한 벗, 홍보대사로 일하겠단 말씀을 객담으로 올립니다. 조용식 전 청장은 전북경찰청장 시절에는 저를 전북경찰청의 명예 홍보대사로 임명해주기도 했습니다.

조용식 전 청장은 탤런트보다 더 탤런트 같은 사람입니다. 말도 잘하고, 노래도 잘하고, 말 그대로 '탤런트'가 뛰어난 사람입니다. 함께 방송을 하면서 저 재능을 어찌 숨기고 살았는지 물어보고 싶을 정도였습니다. 짧고 두서없지만, 이 글을 통해 조용식 전 청장과의 인연, 그의 인간적 면모에 대해 조금이라도 더 많은 이들에게 알릴 수 있다는 게 더없이 기쁩니다. 제게는 이 인연이 너무도 소중합니다.

사요를 행하는 사람

허광영(전 원광학원 이사장)

　조용식 전 청장을 생각하면 그의 온화한 미소가 가장 먼저 떠오릅니다. 서글서글한 외모에 웃는 모습이 진정으로 아름다운 사람입니다.

　저는 인간적으로 조용식 전 청장을 존경합니다. 오래 알았기에 좋아하는 부분도 크지만, 그의 됨됨이가 저보다 한참 동생인 그를 존경할 수밖에 없게 합니다. 특히 그는 원불교의 정신과 많이 닮아 있습니다. 경찰 시절 행적만 돌아봐도 그가 얼마나 따뜻한 사람인지 잘 알 수 있습니다.

　원불교에서는 평등 사회를 만드는 길을 강조합니다. 대종사께서는 보은자가 되기 위한 네 가지 가르침을 주셨으며, 이 네 가지 가르침을 우리는 사요(四要)라 부릅니다.

　사요에는 자력 양성, 지자 본위, 타자녀 교육, 공도자 숭배가 있습니다.

　이 세상을 구원하고 더 나아가 인류와 사회를 발전시켜서 우리가 생각하는 가장 이상적이고 아름다운 평등세계로 발돋움하기 위한 구체적인 가르침인 것입니다.

　조용식 전 청장은 이런 정신을 누구보다도 잘 실천하는 사람입니다. 특히 사회적 약자를 향한 그의 행보는 평등사회로의 도약에 큰 힘이 되어줍니다.

　조용식 전 청장은 장애인, 노약자, 다문화 가정에 많은 관심을 가지고 있습니다. 경찰 시절 그는 시간이 날 때마다 요양원과 복지시설을 방문하여 시린 마음을 어루만져 주었고, 어르신들 만나 뵐 때면 노래 한 곡씩을 꼭 준비해서 부르는 사람이었습니다. 다문화 가정에도 관심이 많습니다. 그의 경찰 시절 사진을 살펴보면 다문화 가정과 함께한 모습을 많이 찾아볼 수 있습니다.

조용식 전 청장은 평등한 사회를 희망하는 사람입니다. 누구도 소외받지 않고, 누구나 행복한 사회. 친 서민 경찰로서 34년을 공직에 몸 바친 그가 익산을 위해 다시 뛰어보겠다 결심한 것은 제게 무엇보다 반가운 소식입니다. 이 사회 구석구석을 들여다 볼 줄 아는 사람.

익산에는 조용식이 필요합니다.

소박하고 소탈한
재가 불자

원행(대한불교 조계종 총무원장)

　제가 금산사 주지로 있을 때 처음 그를 만났으니 어느덧 10년이 훌쩍 넘었습니다. 그때 그는 김제경찰서장으로 재직 중이었습니다. 일 잘한다고 소문이 나서 뭇사람들의 사랑을 많이 받았습니다. 김제경찰서장 임기를 마치고 익산으로 돌아갈 때 많은 김제 시민들이 그를 떠나보내게 되어 큰 아쉬움을 표했다고 합니다. 익산경찰서장으로 옮겨서도 현장 중심, 그리고 시민 중심의 치안을 펼쳐 재직 초기부터 '친 서민 서장'이라는 명칭을 얻기도 했습니다.

　어느 날, 노모를 모시고 금산사에 찾아와 함께 담소를 나눈 기억이 생생합니다. 경찰서장이라는 분이 참으로 소박하고 소탈해서 인상이 깊었습니다. 절을 찾는 그의 모습은 항상 겸손했고 진중했습니다.

　전북경찰청장이 된 뒤의 행보도 역시나 겸손하고 변함이 없었습니다. 우연히 신문을 보다가 그가 자전거를 타고 순찰하는 사진이 눈에 띄었습니다. 전북경찰청장이 자전거를 타고 민경 합동 순찰하는 모습을 보면서 이 사람은 정말 소박한 사람이라는 걸 다시금 느꼈습니다.

　욕심이 있으면 모든 일을 그르치기 마련입니다. 불가에서 강조하는 '무소유'도 결국 모든 건 변하므로 집착하지 말라는 것입니다. 조용식 전 청장은 이런 정신을 누구보다 잘 실천하는 사람입니다. 그는 노력하되 집착하지 않는 사람입니다. 언제나 최선을 다하지만 과한 욕심을 부리지 않습니다. 늘 자신의 자리에서 묵묵히 나아갑니다.

재가 불자를 '거사'라고 합니다. 저는 조용식 전 청장이 기독교 신앙인임을 잘 알고 있지만 때때로 그에게서 재가 불자의 모습을 보곤 합니다. 어느 날 숭림사에 갔다가 그곳에 조용식 전 청장이 발원하여 세워진 소박한 탑이 있는 걸 보고 어떤 사연이 있냐고 물었습니다. 조용식 전 청장의 선친과 손위 누이의 천도재를 이곳 숭림사에서 지냈고 그게 인연이 되어 탑 건립 비용을 시주해주셨다는 이야기를 들었습니다. 이렇게 조용식 전 청장과 우리 사이는 불연(佛緣)으로 이어져 있다고 생각합니다.

저는 그가 자전거를 타고 있는 모습이 참 좋습니다. 소탈한 그의 성격이 잘 드러나기 때문입니다. 누군가를 향해 자전거를 타고 달려가는 그 모습이 인연과 인연을 잇기 위해 나서는 큰 걸음처럼 여겨집니다.

이 책에는 그의 소탈한 인생과 소박한 일상이 담겨 있습니다. 오랜만에 그의 안부를 물은듯하여 더없이 반갑고 기뻤습니다. 많은 이들이 이런 행복을 함께하시기를 바랍니다.

part 5

익산을 꽃밭으로 만들 사람

김홍국(하림 회장)

저는 인간 조용식을 오래 전부터 잘 알고 있습니다. 그의 가족들과도 모두 친하게 지내는 사이입니다. 그는 도시적이고 세련된 이미지와 다르게 사람 좋아하고 재치 있는 입담을 가지고 있습니다. 그래서인가 조용식 전 청장과 이야기를 나누고 나면 언제 이렇게 시간이 흘렀나, 깜짝 놀랄 때도 많이 있습니다.

저는 그와 함께 그려보는 익산이 참 좋습니다. 조용식 전 청장은 누구보다 익산을 사랑합니다. 그래서 그와 함께 익산에 대한 이야기를 나눌 때마다 설레곤 합니다.

젊은이들이 자꾸만 수도권으로 몰려가고 지방은 자꾸만 죽어가는 현실이 익산 사람이자 익산의 기업인으로서 누구보다 안타까웠습니다. 그래서 하염없이 이야기를 나누곤 했습니다. 청년에 관한 이야기와 기업 유치에 관한 이야기를 나눌 때면 그의 눈은 더없이 빛나곤 합니다. 조금 더 세상을 산 사람으로서 청년들이 어려운 현실을 누구보다 가슴 아파하는 사람입니다. 그렇게 익산의 발전 방향과 인구 유입 등의 이야기를 나누면서 이 사람은 정말 바꿀 수 있겠구나, 이 사람이라면 익산에 다시금 희망찬 숨결을 불어넣을 수 있겠구나, 싶었습니다.

저는 조용식의 열정이 참 좋습니다. 알고 지낸 지 꽤 오랜 사이지만 그는 늘 일하고 있었습니다. 34년을 경찰로 일했고, 전북경찰청장을 퇴임한 해에 출사표를 던졌습니다. 저도 참 독한 사람인데 이 사람도 만만치 않다고 웃으며 이야기한 기억이 납니다. 그런 그의 열정이 제가 그를 좋아할 수밖에 없는 이유입니다.

지방이 살려면 수도권에 집중된 기업과 대학교가 지방으로 와야 합니다. 억지로 오게 한다면 그 누구도 오지 않을 것입니다. 나비를 잡아올 것이 아니라 꽃밭을 만들어야 합니다. 꽃밭을 만들어주면 나비가 저절로 모여들 것입니다.

익산을 꽃밭으로 만들 사람이 바로 조용식입니다. 익산에 그가 있어 다행입니다.

대한민국 치안과
안전의 전문가

박영선(전 중소벤처기업부 장관)

익산의 조용식 대표님을 제가 알게 된 시간은 그리 길지 않습니다. 지난번 서울시장 보궐 선거에 출마한 저는 여러 악조건 속에서 고전분투하고 있었는데, 어느 날 익산에서 조용식 대표가 올라와 선거일을 돕겠다고 하셨습니다. 눈물이 핑 돌 만큼 감격스러웠습니다.

제 주변에서 오래 만난 분들이 저를 도울 거라는 기대는 어떻게 보면 당연한(?) 것일 수도 있는데, 서로 잘 알지 못하던 사이에서 그것도 열세인 후보를 돕겠다고 굳이 서울까지 올라오시다니요.

그렇게 저희 선거 캠프에서 만난 조용식 대표는 경찰청장이라는 고위직 출신임에도 불구하고 전혀 거리감이 느껴지지 않았습니다. '치안 특보'로 활동하셨는데 캠프 내 많은 사람들과도 금세 친해졌습니다. 젊은이들과 순식간에 의기투합하여 스스럼없이 지내는 모습을 보고는 놀랐습니다. 보통 고위직 출신들이 민간인이 되면 일종의 적응 과정을 거치는데 조용식 대표는 경찰 고위직 출신이란 느낌이 전혀 들지 않았습니다. 이렇게 짧은 시간에 많은 이들과 격의 없이 지내고 호감을 얻는 모습은 부럽기까지 했습니다.

이런 인간적인 매력을 넘어선 놀라운 업무 파악 능력과 추진 능력을 보며 저는 다시 한 번 놀랐습니다. 전북경찰청장을 지내기 전에 서울경찰청 차장을 지내셨다는 말씀은 들었지만, 서울 시내 골목골목의 사정을 마치 CCTV를 보고 있는 듯이 설명하시는 모습에 저희 캠프 직원들 모두가 깜짝 놀란 일이 한두 번이 아니었습니다. 그런데 서울만 잘 아는 게 아니었습니다. 대한민국 사회 곳곳의 안전 문제에 대한 조용식 대표의 설명을 듣다보면 이 분이 우리나라 모든 시군을 다 꿰고 있는 것 같다는 생각을 했습니다. 이런 조용식 대표가 제 곁을 지켜준다는 것에 대해 안도감이 들었습니다.

대한민국의 치안과 안전에 대해서는 전문가 중의 전문가가 바로 조용식 대표라는 걸 저는 경험으로 보증합니다.

자신의 고향 전북과 익산에 대한 뜨거운 애향심과 지역 발전의 내일을 생각하는 놀라운 시각에 대해서도 저는 자신 있게 보증합니다. 이만큼 많은 준비를 하고, 그러면서도 여전히 지역과 주민들에 대한 탐구를 멈추지 않는 정치인은 보기 쉽지 않습니다.

무엇보다도 인간 조용식의 매력을 보증합니다. 인간적인 호감을 뛰어넘어 주변인들과 공감하고 공명하는 능력이 정말 큽니다. 무슨 일을 어떻게 해야 하는지 스스로 알아채고 그 일에 매진하는 이런 분이 앞으로 대한민국 지방정치의 주역으로 나서야 합니다.

조용식을 보증합니다! 조용식을 추천합니다!

새로운 익산을 만들어갑시다

김수흥(국회의원)

조용식 전 전북경찰청장은 평생 제복을 입고 국민을 위한 사명에 봉직해온 분입니다. 저 역시 공직자의 인생을 살아왔기에 그 길이 얼마나 고되고 희생이 필요한지 너무나 잘 알고 있습니다. 더욱이 '민중의 지팡이'라고 불리는 경찰은 시민의 삶에 직접적인 영향을 미치므로 늘 무거운 책임감의 연속이었을 것입니다. 그 책임을 저버리지 않고 완수해낸 그의 삶은 존경받아 마땅하다고 생각합니다.

그런 그가 경찰로서의 임무를 마치고 더 크고 넓고 무거운 책임을 짊어지기 위해 출사표를 던졌습니다. 늘 시민을 위해 봉사해오던 그의 삶을 돌아보면 당연한 수순으로 보이기도 합니다. 평생 민중을 위해 일해 온 그가 조금의 망설임도 없이 다시 익산시민을 위해 봉사하겠다는 결심을 한 것에 아낌없는 박수를 보냅니다. 언제까지나 그 초심을 잃지 않기를 당부 드립니다.

지금 익산은 절체절명의 기로에 서 있습니다. 시민들이 익산을 등지고 떠나는 현상이 가속화되면서 지방 소멸의 위기감이 드리워지고 있습니다. 이런 상황에서 조용식 전 청장이 구상하는 제2 혁신도시 유치, 국가식품클러스터 2단계 추진 등은 익산의 변화를 위해 반드시 필요한 과제입니다. 제가 국토의 균형발전을 의정활동의 중심으로 삼고 있는 점과 일맥상통합니다.

이 책이 담고 있는 조용식 전 청장의 뜻이 실현되어 익산이 호남 3대 도시의 명성을 되찾고, 떠나는 도시가 아니라 살고 싶어 찾아오는 도시가 되길 희망합니다. 경찰 정복을 벗자마자 제2의 고향 익산을 위해 매일 힘찬 발걸음을 내딛는 그의 부지런한 행보에 박수와 응원을 아끼지 않겠습니다.

묻고 조용식으로 가!

김응수(배우)

"묻고 더블로 가!"

많은 분들이 기억해주시는 저의 명대사입니다. 이제 익산은 '묻고 조용식으로 가!'라고 외치고 싶습니다. 조용식 전 청장님은 저의 고등학교 선배입니다. 저는 군산제일고등학교 26회 졸업, 선배님은 25회 졸업입니다. 딱 한 살 터울이라 제가 기억하는 고등학교의 풍경과 선배님이 기억하는 풍경은 거의 같다고 할 수 있습니다.

군산제일고등학교를 졸업했다는 건 제게 큰 자랑거리 중 하나입니다. 군산제일고등학교가 장학생을 모집하던 시절, 그 첫 영광의 자리에 선배님이 계셨습니다. 그때 경쟁률이 무려 12:2였다고 들었습니다. 선배님은 그 무시무시한 경쟁률을 뚫고 입학한 엘리트였던 것입니다. 이듬해인 1977년 제가 입학했습니다. 학년이 달랐지만 훤칠한 키와 잘생긴 외모로 고등학교 시절 누구보다 눈에 띄었던 선배님 모습이 기억에 선명합니다.

제게 두 딸이 있습니다. 작은 아이가 작년에 스무 살이 되었는데, 소통하다 보니 저도 젊은 친구들이 쓰는 말을 많이 배웠습니다. 이야기를 하다 요즘 젊은 친구들이 그런 말을 쓰더랍니다. '사기캐'. 그게 무슨 뜻이냐 물었더니 사기 캐릭터의 줄임말로 다른 캐릭터들보다 상대적으로 뛰어나고 모든 걸 잘하는 사람을 그렇게 부른답니다. 뜻을 듣고 한참 웃었는데, 지금 생각해 보니 조용식 선배님이야말로 '사기캐'였던 것 같습니다. 학창 시절 공부도 잘하고 운동도 잘하고 심지어 키도 크고 잘생겨서 모든 이들의 동경의 대상이었습니다. 정의로운 성격으로 누군가 괴롭힘을 당하거나 부당한 일을 당하면 참지 않고 나서던 분입니다.

그런 조용식 선배님은 인간적으로 좋아하고 존경할 수밖에 없는 분입니다.

얼마 전 동창회에서 만나 뵌 선배님은 여전히 멋졌고 여전히 후배를 사랑하는 분이셨습니다. 선배님의 10대 시절이 담겨 있는 이 책을 읽으며 저 역시 가만히 추억에 잠겨보았습니다. 이 자리에서 선배님과의 고등학교 시절을 추억할 수 있어 더없이 행복합니다.

당신이 가장 소중합니다

안도현(시인, 단국대학교 교수)

　어느 날 문득 돌아보면 참 많은 시간의 강을 건너왔다고 깨닫게 되는 때가
있다. 그 시간의 강을 건너오는 동안 어느 여울에서 헤어져 서로 다른 물길로
들어서 멀어진 이들도 있고, 서로 다른 다리를 건너왔는데 다시 만나는 이들
도 있다는 걸 알게 된다. 인연의 깊음과 허망함을 동시에 깨닫는 게 나이를 먹
는 일이란 생각. 그걸 깨닫다 보면 내 앞의 당신이 내 인생의 가장 소중한 만
남이란 걸 저절로 깨닫게 된다.

　내게 조용식 형이 그렇다.

　대구에서 고등학교를 다니다 익산(당시에는 이리시) 원광대학교에 처음 입
학했을 때, 나는 그야말로 익산 땅에 뚝 떨어진 천애고아와 같은 느낌이 들었
다. 차츰차츰 문학하는 선후배들과 어울리게 되고, 이 땅이 전라도 개땅쇠, 백
제와 동학의 땅이라는 것을 알게 되면서 나는 전라도의 한 사내로 성장하게
되었고, 이곳에서 남편이 되고 아버지가 되는 삶의 과정을 겪었다.

　이런 과정에서 나는 만해 선사의 '님만이 님이 아니라, 나를 기룬 것은 모두
님'이라는 선시를 절로 이해하게 되었는데, 그렇게 지금의 나를 만든 분들 중
에 조용식 형의 4형제들이 있다.

　맨 먼저 만난 이는 장형되는 조석기 회장. 조석기 회장은 사람이 사람을 알아
보고 사람이 사람을 존중하는 것에 대한 깨달음을 내게 안겨줬던 화통한 전라

도 사내라고 할 수 있다.

그리고, 둘째 조용순 형은 청와대 경호실에 오래 근무하여 자주 만나지는 못했는데, 지난 2017년 대선을 함께 치르며 깊이 알게 되었다. 당시 조용순 형은 문재인 후보의 경호본부장 역할을 자원해, 후보의 안전을 지키면서도 대중들과 자연스럽게 어울리는 모습을 연출한 숨은 주역이다. 나이가 갈수록 더욱 멋지고 중후한 품격을 지닌 신사의 모습을 드러내고 있어 꼭 닮고 싶은 형이다.

그리고, 현재 익산시 체육회장 직함을 갖고 있는 조장희 동생은 누구에게나 언제나 지극한 정성을 다하는 것으로 널리 알려진 익산의 마당발이다. 젊은 시절부터 지금까지 우리 가족과는 수없이 많은 일로 만났고, 내가 맘 놓고 이러 저런 일을 믿고 상의할 수 있는 동생이다. 아주 과묵한 편인데 체육인은 물론 연예인들과도 널리 교분을 쌓고 지내는 모습이 내겐 늘 즐거운 궁금증을 안겨 준다, 저렇게 과묵한 친구가 어떻게 저렇게 많은 사람들을 사귀었는지…….

그리고, 셋째 조용식 형은 자신의 형제들의 장점을 모아놓은 것 같은 인물 이라고 할 수 있다. 큰 형의 대범함, 둘째 형의 세련된 매너, 사람 좋아하는 막내의 품성이 모두 함께 드러난다.

조용식 형과 나 사이에는 작고한 고(故) 이광웅 시인이란 공통분모가 존재 한다. 전두환 군부정권 시절, 가장 악랄한 용공 조작 사건인 '오송회' 사건의 주모자로 내몰렸던 이광웅 시인은 조용식 형의 고등학교 은사였고, 내게는 내가 깊이 따르던 선배 시인이셨다. 나중에 알고 보니 이광웅 시인은 조용식 형의 손위 누이의 원광여중 은사였다고도 한다.

조용식 형을 만나본 많은 이들이 입 모아 하는 이야기가 전혀 경찰 출신 같지 않다는 것이다. 나는 그게 조용식 형 내부에 존재하는 일종의 '문기(文氣)' 때문이라고 짐작하는 편이다. 언젠가 좋아하는 시인에 관한 이야기를 나눈 적이 있는데, 조지훈과 신석정 시인을 존경하고 정호승 시인과 김용택 시인의 시를 좋아한다고 해서 내심 놀란 적이 있었다. 조지훈 시인의 지조와 신석정 시인의 향토성 짙은 서정, 정호승 시인과 김용택 시인의 절조 있는 시대 인식과 이를 문학적으로 형상화하는 능력을 이해하지 못하고서는 쉽게 존경한다거나 좋아한다고 말하기 힘든 시인들이었기 때문이다.

어떨 때는 엄정하고, 어떨 때는 좀 수다스럽기도 하고, 노래를 듣고 노래하는 것을 좋아하는 낭만가객의 모습으로 다가오기도 하고…… 참 오랫동안 나는 용식 형의 다양한 모습을 보았다.

그러면서 또 보았다. 형의 내면에 얼마나 강렬하고 선한 의지가 있는지를. 그는 어떤 면에서 사극에 등장하는 강직하면서도 사려 깊은 포도대장이나 목민관 같은 고전적인 공직자의 모습을 지니고 있다. 불의를 보면 당당하게 맞서고, 특히나 음지에서 서민들을 괴롭히는 부조리한 제도나 세력을 보면 이를 참지 못한다.

그런가 하면, 함께 일하는 이들이 더 쾌적하게 일할 수 있도록 제도를 개선하는 일도 많이 했다. 그가 중견 간부 이상이 된 뒤에는 부임하는 곳마다 낡은 청사를 리모델링하거나 근무 환경을 획기적으로 개선한 등 눈에 띄는 실적을 많이 쌓았다.

이와 같이 내외부의 변화를 동시에 시도하면서, 그가 근무하던 지역은 기초 단위에서부터 광역 단위까지 치안 만족도가 획기적으로 상승했다. 경찰대 출신이 아닌 그가 수없이 많은 내부 경쟁을 이겨내고 치안감에 오른 데에는 그의 이러한 성정과 업무 추진력이 있었다.

앞에서 언급한 것처럼, 조용식 형에게는 우리가 마음속으로 생각하는 전통적인 선비상, 이상적인 공직자의 모습이 있다. 난 이게 그가 이번에 익산시장에 출마한 가장 중요한 이유라고 생각한다.

은퇴 이후 그는 가족과 함께 편안한 인생 후반기를 보내도 충분할 만큼 충실히 살았고 일도 많이 했다. 아마 처음에는 본인도 공직에 있는 동안 아무래도 소홀할 수밖에 없었던 가족들과 여유로운 시간을 꿈꿨을 것이다. 하지만, 익산의 현실이 그를 가만히 앉아 있지 못하게 한 것이다.

그는 그런 사람이다. 자신이 할 일이 있는데, 그것을 피해서는 안 된다고 생각하는 사람, 자신에 대한 기대를 그 몇 배의 결실로 보답하는 사람.

난 처음 그가 익산시장에 출마한다고 했을 때 재고해보길 강하게 권했다. 이제는 좀 편안하게 살길 바랐기 때문이다.

하지만, 나 또한 청년 시절, 신혼 시절, 첫 취업 시절과 해직 시절을 보낸 익산의 현실을 보면서 그의 선택을 지지하기로 했다. 일 복 많은 사람은 어디 가나 이렇게 일이 많구나…….

이제 나는 그가 익산시장이 되어 익산을 더 새롭고 더 활기찬 도시로 탈바꿈하는 일을 열심히 응원할 생각이다. 시민의 공복으로 살라는 운명을 타고났으니, 그 역량과 경험, 그가 쌓은 휴먼 네트워크가 익산 재도약의 원동력으로 쓰일 수 있도록 말이다.

위대함으로 가는 첫 걸음

소강석(새에덴교회 담임목사,
전 대한예수교장로회 합동 총회장)

정직, 정의, 정성. 그를 보면 떠오르는 단어입니다.

바쁜 와중에도 늘 신실한 그를 보며 어쩔 때는 제가 더 많이 배우곤 합니다. 제가 바라본 '조용식'은 사랑이 많은 사람입니다. 사람 좋아하고 이야기하는 것을 좋아하는 사람. 과묵한 이미지와 다르게 말 몇 마디 나눠보면 금방 이 사람 진국이구나, 하고 느낄 수 있었습니다. 구수한 입담이 더욱 매력적인 사람입니다.

저는 33년 전 20평이 겨우 넘는 지하실에 교회를 개척했습니다. 개척 멤버 한 명 없이 혼자 오롯한 믿음 하나로 시작한 것이 엊그제 같은데 어느새 33년 이나 되었습니다. 조용식 전 청장님도 34년 동안 경찰의 길을 걸으셨습니다. 저 역시도 몇 십 년 한 길만을 걷고 있기에 그 마음을 누구보다 잘 알고 있습니다. 그 마음을 잘 알기에 이 도전이 얼마나 값진 지도 잘 압니다.

제가 좋아하는 말이 하나 있습니다. 짐 콜린스가 『Good to Great』라는 책에서 말한 'Good is the enemy of Great.'(좋은 것은 위대한 것의 적이다)입니다. 좋음은 편안함입니다. 누구든 현실에 안주하고 편안함을 느끼기 시작하면 더 이상의 발전은 없고 쇠퇴할 수밖에 없다는 뜻입니다.

34년의 공직 생활을 끝으로 누군가는 편안한 노년을 꿈꿀 수도 있습니다. 하지만 '조용식', 그는 결코 편안함을 선택하지 않았습니다. 현실에 안주하지 않았습니다. 대신 더욱 도전하고 더욱 변화하기를 꿈꾸었습니다. 그런 그의 결정이 위대함으로 가는 첫 걸음이라고 믿어 의심치 않습니다.

제가 그를 보면 늘 놀라는 게 하나 있습니다. 목사이자 시인인 제가 봐도 그는 진정으로 문학과 문화를 사랑하는 사람입니다. 경찰이 이런 감성을 지니고 있단 말인가 하고 놀랐던 적도 많았습니다. 제가 본 그는 시의 한 글자 한 구절을 제대로 음미할 줄 아는 사람이었습니다. 세상을 바꾼 중심에는 인문학적 소양이 늘 함께 있었습니다. 도전할 줄 아는 사람, 인문학을 사랑하는 사람. 이보다 더 완벽한 사람은 없을 것입니다.

저는 고등학교 때부터 알게 된 인연으로 그가 부임하는 곳마다 가서 그 지역의 평화와 안녕을 함께 기도해드렸습니다. 하나님의 큰 은혜가 조용식 전 청장님과 그가 늘 노심초사하며 살피는 지역 주민들을 크게 감싸 안아주길 바라는 기도를 함께 했습니다.

지난번, 큰 영애의 결혼식 주례를 제게 맡겨주신 일도 개인적으로 큰 영광으로 생각한다는 말도 여기에 남깁니다.

경찰 출신 시장이
일 잘합니다

이강덕(포항시장, 전 해양경찰청장)

제목이 참 부끄럽습니다. 이런 제목으로 글을 시작하려니 자화자찬 같아 조금 쑥스럽지만, 사실 이 제목은 제게 하는 이야기이기도 하지만, 조용식 대표에게도 잘 어울리는 말이어서 써 보았습니다.

조용식 대표를 처음 만났을 때를 떠올려보았습니다. 벌써 시간이 꽤 흘렀더군요. 저와 조용식 대표는 서울경찰청 근무 시절에 만났습니다. 저는 경북에서, 그는 전북에서 온 사람이라 처음에는 약간 데면데면했습니다. 경찰 입문 과정도 달라서 접점이 없었지요. 하지만 저희는 이내 친해졌습니다. 조용식 대표의 친화력이 워낙 좋아서 제가 거기에 흡수된 셈입니다.

한국 사회에 존재하는 지역감정에 관한 이야기도 많이 나눴습니다. 둘이 이야기를 하다 보니 경북과 전북은 오래 전부터 많은 교류를 해왔다는 걸 알게 되었습니다.

선화공주는 경북 경주에서 전북 익산으로 시집을 가 무왕과 인연을 맺어 터를 잡았고, 전주에 후백제를 세운 견훤은 경북 상주 사람입니다. 신라와 백제가 전쟁을 하는 중에도 신라 왕실에서는 백제의 목수 아비지를 초빙해 황룡사를 세웠고, 백제의 석공 아사달은 불국사의 석가탑을 조성했습니다. 조용식 대표는 아비지와 아사달은 틀림없이 백제의 장인을 가장 많이 배출한 익산 출신일 거라고 하시더군요.

지금 익산에서 출발해 포항에 도착하는 한반도 동서 횡단 고속도로가 거의 완공 단계에 이르렀습니다. 예부터 지금까지 이렇게 전북과 경북, 특히 익산과 포항은 가까웠는데 누가 이렇게 지역감정의 골을 깊이 파놓았는지 원망스럽고 우리 후대에는 절대 이런 망국적 지역감정을 넘겨주지 말자는 이야기를 자주 했습니다.

조용식 대표는 일 잘하는 사람입니다. 일머리가 있는 사람입니다. 무엇을 처리하든 완벽하고 신속하게 해내는 사람이었습니다. 제 기억 속 조용식 대표는 리더십이 빛나는 사람이었습니다. 그래서 그런지 그를 따르는 사람도 정말 많았습니다.

저는 경찰 생활을 잘 마무리하고 제 고향 포항에서 시장으로 출마했습니다. 제가 처음 시장에 도전할 때 주변에서 많이 만류했습니다. 경찰 출신이 무슨 시장이냐, 정치를 아느냐, 하는 말씀도 참 많이 들었습니다. 2014년, 많은 의심과 격려를 등에 업고 나선 저는 제7대 포항시 시장이 되었습니다. 그리고 정말 감사하게도 "경찰 출신 시장 일 참 잘하더라."는 이야기를 들을 수 있었습니다. 그 결과, 지금은 재선 시장으로 포항시민들을 위해 일하고 있습니다.

'경찰 출신 시장'이라는 타이틀을 달고 나서기로 다짐한 그가 얼마나 많은 회의적 시선을 마주하게 될지 저는 누구보다 잘 압니다. '정치 신인'이라는 타이틀은 생각보다 감당해야 할 게 많습니다.

하지만 이것 하나만큼은 확실하게 말씀드릴 수 있습니다. 경찰은 조직, 인사, 민원 대응을 두루 경험하기 때문에 경찰 출신만큼 일 잘하는 사람도 없습니다.

저는 조용식 대표의 빛나는 리더십이 익산에서 펼쳐지길 누구보다 기대합니다. 믿어주시고, 기대의 눈빛으로 바라봐주십시오.

part 5

따뜻한 마음씀씀이를 지닌 선배

김의겸(국회의원)

조용식 선배와 나는 같은 고등학교를 졸업했다. 우리가 졸업한 군산제일고는 일제강점기 시절부터 민족 교육의 맥을 이어온 영명학교의 법통을 계승해 새롭게 문을 연 학교였다.

1909년 호남 지역에 기독교 사학의 뿌리를 내린 전킨 선교사에 의해 설립된 영명학교는 익산 3.1운동 때 순국하신 문용기 선생님이 당시 영명학교 교사였을 정도로 민족의식이 투철한 민족 사학이었다. 하지만, 해방 이후 학교가 운영난에 시달리며 제대로 운영되지 못하자 당시 새한제지 고판남 회장이 인수, 군산제일고로 교명을 바꾸며 그 이름에 걸맞게 우수한 교사진을 유치하고 도내 우수 학생을 장학생으로 선발하면서 새로운 도약을 준비하고 있었다.

새롭게 시작하는 군산제일고에는 도내 수많은 인재들이 모여들었고, 당시 익산 원광고를 다니던 조용식 선배는 장학생 선발을 거쳐 우리 학교로 오게 되었다. 조용식 선배는 군산제일고 졸업 기수로는 25회, 내겐 3년 선배가 된다. 24회부터 26회까지는 새로운 군산제일고의 1~3기에 해당하는 셈이어서, 애교심이 우리 후배들에 비할 수 없이 월등히 높았다. 새롭게 시작하는 학교의 분위기 속에서, 우리가 잘해야 후배들에게 건실한 교풍을 넘겨줄 수 있다는 사명감 같은 게 선배들 사이에 공유되고 있었고, 자연스럽게 우리에게도 그 기풍이 전파되었다. 조용식 선배가 졸업한 해에 내가 입학했는데 학교 전체에 감도는 활력이 다른 학교와는 비교할 수 없을 정도였다. 나는 그 무렵, 한 집단의 구성원의 마음이 합해져 생성된 분위기가 또 다른 입회자에게 상승작용을 불러일으키는 현장을 경험한 셈이었다.

조용식 선배와 내가 직접 만나게 된 것은 고등학교를 졸업하고 한참 뒤 재경 동창 모임에서였다. 그때 나는 한겨레신문에 막 입사해 좌충우돌하던 신입 기자였고, 조용식 선배는 경기 지역의 여러 경찰관서를 옮겨 다니느라 쉽게 만나기 힘들었던 선배였지만 가끔 마주칠 때마다 따뜻하게 내 손을 잡고 밥은 잘 먹고 다니는지, 친형처럼 다정하게 대해줬다.

조용식 선배는 재경 제일고 동문회의 사실상 산파 역할을 했고, 그 뒤에도 오랫동안 총무 역할을 자임했다. 후배들이 속속 합류했음에도 불구하고 궂은 일을 마다하지 않아 후배들이 면구스러워한다고 이제 총무 노릇은 그만하셔도 된다고 나도 몇 번 말씀드렸던 기억이 난다. 조용식 선배는 이처럼 선후배 일이라면 자신의 집안일처럼 나서서 해내는 사람이다. 사실 기자와 경찰은 직업적 특성상 자주 마주치지만 마음 깊이 친해지기 힘든 편인데, 조용식 선배는 그야말로 내게 '선배'였다. 무슨 일이든 상의하고 가끔 술 한 잔 사달라고 전화하고픈 그런 선배…….

이 글을 쓰면서 헤어보니 조용식 선배와 만나 알고 지낸지 30년이 넘는다. 그 사이, 우리에게는 많은 변화가 있었다. 나는 언론사를 떠나 정치계에 입문하게 되었고, 조용식 선배는 특유의 성실함과 추진력을 대내외에서 인정받으며 전북경찰청장까지 지낸 뒤 이제는 익산에서 시민단체의 대표를 지내며 익산의 미래를 고민하고 있다. 자주 만나지는 못하지만, 나는 조용식 선배의 올곧은 품성과 따뜻한 마음씀씀이가 익산시민들에게 공명을 불러일으키고 있으리라 믿어 의심치 않는다. 조용식 선배는 처음부터 지금까지 한 치 변함없이 여일(如一)하게 살아왔다.

초지일관하는 모습으로 살아온 조용식 선배의 삶의 태도가 더 많은 이들에게 존중받길 바라는 마음을 숨기지 않고 여기 밝힌다.

익산시민의 목소리를 듣는 큰 귀

김민석(국회의원)

우리 대한민국은 이미 고도화된 산업사회에 접어들었습니다. 이 과정에서 사회 복지 또한 같은 상승 속도로 성장했다면 좋았겠지만, 국가 경제의 외형적 성장에 비해 아직 내면적으로는 부실한 측면이 많습니다.

저는 우리 시대 정치인들에게 주어진 과제 중 가장 중요한 일이 전 국민의 삶의 질을 향상시키기 위한 정치적 노력이라고 생각합니다. 특히 지난해와 올해 전 세계적인 코로나 팬데믹을 겪으면서 우리는 사회 안전망에 대해 깊이 숙고하게 되었습니다. 그리고 이 과정에서 현장의 사정을 도외시한 공무원들의 탁상 행정이 국민들의 질타를 받기도 했습니다. 이런 과정을 지켜보면서 저는 우리 민생 현장의 상황, 우리 국민들의 목소리를 파악하는 것이 무엇보다 중요하다는 생각을 몇 번이고 하게 됩니다.

전북경찰청장을 마치고 익산에서 활동 중인 조용식 대표님은 지난 한 해 '백인의 얼굴 백인의 목소리'라는 페이스북 활동을 하면서 익산의 곳곳, 익산의 많은 시민들을 만났습니다. 저는 그 과정을 보면서 '이게 지금 우리가 해야 할 일이구나!' 무릎을 치고 감탄했었습니다. 이 과정에서 조용식 대표가 백 명의 시민만 만났겠습니까? 천 명의 시민, 만 명의 시민을 만나고 이야기를 나눴을 것입니다. 이 많은 이들의 목소리를 다 듣는 조용식 대표의 귀는 얼마나 큰 것일까요!

지금 우리 정치에 가장 필요한 덕목은 이처럼 현장에서 우리 시민들과 얼굴을 맞대고 함께 이야기하는 현장 정치일 것입니다. 저도 오랫동안 정치 현장에 있으며 수없이 많은 시민들과 함께 했지만, 조용식 대표는 정치 신인임에도 불구하고 대부분의 정치인보다 훨씬 더 자연스럽게 시민들과 함께 어울립니다. 조용식 대표의 이같은 공감 능력이 정말 부럽습니다.

우리 앞에는 장밋빛 미래만 있지 않을 것입니다. 코로나 팬데믹과 같은 일은 앞으로도 얼마든지 벌어질 수 있습니다. 그러할 때, 한 공동체의 역량이 드러난다고 생각합니다. 한국의 K 방역은 우리 국민들 모두의 힘과 그에 적절히 개입한 국가의 공적 역량이 합해져서 이뤄진 일입니다. 무엇보다 정부와 국민 간의 신뢰가 있어 성립 가능했습니다. 코로나 팬데믹을 넘어서는 과정에서 보여준 우리의 현재 모습 속에 미래 정치의 싹이 있습니다. 저는 조용식 대표처럼 현장 친화적인 정치인들이 앞으로 펼쳐질 지방자치 시대의 주역이 될 것이라 확신합니다.

이 책의 제목을 빌어 마무리하겠습니다.

조용식, 당신이 있어 다행입니다!

지방자치 2.0시대를 이끄는 인물

김성주(국회의원)

익산더불어혁신포럼을 이끌고 있는 조용식 대표는 전북경찰청장을 끝으로 34년간의 공직 생활을 마친 우리 전북이 자랑하는 대표적인 호민관입니다. 우리 지역의 익산 경찰서장, 김제 경찰서장을 역임했고 서울경찰청 차장, 인천공항경찰단 등 경찰의 요직을 모두 거쳤습니다. 그렇게 바쁜 외중에도 촌음을 아껴가며 원광대학교에서 석, 박사 학위를 취득했단 말씀을 들었을 때, 그야말로 '외유내강'의 전형이시구나, 하는 생각을 했습니다.

만나본 분들은 모두 동의하시겠지만, 조용식 대표는 경찰 출신은 무언가 무섭게 생겼을 것 같은 선입견을 기분 좋게 깨트려주는 분입니다. 인상만 온화한 게 아닙니다. 약간 느린 듯한 전북 서부 지역어를 구수하게 구사하면서 이야기를 풀어놓을 때면 절로 그의 이야기 속으로 빨려 들어가 있는 제 자신을 발견하게 됩니다. 인간적인 정감과 조리 있는 설득력이 조용식 화법의 특징입니다.

오래 전부터 알고 지냈지만, 저와 더 특별한 관계를 맺게 된 것은 2021년 조용식 대표가 더불어민주당에 입당한 이후입니다. 이전의 관계가 서로 경외하는 고향 선후배였다면, 이제는 동지의 입장에서 만나게 된 것이지요.

부임하는 곳마다 일 처리를 잘한다는 말은 전해 듣고 있었지만, 함께 일하면서 보니 조용식 대표는 정말 합리적이고 속도 빠른 추진력을 갖고 있는 분이라는 걸 알 수 있었습니다. 특히, 작년 7월 오랜 산고 끝에 시작한 '자치경찰제'에 대한 조용식 대표의 식견은 놀랄 만큼 탁월했습니다. 각종 언론을 통해 자치경찰제의 전도사 역할을 자임하셨고, 또한 앞으로 자치경찰이 가야 할 길을 구체적 현장 사례를 중심으로 설명해주는 걸 보면서 우리 더불어민주당에 정말 출중한 인재가 합류했다는 기쁨과 보람을 느끼곤 했습니다.

이뿐 아닙니다. 1991년 부활된 지방자치제가 30년을 거쳐 이제 '지방자치 2.0'시대에 돌입하게 되는데, 이에 관한 이해도가 가장 높은 정치인이라는 점을 제가 보증할 수 있습니다. 바뀌는 정책과 그 정책의 지향성, 그리고 확산에 필요한 제반 사항에 대한 폭 넓은 식견은 정말 놀라울 정도입니다.

무엇보다 제가 조용식 대표를 보면서 감탄하는 것은 시민들의 집단 지성에 대한 신뢰와 이를 시민들과의 협치, 즉 '거버넌스' 형태로 이끌고자 하는 의지가 확고하다는 것입니다. 많은 분들이 시민과 함께 하겠다는 말을 하지만, 제가 만나본 정치인 중에 조용식 대표만큼 시민사회의 성숙한 역량을 깊이 신뢰하는 분은 없었습니다.

저는 지방자치 2.0시대가 본격화되는 올해, 우리 전북 정치에 커다란 지각변동이 올 것이라고 생각합니다. 그 변화의 중심에 조용식 대표가 자리하게 되실 겁니다.

사람이 꽃보다 아름답다*

박종원(김제 우리한방병원장)

가수 안치환의 노래 「사람이 꽃보다 아름답다」는 꽃의 아름다움을 능가하는 분을 위한 찬사입니다. 꽃은 신이 인간에게 주신 귀한 선물입니다. 저는 예전에는 꽃을 사는 돈으로 밥을 먹는 걸 선호했습니다. 아내에게 꽃 한 다발 가득 들고 프러포즈를 했으면 얼마나 좋았을까요. 참으로 아쉬운 저의 젊은 날입니다. 그런데 나이가 들면서 꽃을 사오는 일이 잦아졌습니다. 남성 갱년기라서 그렇습니다. 꽃을 사오면 화병에 꽂아두고 바라봅니다.

'꽃 다비 팜' 농장주 박성구 교수 부부는 만평 크기의 농장에 튤립을 심었습니다. 다가오는 졸업식 시즌을 대비해서였습니다. 튤립은 구근을 네덜란드에서 수입을 해서 꽃을 피우는데, 구근을 한 해밖에 사용하지 못합니다. 네덜란드에 특허가 있기 때문입니다. 그런데 코로나 때문에 졸업식이 취소되었습니다. 수입한 구근 값이라도 건져야 할 형편이 되었습니다.

저는 꽃 다비 팜에서 꽃 소비촉진을 위한 '튤립 음악회'를 열자고 했습니다. 우리 합창단원들이 농장에 가서 튤립 꽃밭에서 음악회를 했습니다. 사실 노래보다는 위로 차원이었습니다. 저는 「고향의 노래」를 독창으로 불렀는데, 그 영상을 조용식 전북경찰청장님께 보내드렸습니다. 조용식 청장님을 알고 지

---

* 이 글은 박종원 원장님의 블로그에 게재된 것을 재수록했습니다.

낸 지는 10년 이상 됩니다. 한 사람을 제대로 알려면 10년은 사귀어야 제대로 판단한다는 말이 있습니다.

평소 다른 사람의 어려움과 아픔을 따뜻하게 보듬어주시는 분이라서 꽃 다비 팜 농장의 어려움을 말씀드렸습니다. 그러자 조용식 청장님은 간부들과 함께 김제시 금산면에 있는 꽃 다비 팜을 방문해서 삼백만원 어치의 튤립을 구입해주셨습니다. 농장주를 위로해주시고 '전북학원연합회'에 꽃 소비도 추천해주셨습니다. 조용식 청장님 덕분에 많은 양의 꽃이 소비되고 홍보가 되었습니다. 처음에는 튤립 구근 값이라도 건지는 게 목표였는데 꽃이 완판 되었습니다.

인간미가 뛰어난 사람을 '사람 냄새가 난다'고 표현하지요. 조용식 청장님에게서는 사람 냄새가 납니다. 특유의 유머 감각으로 주변 사람들을 행복하게 해줍니다. 늘 다른 사람의 말에 귀를 기울여주시고 사소한 것에도 격려를 해주시는 마음 따뜻한 분입니다.

2020년 꽃 다비 팜 튤립 완판은 어려움에 처한 이웃을 힘을 합쳐 도운 좋은 경험이었습니다. 그 중심에 조용식 청장님이 계셔서 너무나 감사했습니다. 코로나로 인해 어려움에 처한 화훼농가를 도와주던 청장님의 따뜻한 마음을 보면서 '사람이 꽃보다 아름답다'는 생각을 했습니다.

정의롭고 멋진 동네 형님

경종호(시인, 원평초등학교 교감)

출처·전북일보

　금구산성에서 시작한 도랑물이 만경평야로 스며드는 물길은 김제시 봉남면에 이르러서야 비로소 천(川)의 틀을 만들었다. 그것이 동진강에서 만나 큰 물길이 될 작은 금구천의 시작이었다.

　우리는 그 물길 속의 맑은 물과 모래톱 사이를 오가며 자랐다. 그리고 저만치, 자동차로 채 5분이 걸리지 않는 곳에 원평이, 금구가 있었다.

　전국 5대장 중 하나라 불렸던, 동학농민군의 집강소가 있었던 그 원평(元平)이었다. 흔히 원평(圓平)으로 착각하는 그 원평(元平). 평야의 가장 윗부분, 김제 평야의 시작을 알리는 들판은 그렇게 우리 마을에서 시작되고 있었다. 까맣고 어린 몸뚱이들을 넓은 들판과 금구천은 가만히 받아주고 있었다.

　그 시절 누구나 그랬듯 우리도 동네 이곳저곳을 천방지축으로 싸돌아다니던 꼬맹이였고, 꼬맹이들은 꼬맹이들끼리 어울렸다. 그 시절, 숟가락을 놓고 일어서면 다시 배가 고팠다. 그럴 때면 우리 집 너희 집이 없이 수시로 드나들며 밥을 먹고 고구마를 먹곤 했다. 친구 장희와도 그렇게 김제 들판에 해가 닿는 게 보일 때까지 뛰어놀다가 집에 가곤 했다.

　그러던 어느 날이었을 것이다. 장희의 바로 위 형인 용식 형을 처음 본 것은.

　친구 장희와 용식 형은 나이 차가 꽤 났다. 그래서였을까? 쉽게 다가가기에는 너무 큰 형이었다. 또한 다른 형들에 비해 어떤 어른스러움이 용식 형에게는 있었다. 키가 크고 미남이었던 용식 형이 옷까지 잘 차려입고 밖으로 나서면 우리는 그렇게 멋진 형을 둔 장희를 새삼 부러운 눈길로 쳐다보곤 했다.

생각해보면, 용식 형만큼 교복이나 제복이 잘 어울리는 사람이 없었다. 중학교 교복부터 경찰 제복까지, 그 옷들이 오롯이 형을 위해 디자인된 것처럼 잘 어울렸다. 훗날 나도 교복을 입게 됐는데, 교복을 입고 거울을 보면 왜 그렇게 후줄근하던지……. 그럴 때마다 교복이 잘 어울리던 장희의 셋째 형, 용식 형을 떠올리곤 했다. 어쩜 용식 형은 그렇게 옷을 잘 입을까!

용식 형은 외양만 교복에 잘 어울리는 게 아니었다. 어떤 옷을 입으면, 그 옷을 입는 사람이 해야 할 본분에 가장 잘 어울리는 사람이었다. 학생복을 입었을 때는 모범적인 학생의 모습으로 우리 꼬맹이들을 약간 주눅 들게 했다.

아직 말귀가 트이지도 않은 어린 동생들에게 용식 형이 한마디씩 건네며 씨익 웃어주던 미소가 아련하게 떠오르곤 한다. 형이 먼빛으로 서 있는 모악산과 구성산에 시선을 두며 우리에게 들려줬던 마을 내력에 관한 이야기도 떠오른다. 그때 용식 형은 참 조리 있게 말한다는 생각을 했던 것 같다. 나중에 장희에게 들으니 용식 형은 고등학교 시절 당시 성행했던 각종 웅변대회를 석권하고 다녔다고 한다. 용식 형은 그때 어린 동생들을 데리고 말하기 연습을 했던 걸까.

용식 형은 우리 마을에서 금구까지 이어지는 들판에서 수백 명의 동학농민군이 죽었다는 알 수 없는 이야기를 혼잣말처럼 중얼거리듯 말해주곤 했다. 근처의 금구가 지금은 왜 저렇게 작은 면소재지가 되어버렸는지에 대한 설화(說話)같은 이야기도 하곤 했다.

아직 어리기만 했던 우리는 알 수 없었던 이야기들이었다. 나중에서야 그것이 동학농민군의 금구, 원평 전투 이야기였고, 조선시대 백성들의 삶이 큰 어려움에 처했을 때 "세상의 모든 것은 임금의 것이 아니라 백성의 것이다."라고 주장한 정여립의 이야기였다는 걸 깨달았다.

설화가 아닌 역사였던 것이었다. 대동계를 이끌며 활동했던 무대가 바로

저기 금구라는 이야기였던 것이다. 정여립의 지혜와 의로움의 결과는 '기축옥사'로 이어졌다. 전라도는 '역적의 땅'으로 내몰림과 동시에 전라도 사람들은 크게 등용되지 못하게 되었다는 슬픈 이야기가 바로 저 금구에서 시작되었던 것이다. 당시 용식이형은 이미 그 내력을 알고 있었다.

이렇게 용식 형과의 희미한 기억들을 끄집어내본다. 그리고 어느 때인가, 친구 장희를 통해 용식 형이 경찰에 투신했다는 이야기를 들었을 때를 생각해본다. 어릴 적 우리는 용식 형이 방송국 기자나 아나운서 혹은 역사 선생님이 될 거라고 생각했지만, 그와 달리 경찰이 되었다는 이야기를 들어도 이상케 놀랍지 않았다.

그리고, 즉시 생각했다. 누구보다 경찰복에 잘 어울리는 사람으로 용식 형은 살아가실 거라고. 이런 생각과 믿음이 어떻게 해서 생겼는지는 알 수 없지만, 난 이후에도 형이 어느 곳에서 근무하든 멋진 경찰, 주민들과 함께 하는 경찰로 활동하고 있을 거라 믿어 의심치 않았다.

과연 형은 그렇게 살았고 주변 사람들의 칭송이 이어졌다. 그때마다 뿌듯한 마음이 들었다.

난 이미 용식 형이 중학생일 때부터 이렇게 될 줄 예감했었다고!

그가 꿈꾸는 익산의 미래

한병도(국회의원)

조용식 전 청장의 추천사 요청을 덜컥 수락하고 어떤 멋진 말로 내용을 채울지 많이 고민했습니다. 책 내용이 혹시나 너무 딱딱하진 않을까 걱정도 했습니다. 그런데 막상 원고를 받아보고는 시간 가는 줄도 모르고 그의 옛이야기 하나하나까지 재밌게 읽었습니다. 『당신이 있어 다행입니다』에 고스란히 녹아있는 조 전 청장님의 삶을 간접 체험하며 앞선 걱정들은 모두 잊었습니다.

그는 멋진 사람입니다. 사람 대 사람으로, 그리고 오랜 공직 생활을 끝마친 전직 경찰로, 그 어떤 모습으로 바라보아도 그는 참 멋진 사람입니다. 그는 '우문현답'이라는 말을 곧잘 합니다. '우리의 문제는 현장에 답이 있다'는 신념을 실천하고자 늘 노력해 왔고, 보이지 않는 곳까지도 온 마음을 다해 살폈습니다.

그는 매력적인 사람입니다. 전북경찰청장으로 퇴임했지만 지금은 정치 신인이라며 늘 낮은 자세로 배우려 하는 모습과, 재치와 입담으로 좌중을 휘어잡을 줄 아는 능력과, 타고난 호기심으로 항시 의문을 품고 문제를 해결하고자 하는 의지가 지금의 매력적인 '조용식'을 만들었을 것입니다.

그는 꿈꾸는 사람입니다. 이제 행정가로 변신해 청년이 살기 좋고 노인이 살기 좋은, 모두가 살기 좋은 고향을 만들기 위한 꿈을 꾸고 있습니다. 청년의 일자리를 만들고 어르신들이 편하게 왕래할 수 있는 도시. 그가 꿈꾸는 익산의 미래가 이 책에 선명히 담겨 있습니다. 그가 이 책에서 공개하는 익산의 비전은 어쩌면 우리 모두가 염원하는 미래 익산의 모습일지 모릅니다.

34년의 긴 공직 생활에서 그는 늘 시민의 곁을 지켜왔습니다. 평생 정성을 다해 시민을 지키고 안부를 물었던 그가 이제 시민을 위해 더 많은, 더 큰 일을 하기 위해 용기를 내었습니다. 그가 뚜벅뚜벅 걸어갈 앞으로의 길이 외롭지 않도록 출간을 모두 진심으로 축하해주시길 바라며, 감히 그의 저서 『당신이 있어 다행입니다』를 추천 드립니다.

인천국제공항경찰단의 전설

이용완(전 KT 인천공항 비즈니스센터장)

출처·경찰청 홈페이지

여전히 제게는 조용식 전 청장님보다 인천국제공항경찰단장님으로 부르는 게 익숙합니다. SNS를 통해 자주 조용식 단장님과 소통하고 있긴 했지만 멀리 있다 보니 직접 만나 뵌 지는 시간이 꽤 되었습니다. 이 책을 읽고 나니 오랜만에 단장님을 뵌 기분이 들었습니다.

조용식 단장님은 정말 특이한 분이셨습니다. 카리스마 넘치는 모습과는 달리 이야기 나눌 때는 어찌 동네 형처럼 친근한지 금방 친해졌던 기억이 납니다. 저는 경찰도 아닐 뿐더러 단장님과는 친해질 일이 없을 사람인데, 아무리 생각해도 참으로 특이한 분이십니다.

인천공항에 조용식 단장님이 계실 때는 정말이지 전설적인 시기였습니다. 벌써 5년 전 일인데, 조용식 단장님이 오신 그 해만큼은 기억이 생생합니다. 인천공항 안에는 생각보다 많은 공공기관이 들어와 있습니다. 모두 한 지붕 아래 일하는 사람들이지만 거의 데면데면했습니다. 자주 모일 일이 없을뿐더러, 다들 자신의 부서 안에서 대장 역할 하는 게 더 좋았기 때문인지도 모르겠습니다. 서로 견제도 많이 했습니다.

그런데 신기하게도 조용식 단장님이 오시고 나서 엄청 화목해지기 시작했습니다. 말 그대로 '식구'가 되어갔습니다. 서로 인사도 할까 말까 했던 사람들이 모여서 밥도 함께 먹고 안부를 묻는 사이가 되었습니다. 이 사람 뭘까. 참 신기한 사람이다, 라고 생각했던 기억이 다시금 떠오릅니다.

조용식 단장님이 특이하다고 느낀 건 이뿐만이 아니었습니다. 이전까지는 총경급이 경찰단장으로 오는 게 관례였는데 경무관이 오셨다는 말을 듣고 먼저 놀랐고, 단장님이 오시고 나서 바뀌어 가는 인천공항의 모습에 또 한 번 놀랐습니다. 제가 특이하다고 표현하고 있지만, 사실은 대단하다는 표현이 더 적합할 것 같습니다. 조용식 단장님은 정말 대단한 분이셨습니다.

가장 큰 변화는 인천공항 내부에 그것도 공항에서 가장 잘 보이는 자리인 인천공항 청사 3층에 치안센터가 생겼다는 것입니다. 처음 단장님께서 공항 내부에 치안센터 유치를 시도하셨을 때 내부에서 반발이 있기도 했습니다. 그냥 공항 근처에 만들면 되지 군이 공항 안에 그것도 가장 잘 보이는 자리에 만들어야 하냐고 말입니다. 하지만 단장님께서는 끊임없이 설득하셨고 결국 인천공항에서 가장 잘 보이는 곳에 치안센터가 생겼습니다. 치안센터가 생기고 나서 반응은 정말 뜨거웠습니다. 한국여행을 온 외국인들에게 공항 내부에 있는 치안센터는 매우 중요한 존재였습니다. 치안센터가 공항에, 그것도 가장 잘 보이는 곳에 있다는 것만으로도 그들은 엄청난 안도감을 느꼈다고 합니다. 지금 생각해보면 이러한 반응도 모두 단장님의 예상된 시나리오였을 거라는 생각에 다시 한 번 정말 멋진 사람이라는 생각이 듭니다.

또 하나 눈에 띄게 멋진 변화가 있었습니다. 바로 '휘장'입니다. 조용식 단장님께서 오시고 난 후 인천국제공항경찰단의 어깨에는 못 보던 엠블럼이 새겨졌습니다. 조용식 단장님께서 직접 LA공항을 시찰한 뒤 디자인까지 선정한 것이라 했습니다. 엠블럼의 힘은 생각보다 위대했습니다. 어깨 위에 같은 엠블럼을 단 이들의 눈빛은 더욱 날카롭게 빛나고 있었고, 그들의 소속감 역시 이전보다 배로 높아졌다고 합니다.

경무관급 경찰단장이 공항 내부 여기저기를 항상 발로 뛰며 치안 유지와 단합에 힘쓰셨던 모습이 아직도 눈에 선합니다. 조용식 단장님은 정말 특이한, 아니 정말 대단한 분입니다. 그리고 누구보다도 능력 있는 리더입니다.

저도 이런 형이
있으면 좋겠어요

이휘재(개그맨)

안녕하세요. 개그맨 이휘재입니다.

저는 조용식 전 청장님보다 동생 분을 먼저 알았습니다. 오래 전부터 청장님의 동생 조장희 씨와는 호형호제 하며 지내는 사이입니다. 그렇게 알고 지낸지도 20년이 훌쩍 넘었습니다.

조용식 전 청장님의 동생은 한 번씩 형님 이야기를 제게 해주었습니다. 우리 형님은 경찰이다. 정말 멋진 사람이다. 인간적으로 존경한다. 이런 이야기를 들으면서 꼭 한 번 뵙고 싶다는 생각을 했습니다. 누나만 둘 있는 제게 경찰 형은 선망의 대상이었습니다. 동생 조장희 씨와 이야기를 나눌 때마다 저도 그런 형이 있으면 좋겠다는 생각을 늘 했습니다.

그렇게 이야기만으로 전해 들었던 형님을 드디어 만나게 되었습니다. 그리고 놀랐습니다. 말로만 듣던 것보다 훨씬 더 멋진 분이셨기 때문입니다. 개그맨인 저보다 더 재치 있는 입담을 지닌 모습을 보며 잘생긴 외모에 유머까지 잘하면 반칙 아닌가! 하고 속으로 생각했던 기억이 납니다.

그렇게 소중한 인연으로 맺어져 얼마 전 조용식 전 청장님의 따님 결혼식에서 사회를 보게 되었습니다. 청장님은 딸을 보내는 게 아니라 사위를 얻는 것이니 슬프지 않다고 하셨지만 눈빛 속에는 많은 감정들이 교차하고 있었습니다. 결혼식 내내 덤덤하게 임하는 모습이셨지만 조용히 눈물을 훔치는 모습을 보며 아버지란 이런 존재구나 다시금 생각했습니다. 저도 제게 가장 큰 보물인 쌍둥이의 아버지이기에 그 마음이 더더욱 와 닿았습니다. 한편으론 한없이 근엄한 존재로 보였던 경찰도 눈물 흘릴 줄 아는 한 가정의 아버지라는 생각에 괜히 울컥해지기도 했습니다.

조용식 전 청장님은 정말 따뜻한 사람입니다. 참 좋은 사람입니다.

겸손한 품성과 넉넉한 지성

백가흠(소설가, 계명대 교수)

출처·전라북도 공식 블로그

　조용식 대표님을 수십 년 동안 보아오면서 내 마음속에는 항상 그에 대한 잔상 같은 것이 남아있는데, 그것의 정체는 어떤 겸손함 같은 것입니다. 그는 내게 언제나 멀리 있으나 옆에 있었고, 가깝게 있었으나 멀리 있었던 사람이었는데 그 거리감의 정체도 따지고 보면 겸손함에 근거합니다. 그의 몸에 정제되어 있는 겸손함은 오랜 공직 생활과 자기만의 신념에 대한 의지에서 발원한다고 믿습니다.

　오랜 시간 한 방향의 삶을 살다보면 고집스러움을 넘어 아집에 가까운 독선적인 모습이 읽히곤 하는데, 그는 전혀 그렇지 않습니다. 새로움에 대한 욕구와 시도, 유연함이 그에게는 배어 있습니다. 그는 문화적인 일에도 관심이 굉장합니다. 강직하고 흔들리지 않아야 하는 직업 특성 때문에 유연함이 오히려 요구되는데, 그는 타고난 문화적 감각과 관심으로 그런 면을 잘 유지하고 있습니다. 그의 인간됨과 품성에는 타인에 대한 휴머니티가 담겨 있습니다. 그는 남에게 친절하고 언제나 적절한 거리감을 가지고 사람을 대합니다. 오랜 공직 생활의 경험은 남에게 피해를 주지 않는 행동과 말에 대한 에티켓이 풍부하다는 의미일 것입니다. 흔히 공무원에게서 느낄 수 있는 경직된 이미지나 말과 행동을 단 한 번도 본 적이 없습니다. 그는 언제나 단정하고 친절한 사람입니다.

그는 지극히 생활적인 사람입니다. 공직자로서 갖추어야 하는 덕목을 유지하기 위해 평생을 노력해온 사람입니다. 모든 애정을 가정과 맡은 바 임무에 쏟으며 하루 일과를 성실히 수행하는 생활인입니다. 나는 그의 성실함이 공직자로서의 책임과 생활인으로서의 자유의지를 드높인다고 믿습니다. 그는 타인을 위해 봉사하는 일에 지치지 않고 묵묵히 자신의 책무를 수행합니다. 그렇게 얻어낸 보람으로 생활에 대한 동력을 얻는 순환의 삶을 살고 있습니다.

보통의 공직자들은 이상적인 사안을 추구하는 일에 미온적인데 그는 정반대입니다. 그는 현실이나 현재에 안주하지 않고 더 나은 상황을 만들기 위해 끊임없이 노력하는 사람입니다.

그에게는 예술가적 면모도 있습니다. 공직자에게는 이성적이고 냉철함이 필연적인 요소입니다. 그는 이미 그것을 가졌고 거기에 예술가적 이상이 가미된 균형감 있는 사람입니다. 그는 사회 보편적 시각에서 훌륭한 지성을 가진 사람입니다.

저는 공직자의 경직성을 굉장히 경계하고 어쩌면 선입견 같은 게 있었는데, 그에게는 그런 면이 없어 놀랐던 기억이 선명합니다. 그는 아이교육이나 생활 전반에 관심이 많습니다. 직업적 특성과 생활의 차이에서 오는 고민, 가족에 대한 애틋한 감정들을 솔직하고 진지하게 교감했던 적이 있습니다.

그의 겸손한 품성과 자질은 훌륭함을 넘어섭니다. 이런 면면이 사회와 이웃에게 골고루 잘 활용되는 기회가 오면 좋겠습니다. 그의 경험과 신념은 타인에게 이롭게 작용할 테니까요.

인의예지신을
실천하는 삶

염승훈(강남경찰서 형사)

　조용식 전 청장님은 저의 아버님의 고교 시절 친구이시자 경찰 선배님이십니다. 청장님께서는 얼마 전 제 결혼식 주례를 서주셨었습니다. 시간이 조금 흘렀지만 이날 주례사의 내용이 아직도 선명히 제 머릿속에 남아 있습니다.

　인의예지신(仁義禮智信).

　청장님께서 주례사 내내 강조하신 말씀이셨습니다. 신랑석에 서 있긴 했지만, 하객석의 반응이 어떨까 걱정이 됐습니다. 주례사 말씀에 '인의예지신'이라니!
　유교에서 이야기하는 '인의예지신'을 잘 알긴 하지만 그걸 주례사의 주제로 삼다니. 솔직히 사람들이 지루해 하지는 않을까 속으로 많이 걱정했습니다. 하지만 워낙 입담이 좋으시고 말씀을 재치 있게 하셔서 많은 분들이 경청해 주셨던 기억이 납니다. 그러면서도 한편으론 요즘 세상에 '인의예지신'은 고리타분한 것 아닌가 하는 생각을 했습니다.
　하지만 결혼 후 시간이 흐른 지금에 와서 돌이켜보니 그것만큼 중요한 게 없었습니다. 어질 인, 옳을 의, 예도 례, 슬기 지, 믿을 신. 부부 사이에, 아니 사람으로 살아가면서 가장 중요하게 생각해야 할 덕목이 이 다섯 단어에 담겨 있다는 생각을 요즘 자주합니다. 옛말에 어른들 말씀 틀린 거 하나 없다는 말을 새삼 느끼고 있습니다.

사람이 항상 갖추어야 할 다섯 가지 도리. 어질고, 의롭고, 예의 있고, 지혜로우며, 믿음이 있어야 한다는 것.

저는 이 말씀을 늘 마음에 새기고 살아갑니다. 저희 부부의 모토라고 할 수 있습니다. 저희 부부 이야기는 사람 인연이 참으로 신기하다고 여긴 일이 있습니다. 저희 부부는 둘 다 경찰입니다. 장인어른께서도 경찰이시니 안사람은 부녀 경찰입니다.

그런데 결혼식 당일 청장님과 저희 장인어른께서 너무나 반갑게 이야기를 나누고 계신 겁니다. 혹시 아시는 사이인지 여쭤보니 청장님께서 안산경찰서 방범순찰대 대장을 지내신 저희 장인어른과 직속 부관으로 고락을 함께 하셨답니다.

장인어른 말씀을 들으니 청장님은 기동대장 시절에도 일 잘하고 성격 좋기로 정평이 났었다고 합니다. 좋은 사람은 돌고 돌아 다시 만나는 것 같습니다. 인연의 신비함을 또 한 번 느끼며 오늘도 인의예지신 다섯 자를 마음 깊이 새깁니다.

우공이산의 지혜를
갖춘 장인어른

최민성(군산성신병원장)

처가에 처음 인사를 드리러 가던 날이 떠오릅니다.

초인종을 누르기 전까지 밖에서 몇 차례나 크게 심호흡을 했지만, 그래도 긴장감은 여전했습니다. 먼저 장가든 친구들이 처음 처가에 인사를 갔을 때 얼마나 긴장을 많이 했는지, 그러다 실수를 해서 또 얼마나 당황했는지, 그런 이야기를 들을 때는 재미있다고만 생각했는데, 막상 제 앞에 닥치니 몸과 마음이 자꾸 떨려오는 걸 어쩔 수가 없었습니다.

장인께서는 공직에만 34년을 계셨고, 경찰청장까지 지내셨다고 들었습니다. 호랑이 같은 장인을 만나는 건 아닌지, 속으로 무척 걱정했다는 게 솔직한 표현일 겁니다.

그런데, 집 안으로 들어가니 장인께서 파자마 차림으로 계셔서 어리둥절했습니다. 장인께서도 갑자기 들어선 저를 보더니 멋쩍게 웃으시며 급히 안방에 들어가 옷을 갈아입고 나오셨습니다. 알고 봤더니 사전에 약속한 도착시간이 잘못 전달되어 벌어진 작은 해프닝이었습니다. 덕분에 잔뜩 긴장해 있던 저는 마음이 조금 편안해졌습니다. 무서운 분이 아니구나! 그런 안도감이 제가 받은 첫인상이었습니다.

처음 인사드렸던 날보다 장인의 진면모를 좀 더 가까이에서 볼 수 있는 날이 생겼습니다. 장인의 처가, 제 아내에게는 외갓집 어르신들께 인사를 드리러 간 날이었습니다.

장인의 장인이 되시는 처외할아버님께 외손녀 사위가 될 저를 소개해주시는데, 손위 어르신을 대하면서 장인께서 보여주시는 온화한 미소, 극진한 태도, 친근한 말투가 제게 깊은 울림을 줬습니다. 어쩌면 저렇게 다정하게 말씀을 하실 수 있을까. 예의를 다 갖추면서도 듣는 이를 편안하게 해주는 장인의 태도를 보며 저는 많은 생각을 했습니다. 나는 내 조부모님과 부모님께 이처럼 정성을 다해 말씀을 올린 적이 있던가, 하는 반성도 했고 '나도 앞으로 장인어른은 물론이고 다른 어떤 분을 만나도 장인과 같은 태도로 정성을 다해야겠구나.'하는 다짐도 했습니다.

그 뒤에도 장인과 함께 여러 자리에 참석할 때마다 저는 똑같은 감탄을 또 했습니다. 어느 자리든, 누구를 만나든, 장인의 진심어린 태도에는 변함이 없었습니다.

사람을 대하는 일만 그런 게 아니었습니다. 명절에 이러저런 대화를 하다가 제가 운영하는 병원에 관한 이야기가 나왔는데, 이쪽 일에 문외한이실 것 같았던 장인이 제가 하는 고민을 한 눈에 꿰뚫어보시고는 제게 점검할 것이나 현재 미비한 부분에 대한 지적을 해주셔서 깜짝 놀랐습니다. 사위의 말을 잠깐만 듣고도 사안의 본질을 바로 알아내시는구나! 그건 오랜 삶의 경험에서 우러나오는 깊고 넓은 지혜였습니다.

생각해보니, 장인께서는 34년의 공직 생활을 하시는 동안 민생 치안 현장에서 수십, 수백만 명의 사람을 만나고 무수한 사건을 처리하신 분입니다. 총경-경무관-치안감을 거치며 일선 경찰서부터 광역 경찰청장까지 모두 역임하신 분입니다. 어떤 사안의 핵심을 단숨에 파악하고 이를 간결하게 정리하는 게 몸에 밴 분이신 겁니다.

저는 요즘 크고 작은 고민거리가 있을 때마다 장인을 찾아뵙거나 전화를 드려서 상의를 합니다. 그때마다 안개가 낀 것 같았던 눈앞이 환해지는 느낌을 받곤 합니다. 장인의 인간적인 모습과 함께 이처럼 웅숭깊은 면모를 저는 마음 깊이 존경합니다.

장인과 종종 대화를 하면서 전북경찰청장 시절 '치안 만족도 전국 1위'를 달성한 것을 가장 뿌듯하게 생각하고 계시다는 걸 느꼈습니다. 조직 전체가 노력해서 거둔 성과라 더욱 기뻐하신다는 것도 알게 되었습니다.

장인께서는 이런 소망을 말씀하셨습니다.

'함께 힘을 합쳐 노력했더니 전국 1위를 차지했다는 성취감과 자부심을 심어주고 싶었다. 그 자부심이 우리 전북 경찰을 좀 더 정성스럽고, 정의롭고, 정감 있으며, 정진하는 경찰로 이끄는 원동력이 되었으면 한다.'

당장의 성과도 중요하지만 미래를 위해 불씨를 키우고자 하는 마음. 사람을 아끼고, 자신이 속한 조직의 미래를 생각하며, 무엇보다 이 나라의 안녕을 바라는 마음. '국민의 공복'으로 불리는 공직자의 바람직한 모습을 저는 장인에게서 보았습니다.

저는 요즘 장인을 뵐 때마다 무언가를 배우고 있는 제 자신을 발견합니다. 삶을 살아가는 겸허한 자세, 극진하고 세심하게 일을 판단하고 처리하는 태도가 그것입니다.

언제부턴가 저는 장인을 생각하면 '우공이산(愚公移山)'의 고사를 떠올리게 되었습니다.

조심스럽게, 그러나 자신 있게 말씀드립니다.

저의 장인어른이신 조용식 대표님은 시민들이 원한다면 산도 옮길 수 있는 의지와 끈기, 그리고 지혜를 소유하신 분이라고.

당신이 있어 다행입니다
조용식의 아름다운 동행

1판 1쇄 찍은 날 2022년 2월 18일
1판 1쇄 펴낸 날 2022년 2월 25일

지은이 조용식
펴낸이 김완준

펴낸곳 모악

출판등록 2016년 1월 21일 제2016-000004호
주소 전북 전주시 덕진구 기린대로 418 전북일보사 6층 (우)54931
전화 063-276-8601
팩스 063-276-8602
이메일 moakbooks@daum.net

ISBN 979-11-88071-47-0 03810

값 20,000원